汪曾祺
作　品

梁由之主编

04

前十年集

汪曾祺 著

汪　朝 编

上海三联书店

目　录

前记（梁由之）/ I

小说　　**1940**

钓 /003

翠　子 /007

悒　郁 /014

1941

寒　夜 /018

春　天 /024

复　仇 /031

灯　下 /037

猎　猎 /045

河　上 /050

匹　夫 /058

1942

结　婚 /078

唤　车 /088

1943

除 岁 /094

1944

葡萄上的轻粉 /103

序 雨 /109

1945

小学校的钟声 /119

老 鲁 /131

1946

前 天 /147

庙与僧 /151

最响的炮仗 /157

1947

鸡鸭名家 /165

艺术家 /189

驴 /199

职 业（外二篇）/203

落 魄 /207

绿 猫 /220

冬 天 /241

戴车匠 /246

囚 犯 /257

1948

三叶虫与剑兰花 /265

锁匠之死 /276

卦　摊 /287

异　秉 /304

邂　逅 /314

散　文　**1943**

小贝编 /327

烧花集 /334

1945

花　园 /336

花·果子·旅行 /346

1946

街上的孩子 /350

风　景 /355

他眼睛里有些东西，绝非天空 /364

昆明草木 /369

1947

飞　的 /374

蔡德惠 /377

室外写生·白马庙 /381

歌　声 /383

蝴蝶：日记抄 /385

1948

背东西的兽物 /388

白松糖浆 /394

毋忘侬花 /400

昆明的叫卖缘起 /404

道具树 /408

文 论　**1944**

黑罂粟花 /413

1947

短篇小说的本质 /417

诗　**1941**

自画像 /433

昆明小街景 /436

小茶馆 /439

消　息 /441

昆明的春天 /447

封　泥 /449

文明街 /454

1942

二秋缉 /459

旧　诗 /461

前 记

　　1939年8月，战火纷飞中，十九岁的汪曾祺流落到云南昆明，考取西南联大中文系。他稍后即开始文学创作，深受业师闻一多、沈从文的赏识和扶掖。随后十年，汪曾祺写下一批文学作品，不少都在当时的报刊发表过，嫩箨香苞，崭露头角。这个阶段，可视为他创作的早期，体裁包括散文、诗歌、文论等，主要是短篇小说。

　　1949年4月，巴金主持的文化生活出版社出版了汪曾祺的第一个短篇小说集《邂逅集》，依次收入八个短篇：《复仇》《老鲁》《艺术家》《戴车匠》《落魄》《囚犯》《鸡鸭名家》《邂逅》。他借此搭上末班车，跻身"民国作家"之列。

　　汪氏一向随随便便，手稿随意乱丢，字画随手送人。对自己的处女集出版于何年何月，他有时说对了，有时却又不靠谱。如若问他开始写作的准确时间，老头儿肯定答不上来。对早期作品，他也不大在意，基本未予收集、保留，以致其中泰半，长期湮没无闻。

　　转眼一瞬间（侯德健歌名），汪老去世二十年了。水流风逝，时移境迁，文学市场大为萎缩；汪氏的读者、爱好者和研究者却在不断扩充，人数众多，年龄参差，谱系驳杂，是一个难得的异数。这些人可不是吃素的，他们不仅阅读消费五光十色层出不穷的各式各样汪氏文本，而且发掘出不少他的早年佚文——质量固然不错，规模也不算小。

机缘巧合，我受邀策划主编《汪曾祺作品》系列，由上海三联书店出版。去年夏秋间，一把推出了五种六本，广受欢迎。这个系列，大体可分为两类：

其一是作者生前自编文集。只要原书不错，市场断货，值得做新版的，均可收纳。原则上一字不易，保持原汁原味，以存其真。偶有重复亦不在意，决不越俎代庖随意增删。如《去年属马》《老学闲抄》等，即属此类。

其二是新编文集。目标是主题鲜明、集中，市场确有需求，从未出过的新编版本。如已出的《后十年集》（全两卷，梁由之编）、《书信集》（李建新编）两种三本，和这本将要推出的《前十年集》，均在此列。

《前十年集》由汪先生的小女儿汪朝女士编选，大致囊括了汪曾祺前十年创作的精华部分，包括若干从未入集的佚文。为方便读者和研究者，《邂逅集》所收八个短篇全部收入。可以说，此书填补了一个空白。

无缘亲炙汪老，梁某引为平生憾事。而炎炎夏日，读汪氏书，想见其为人，为之做点小事，又是多么愉悦的事情。

2017年7月27日，夏历丁酉大暑后五天

梁由之记于深圳天海楼

小
说

1940 —— 1948

钓

晓春，静静的日午。

为怕携归无端的烦忧（梦乡的可怜的土产），不敢去寻访枕上的湖山。

一个黑点，划成一道弧线，投向纸窗，"嗡"，是一只失路的蜜蜂。也许正惓怀于一支尚未萎落的残蕊，匆忙的小小的身躯撞去。习于播散温存的触须已经损折了，仍不肯终止这痴愚的试验，一次，两次，……"可怜虫亦可以休矣！"不耐烦替它计较了。

做些甚么呢?

打开旧卷，一片虞美人的轻瓣静睡在书页上。旧日的娇红已成了凝血的暗紫，边沿更镶了一圈悢悢的深黑。不想打开锈锢的记忆的键，掘出葬了的断梦，遂又悄然掩起。

烟卷一分分地短了，珍惜地吐出最后一圈，掷了残蒂，一星红火，在灰烬里挣脱最后的呼吸。打开烟盒，已经空了，不禁怅然。

提起瓷壶，斟了半天，还不见壶嘴吐出一滴，哦，还是昨晚冲的，嚼着被开水蚀去绿色的竹心，犹余清芬；想后园的竹子当抽了新篁，正好没渔竿，钓鱼去吧，别在寂寞里凝成了化石。

小时候，跟母亲纠缠了半天，以撒娇的一吻，换来一根绣花的小针，就灯火弯成钩子；到姐姐的匣内抽一根黑丝线，结系停当，捉几只蜻蜓；怀着不让人知道的喜悦，去做一次试验。学着别人的样，耐心地守着水面"浮子"（那也是请教许多先辈才晓用蒜茎做的最好）。起竿时不是太急，惊走了；便是太慢，白丢了一只蝇矢；经过了许多次的失望，终于钓得一尾鲢鱼，看它在钩上闪着银光，掀动鲜红的鳃，像发现了一件奇迹，慌乱的连手带脚地捉住，用柳枝穿了，忘了祖父的斥骂，一路叫着跳回去。

而今想来，分外亲切，不由得不跃跃欲试了。

昨晚一定下过牛毛雨，看绵软的土径上，清晰地画出一个个脚印，一个守着油灯的盼待，拉快了这些脚步，脚掌的部分那么深，而脚跟的部分却如此轻浅，而且两个脚印的距离很长，想见归家时的急切了。你可没有要紧事，不必追迹这些脚印，尽管慢点儿。

在往日，便是这样冷僻的小村，亦常有古旧的声音来造访的。如今，没有碎布烂铁换糖的唤卖；卖通草花的货郎的小鼓；走方郎中跟跄的串铃；即本村的瞎先生，也暂时收起算命小锣的铛铛，没有一个辛苦的命运来叩问了，正是农忙的时候呀！

转过一架铺着带绿的柳条的小桥，有一棵老树，我只能叫它老树，因为它的虬干曾做过我儿时的骏马，它照料着我长大的乡下替它起的名字，多是字典辞源上查不着的。顽皮的河水舔去覆土，露出隐秘的年青的一段，那羞涩的粉红的根须，真如一个蒲团，不妨坐下。

也得像个样儿理了钓丝，安上饵，轻轻地抛向水面。本不是为着鱼而来的，何必关心"浮子"的深浅。

河不宽，只消篙子一点，便可渡到彼岸了，但水这么蓝，蓝得有些神秘，你明白来往的船只为甚么不用篙子了吧！关于这河，乡下人还会告诉你一个神奇的故事，深恐你不相信，他们会急红了脸说：县里的志书上还载着。

也不知是姓甚么的做皇帝的时候，——除了村馆里的先生，这村里的人都是只知道"民国"与"前清"的，顶多还晓得朱洪武是个放牛的野孩子，则"不知有汉，无论魏晋"何足为怪。这儿出了个画画的，一点不说谎，他画的玩意儿就跟真的一般，画个麻雀就会叫，画个乌龟就能爬，画个人，管少不了脸上一粒麻子。天下事都是这样，聪明人不会长寿的，他活不上三十岁，就让天老爷给收去了，临死的时候，跟他的新娶的媳妇说："我一不耕田，二不种地，死后留给你的只有绵绵的相思……"取张素绢，画了几笔，密密卷好，叫她到城里交给他的师傅，送到京师的相爷家去，说相爷的老太太做寿，寿宴上甚么东西都有了，但是还缺少一样东西，心里很不快活，因此害了症候，若能如期送到，准可领到重赏，并且关照她千万不要拆开来看，他咽了最后的一口气，媳妇便上城去了。她心里想到底是个甚么呢？耐不住拆开来望望，一看是一片浓墨，当中有一块白的，以为丈夫骗了她，便坐在田岸上哀哀地哭起来。一阵大风，把这卷儿吹到河里去了，我的天，原来是一轮月亮啊！从此这月亮便不分日夜地在深蓝的水里放着凄冷的银光。

你好意思追问现在为甚么没有了？看前面那块石碑，三个斑驳的朱字"晓月津"，一个多么诗意的名儿。

山外青山楼外楼，

我郎住在家后头，

……

　　夹着槐花的香气，飘来清亮的山歌，想着甚么浪漫的佳话了？看水面上泛起一个微笑。她们都有永不凋谢的天真，一条压倒同伴们的嗓子的骄傲，常常在疲乏的梦里安排下笑的花蕾的。

　　一片叶子，落到钓竿上来，一翻身，跌到水面上，被微风推出了视野。还是一样的碧绿，闪耀着青春的光辉。你说，便这样无声的殒折，不比抖索着枯黄的灵魂，对残酷的西风做无望的泣求强些？且不浪费这些推求，你看这叶片绿得多么可人，若能以此为舟，浮家泛宅，浪迹江湖，比庄子那个大葫芦如何？

　　远林漏出落照的红，像藏在卷发里的被吻后的樱唇，丝丝炊烟在招手唤我回去了。咦，怎么钓竿上竟栖歇了一只蜻蜓，好吧，我把这枝绿竹插在土里承载你的年青的梦吧。

　　把余下的饭粒，抛到水底，空着手走了。预料在归途中当可捡着许多诚朴的欢笑，将珍重地贮起。

　　我钓得些甚么？难得回答，然而我的确不是一无所得啊。

二十九年四月十二日昆明

载一九四〇年六月二十二日昆明《中央日报》

翠　子

夜，像是蜷藏在墙角的青苔深处，这时偷偷地溜了出来，占据了空空的庭院。天上黑郁郁的，星一个一个地挂起来，乍起的风摇动园里的竹叶，这里那里沙沙地响。

家里只有我和大丫头翠子，在屋中玩着，等待父亲回家。

翠子扬起头，凝望着远远的天边，抱在膝上的两手渐渐松了下来。

"又来了！看你那呆样子。翠子，你跟我说个故事好不好？要拣顶顶美丽的。可是你不要再说磨子星和灯草星子，今儿晚上天河里没有多大的风，雾倒挺不少，你看哩，白朦朦的，甚么也看不出。我怕他们星子也都会迷了路。"

像是没有听见似的，她的眼睛还是睁得那么大，但是我自己听得很清楚，连掠过檐前的蝙蝠一定已都偷听了一两句去了，在她的眼睛里，我看出我有点生气，默默地，我盯着廊下两个淡淡的影子，心里想：不理我，好！看我的比你的也短不了多少。

终于，她跟我讲和了。站起身来，伸手理一理被调皮的风披下来的几丝头发，（用黑夜纺织成的头发！）她说：

"不早了，我给你弄晚饭去。爷大概不会回来吃了。"

爷？爷又不是你的爷，为甚么你也这么叫呢？不害羞！叫人家的爷做爷。我心里笑过多少次了，不过我也没有说甚么，转进堂屋里去了。堂屋好像比那天都空洞，壁虎在板壁上水渍处慢慢地爬过，但我一点儿都不怕。母亲的棺柩停在这儿时，我还一个人守着一盏长明照路灯（怕被老鼠们喝干了，让妈在黑地里摸索），现在更不怕了；只是桌底下的大黑猫，咕噜咕噜的"念佛"叫人听得真不好受。我连声地喝："去！去！"它像聋了个耳朵，睬也不睬。想叫声翠子，听厨房里铲子正响得紧，大概加点火，马上就要来了，便想起翠子来的时候黑黑的样子，还穿上双鲤鱼脸的花鞋，带个大红"舌头"，怯生生的，"锅边秀！"于是跟自己笑起来。

吃饭时，我一手拿着筷子，一手拿根纸捻，蘸点儿水，又在灯盏里滚一滚，就火头上哗哗剥剥地烧起来，非常好玩。

"看油点子溅到眼里去，怎么这么皮！"

"哟，真真像个妈？"我想着，小猫儿似的咕咕地笑着。

"爷一早就出去了，这会儿还不回来，老不肯待在家里，把我一个人撇下！"

其实我知道，爷疼一晚上比别人疼我一天都强。而且有翠子伴着我也并不寂寞，但我仍巴巴盼他回来。晚上的风专门往人颈子里钻，邻居王家的那条大花狗，一听到脚步声音就向黑中狂叫，爷难道不怕狗？不怕我因为担心他怕狗而怕狗？

我嘟起了嘴。

"……大白天爷一定又是到你娘的坟上去了。你这个人！看每天衣上都沾了些泥斑，早上的露水多重！"

对了。父亲每晚回来都带着一支白色的花，这花城里是没有的。人家说是鬼种出来的。母亲的墓园里满开的全是这种花，听爷说过，"这坟地是你娘生前亲自看定的"。风水先生都说这不是吉地，但父亲可坚持要葬在这儿。只是这花是经不起霜打的，白菜渐渐甜了起来，怕这花也没多少日子好活了。我希望明天要父亲带我去看看，花叶的尖尖有没有发红，要是红了，那就快了。

等花都完全憔悴死了，只挂上一些干叶子在风里摇，狗尾草也在风里摇，看父亲还再天天到坟上去不去？

咯咯，一只褪了绿色的小蚂蚱，振翅向灯焰飞来，翠子一挥手把它赶去了。翠子嘴里咕咕着："你为甚么不在青草窠里玩着，却迷在这亮亮的一团火里？"

大家都不说话，风掀起壁上的条幅，哗哗地响，我想起父亲近来画也不画，字也不写，连话也不多说，便问翠子：

"爷近来是不是又老了些？下巴的须子长得那么长，刺在人脸上，痒痒的，嗯。怎么回事？想娘，娘不想他也不再想我，睡在地下安安静静。甚么也不想。"

"你爹……哦，你明儿早上醒来，叫他莫出去。明儿是他的生日，今年三十了吧。……快吃，看菜都冷了！"

咦！我不是吃完了吗？她一定又想着甚么了。连我放下筷子都不晓得，痴痴的真好玩。今晚上我还要告诉父亲，翠子这两天像丢了魂。她的魂生了翅膀，把翅膀一举，就被风吹到远远的地方去。是一阵甚么风？我不知道，翠子也不知道。

翠子收了碗，把折好的爷的衣裳压在衣砖底下，便做起针线来。我倚在她身上，随着她胸前的起伏，我轻轻地唱：

"小白菜呀

点点黄啊，

小小年纪

没了亲娘。

……

……"

"翠子,底下是甚么的?"

"——听,叫门,你爹回来了?"

翠子打了风雨灯,走到黑黑的过道里,我站在可以看到大门的地方等着,看烛火一步步地近了,却是父亲提着的。翠子静静地跟在后面。

父亲一把抱起了我,在颊上亲了我一下,问我为甚么还不睡。

"等你!你不疼我,只疼别人家的孩子!"

父亲轻轻叹了声,进到房间里去了。一进房门,便听见屋角喔、喔的声音,他问我:

"五更鸡上煮的甚么?"

"莲子。翠子在柜子里找出来的,说上好的建莲,再不吃要坏了。天也冷了,爷该吃点滋润清补东西,所以煨了它。让我关照爹,糖在条几上玻璃缸里。"

"哦,——家里,几时还有莲子?"

"谁知几时的……"

"二宝,你睡吧!"

"你呢?"

"我也就要睡了。我很累。"

"我这么大了,自己还不会脱衣裳么?不要你,不要你!"当父亲要替我解纽子时,我连忙闪开。脱了衣裳,"进窝了,进窝了,进窝啰",便往被窝里一钻,被盖是翠子新浆洗的,非常暖和，有一点太阳气味，一点米浆气味，和一点（极少一点点）香粉味。

爷只吃几颗莲子，其余的都给我吃了。他叫我不用起来，拿小银匙子一颗颗地喂我。我一边吃，一边看着他的瘦脸：黑了，更瘦了，头发长得那么长，下巴全是青的。这么大的人了，自己不晓得打扮，还要人来照应，呕……

想起一件事，赶忙告诉爷：

"高家伯伯今儿来过了，饭前，一个人坐在客房里等了你老半天，跟我谈了很多话：问我想不想妈？要是想，教爷替你再娶个妈。又把你那支挂着的笛子拿下来吹了半天，他说吹的叫甚么《汉宫秋》。爹爹，——你吹的好还是他好？后来翠子给他送上茶，他便不吹了，一个人走来走去的笑笑，还拿纸写了些甚么教我拿给你看，字那么草，它认识我，我可一个也不识得它。"

父亲看看那张字条，哈哈地笑起来。笑些甚么呢？还那么大的声音。

父亲随后也脱了衣裳睡下，点起一支烟，烟一丝丝地卷起来，满帐子里都是烟雾。

"二宝，你今儿晚上吃的甚么菜？"

"青菜虾圆汤。"

"可好吃？"

"好吃，好吃，虾子又新鲜。买来时还活蹦活跳，青菜是到园上现挑的，在薛大娘园上挑的。翠子说，这样有起水鲜。——嗳，爹可晓得薛大娘？翠子新认了她做干妈。今儿大清早，我跟翠子上那儿去，草上露水还没有干，她把鞋都湿透了。我没有，我走道儿挺小心。到那儿薛大娘的儿子大驹子正在浇水，看见我们来了，便笑吟吟地把剩下的半桶水往埂上一搁，替我们下园挑菜去。翠子坐在埂上跟他谈话。薛大娘给了我两个新摘的沙胡桃，我便一个人去找蟋蟀儿去，我蹑着脚走了半天，连个油葫芦的叫声都没听见，才过了白露啊，难道它们就哑了翅子，不好意思再大胆地'呼雌'？爹，你不是告诉过我，蟋蟀儿的叫是呼雌的？找不到，我便掐了几片芦叶，编成个小船，把她们一只只地送到河中流水里，看哪个流得最远。呜，一阵风把我的船全翻了，河下已经有人淘中饭米，我想已经来了老半天了，便回到园上找翠子去。

"我一去，他们都没看见，翠子还那么坐着，睁着大眼睛望着天，天上不见雁鹅：喏，就像我这样子，大驹子呢，站旁边，看定翠子的脸。菜篮子里只有两棵。我一叫翠子，他们都不看了，一块儿下园挑菜，大驹子还替我们下河把菜洗得干干净净。

"喺，爹，你说翠子为甚么老呆呆的，望着天，天上有甚么？人家说，天上有时会开天门，心里想甚么，天门里就有甚么！可是这要有福气的人才看得见。翠子是不是个有福气的人？你说。看天门开要在七月初七的晚上，早过了时！翠子一发呆，便不爱说话，不跟我说故事，也不教我唱'白果树，开白花，南面来了个小亲家'了，也不爱跟我来'板凳板凳歪歪，菊花菊花开开'了。我想哭，又怕她笑我。爷，你说说她，要她同我玩玩，不许发呆。"

嗯，父亲不知为甚么，这时不理我了，也呆呆的，好像从帐顶可以透过屋顶，看到翠子白天发呆的那个。怎么回事？

"喺，爹，你怎么的？看落了一枕的烟灰。你快睡在灰里了，翠子今天洗枕头时说你烧了那么大一个焦洞，赶明儿甚么烧了也不知道。"

父亲对我笑了笑，把灰拍去了些。

"翠子真好，又好看，又待我好，跟妈一样。爹，我们再也不要让她走，教她永远在我们家里！"

"……十九岁了；……明年四月……一个跛子男人……哦，二宝，让她回到自己的家里去吧，她妈就要来带她了，这件事，我不能管！"

爷又叼上一支烟，划了一根火柴，半天都不去点。等火把指头灼痛了，才把火柴扔了。我真不明白，为甚么父亲的魂也生了翅膀，向虚空飞。便记得要跟他说，先前翠子提起的话。

"爹，你是不是三十岁了？翠子让你明儿别出去，为你做生日，她办菜！"

"三十了？三十了！为甚么是三十呢？关翠子甚事？你也不用管，我不做生日了的。二宝你睡吧，明儿要早点起来，跟我到你妈坟上去拜坟。你记不记得，明儿是你妈的忌辰。我要翠子回家，她长大了，留不住。"

为甚么要让翠子走呢？我觉得鼻子很酸，忍受不住，我哭了。

父亲把我抱在怀中，脸贴着我的脸："睡罢，半夜了！你听豺狗叫。……"

灯油尽了，火头跳动了几下，熄了。满屋漆黑，柝声敲过三更了。我不知道父亲甚么时候方睡。我醒来时，父亲已起了床出院中做深呼吸去了。翠子站在我床边，眼睛红红的。

十一月一日至二日，联大

载一九四一年一月二十三日昆明《中央日报》

悒　郁

秋天生长在淡淡的稻花香里，成熟于戟指的稻芒上。秋天总不免有些悒郁，成熟的稻穗也低垂了头！

时近黄昏，夕阳在西天烧起篝火，地面一切都薄薄地镀了一层金。在卷发似的常青树梢上勾勒起一道金边，蓬松松的，静静的。

银子像是刚醒来，醒在重露的四更的枕上，飘飘的有点异样的安适，然而又似有点失悔，失悔蓦然丢舍了那些未圆的梦；甚么梦？没有的，只不过是些不可捕捉的迷离的幻想影子罢了。一个生物成熟的征象。

——青青的远树后冉冉的暮霭。

银子漫不经心地走着，沿着恬静的溪流，轻轻地叫唤着自己名字：

"银子，银子，……痴丫头！要真是宝贝，为甚么你娘不叫你作金子？"

她心里藏着一点秘密的喜悦，不愿意给人知道。并且像连自己都不给知道似的，一涡浅笑镶上她的脸。

她走着，眼睛跟着自己的脚尖。这脚尖，小小的，可以把她带得多远！究竟能走多远？她想问问自己，但是她不愿意自己回答，默默地，她又笑了。说了她怕人知道，也怕自己知道。还不是走到——那个坪里！

脚下是带绿的浅草，有的也已经红了心，茸茸的，被西风剪得平齐，朝露洗得很干净。

她很耐心地寻找，看看有没有马齿咬过的印子。仿佛觉得有一匹浑身柔润如天鹅绒的长脚俊物，嚼着草，踢着前蹄，悠然拂着修齐的尾巴。马在哪儿呢？她乐意有那么一匹马。

陌头躺着一头倦匀的牛，她心里想：笨东西，我不欢喜看见你啰，你太笨，太懒，太……让你早上自己走出来，晚上再自己走进栏里去，甚至还想拾一块青鹅卵石扎它一下，因为牛角上正栖了两只八哥儿，那么从容自在，那么得意，竟想甜甜地做一个梦。但是她没有这么做。这草里一坦平，不会有石卵儿。也许有吧，可是她不再找了，多费事。

草坪四近都没有人影，洗净了泥腿的人早给高挑的酒旗儿招去了。咦，连马号的声音都听不见，世界这样清静，究竟是甚么意思？

这已经出了庄了，银子左手在前，勒住缰辔，右手在后，抓住鞭儿，嘴里一声"哈——嘟"马来了，嗝嗝嗝……一气跑了不知多远。她停住了。唉，不像！怎么两脚总不腾空？

马累了后得息息，饮点水，于是她大步走下土坡，坐到最下一级，今儿这坡忽然像是嫌宽了些。比往常宽，也比往常静。

河水清极。水里一处有两只黑晶晶的大眼睛，怔怔地对着她。

嗨，这胸前为甚么起伏得这么剧，跳甚么？春天的花过去了，夏天的云过去了，秋天的一把白了头的狗尾草在风中摇，谁家葡萄园不采摘葡萄酿酒？无意又似有意的，她的手触到自己的胸脯边，忽然无端地红起脸来。心子飞到甚么天上去？人都说有三十三重天！飞去了怎么回来，多远的路！

——嗯，银子，很害羞地往坡上草里一伏。

"嚇，嚇。"一只青桩儿飞过去了，它笑银子。有甚么可笑的？银子知道。

银子回去了，她听得妈妈叫"银子，银子，——回——来——啵！"的声音，渐渐归去了，妈也晓得银子一定会听见的，她只是不答应罢了。其实她正心中想到好笑：一天银子银子地叫，应当发一百万财！可是一个金戒指还换掉了。

隔山有人吹着芦管，把声音拉长，把人的心也好像拉长了，她痴了一会儿，很想唱唱歌，就慢慢地唱着：

> 第一香橼第二莲，
> 第三槟榔个个圆。
> 第四芙蓉五桂子，
> 送郎都要得郎怜。

好像又有谁在接口唱：

> 天上起云云重云，
> 地下埋坟坟重坟。
> 娇妹洗碗碗重碗，
> 娇妹床上人重人。

"狗嘴里说人话，不像人。"

门外场上被风儿扫得平平的，除了一两片落叶掠过留下的线条外，只有几个脚印，那是妈妈的，银铃儿将撷来一把狗尾草，不高兴似的恨恨地一撒。她高兴？她怎么不高兴？快吃饭了。

饭已经摆到矮桌上，爸爸喝着一小杯酒，银子呆呆地注视着爸喝一口酒，吮一吮胡子。她不说一句话，像是拿不动筷子。

"银子成人了。"爸跟妈看看，默默地笑笑。妈微攒一攒眉。若在往常，她非得往爸爸怀里一扑，问他"笑些甚么"不可。但是今天她不想问。她心里想："你们笑我，不回来了，明儿！我会跑，跑到远远的天边，看妈再会不会叫'银子——回——来——啵！'银子一走，你们找金子去。"

突然，她把筷子往下一放，飞奔地跑出门外去了。外面的天宽宽的，罩着大地，地面一切都在成熟。

嗨嗨嗨……明明听见的嗨？

银子向林子里跑去，今天好像甚么都欺负她。她要去林子里哭一会儿。她要看看那匹马。

二十九年十一月二十一日草稿

载一九四一年第五卷第三期《今日评论》

寒　夜

　　一个大车棚，靠近村子唯一通口的石桥。

　　车棚，在夏天，本是牛的天地，它在里面拉水车的轮子整天地转。现在，冬天来了，它该有一份休息，卧在温暖牛房的温暖稻草上咀嚼些往事去，（谁知道是些甚么事呢。）车棚到这时候也应该让流浪的西北风来寄寓了。但是今年，人们在它四周的带皮的弯扭的柱上络起草索，里里外外又涂上从河底搅起的稀泥，一切车水的设备，可以挪出去的也都没有了。于是车棚变了样子，我们还能再叫它车棚么，看它巍然独立的样子（车棚比普通茅房要高些走进去用不着低头）。在黄昏淡烟给人的眼睛以遐想的神力的时候，你要不以为那是一个藏着许多故事的鼙楼才怪！然而乡下人长于保守，他们还是叫它车棚。

　　夜，雪后，这儿没有大得吓人的雪，但也足够遮去一切土黄苍青而有余了，一片银光在荡漾，因为是年底，没有月亮，要是有，那不知要亮成甚么样子。怕有窗子的人家也不容易知道天甚么时候明。风，从埋伏的芦叶间起了，雪结上一层膜子，又打着呼哨。茅檐下的冻凌子（冰柱）像钟乳石一样，僵成透明的，不分明的环节。狗也不大叫。在家的人一定把被角拉得更紧，也许还含含糊糊说两句甚么，马上又把头缩到被窝里去。

车棚中心烧了一大堆火，火领受人们的感谢，烧得更起劲了，木柴使足了力气，骨节儿毕毕直响。风用嫉妒的力量想摸进棚里，只能从泥草的隙缝间穿进一丝，且一进来便融化在暖气里。棚边积雪绷得更紧，像生气。

火光照红了一棚，柱上挂枪。形式甚多，奇奇古怪的名目，听都没听见过。有的似乎只能吓吓麻雀，却也像剑似的闪着青光。除了枪，还有盛酒的葫芦，装锅巴的竹篮，及其他什物，都干净利落，好像日常必经过一只手摸抚过，拂拭过。

围着火，坐着几个汉子，他们的称呼是：老爹，二疙瘩，大炮，蛤蟆，海里蹦，这几位都是名不虚传的人物，在乡下，哪儿都听得到，我相信，如果他们有儿子，他们的儿子一定也如此叫唤。乡下人对于取名字这一道是另具天才的，这几位，不必去请教，看一眼便知道谁是谁，甚么名字属于甚么主人。年纪也不用问，因为他们各有一颗永远年青的心，死去时也还是带着青春走的。就是老爹除了有把胡子，哪点能说是老，不信比比手臂看，小伙子都敢不过，不过他已经没有被称为更好的名字的荣幸了。这是他大不愿意的。

火光照红了深浅颜色的脸，也照亮一样精神的眼睛，火边伸着七八只大脚（因有人只伸出了一只），大概还有两个人，睡熟了吧，只有哼声还随着火苗起落。

风更大了，把冻结的雪又撼起，飞起一天花。呜——呜。

还有一个人，年轻的，他是这里最出色的一个，他出去了。

啊，他回来了，推开门，带进一股逼人的寒气，又砰地把门带上了，扣上绳扣，摔摔脚下少少沾了一点的雪，搓搓手，坐到火边，又伸手抹一抹脸，掏出了竹柝子，拿出手枪（他有一支手枪的）端详了一下，又掖上了。他是巡更去的。巡更，谁高兴去，谁去，这里没有甚么指派的规矩，大家可心里明白，他不比任何人的次数少。"妈的，鸡巴都冻小了。"他伸手向火。

好家伙，异口同声，二疙瘩，蛤蟆，大炮，连海里蹦，都怕话给别人抢去似的：

"花儿不要你了！"

年轻人正提起火上煮着的大紫泥壶，壶嘴送近嘴边，一听见，马上把壶嘴挪开，睁大了眼睛，向四面搜寻。

"哈哈哈……她不要你，我要你！"老爹笑了，黑色的胡子飞起来了。他这笑，笑得真好。许多笑也跟着起来了，盖去老爹的话的尾声。壶嘴也便得了救，你听"咕嘟"，热水如愿以偿地下了他的喉咙。其实这也不过是闹着玩儿的。当真，他还好意思提起拳头打人？老爹一笑，更不能那个了。眼睛虽然还睁得不小（他的眼睛从来就没合过），可是那点不太真实的恼气都没有了，里面亮着满意与骄傲，——花儿是老爹的女儿呢！

老爹带笑巴上烟，烟锅里闪着高兴的光。二疙瘩等带笑取下篮里的锅巴嚼着，年轻人随手取了根木柴，拨拨火，又把它丢进火里，也带着笑，是不是想着花儿腻人的歌呢？火烧得更旺，紫泥壶已经重坐到火上去，冒着白色的水汽，颇颇地响。

年轻人，是一个道道地地的年轻人呢，年龄，是一生最美丽的，心恐怕比年龄更年轻些的。他有不许人叫不好看的（即使好听的）名字的权利，再则别人也不好意思给这么一个苦壮漂亮的小伙子加上"二疙瘩"、"蛤蟆"之类的封号。他叫太保并不是还拥有别的名字而被人忘了，从一生下来起，爹妈便如此叫他了。看，可不像个太保，就凭两道浓淡适中，长短合度的眉毛。这近处的年青的姑娘的心上，差不多都有太保的影子，姑娘们兜面遇到时，常常说："啊，我替苍蝇担心呢，这么光的头发，不滑闪闪了？"底下接着便是："是不是给太保看的？"照例这句是低低的，因为说话的人自己的头发也有点……而对方的回答，一例却是"呸！"和一个红脸。

火光熊熊，有人连衣扣都松了一两个。温暖会使人懒洋洋的，大伙儿的眼皮渐渐耷了下来。

"嗨，怎么都打盹了，这样还守甚么夜！"太保一呼斥，全睁开了眼。那两个本来就睡熟了的，仍旧睡得很香甜。

"他妈的，这么冷的天气，这么暖的火，抱着个精光的老婆，真不愁睡死过去。"二疙瘩"笃"的把一口不平吐到火里去。

大炮说："你老婆在哪儿呐？别他妈不要脸了！"

蛤蟆说："你呢？"

哈哈哈……

全是光棍。

"喽啰喽啰，闹些甚么！喝酒吧。"老爹摘下了葫芦。没有菜，嚼锅巴下酒。

大家就着葫芦嘴儿喝，一个一个地传下去。

突然，太保一回身，拉开门儿走去了。空气顿时紧张，大家都站起身来，有的已经拿住了枪。

门又开了，太保走进来，望望他们，把手里捧的一大团雪放进水壶里去，原来壶里水已经快光了。

没事，天下太平，大家又坐到火边来。

"太保，你冷不冷，怎么出手去捧雪？快来喝喝酒，通通血脉，葫芦里剩得不多了。"老爹的话像是对儿子说的。

"不冷，"太保一手接过葫芦，"你们怎么解手都不讲规矩，看雪地画了一条条黄龙，回头——"底下的话随着酒咽下肚去了。

"回头怎么？这会儿谁还来。"这事大家都有份儿，所以也差不多是同时说。老爹笑笑，又巴上了烟，他心里想他们像是存心对付太保呢。

太保拔出手枪，用手摸着微温的发着蓝光的枪壳子，把子弹一个一个地跳出了膛，又一个一个地装进匣里，然后再上了膛，保上险，看了又看，他自己也不知道一个庄稼人怎么爱上了这玩意儿。

"喉。蛤蟆，看老爹的眼睛都快笑成一条缝，真是丈人看女婿，越看越有趣。"海里蹦轻轻地说。

"有趣，就有趣罢了，干我们鸟事？我们算是完了，你哪，还年轻，模样也还像个样子，怎么也不想娶一个标致媳妇儿，尽跟这些杆子成天胡闹！"

"他要娶甚么媳妇，有嫂子欢喜他哩。他那痨病鬼的哥哥还不是早晚的事！"

"你胡说，你胡说！"海里蹦贼人心虚似的，因为他的确常常想到这件事情。在乡下这是普通事！他一手抓过葫芦，把剩下的酒，一口喝完了，喝得太猛，都喷到火里去。火堆上了阵青光。

"听！"二疙瘩手一摆，大家都屏住了气。嚼锅巴的停止了牙齿的运动，怕妨碍了听觉。老爹的烟锅里也不再咝咝地响。

静默。

"见鬼，是雪压断了树干子，大概是桥那边的。"太保耸耸肩，把落在火外面的木柴踢进火里去。

"天该不早了，大家睡下罢，有我一个人也够了！"老爹把烟又巴上了。

"再出去走一下罢。"太保说着，便一手拉开了门，一脚跨出去，正跟一个人撞个满怀。

"冒——嗨。你还哪里去啊，天都亮了！"花儿跨进了门，"爹，我来带你了。"

"你是来带我的么？——花儿，人家说你不要太保了！"

"谁说的？"花儿冲冲地说出这句话，话一出口，便觉得很难为情，忙低头拾起地上的竹篮。

太保不让人看出他的脸上的颜色，便走到门外去。天虽然明了，也还很朦胧。

老爹连忙高声地说："太保，你慢走，上我们家吃团子去。花儿走吧。回见，回见。"

"回见，回见。"

"爹，我不依，——我做的团不给他吃。"花儿扭扭头，拉拉老爹的衣角，轻轻地说。

……

"爹，你教花儿走慢些，你看她身上的雪，必是来的时候跌了一跤。她生我的气呢。——把葫芦跟篮子都给我拿罢。"

沙沙的步声远了，风掠着地面一切，只有人的心除外。——

火堆子的火已渐灭。

二疙瘩，大炮，蛤蟆，海里蹦，相互看看，嘴张得大大的，有点呆相。

"谁说的？"蛤蟆学舌学得倒很有几分像。

睡熟了的两位，依旧睡得很香甜。

载一九四一年二月十三日昆明《中央日报》

春　天

"故乡依旧有春天，杨柳又抽芽了，这一点生机是寂灭不了的。"

我慢慢地，有点迟疑（谁知道这点迟疑如何生长的），把一叠信纸投入拆开的信封里。

"——又是春天来了，——春天。"遮住我的记忆的是一片明净的蓝色，是故乡的天，真的，我走过多少地方了，总觉得别的地方的天比不上故乡，也许有比故乡更蓝的天吧，然而蓝得不跟故乡一样。还有呢，那是许多得意地散落在蓝天里的风筝，带着一种轻柔，静静的。

可不是春天了么：衣裳似更轻些，更暖些了。坐在太阳里，一闭眼（很自然地闭上眼了），一些带有奇异彩色的碎片便在倏忽变化的衬景上翻腾起来。——你没有这个经验么？我希望你试一试，在太阳里闭上眼睛，你就会明白我的话了，我绝不弄甚么玄虚。而这些碎片，又幻出些黑而大的眼睛，晶晶发光，依旧在翻腾，使我有点昏晕了，不成，睁开了眼，更晕得厉害，怎么办呢？

我不是告诉过你许多次了么，我的童年是不寂寞的？

许是在一个春假里罢，（不是春假也就算春假，何必顶真，春假是不是所有假期里最好的一个，你说？）我们两个，玉哥儿和我，——

"你是谁？"

"——嗯，别打岔，你听我说下去。好，我那时叫春哥儿。告诉你，又要不离口地叫了，还当着人。"

我们在梨树下用木板替白兔造一个新窠，它在我们身旁安闲地吃着菜叶。忽然我停住了，看看自己的手。

"怎么了，是不是，木刺戳了？"

他把我的手拿起来看看，到香橼树上折到一根荆针，一挑，又对着吹吹气，虽然很疼，可是倒挑出来了。随着望一望那歪歪斜斜的未完成的建筑，啪地一脚踢倒了。我不觉得可惜，反而有点复了仇的快意。

"弄不好，还让它住住旧房子，等生了小兔子请伯伯给我们再做一个新的。走，我们上老败家那儿去。"

"胡说！上王大爹那儿去，你说老败家，教英子听见要生气。"

"老败家"就是王大爹。我们的姑姑说起他来总是预先摆下一副鄙夷的眉眼，"老败家"这名字也是她们给取的。说是他祖上很有钱，还做过大官，父亲也还好，到他手里，把家业糊里糊涂地就花光了。老了，还是不治生业。她们说起来还愤愤地，好像人家败去的是她们自己的家业似的。

哼，老败家？多刻薄的嘴！王大爹又不抽大烟，像大姑夫，又不成天赌钱，像二姑父，就算王大爹少年时候不正经罢，我想他也不会像三姑夫，把日子都耗在堂子里，说人家不会过日子，你们好，表弟要钱买了丁丁糖，每回都挨一顿好骂，钱就是命，只恨钱没有眼，要有眼，你们早钻进去了，（我也不知道这是甚么意思，妈这样说过。）至少，至少，你们就修不到英子那样标致的女儿。

玉哥儿也学着说，说王大爹是败家子，我真想不理他了，我想替他告诉英子，不——回头英子要是哭了呢，——还是不告诉的好，她一哭就是老半天，把眼睛哭红了，王大爹会说我们欺负了她，而且，我想玉哥儿也是偶尔说一两回，他难道不爱王大爹么？

上王大爹那儿去，好，我眨眨眼，把手上灰土拍去一些。（我倒不怕别人笑话。只是因为英子非常爱干净，王大爹也看不下孩子们污黑的手，回头他会打水给你洗，还用胰子擦了半天才放手。）我说：

"走。"

王大爹正在铺子里。

这铺子是一个钱庄的旧址。从前也是王大爹开的。后来改开过酱坊，杂货铺，现在只卖一点香烟洋火，有时候，有人拿一点古玩字画来寄卖，（那是因为别人说王大爹眼睛好，甚么东西到他手里，都会订出个恰当的价钱，对于鉴赏书画，尤为精到。）铺面大，货物少，显得非常空阔，但空阔的地方又常被孩子们的欢笑填满，没有一点凄凉的意味，虽然椽子都黑了。柜台外面，被称为店堂的地方，太阳里睡着一只玳瑁猫，一条哈巴狗，哈巴狗正舔着玳瑁猫的颈毛。

王大爹在做甚么呢？他用一只架戥，在称着鸡毛的分量，聚精会神地觑着戥杆子轻微地上下。（那鸡毛是用来做蜈蚣的脚的，必须两边一样轻重放上天才稳，这，说也说不明白，顶好你去见识见识蜈蚣风筝就知道了。）一面不时拈一颗花生米做成的丸子，随手抛给架上的鹦鹉，虽然他眼睛看着戥子，但鹦鹉很准确地用红色的大嘴接了过去，每吃一颗，把嘴在架子上磨磨，振一振翅子。同时他嘴里还卿卿啾啾声的逗画眉叫，我觉得他的声音好像比画眉更好听些，因为画眉是跟他学的。

他一扭头，看见两条影子映在店堂里，便高声说："英子，别弄甚么宝宝人儿了，快出来。你的朋友来了，也不招待招待人家。"

英子由那个挂着"聚珍"的扇匾的套房奔奔跳跳地出来，手里拿着根针，我想，刚刚手上的刺要是她给我挑，一定不疼。

"嗳，我昨天看见王老师了，她让我们三个人明天到她家去玩去，——嗳，我昨天去上妈的坟去，蚕豆都开了花，紫微微的，还有一种花，乡下人叫作癞痢桡子，白的，还有几点红，跟你去年头上那块癣一样，哈哈。"

我真怕人提起我那块癣，尤其怕英子说，可是她专门借故提起，我脸又红了。

"不作兴，不作兴。嗯，一毛六，——短二个铜板？没关系，没关系，"王大爹把一包香烟交给一个人，"春哥儿，你爸爸曾问我要黄雀，我这儿又下了一窠，有一个凤头，一个龙爪，毛色很好，回头你给带了回去。"

"嗯。"我答应着，眼睛却望在墙上。

"你们待在这儿干么么呢？看着猫儿的眼睛，该有两点多钟了吧，去放风筝罢，就拿这'四老爷打面缸'去，明儿等这蜈蚣糊好了，我跟你们一块去。"说着他给我们取下那名叫"四老爷打面缸"的风筝，"英子，线在第二个抽屉里，你跟他们一块儿去玩玩，不要再给宝宝做衣裳了，看把手指头戳破了。"

"回头我给你们煮桂花山芋吃。——春哥儿，跟你爸说，说我问他要点枫叶芦花[1]的枝儿，枫——叶——芦——花——记住呀。"

我们接了风筝，头也不回，一直跑向"学田"里。玉哥儿拿着线槌子、风筝，我跟英子挽着手走在后头。

"春哥儿，我爸爸要你做他的儿子呢，你愿意么？"

"好，我爸也要你做他的女儿呢，你答应做我爸的女儿，我就给你爸做儿子。"

到"学田"了。遍野都绿透了，把河水映得红艳艳的，风吹到我们的身上，我觉得自己在长大。

"我放，你撮，英子，你在那边杨柳树下等着我们。"玉哥儿分排着。

咝，咝，咝，线槌子放开了，拖了几丈长。

"就那个，嗳，你站到那个坟顶上，那个，那个顶高的，举起来，举起来哟！"

"噢，一，二，三——，我松了。跑，玉哥儿，跑，快跑啊。"

"呕——"风筝摇摇摆摆地升到天心里去了，我拍手大叫，英子远远地也拍手大叫。

天空飘着无数风筝，可是都没有我们的好看，所有放风筝的人，也没有我们快活。

田塍上开了许多淡黄的花，那颜色跟爸爸的那种蜜色的月季花一样好，我采了不少，结成一个花球，想送给英子，结成了，便跑向了玉哥儿那边去。

"往上攒了，高，高，你把我拿一下，可以不可以？"我说。

---

[1] 是一种菊花的名字，菊花大都是春天插枝，枫叶芦花，紫色的长瓣子，上面洒白色斑点。

"不行，劲太大。"

"给我拿一下。"

"不行，不行，你看，肚子都没有，线一直上去，你不能拿，不要把风筝走了。"

"给我拿一下！"我一边说，一边要去夺绕线的杆子。

"不行！"他用右手把我一推，我脚底下没有站得稳，跌了一个元宝翘，他反而哈哈地笑起来，我气极，他看不起我，地上抓一个砖头就掷过去，正丢在他腿上。

一场争斗开始了，我们连野话都骂了出来。

"喂，喂，怎么回事？打起来了！"英子由那边跑了过来。

我们一有纠纷，大概都是英子来解决，大家对于她的话总是听从的，谁教她是女孩子呢。

"他用砖头扎了我，你看这块斑。"果然一大块青斑，英子看看那斑，又看看我。

"你先打我的。"

"……"

"……"

英子说："他先打你，你就打人了？"

"当然，谁打我也不依他！"我理直气壮。

"真的？"英子一伸手，啪，一掌打在我的脸上，"我打你，看你打我不？"

"哈哈哈！"她和玉哥儿全笑了，玉哥儿尤其得意。

我当然不能打她，可是鼻子一酸，好，你向着他！我两颗眼泪在眼眶里转了，不愿让她看见，一转身拔腿便跑，把刚才结的花球狠狠地一丢说：

"玉哥儿好，他还说你爹是老败家呢。"

一阵风把我的话吹散了，我头也不回，甚么也不管。

"之后？"

后来，后来，——

我一手捏着张照片，心不在焉地在信封上画成一个人脸，大大的眼睛，两条辫子，又斜斜地写上一行字：

"春风吹又生。"

——也是有大大的眼睛的，大大的，也黑黑的，不梳辫子，有个酒涡哩！我一回头，"怎么啦，瞪瞪的，一句话也不说。"

"这，——哈，你小时候不许有要好的男朋友么？长大了，又能不怀念么？"

"呸，我才不管你的事哩。"

"可是你的眼睛瞒不过我。好，你听我念：

我们很好，英子已经喜欢吃酸东西了，她很记挂你，很希望见见你的夫人，这张照片是我们送给她和你的，希望你们能寄一张照给我们。

——人家都说我们已经结了婚呢。"

"啧——"一种声音遮没了话。

春天，——我们明天也买个风筝去放放。

二月十七日初稿

载一九四一年三月十三日昆明《中央日报》

复　仇

——给一个孩子讲的故事

一缶蜜茶，半支素烛，主人的深情。

"今夜竟挂了单呢"，年轻人想想暗自好笑。

他的周身装束告诉曾经长途行脚的人，这样的一个人，走到这样冷僻的地方，即使身上没有带着干粮，也会自己设法寻找一点东西来慰劳一天的跋涉，山上多的是松鸡野兔子。所以只说一声：

"对不起，庙中没有热水，施主不能洗脚了。"

接过土缶放下烛台，深深一稽首竟自翩然去了，这一稽首里有多少无言的祝福，他知道行路的人睡眠是多么香甜，这香甜谁也没有理由分沾一点去。

然而出家人的长袖如黄昏蝙蝠的翅子，扑落一点神秘的迷惘，淡淡的却是永久的如陈年的檀香的烟。

"竟连谢谢也不容说一声，知道我明早甚么时候便会上路了呢？——这烛该是信男善女们供奉的，蜜呢？大概庙后有不少蜂巢吧，那一定有不少野生的花了啊，花许是栀子花，金银花，……"

他伸手一弹烛焰，其实烛花并没有长。

"这和尚是住持？是知客？都不是！因为我进庙后就没有看见过第二个人，连狗也不养一条，然而和尚绝不像一个人住着，佛座前放着两卷经，木鱼旁还有一个磬，……他许有个徒弟，到远远的地方去乞食了吧……

　　"这样一个地方，除了做和尚是甚么都不适合的。……"

　　何处有叮叮的声音，像一串散落的珠子，掉入静渚的水里，一圈一圈漾开来，他知道这绝不是磬。他如同醒在一个淡淡的梦外。

　　集起涣散的眼光，回顾室内：沙地，白垩墙，矮桌旁一具草榻，草榻上一个小小的行囊，行囊虽然是小的，里面有萧萧的物事，但尽够他用了，他从未为里面缺少些甚么东西而给自己加上一点不幸。

　　霍地抽出腰间的宝剑，烛影下寒光逼人，墙上的影子大有起舞之意。

　　在先，有一种力量督促他，是他自己想使宝剑驯服，现在是这宝剑不甘一刻被冷落，他归降于他的剑了，宝剑有一种夺人的魅力，她逼出年轻人应有的爱情。

　　他记起离家的前夕，母亲替他裹了行囊，抽出这剑跟他说了许多话，那些话是他已经背得烂熟了的，他一日不会忘记自己的家，也绝不会忘记那些话。最后还让他再念一遍父亲临死的遗嘱：

　　"这剑必须饮我的仇人的血！"

　　当他还在母亲的肚里的时候，父亲死了，滴尽了最后一滴血，只吐出这一句话。他未叫过一声父亲，可是他深深地记得父亲，如果父亲看着他长大，也许嵌在他心上的影子不会这么深。

他走过多少地方，一些在他幼年的幻想之外的地方，从未对连天的烟波发过愁，对连绵的群山出过一声叹息，即使在荒凉的沙漠里也绝不对熠熠的星辰问过路。

起先，燕子和雁子还告诉他一些春秋的消息，但是节令的更递对于一个永远以天涯为家的人是不必有所在乎的，他渐渐忘了自己的年岁，虽然还依旧记得哪一天是生日。

"是有路的地方，我都要走遍"，他曾经跟母亲承诺过。

曾经跟年老的舵工学得风雨晴晦的知识，向江湖的术士处得来霜雪瘴疠的经验，更从荷箱的郎中的口里掏出许多神奇的秘方，但是这些似乎对他都没有用了，除了将它们再传授给别人。

一切全是熟悉了的，倒是有时故乡的事物会勾起他一点无可奈何的思念，苦竹的篱笆，络着许多藤萝的，晨汲的井，封在滑足的青苔旁的，……他有时有意使这些淡淡的记忆浓起来，但是这些纵然如秋来潮汐，仍旧要像潮汐一样地退下去，在他这样的名分下，不容有一点乡愁，而且年轻的人多半不很承认自己为故土所萦系，即使是对自己。

甚么东西带在身上都会加上一点重量（那重量很不轻啊）。曾有一个女孩子想送他一个盛水的土瓶，但是他说：

"谢谢你，好心肠的姑娘，愿山风保佑你颊上的酡红，我不要，而且到要的时候自会有的。"

所以他一身无长物，除了一个行囊，行囊也是不必要的，但没有行囊总不像个旅客啊。

当然，"这剑必须饮我仇人的血"他深深地记着。但是太深了，像已经融化在血里，有时他觉得这事竟似与自己无关。

今晚头上有瓦（也许是茅草吧），有草榻，还有蜡烛与蜜茶，这些都是在他希冀之外的，但是他除了感激之外只有一点很少的喜悦，因为他能在风露里照样做梦。

叮叮的声音紧追着夜风。

他跨出房门（这门是廊房）。殿上一柱红火，在郁黑里招着皈依的心，他从这一点静穆地发散着香气的光中走出，山门未闭，朦胧里看得很清楚。

山门外有一片平地，正是一个舞剑的场所。

夜已深，星很少，但是有夜的光。夜的本身的光，也够照出他的剑花朵朵，他收住最后一着，很踌躇满志，一点轻狂围住他的周身，最后他把剑平地一挥，一些断草飞起来，落在他的襟上。和着溺爱与珍惜，在叮叮的声息中，他小心地把剑插入鞘里。

"施主舞得好剑！"

"见笑，"他有一点失常的高兴，羞涩，这和尚甚么时候来的？"师父还未睡，法兴不浅。"

"这时候，还有人带着剑。施主想于剑上别有因缘？不是想寻访着甚么吗，走了这么多路。"

和尚年事已大，秃顶上隐隐有剃不去的白发，但是出家人有另外一副难描画的健康，炯炯眸子在黑地里越教人认识他有许多经典以外的修行，而且似乎并不拒绝人来叩询。

"师父好精神，不想睡么？"

"出家人尽坐禅，随时都可以养神，而且既无必做的日课，又没有经忏道场，格外清闲些，施主也意不想睡，何妨谈谈呢。"

他很诚实的，把自己的宿志告诉和尚，也知道和尚本是行脚来到的，靠一个人的力量，把这座久已经颓圮的废庙修起来，便把漫漫的行程结束在这里，出家人照样有个家的，后来又来了个远方来的头陀，由挂单而常住了。

"怪不道，……那个师父在哪儿呢？"他想问问。

"那边，"和尚手一指，"这人似乎比施主更高一些，他说他要走遍天下没有路的地方。"

"哦——"

"那边有一座山，山那边从未有人踏过一个脚印，他一来便发愿打通一条隧道，你听那叮叮的声音，他日夜都在圆这件功德。"

他浮游在一层无端的怅惘里，"竟有这样的苦心？"

他恨不得立即走到那叮叮的地方去，但是和尚说："天就要发白了，等明儿吧。"

明天一早，踏着草上的露水，他走到那夜来向往的山下，行囊都没有带，只带着一口剑，剑是不能离弃须臾的。

一个破蒲团，一个瘦头陀。

头陀的长发披满了双肩，也遮去他的脸，只有两只眼睛，射出饿虎似的光芒，教人感到要打个寒噤。年轻人的身材面貌打扮和一口剑都照入他的眼里。

头陀的袖衣上的风霜，画出他走过的天涯，年轻人想这头陀一定知道许多事情，所以这地方比任何地方更无足留连，但他不想离开一步。

头陀的话像早干涸了，但几日相处他并不拒绝回答青年人按不住的问讯。

"师父知道这个人么？"一回头伸出左腕，左腕上有一个蓝色的人名，那是他父亲的仇人，这名字是母亲用针刺上去的。

头陀默不作声，也伸出自己的左腕，左腕上一样有一个蓝字的人名，是年轻人的父亲的。

一种异样的空气袭过年轻人的心，他的眼睛盯在头陀的脸上，头陀的瘦削的脸上没有表情，悠然挥动手里的斧錾。

在一阵强烈的颤抖后，年轻人的手按到自己的剑柄上。

——这剑必须饮我仇人的血。

"孝顺的孩子，你别急，我绝不想逃避自己欠下的宿债——但是这还不是时候，须待我把这山凿通了！"

他骤然解得未悬疑问，他，年轻人，接受了头陀的没有丝毫祈求的命令，从此他竟然一点复仇的举动都没有了。

从此叮叮的声音有了和应，青年人也挥起一副斧錾，服膺在"走遍没有路的地方"的苦心下，很快似乎忘记身旁有个头陀，正如头陀忘记身旁有一个带剑的青年人。

日子和石头损蚀在叮叮的声音里。

你还要问再么么？

一天，錾子敲在空虚里，一线天光，第一次照入永久的幽黑。

"呵"，他们齐声礼赞。

再后呢？

宝剑在冷落里自然生锈的，骨头在世纪的内外也一定要腐烂或凝成了化石。

不许再往下问了，你看北斗星已经高挂在窗子上了。

载一九四一年三月二日、三日《大公报》

灯　下

一天还是那么过去的。西天又烧过了金子一样的晚霞。

陈相公（学徒的）在屏门后服伺着新买来的礼和银行师子牌汽油灯。近来城里非常盛行汽油灯，起初只一两家大铺子用，后来，大家计算计算，这比"扑子灯"贵不了多少，可是亮得多了，所以像样一点的铺子也都用了，除了根本没有晚市的。他像是跟灯赌了气，弓着个身子，东扒扒，西戳戳，眯起一只眼睛研究研究，又嘬起嘴唇吹吹，鼻涕在鼻孔里，一上一下，使他不时要用油污的手去掠一掠。已经是秋凉了，可是小伙子阳气旺，汗兀自不住地滴着。

柜台里有三个人：姓陶的和姓苏的是"同事"身份，陶先生坐在靠"山架"的凳上翻阅从甚么报上剪集起来的章回小说，（也许丢掉了一页，不接头，找来找去找不着。）一面还摸着脸上酒刺，看来不是用手去摸脸，而是以脸去就手，似乎很专心，偶尔有一只苍蝇甚么的影子飞过眼前，他也只是随意用手一挥，不作理会。苏先生把肘部支在柜台上，两手捧着个肥大下巴，用收藏家欣赏书画的神情悠然地看着滴水檐下王二手里起落的刀光。王二摆一个熏烧卤味摊子，这时正忙得紧，一面把切好的牛肉香肠用荷叶包给人，一面用油腻腻的手接钱，只一瞥，即知道数目，随便又准确地往"钱笼"里一扔，嘴里还向另外一个主顾打招呼，"二百文，肚子？"又一瞥，哪样东西快完了，便叫儿子扣子去拿。扣子在写着账（熟人可以暂赊），很用心地画着码子，要是甚么人的姓写得不大像，便歪着头，咬咬笔杆，很像一些文雅人作诗的样子。柜台里另一位，姓卢，在来往信札上被称为"执事先生"，若是在大公司之类当是经理，这里，是"管事"，所以常常坐在账桌边。正校核着"福食"，每看完一笔，用小木戳子印一个"过"。他叫了一声陈相公，陈相公没有答应，于是又大声叫"陈——相——公——！"这回不但陈相公听见，连苏陶二位也听见了，回头一看，都扑味笑了，陈相公一脸胡子，垂手侍立。"今天买了几个铜板酱油？""五个。"又各归原位，各执其事，继续未竟的工作。

他们似乎都在等待着甚么。等待着甚么呢？

多少声音汇集起来的声音向各处流着，听惯了的耳朵不会再觉得喧闹，连无线电嗡着鼻子的唱歌说话的声音及铁钉头狠狠地划在玻璃上的开关声，也都显得非常安静。叫卖的拼着自己的嗓子喊，如极深的颜色掺入浓浓的灰色里，一经搅混，甚么痕迹也留不下。你何必喊呢？不要买的你招不来，要买的自会来找你。这些声音都要到沉默之后才会有人觉得。

时间在人们的眼睛里过去了。

陈相公又有了点小小得意，汽油灯毕竟亮了。他站到柜台上挂了起来，灯噬噬地响着，许多小飞虫子便在光底下闹成一大团，哪里来的这许多啊？

一个顾客懒懒地走近了柜台。"要甚么？""丝妈糖。""没有。""昨天还有的？""十个铜板起码！"柜台外的人眨眨眼睛，只得向袋里又挖挖，柜台里的把钱接过手，一看，只有八个，不再说甚么，丢入"钜万"里，包了一包带丝带粉的甚么。八个铜板买不到十个铜板的，大家明白。可是倒教苏陶二位想起来晚上还有几个必到的主顾，知道他们要甚么，要多少，便一一包好，在纸上折角做了个记号，放在固定的处所，以便来拿。

卢先生核完了账，把簿子挂到派定的钉上，伸了个懒腰，心里想：不早了。走到门口去看天天来往的人，站了一会儿。今天没有花轿子抬过，足供负手半天。天天下操回去的驻军，也早吹着号过去了。觉得生活乏味，便想回去，却一眼看见了一个人挂着拐杖走来了。这个人（不单这个人）是除了大风大雨，小病小痛，都要来铺子里坐坐谈点"新闻"的。

"哦，陆二先生，二舅太爷——呸，走呕，你怎么不打个灯笼要饭！"卢先生让一个叫化子哭丧着一副不变的脸等着，不去理他。"您怎么今儿来晚了？我打算您的小肠气又发了。"

"没有，没有，今儿放学放得晚一点，嗯——又拢焦家巷吃了碗划水面。"这算是他的解释，其实这解释该用在"如果晚了"之后，他自己明白，并不晚，虽然也不早。

店堂里摆一张方桌，左右各放两把椅子，陆二先生拣了一把靠桌的坐下，（这是他的老地方，其余，应当留给别人。）放下拐杖，拧了拧鼻子，把手在鞋帮上抹抹，看看"真不二价"、"童叟无欺"，心里有了点感慨：而今能写得这样一笔字的很少了，拿春联"报柱"来一比，就分出个高下老嫩来。他是个蒙馆先生。——世界变了，就是写得这样字的也没用了，人家招牌上都画上红红绿绿的甚么美，美术字，从大学校学来的，看的不认识，写的也不认识，好处就是不像字，像画。

"一蟹不如一蟹，全是甚么洋笔弄坏的，当先，我们的时候——嗳，陶翁，你的花又开了两朵了，——"

"啊？——也不过是随便插在盆子里玩玩的，我连水都不记得浇，还是厨房老朱天天挑水回来浇一点，不想他竟开了花。"陶先生说着，捧了水烟袋走了出来。

"——时人——不识——余心乐，——将谓偷闲——学——少——年——，风雅，风雅。"陆二先生素来很赞赏陶先生。

"二舅太爷，今儿在东家太太家吃了甚么来了？"又进来一个人，见了陆二先生就照例问这句话，他是店主的本家，每天到店里来吃饭，这时正是他该来的时候。

"虾子炒虾子！"

大家全笑了起来，连走过门口的也都带了一个笑走过。

进来的人有点驼背，大家都叫他虾二爷。

陆二先生按俗例每天临着到一个学生家去吃饭，周而复始，所以常常夸说某东家太太人大方，铲子好，并且还说了些蒙馆先生不应当说的话，涉及大方铲子以外的事，供大家笑乐，无伤大雅。

虾二爷装作姿势要拿拐杖打陆二先生，陆二先生说："你来，你来，我有话告你！"虾二爷带笑骂了句甚么，也就算了。

张汉叼着旱烟袋进来，连声叫着"年兄，年兄"，这是一个老童生，曾往外县做过幕。

老炳到王二摊上拣了根卤得通红的猪尾巴，一条鞭似的舞着，到里去拿了个茶杯，又出去打酒去了。

卖鱼的疤眼收完了鱼钱，也走了进来。

还有些不上名姓的熟人，也都来了，坐的坐，站的站，各有各的风格，于是店堂里便热闹起来。

老炳打了酒，还没有进门，便嚷着："我的尾巴，我的尾巴。"

"你自己摸摸看！谁见过你的尾巴！我见到，倒想拿了喂狗呢。"

"卢三哩，你这个坏人，定是你藏了。你老婆又不在这儿，干甚么吵！"

"自己的尾巴都管不住，谁拿了，看，不还在着！"

"——还就是万顺的好一点，掺的水不多，他妈的。"老炳坐到一旁自得其乐去了。他呷了一口酒，带着津液咽下了喉，忽然很严重地问："他妈的陆二，你说，唐伯虎有几个太太？"

陆二先生虽然不太满意他这个"他妈的"口风，可是对于别人的问题，只要能解答的，都很乐意解答，读书人第一要渊博。满腹经纶，才像个读书人。于是陆二先生不但告诉他九美的名姓，还原原本本地说起四杰传来。听过的，没听过的，都很诚心耐心地听着。陈相公本来在读着《应酬大全》，这时也放下了书，呆呆地听着，又想着。

陶先生抽完一根纸煤子，把水烟袋递给虾二爷，态度很诚恳恭敬。

"好，垂头驴子会拐缰，你也跟我来起来了。"烟已经没有了，虾二爷掏了个空，但他到柜台里翻了半天，终于翻到了。"佛——笃"，笑笑的一口吹着了煤子。咕嘟咕嘟喝了一阵，噗的一吐，把烟灰远远吹去。

"烟啊，一共有几种？有五种：水，旱，鼻，雅，潮。这内中，唯有潮烟这一样，我们这带没有。我见过，香。"张汉把自己丢在回忆里，一面把自己的"超等"打开，装上一袋，闭上眼睛细细品味。

"喨，虾二爷，大太爷的田，买成了没有？听说水口庄屋全不坏，是旱潦不怕的，你不是已经下去看过了么？要不是死了老子，等着葬，肯卖，人家？这么块好田，哼！"

"没有！那方面非草字头（萬）不卖，我们大太爷也忒辣点，晓得人家急等钱用，更有意'拿桥'，别人家想这块田的多着哩，像孙家就等着买了好'成方'，可是因为大太爷谈了，也不便再问津。"虾二爷言下殊不平，倒不是别的，成了，他少不了有点好处。别人也觉得大太爷太精明了。心想："难怪，越是有钱啊，——"

"虾二爷，这几天打牌了没有？"

虾二爷大概是打了牌，并且还小小地进几个，得意地讲起牌经来，说到怎样在最后一圈做庄时拦和了下家一副不现面的清三番，真够紧张。

"婊子不害×，走局呕！"

陆二先生摇摇头："酒色财气，酒，色，财，气……"

喔——呜，一条野狗教柜台里的苏先生一棍子打了出去，好几个人抢着说"不孝，不孝"，苏先生打完狗，仍是支着两肘，不声不响。

"马家线店的寡妇媳妇，瞎子婆婆，——嘿，他妈的！"老炳吮完了最后一滴，捶了一下柜台，站起身子，走了，有人补了他的座位。陈相公望望他的背影，"喷！"了一声，把杯子收进去了，"老是拿了不放回去！"大家全笑了，老炳背上贴了个纸剪的乌龟。

谈话还是继续下去，不知是为何开头的，不知怎么又转换了话题，也不知到甚么时候才会停止，一切都极自然，谁也不肯想想。大家都尽可能地说别人的事情，不要牵涉到自己。（自己的甘苦，顶好留到在床上睡不着的时候一个人说说去。）各种姿势，各种声调，每个人都不被忽略，都有法子教别人知道自己的存在。

卖鱼的一面听着，一面于点头愣眼之余计算着"二百四，四百八——"，算错了，又回头重算。有人叫了一声"疤眼——"，是他的老婆。

"疤二娘，天还早呢！"店堂里又是一片哈哈。

"啐！"疤二娘走过了，又回来："吴老板找你哩！"

疤眼本想也可以回去了，可是这一来倒不得不大声地说："等下！"等甚么呢？他等别人笑完之后！便走了。虾二爷连忙赶到门口，"喨——，明儿送十斤蟹到大太爷宫（小公馆）里去，疤眼——！"

"晓——得！"

大家都觉得该回去了。在"明儿见"，"明儿见"声中铺子里便清冷了一大半。张汉睁开眼睛，叫了一声"年兄"，伸手摘下帽顶上拖了好半天的花翎（也许是草制的，也许是纸制的）望了一望丢了。"嚇嚇"，也走了。王二本想来店堂里头坐坐，趁现在稍微闲一点的时候。他叫了一声"扣子"，可是回头一看，只好又说"没有甚么，你别打盹"。陆二先生也觉得很怅惘，大有"酒阑人散得愁多"的感味，望望若有其事的小飞虫子，心里哼出一句甚么，忽然四下一摸，不好，拐杖不见了，也不说甚么，明儿来拿好了，丢不了的。即使丢了，也不可惜，这拐杖越过越短了，快不能再用了。

说真的，这回街上可真寂静得可以，阴沟里的沉积畅畅快快地吐着泡沫，像鱼戏水。卖唱的背了松了弦子的二胡，踽踽走过。一天星斗。

"二舅太爷，回去来"，一个小女孩子一手拿着个面捏的戏装小人，一手的食指含在嘴里。这个"二舅太爷"是真的，小女孩是他的外孙女。二舅太爷等着的是这一声，每天，这个柔嫩的声音都在叫他。二舅太爷不紧不慢地站起身来，可是身后有甚么拉住了他，不得不再回头，一看，衣角被谁用钱串子（小索）结在桌腿上，他恨恨地恨了一声。

陈相公把行李卷放到柜台上来。苏先生擦擦肘部关节。陶先生打了个呵欠，卢先生也打了个呵欠。虾二爷看着自己架在左腿上的右腿，脚尖息息地颤动，心想怎么都倦了？又想想：怎么还不开晚饭啊？……

三月十八日写成

载一九四一年第一卷第十期《国文月刊》

猎　猎
——寄珠湖

将暝的夕阳，把他的"问路"[1]在背河的土阶上折成一段段曲曲的影子，又一段段让它们伸直，引他慢步越过堤面，坐到临水的石级旁的土墩上，背向着长堤风尘中疏落的脚印；当牧羊人在空际振一声长鞭，驱饱食的羊群归去，一行雁字没入白头的芦丛的时候。

脚下，河水淅淅地流过：因为入秋，萍花藻叶早连影子也枯了，遂越显得清冽；多少年了，它永远平和又寂寞地轻轻唱着。隔河是一片茫茫的湖水，杳无边涯，遮断旅人底眼睛。

现在，暮色从烟水间合起，教人猛一转念，大为惊愕:怎么，天已经黑了！甚么时候开始的呢？像从终日相守的人底面上偶然发现一道衰老的皱纹一样，几乎是不能置信的，然而的确已经黑了，你看湖上已落了两点明灭的红光（是寒星？渔火？），而且幽冥的钟声已经颤抖在渐浓的寒气里了。

——而他，仍以固定的姿势坐着，一任与夜同时生长的秋风在他疏疏的散发间吹出欲绝的尖音:两手抱膝，竹竿如一个

---

[1]　盲人手中的竹杖。

入睡的孩子，欹倚在他的左肩；头微前仰，像是瞩望着辽远的，辽远的地方。

往常，当有一只小轮船泊在河下的，你看白杨的干上不是钉有一块铁皮的小牌子，那是码头的标记了。既泊船，岸边便不这般清冷，船上油灯的光从小窗铁条栏栅中漏出，会在岸上画出朦胧的、单调的黑白图案，风过处，撼得这些图案更昏晕了，一些被旅栈伙计从温热的梦中推醒的客人，打一盏灯笼，或燃一枝蘸着松脂的枯竹，缩着肩头，摇摇地走过搭在石级上的跳板（虽然永远是漂泊的，却有归家的那一点急切）。跨入舱中，随便又认真地拣一个位置，安排下行囊，然后亲热地向陌生的人点一点头（即使第一个进舱的人也必如是，尽管点头之后，一看，向自己点头的只是自己的影子，会寂寞地笑起来），我们不能诬蔑这一点头里的真诚，因为同舟人有同一的命运，而且这小舱是他们一夜的家。

旅行人跨出乡土一步，便背上一份沉重的寂寞，每个人知道浮在水上的梦，不会流到亲人的枕边，所以他们都不睡觉，且不惜自己的言语，为了自己，也为了别人，话着故乡风物，船上是不容有一分拘执的。也许在奉一支烟，借一个火中结下以后的因缘，然而这并不能把他们从寂寞中解脱出来：孤雁打更了，有人问："还有多少时候开船？"而答话大概是："快了吧？"并且，船开之后，寂寞也并不稍减，船的慢度会令年青人如夏天痱子痒起来一般的难受，于是你听："下来多少里哩？""还有几里？"旅行的人怀一分意料中的无聊。

而他，便是清扫舱中堆积的寂寞者。

轮船上吹了催客的唢呐后，估量着客人大概都已要了一壶茶或四两酒，嚼着卤煮牛肉，嗑着葵花子了，他，影子似的走入舱里，寻找熟习的声音打着招呼，那语调稍带着一点卑谦：

"李老板，近来发财！"

"哦，张先生，您还是上半月打这儿过的，这一向好哇！"

听着冲茶时的水声的徐急，辨出了那茶房是谁，于是亲狎地呼着他的小名，道一声"辛昔"。

人们，也都不冷落他。

然后，从大襟内摸出一面磁盘，两支竹筷，玎玎珰珰地敲起来。我不能说这声音怎么好听，但总不会教你讨厌就是了，在静夜里，尤能给你意外的感动。盘声乍歇，于是开始他的似白似唱的歌，他唱的沿河的景物，一些茁蔓在乡庄里的朴野又美丽的传说，他歌唱着自己，轻拍着船舷的流水，做他歌声的伴奏。

他的声音，清晰，但并不太响，使流连于梦的边界的人听起来，疑是来自远方的；但如果你浮游于声音之外，那你捕捉灯下醉人的呢语去，它不会惊破一分。

并且他会解答你许多未问的问题，这些问题在生客是有趣味的，而老客人也决不会烦厌：

"这儿啦，古时候不是这样的：湖在城那边，而城建立在现在湖的地方。前年旱荒时，湖水露了底，曾有人看见淤泥里有街路的痕迹，还有人拾到古瓶，说是当年城中一所大寺院的宝塔顶子。你瞧这堤面多高，哪有比城垛还高的堤？要不是刘伯温的几条铜牛镇住啊，湖水早想归到老家这边来了。"

"这会儿大概是子下三刻了吧，白衣庵的钟声渐渐懒了。"

"船慢了，河面狭了呢。开快了伤了堤，两岸的庄稼人老不声不响地乱抢砖头石块儿，一回竟开枪伤了船上的客人，所以一到这段，不敢不放慢了，这年头……"

"不远便是二郎庙，你听，水声有点不同是吧，船正在拐弯儿呢。"

"船到清水潭要停的，那儿有上好的美酒，糟青鱼的味道就不用提，到万河一带的，可以往王家店一住，明儿雇个小驴儿上路。……"

船俯身过了桥洞，唢呐儿第二次响起，不管有无上下的客人，照例得停一下的，他收起盘子里零散的钱，掖了盘子，向客人们道一声珍重，上了岸了，踏上迢迢的归路。长堤对于每个脚履的亲抚都是感谢的，何况他还有一根忠实的竿儿，告诉他前面有新掘的小沟，昨天没有的土塚。夜对于他原是和白昼一样，龙王庙神龛下的草蓆又在记忆中招诱着他，所以，虽然处处有秋风作被，他仍旧要返到他的"家"里去。他走着，如走在一段平凡的日子里。

他的生涯的另一方面是围在小孩们短短的手臂里：教他们唱歌，跟他们说故事，使他们澄澈的眼里梦寐着一些缥缈的事物，以换取一点安慰，点缀在他如霜的两鬓间。记得我小的时候，曾经跟他学会唱：

"巴根草，

绿萋萋，

唱个歌儿姐姐听。"

而"秋虎妈妈"的故事，还似一片落在静水里的花瓣，微风过有时会泛上一点鲜红（祝福它永远不要腐烂）。

（如今怕要轮到我们的子侄辈来听他的了。）

你要问他为甚么如此熟习于河上的风物，河又为甚么对他如此亲切吧？他是河之子，把年轻的一段日子消磨在这只小轮上，那时他是个令同辈人羡嫉、老年人摇头的水手啊，而那时候，船也是年轻的。

他本有一个女儿，死了，死在河那边的湖里（关于他女儿的事容我下回再告诉你吧）。

他的眼睛是甚么时候瞎了的呢，我不知道，而且我们似乎忘了他是个瞎子，像他自己已经忘了不瞎的时候一样。但是他本来有一对善于问询与答话的美丽的眼睛，也许，也许他的瞎与眼睛的美丽有关系的吧？年轻的人，凭自己想去吧！

荒鸡在叫头遍了，被寒气一扑又把声音咽下，仍把头缩在翅膀里睡了，他还坐在猎猎的秋风里，比夜更静穆，比夜的颜色更深。

轮船今夜还会来吗？它也如一个衰颓的老人，在阴天或节气时常常要闹闹筋骨酸痛甚么的。

你还等甚么呢，呵哟，你摸摸草叶子看，今夜的露水多重！

脚下，流水永远平和又寂寞地唱着，唱着。

载一九四一年一月六日重庆《大公报·文艺》
又载一九四一年四月二十五日桂林《大公报》

河　上

在乡下住了这些日子，甚么都惯了。在先有些不便，就原谅这是乡下，将就着过去，住了些时，连这些不便都觉不到了，对于乡下的爱慕则未稍减一分，而且变得更固执，他不断在掘发一些更美丽的。

清晨真好，小小的风吹进鲜嫩的叶子里，在里面休息一下，又吹了出来，拂到人脸上，那么顽皮的，要想绷起脸，那简直是不可能，他把嘴唇这么舔了舔有点无可奈何地望着它们。

田埂上干干净净的，但两旁的草常常想伸头到另一边去看看，带了累累的露珠，脚一碰到，便纷纷地落下来，那么嫩，沾到鞋上不肯再离身，他的脚全湿了，但他毫不注意，还有意去撩拨撩拨。

"山外青山楼外楼"。

他笑了，不知是为了这声音，还是因为这声音所唱出的歌，还是低着头也照样用假嗓子接唱下句：

"情郎哥哥住在村后头。"

"哈哈，李大爹，好嗓子，教你儿媳妇听见不怕笑话吗？"

"城里人还唱这个呢。早，少爷，恁早，敢是？"

"一早上麻雀打架就醒了。下田？小秧子都绿得要滴了，今年年成好，该替你婆二媳妇了。"

"我那二小子才十五哩，噢——，取笑取笑，呵呵，回见，少爷。昨晚上在秧池里又弄到两尾鲫鱼，过会儿跟你送来吧？"

"今儿我上城去一趟，你养在水缸里吧，晚上我自己来拿。你要点甚么我给带来，怎么样，还是酒我知道！"

"不敢领，不敢领，谢谢了。"

他回头看看，老头子笑着走了，还拾起一块石头往河里一丢，又嘬起嘴吹起嘹亮的哨子，逗那歇在柳梢上逞能的画眉。

"老东西，你当心跌进河里去，水凉着哪。"

"你！"

他放过老头子，在老头子笑着回头时转了弯。

……

"是甚么时候来的现在连那个瘫子王八都认识我了。要不是医生说我神经衰弱我怎么会来呢，这一住真不知到甚么时候才回去，我现在才知道乡下人为甚么那么看重他们的家。可是他们还一直叫我城里人，城里人城里人！"

"蛇，蛇，蛇，一条大土谷蛇！"

他猛地吓了一跳但很快就辨出这是谁的声音，便不怕了。

"你才是蛇，蛇会变个好看的女人迷人，三儿。"

"城里人怕蛇，呵呵，……"

三儿不理他，跳蹦着家去了。

迎出来的是王大妈。

"早，少爷，我们马上就要下田了。早饭这就好了，吃了跟我们一块车水去。"

"谁跟他踩，笨手笨脚的，乡下生活他甚么也干不好，就学会了唱歌！"

三儿在里面摆着碗筷，大着声音说。

"不给你们去了，白做了一天，工钱也不给，还硬逼人吃豆油炒鸡蛋！王大妈，我今儿要上城去一趟呢。"

早饭摆在桌上，两碗烫饭，一碗清汤蛋。三儿一听他说完那句话，便把鸡蛋抢过来吃。

"不吃蛋，我吃！"

"这死丫头，看噎住了。"

"王大妈，你藏着这么个大姑娘在家里，家神灶神都不得安宁。也不怕人恨你。"

王大妈笑着坐下了，她心里脸上有许多话。

"王大妈，我上城去，问你借两样东西，你把那条双舞剑借给我——"

"不借，不借，船是妈的，妈是我的，我不借！"

"不借，我划了就走。"

"我叫乡长拿你。"

"乡长替你做媒呢。"

"呸！"三儿摔了筷子进她自己的房里去了。妈的早饭还没吃完，她又出来。

"妈，我先下田去了。"

"下田干吗要换身新衣裳，嗨。"

不理，一溜烟走了。

王大妈到屋后湾头找船，船不在了，岸上还有新渍的水。

"死丫头，把船划到哪儿去了。三儿——三——儿——"

"三儿。"

转过村头，三儿在哩，一个人，把船摇在河中央，自由自在一身轻，头也不扭，只当甚么也没听见。

"我要到越娃沟去采野蔷薇去，不等到船上装不下时不回来！"

"三儿！再不划回来妈要生气了。"

三儿知道妈不会生气，如果妈会生气，三儿就不会把船划了走。

岸上人互相笑笑。

他一直由河岸上赶着，赶到快到越娃沟，才找个地方跳上了船。三儿托地把桨往下一搁，坐到船头上去了。他拾起荡在船尾的两支桨，嘻着笑划起来。船渐渐平稳地前进了。

两岸的柳树交拱着，在疏稀的地方露出蓝天，都一桨一桨落到船后去了。野花的香气烟一样地飘过来飘过去，像烟一样地飞升，又沉入草里，融进水里。水里有长长的发藻，不时缠住桨叶，轻轻一抖又散开了。

"三儿，你再不理我，我要跳河了。"

"跳河，跳河，你跳河我就理你。"

他真的跳了。

三儿惊了一下，但记起他游水游得很好，便又安安稳稳地坐着。本来也并未生甚么气，不过略有点不高兴，像小小的雾一样，教风一吹早没有了，可是经他一说出生气，倒真不能不生气了。她装得不理他。他知道女孩子在这些事情上不必守信用。

她本想坐到后稍来划桨，但觉得船仍旧行着，知道有人在水里推着呢，于是又不动身。

水轻轻地向东流，可是靠边的地方有一小股却被激得向西流，乡下人说那是"回溜"。三儿想着一些好笑的事情，她知道自己笑了。一些歌泛在她的心上，不自觉的，她竟轻轻地唱出声了。

"三儿，让我上船吧，你唱得那么低，不靠近你的嘴简直就听不见。我浑身都湿透了，再不上来到城都晒不干。"

"我唱了么，我唱了么？不许上来，上来我拿桨打你。"

她不免回头看看，他已经爬上船舷了，船身侧了过来。赶紧到后面来抵住他。

小船很调皮地翻了，两个人都落在水里。

再把船翻正了，谁也不上船。

在水里的人就忘了水上面的事情，三儿咬着嘴唇笑了。

"你看！"

"你看！"

"我们到那边草滩上把衣服晒干了再走吧。"

"你把船拴在草窝里人家认得那是我家的船。"

滩上的草长得齐齐的，脚踏下去惊起几只虮蚱，咯咯地飞了，露出绿翅里红的颜色。

衣裳都贴在身上了，三儿很着恼地用手挤出衣上的水，又抹平了。

"不行，你背过脸去，不许看我。"

"好。"

他折下一根蟋蟀草，把根儿咬在嘴里，有点甜，他知道嚼到完全绿的地方便有点苦，但是不嚼到那儿。一根一根地换着嚼，只嚼白里带红的地方。

"喂，你在那儿干甚么？"

"我在吃草。"

"吃草，哈，你有甚么病，大概是吃草吃出来的，那么粗的胳臂，夹得人直叫妈，脸也晒得跟乡下人一般黑，舞起锄头来比谁也不弱，还成天唱不长进的歌，你，你有病！"

"我本来没有甚么病。可是在乡下住了这些时倒真害上一些病，三儿，你不信摸摸我的胸脯，我的心跳得厉害呢。喝，一条大鱼，好大一个水花儿。"

"不早了罢，锣鼓声都找不到了，是午饭时候了。你饿不饿？我不饿。"

"我也不饿，因为你不饿。三儿，你说我这回上城干甚么，我几乎有点厌恶城里，既然？"

"我哪知道！"

"你知道！"

"你，哼，你是去看有没有信，那个人的！"

"谁的？"

"那个相信你那些傻话和谎话的人的！"

"谁？"

"谁！谁！谁！那个挂在你桌子前面的那个大照片的人的。"

"随你说罢！"

三儿看他那平板板的脸像腌过一般，忍不住笑了，她的身子随转过的头转过来，用手指往他鼻子上一戳。又笑了。

"衣服都快干了，那一点湿也不要紧了。五月的太阳真够厉害的，上船罢，一会儿又蛤蟆的该来了。再迟就赶不到城了，还有一半路呢。"

两个人都坐向船尾。互相望了望，坐在左边的用左手划右边的桨，坐在右边的用右手划左边的桨。桨的快慢随着大家呼吸的快慢。一路上非常安稳平静除了谁的头发拂上谁的脸，谁瞪一瞪眼，用自己的身体推一推别人的身体。推不开别人，却推近了自己。

他们互相量着自己和旁人凸出的胸部的起伏也量着自己的。

绿柳，蓝天，锣鼓，歌声，风，云，船，桨，都知趣得让人忽视他们的存在。

嚇，城楼的影子展开了，青色。平凡又微丑的。

"三儿，到我家，我掐许多花给你。现在能开的花我家的园里都有。"

"我不要，你家那条大黄狗也看不起乡下人我不去。小姐们会说我要是换上旗袍多好，我不愿而且你家里知道你成天跟我们乡下女孩儿玩，一定要骂你，他们会马上要你搬回去。啊，到码头了，你到前面去插上船桩。我的脸红不红？"

"不，不要插上船桩，划回去，我不要回家了。"

"唔？"

"你等等，我跳上去买一点吃的来。"

"唔？"

码头上有各色的颜面与计谋，有各种声音与手势，城里的阴沟汇集起来，成了不小的数股流入河里。一会儿是屠宰户的灰红色，一会儿是染布坊的紫色，还有许多夹杂物，这么源远深长地流着使其出口处不断堆积起白色的泡沫。三儿看着想这些污水会渐渐带到乡下去的，是的会带去……

"这是甜瓜，这不是你喜欢的牛角酥么？你划船，我替你剥去瓜子，剥了瓜皮。三儿，你看月亮已经上来。浮萍上有萤火虫在住家了。"

小船刺破了流银的梦。

"三儿，我将永远不回城里。"

“永远住在乡下。妈会煮了新剥的茆豆等我们，还有茄子，还有虾，还有豆油炒鸡蛋哈哈。”

纳凉的扇子下有安逸。

拴上船，三儿奔向妈的怀里。

“三儿，你的新衣裳怎么皱成这样子？”

“李老爹来过一趟，送来两条鲫鱼我给你们清炖了。”

“哦，酒忘了。……”

“王大妈，我明儿不再教三儿认字了。认了字要变坏的，变得和城里女人一样坏。她已经会逼人，逼得人差点儿想哭——啊，你看柳条，拖在水里，直扫得浮萍们不得安身呢。”

七月二十日

载一九四一年七月二十七日、二十九日昆明《中央日报》

四 夫

一 太重的序跋

橙黄——深褐——新锻的生钢的颜色。

星星，那些随意喷洒的淡白点子，如一个教早晨弄得有点晕晕的人刷牙的时候忽然想到一件甚么事（并没有想到甚么事，只是似乎想了一下）把正要送进嘴里的牙刷停住，或是手臂微慵的一颤动，或是从甚么方向吹来一点风，而牙刷上的牙粉飘落在潮湿的阶砌间了。

"我这一步踏进夜了，黄昏早已熟透，变了质，几乎全不承受遗传。但是时间的另一支脉。唔，但是清冷的，不同白天。白天，白天！"

今天晚上应该有点雾才好。有雾，可不是有雾么？

"——我？怎么像那些使用极旧的手法的小说家一样，最先想点明的是时间，那，索兴我再投效于懒的力量吧，让我想想境地，——夜，古怪的啊，如此清醒，自觉。但有精灵活动，我独自行在这样的路上，恰是一个。我与夜都像是清池里升起的水泡一样破了的梦的外面。"

脚下是路。路的定义必须借脚来说明。细而有棱角的石子，沉默的，忍耐的，万变中依旧故我的神色，被藏蕴着饱满的风尘的铺到很远的东方，为拱起如古中国的楼一样的地方垂落到人的视野以外去。可怜的，初先受到再一个白天的蹂躏的还是它们。

辅助着说明路的是树，若是没有人，你可以从树来认明。两排有着怪癖的阔叶杨树笑着。

"树——"

这一个字在他的思想上画了一条很长的延长虚线，渐渐淡去如一颗流星后面的光，如石板道上摔了一跤的人的鞋钉留下的痕迹，直到他走了卅步才又记起他刚才想过树，于是觉得很抱歉，又继续想下去。

（卅步够我们来认清一个人了，你可千万别看不起星光，它比你我的眼睛更该歌颂哩。）

他走在路的脊梁骨上，（你可以想象一条钉在木板上的解剖了一半的灰色的无毒蛇。）步履教白天一些凡俗的人的嚣闹弄得惫懒了，于是他的影子在足够的黑阴中一上、一下，神秘有如像猫一样的侦探长，装腔作势也正如之。装作给人看，如果有人看；没人看，装给自己看。影子比人懂得享受的诀窍。（这一段敬献给时常烧掉新稿的诗人朋友某先生。）这种享受也许是自觉的，也许不，不过在道德上并无被说闲话的情由。

他脸上有如挨了一个不能不挨的嘴巴的样子，但不久便转成一副笑脸，一个在笑的范围以外的笑，我的意思是说那个笑其实不能算是笑，然而又没法否认它是笑。他笑了，他如何笑，我简直无从形容了，于是我乃糊里糊涂地说他笑得很神秘，对，很神秘。

他为甚么笑：

"我从那里归来，那个城，那个荫覆在淡白的光雾底下的城，那边，那就是我毫不计代价地出租了一天的地方。——我这么想，如果教每日市民思想检查官看见，岂不要误会我是个包身工？——如果给每人的脑子里装一部机器，这机器能自动记录下思想，如滚动气压计的涂黑油烟的纸表上的线纹，岂不好玩？——不，那定复杂紊乱得无从辨识，恐怕辨识这线纹比发明那机器需要更多的聪明，——我不是说我做了一天工，是说与那些人厮混了一天。

"那些人，那些人，说话做事都那么可笑可笑可笑？我的朋友中有一个姓巫的曾慨乎言之'万事万物都要具庄严感令人失笑便不妙。而今的人活着大都像一群非常下流的丑角一样，实在令人痛心'，若是过后想想好笑比当时失笑如何呢；只怕也不好。然而谈笑的可能太多，时间会变了一切具体与抽象的东西。谁也不能设计一秒钟乃至千万年以后的事情。——毫无作用，然而每一次筋肉与神经的运动都有其注定的意义，（我绝非宿命论者。）何从追问起，真是！

"且说风吹草动，叶落惊秋，谁能解其奥秘？我刚才想起那树来，看么，那树！总是哗啦地响真令我莫名其妙。要说风是向一个方向吹，叶子应当向一个方向动。哦，叶子承风有先后，而动得快慢之间受极复杂的意念的支配，于是乎摇摆碰击，许多原因构成一个事实，于是乎稀里哗啦。然而——

"然而我算懂了么？我这才是自讨苦吃。我认得一个可尊敬的人，他常常喜欢在看过的书上写'某日，校读一遍，天如何，云如何，树如何，如有所悟'，这一悟真是可贵，我毕竟年事尚小，知识不够，曾记得写信给一个女孩子，也假装着说'如有所悟'，回信来，骂下来了：'悟些甚么，原来宝二哥哥一只大呆雁！'实在该骂。

"思想会使人古怪，我孤独的时候便是个疯子。我常说过人的最大用处在使别人不疯，不论疯是好是坏。

"思想多半是浪费生命。你越是想推解，越觉得事实瞻之尚远。没有一件事实可以由人来找出一个最近的原因，虽然原因是存在的。循环小数九与整数一间的距离简直不可以道里计。"

他的脑子有点疼了，他忽奇窗起来，不再想了。

——然而他还是要想的，生之行役啊！

路。细而有棱角的石子。

他的眼睛由醉而怒了。

二　反刍的灵魂

他继续走他的路。

路总还是那一条，并且天下的路的分类也很简单，归纳起来开不了一篇流水账，这是不容捏造的事。而致成这些路的性格的无非是人，人惯于相同中现出不同，使分歧复杂以填塞大而无外的日子。现在他是回去，于是这路在他的名下是短暂的归途了。

——说到归途，你我便生出许多联想，而一些好言语便在记忆里流出一片鲜明的颜色！甚至使人动了感情，欲仙欲死。然而这很妨碍我的叙述，且一一搁过。你只须记着这是归途，留一个不生不灭完整的印象，待晚上没事睡到床上想着玩去，此刻请先听故事。不过我告诉你，你之所想者一定与事实无关，与归途二字亦非直系亲属，此亦犹山上白云，只堪自娱悦而已。我说句老实话，所谓联想也者多半归于制造，由于自然之势者甚少。（唉，你瞧我够多贫气！）

他，——我忽然觉得"他"字用得太多，得给我们这位主人公一个较为客气的称呼。于是我乃想了一想。我派定他姓荀，得他姓荀了。我居然能随便派定人家姓氏，这不免是太大的恣意。文章千古事，得失寸心知，你似乎没有理由来查问一个写写文章的为甚么拣这么一个姓来送给他灵府间的朋友吧。他就是姓荀了吗！而且，你大概也不反对这个荀字，山鸟自唤名，荀字的鸣声并不难听。唔，你有点鬼聪明，你会撇撇嘴，说我喜欢一个姓荀的女孩子，那实在是令人难以置答的一封信了。

在这里要顺便表一表姓荀的身份：

姓荀的是个年轻人，而且是个学生。（一个相当令人伤感的名词）他是吴越一带的人，却莫名其来源地染上一点北方气质，能说好几种方言，而自己又单独有一部《辞源》，所以说话时每令人费解，但那本《辞源》尚未到可以印刷的时候，有几个想到他的精神领域里去旅行的人也不难懂得说得。

在五年前他被人一口诬定是聪明人，这个罪名一直到如今还未洗刷干净，且有被投井下石，添枷落锁的危险，聪明大概也跟美一样，须得到老了，谢了，然后可得脱于籍中。

说了半天，姓荀的学生真有点遗世而独立的丰采了，他可以去做和尚。然而不然，他是一个非常入世的。

现在他就想到他这一天的交往酬酢了。

他已经不容易记得他今天点过多少头，每一次点头垂到多深的感情里却大概知道。他未读过《交际大全》之类的书，但他几乎对这方面有很好的天才，他能在大商店里当一个得体的店员，若是他高兴，一般朋友都喜欢他，他们恭维他有调节客厅里的空气的本领，因为他以为和一个朋友在一块时只能留三分之一的自己给自己，和两个朋友在一块至多只能留下四分之一。用牺牲自己来制造友情，这是一句很值钱的话。诸位记得：

"我又出租了一天。"

你不要怀疑他这句话里有话，他只是叙述，并无批评的意思，恰如一个人说"我今天吃过三餐饭"的态度一样。

风吹得很有意思，一个久未晤面的朋友称赞过姓荀的一句甚么"动的风，静的风"的诗，他忽然想起，觉得这事很有趣味，又自己欣赏了一阵子，认为诗其实没有甚么奥妙。作这句诗的一定不比发明甚么定理的科学家值钱。

一片树叶打在他的额上，逗起他的沉呻。他沉呻的与树叶子，与打，与额，与甚么也没有关系，这其实在化学作用的公式书找不出来的。正如一个人忽然为了一桩甚么事烦疼，也许是屋角一根蛛丝飘到他的脑膜上，也许是一个人鼻子上的一点麻子闪的光苦了他的睫毛，于是乎烦了，但这些外在原因与烦的事实并没有逻辑因果关系，既烦之后则只有烦而已矣。即使自己说，或者别人说出这原因，甚或除去了这原因，怕疼的人仍是烦，绝不像小孩子跌了跟头随便打了附近的石头几下就完事的。而想象也大半是这样的。虽然这么就是要遭百科全书派的心理学家的不好看的眼色的，然而这实是透过经验的良心话。

他现在想的大概是个人主义这个名词。

于是起先我们看见这四个字在他的眼睛里排开八卦了，转了又转，太极无极，弄得他晕了。他想：

"个人主义真也跟一切主义一样，是个带有妖性的呼唤，智者见智，愚者见愚，否认天才者见出沉闷的解释。一个姓耳的大学教授会大声疾呼地说自从五四以来个人主义毒害了中国的文化，有是乎，有是乎。诸子百家，各有千秋，王尔德话与纪德的话最有意思：

"——朋友，你可千万不要再写'我'了。

"风，你吹罢，只要是吹的，不论甚么风。"

人家没有把你的心接受了去之前，费尽千言万语来证明也还是徒然，写文章者其庶几乎。然而写文章也大多是没有办法的办法，某外国批评家曾说过不是文章赶不上你，就是你落在文章的后面，读者作者很少有站在一条水平线上的。自然这是抽象的水平。要像寒暑表一样的刻下度数则要坑杀万把人。甚者，写文章不令人了解必会造成很大的误会，呜呼。而我们可敬的朋友苟遂深蹙其眉了，他窘得比教员演不出算题立在黑板前面还难看。

"我还是看看风景吧，这夜，啊——"

当星光浸透；小草的红根。
一只粉蝶飞起太淡的影子，
夜栖息在我的肩上，它已经
冻冷了自己，又轻抖着薄翅。
两排杨树栽成了道道小河，
蒲公英分散出深情的白絮……

他又在做甚么诗了么，正是。底下想也想不出来，他又明明记得下面应该是甚么，只是想也想不上来，如一个小孩子在水缸里摸一尾鱼，摸也摸不到，而且越是摸不到越知道这缸里一定有一尾鱼的。

他心里感到空栖栖的，有从一个翻得老高秋千上飞下来的感觉。像一个沉溺人想抓住一点东西得救。

三　不成文法的名义

"十七八，杀只鸭，十八九，且得走……唔，不对！"

苟的故乡的小儿们对于月亮很有好的感情，十七八也者是他们在等月亮上来时拍着手唱的。不过十八九底下的词儿似乎不太靠得住，此地此时，无故乡人在，也无从对证，奈何他不得。其实也难怪，他离家不少年了。小时候的事情越是情切就越是辽远，令人愈是常想回去，但也许真的回去了，那些事又一股脑儿忘了，人真不乏许多令自己悲哀的材料，幸而会排遣，不然这世界上的林姑娘就太多了。且慢，方才说到月亮。为甚么说到月亮呢，因为现在月亮升上来了，他抬头望明月，大有即兴吟诗之恶兆了，苟先生说不定将来是个文学家哩。

自从阴历废去原名改称农历，他的身份也只有从农人来证明，念书人没法断定今儿个是甚么日子，不过月亮上来这么迟，大概总是月半以后了。月半以后，月亮自然不圆，而且很不圆了，是个月牙儿。

月牙儿真像一般俗人们说是挂着的呢，你入神一看，真不能不相信那两个尖儿上吊着一根线，不过那线如大晴天放得太高的风筝的线一样，明知是有，而越看越没有。（我们近来惯用这种语法，斯为抄袭自己，没出息其实与不脱他人窠臼一般。甚是可叹。）

——嘻，真蘑菇，你看有就是有，你看没有，就没有，谁也没有权利来干涉你呀。你说，你说。

月亮像风筝，我一提起风筝，就觉得它是个风筝，而且不许像别的。诸位几乎要怀疑我与姓荀的是个十七八岁的大姑娘，爱撒娇，这叫我们没法否认，不其然乎，男子汉大丈夫不免有时脱出甚么看不见的绳捆，要撒个娇，不过大都在没人的时候。

月亮照出他的影子，很淡，又长得太不像话，他每走一步路，他的影子好像就伸长一点，如一小股水湿着平铺的沙一样，可是又似乎长了之后还缩回来，这么一伸一缩，犹如尺蠖毛毛虫走路一样。不太好看。

毛毛虫走路是先紧收身体后段的环节，次第向前，然后放开，慢慢挪动，那样子比一个唱不准音阶可又偏偏爱唱电影歌曲的学生一样令人没法喜欢。这个城里今年毛毛虫特多简直比做官做生意的还多，住的房子里满处都是，一踩一包汁，还颤动几下，难怪年轻小姐们见了要尖声怪气地叫，这叫，一半是表明"我是个女孩子呢"，一半倒确是真怕，这东西会掉到颈领里，痒得令人寒噤。

"咦。"

他真觉有一条毛毛虫掉到脖子里了，用手摸了又摸，掸了又掸，弄得一身鸡皮疙瘩，一个恐怖钻进他的静脉管里了。

毛毛虫的风暴差不多已经过去了，他在衬衫领子上摸到一根头发，便不论青红皂白赶紧说："原来是这个！"这时又忽然前面有两条黑影闪过，尚未辨清是人是鬼，头上嗖嗖一冷，再定眼一看，摆摆手，摇摇头，"没有甚么，没有甚么。"再不自觉恐怕连"莫怕莫怕"都要说出来了。他想嘲笑嘲笑自己。

"这路也实在够荒芜的。半年前这儿有的是野狗啃骷髅，晚上谁上这儿来呀，再有深秋凉夜往上一处，下点毛雨子，——"

说到这儿，他又不禁摇摇头，回头看看。

"是的，人常常越是怕就越是不断给自己再加点怕的材料，吓死自己的多半是自己。这条要命的路，若是冬天，下了雪，比夜还黑的黄昏，远近不时有大树倒下来，一个人握着一根铁棍子等着他的仇人从这里过，愈等愈不来，酒也完了，火又不能烧，雪有埋死人的恶意，大风。他倒宁愿他的仇人来大家一同走，忽然甚么声音，甚么影子重重地挑一下他的神经，他大叫一声，死了。"

"这倒真是一篇写小说的好材料。"

他想到我得这个材料犹如拾得一般，觉得很高兴。这一高兴叫他不怕了，而且学校大门口的灯已经迎接着他了。

时候还不太晚，学校的灯还没有灭呢，而且那边，一个人走进校门口。这人他是颇熟识的，但此时没有招呼他的必要，看他进去了，他有欣赏他一下的心情。

上下动着的是一个油头，唔，一天总得梳拢不少回。一面假做的方肩膀，笔挺三件头的西服，西服领子上别一个甚么章，左上角小口袋里有一条小花手绢，脸虽不合格，但刮得很勤，不失为一个小生，走路非常不"帅"，可是也瞒得过女孩子，单靠脚上那双鞋。自然，浑身的乡气是洗不了的。

"没有问题，是送你那位所谓爱人的回女生宿舍的了。"

他想到时嘴角没法抑止地浮上一点轻蔑的笑。

"这算爱上——不是你需要她，不是他不能没有你，是她需要一个男的，你需要一个女的，不，不，连这个需要也没有，是你们觉得在学校好像要成双作对的一个朦胧而近乎糊涂的意识塞住你们的耳朵，于是你们，你们这些混蛋，来做侮辱爱字的工作了！写两封自甚么萧伯纳的情书之类的纸上抄来的信，偷偷摸摸地一同吃吃饭，看看电影，慢慢地小家小气的成双作对的了，你们去暗就明，嗳赫！

　　"你们爱着的人必须每人想一想，我这是不是爱，《雷雨》里的周萍还有进天堂的资格。

　　"维系你们的是甚么？

　　"你们随时都可以拆散，而且应该拆散。

　　"你说，你们的所谓爱是不是懒？懒！任何事情你们不往深处去，是可耻的下流！

　　"维系你们的是一个不成文法的名义，这名义担住你们这些糊涂的罪犯。

　　"你们必须知道，你们玷污了这个字令别人多么伤心？哼！"

　　姓荀的莫名其妙地动了肝火，不择词句地向自己数说一通。那位小生早已进了房间算他今天用了多少钱去了。

四　方寸之木高于城楼

> ——谨以此章献与常以破落的贵族的心情娱乐自己（即别人）的郎化廊先生

　　记得小时候在一张包花生米的外国杂志上看见过一幅照像，照像的样式于今已不大记得起来，只见那人是躺着的，头在远处，脚在近处，那脚掌全部看见，简直比整个身体还大，觉得非常奇怪。长大了些，中学时有美术课，看见先生画一张静物，一个板儿栗居然比一个花瓶大，盖前者在前而后者在后，忠实则有训练的眼睛便见出如此情景。见怪不怪，其怪自败，我似乎已经领会得，比读到庄子上的话也竟然与科学方法触类旁通起来，虽然知道庄生的意思大概不必与我所见略同。郎化廊先生是个颇有意思的人物，常画莫名其妙的画，总不外一个头发极长的人，那人不说话，于是让他嘴里有一只烟斗，免得他太寂寞。画来画去，只在头发的曲直，烟斗的方圆上来翻花样。说句良心话，画实在没有甚么奥妙，不过能令主客快乐，倒是人生里闪光的一点东西。郎化廊先生的功夫大半花在画题上，画只是可有可无的。画题真有好的，我那天陪荀先生到郎先生的残象的雅致的画室里去看郎先生的画展，我不明白他二人相识不，礼多人不怪，替他们介绍一番，大家似乎有点宿缘，一见就很投机，郎先生当场画了一张画送给荀先生，题曰"方寸之木，高于城楼"，不知是甚么道理，就一直记着，他咀嚼这两句话的声音简直如别人吃口香糖一样。并且一记起这两句话，就想起咫尺天涯的友人，就记起他吞食波德莱尔的样子。

波德莱尔，一头披着黑毛的狮子。

诸位将说我有点神情恍惚，把前头的线索忘了，随便撩几句，又引导一条支流了，不然，荀现在的确又想到草木城楼了，这是眼前实物，是他走进校门后看见的。

他们的学校在城外，每当夕阳无限好，北门的望京楼像一幅剪影站在彩云上，气概犹如曹孟德。现在城楼不大看得见，摩擦他的知觉的是护城河的涛声。护城河老了，早就干枯了感情，如一个僵木的老人了。若是有一点流活的，那是园丁郝老老浇的：这城河如今改成农业改良所的苗圃了，下面种了不少树子秧，尤加利与马尾松都有，虽然年事不大感慨可特别多，一有风吹，便作涛吟，颇能震撼脆弱的人的心魂。

说到草，他是随便想起，至于他为何想起，不知。

这学校的草比甚么都多，青赭黄绿宣传着更递的季节。荍蓊郁郁，生意盎茂得非常荒凉。"城春草木深"，这句好诗写在这里。狗尾草，竹节草，顽固得毫不在情理的巴根草，流浪天涯的王孙草，以不同的姓名籍贯在这里现形。一种没有悲哀与记忆的无枝无叶的草开着淡蓝的小星一样的花，令人想起小寡妇的发蓝耳环。秋蓼在子子的家乡栖侧，开了花，放了叶，全如营养不足的人失眠后的眼白与眼窝，叫一个假渔人放不下无钩的钓竿。紫藕在劣等遗传的蜘蛛的乱网间无望地等待自己的叶子发红。紫地丁，黄地丁，全是痨病。喇叭花永远也吹不出甚么希望。一个像糊涂打手的无礼貌的三尺高的植物的花简直是一些充脓的痂疤。还有一种叶片上有毒刺的蜂螫草，晨晚都发散一种怪气味。……

多着呢，说也说不清，这里像个收容所，不拒绝任何品性的来寄居。

这里的草一小时以前与一小时之后不改甚么样子，但如果一个人离开这儿三天，再回来一看，你会记起一句沧桑的古话。旧的去了，新的来了，也总还是那个样子，它能盘踞了这么些日子了，想彻底芟夷又似乎不可能，管这片草的园工又是一个爱说空话毫无气力的人，他除了弄几个钱把自己打扮打扮（他的年纪并不大）外，甚么道理也不懂。其实真要这些草像样，必须草儿们自己来，它们似乎要记得这么一块广地不能让它们来平白糟蹋，连一朵像样的花都不生长！

苟停立于一座木桥上想了不少时候，自己忽然觉得非常惭愧。

"临表涕泣，不知所云。"

他走上那条在明明德的路了。

五　图案生活

　　四堵长墙围住一块大地。八尺宽的大门开在两棵活了十年左右的大树下面。那门就是荀刚进去的了，门是极菲的木板钉成的，推敲的次数太多了，常有破滥摧散的情事发生："关上，比开着看见的太多"在这门上写得非常自然现实。墙是土墙，砌法至为原始，就地取泥倒在四块活动的木板夹起来的方匣儿里捶压而成的，不淋雨，不吹风，而晒太阳就是天衣无缝，否则一倒四五丈。但是你打量打量进出其间的人脸，都染有点书香剑气，在战国时代当得起"士"的称呼。不是你重行看看那块黑地白字的招牌就不得不觉得黑的愈黑，白的愈白了。

　　荀走进大门，看过那样"小生"，踏上正路，觉得心里有点甚么，小立半晌，令人无从会心，他自己也不明白了。回头看看那两棵树，很看不起地想：不开花，不结实，不能为栋梁，为车辐，倒长得扶疏挺拔的。生命给你们生存的理由。当下他似乎悲天悯人地原谅它们了。觉得自己平素气量太窄，很过意不去了。

　　这一想使他心里平衡清洁。再也拿不起屠刀，走在路上也文质彬彬，与草木虫鱼都和气。

　　眼前一黑，并非头晕，是熄灯号之后关灯之前的警号，再有明文上的十五分钟，表现上的卅分钟的时候便该真黑了。不过他用不着赶忙。现在距离他的床至多也没有三十步，而每步怎样也用不了一分钟是他不用想就知道的。

　　刚打开被窝，一想，我今天有没有信，在尚未寻找与询问之前先想，还是先想没有的好。若真没有是意中事，若是有，岂不出乎意料之外。人常作如是想便免了许多失望的苦恼。想完了这一段话，着手找了。

"你没有信。"

说话的人竟不知道自己比一个报丧的更不讨喜。

"唔。"

摆摆两手，还耸耸肩，这一唔的含义数不清了。足见免得失望的方法不是放开希望。在这一唔的声音尚未完全播出窗子的时候，一个笑脸后面堆上许多笑脸了：

"荀，麻烦，大笔一挥。哪儿？就这儿，我给研墨，纸。"

"麻烦了，嚇。"

荀一皱眉。笑着的脸视而不见，不理会。

这几副笑脸的主人将于暑假中找事，现在已是暑假的前夜了。谁都知道，需要最多，薪津最多，事务最无枝蔓的是会计人员。诸同学都有志会计，但学校里不发"该生已修会计，可以发卖"的证件，这是疏忽的地方。但他们都很聪明，有人找到四年前某上海私立会计学校的肄业证件，找熟铺子镌个印，照样发他几十张好了。而缮写证件是早就看上了荀的，荀的字不坏，且在他们眼里他是个极随和的人。

"放着，等下写。"

"蜡烛，谁有，捐一两根？火柴。你喝水？"

又皱一皱眉。抓起笔，在砚台上蘸了蘸又滚了滚，看看。

"还好？还好，还好。"笑脸其一自说自答。

"好！是有一手，这字，唉。"

"唉，这字，好！"

"大方。"

"唉。"

"唉。"

"谢谢。"

"谢谢。"

"明天请客，一人一块钱。"

"等我们找到事，请客，请客，没有问题。主任。股长。"

"主任，主任吗！"

……

荀铺了床，想看点书，找了一本，是一本关于古墓的发掘的。这书是他喜欢的，但拿上手一会儿，叭——一下摔了。在没有觉得生气之前已经生气了。

他立在床前，两手叉腰，气势俨然，闭起上下唇，呼了几口气之后，用力一捺手，像在一个恐怖之前的镇静地跨开步子，很快地走出宿舍的门，他的步子又重又大，像是让人知道。

踏着踏不乱的树影，（校舍里也有树，半是松树，当是昔日植在石马翁仲间的；半是榆槐，是新近栽的。）踢着踢不破的草上风，一路上没有理智情感只有动作地到了图书馆前的那片广坪上，往萋萋绿草上这么一睡，曲肱而枕之，并不颓唐。

他闭上眼睛又睁开，（也可能是睁开了又闭上，这个周期很难结算。）闪亮像一个大雷。

泻进他的襟子里，跟我们把小麦收进仓一样。

"唉图案呀。

"我们这校舍，五六十个等量面积，日月星斗，三辰之光，投射一片等重的阴阳，马牛鸡犬乱不了角度方寸，它们只是一两滴不知趣的颜色而已。不依规矩，自成方圆。

"我倒想掇拾一点昨天的呼哨，隔宿鞭声，不管是鞭石鞭羊。你说，难道是我扯且拍在电影上不是一个美国牧场么？风吹草动见牛羊，平凡的人不禁有胡风塞马之思，然而眼前没有，有，看也是令人伤心的事：被牧的是猪，牧之者其为牧猪奴？

"图案，图案，不是织在布上的图案，不是印在纸上的图案，是一张刚着了第一遍颜色的成稿，匠心工具都不精良，图案之不美原是难怪的。

"现在，灯黑了，煤炉的烟囱飞出些无人理睬的神秘了。有人点蜡烛，日暮汉宫传蜡，青烟散入五侯家。呸！——

"谈生意经的该收拾起满口行话了。那些上海人。

"姓徐的与姓卜的两个人的政论该急转直下地归于一点才好，不然他们要彼此难堪了。

"考会计员的诸兄也停止计算一百八加五十减六十元伙食尚余多少吧，真辛苦了。你们该在尚未来得及说'我要睡了'之前便钻进梦里去。

"还有鲁先生，你年高书厚的，别人费灯油哇。我告诉你一个故事：从前有家农户，兄弟两个，一般谨慎，长大了各娶了妻子，也一样懂得尊敬钱钞，后来他们分了家，当然一切都上天平称过，公平得没法再公平了。几年之后，老大比老二多买了一条牛。为甚么，因为老大每晚点灯只用一根灯草，而老二则用二根。你想想吧，一根灯草，一条牛哩！

"鲁先生，你该把你存的鸡蛋一个一个，仔仔细细检验一遍，再一个一个，仔仔细细放入坛子里，封好，藏好。你也该拿镜子照照脸，照照牙证明牙用盐刷的确比用牙粉更会白得快。而最后你该在床头下拿出一个罐子，端详端详，揭开盖子，用筷子在里拣了又拣，拣出一块方方正正的红烧肉，很惋惜地吞入口里，你煮了这肉是想吃进一块长出两块的。你该安排被褥睡了吧，哦，哦，我哪能忘了，你有件大事没做哩，你得出去，到四处走一遭，把墙上的日报，旧布告，一切可撕的纸撕下来，裁成小方块儿，用铁丝穿起来，挂在桌角，起草，揩鼻涕，都甚方便。鲁先生，我那位自命老牛皮条子（榨不出一点油水）的大伯父如果见了你也一定会佩服。你也该睡了吧。你梦到一条航空奖券捏在你手里，我祝你。

"嗯。一个五颜六色奇臭奇熏的池子不断发酵了，你们的鼾声煮熟你们的志气了，煮，煮，一锅腐肉，一瓮陈糟，阿门！"

一只知更鸟衔来一声汽笛的嘶叫，枕木、钢轨咬着牙等待着，火车过去了，却又留给他们一片回音。

"火车，火车，火车过去了，沙宁，勇敢地，英雄，你跳下月台！

"可是，天还是黑蒙蒙，月亮只使它更黑了。

"天亮了。天亮了又怎么，更坏，更坏。

"没有一片金黄的草原来迎接我。我想点起火，一篝圣火。然而没有，没有，火在零下卅度的地方发不出光，火，在遥远的地方！"

荀疲倦了，他抓住一把野株兰合上了眼睛，一群小仙女用吻给他合了，从明天起，他只有一半活在时间与空间里了。

六 故事的主人公致作者的信

敬爱的朋友西门鱼先生：

我仿佛是注定了要写这封信给你。不过在写下第一个字时便已知道我这信一定把我要说的话走了样。不论是较好或较坏，都不是原来的样子。有些话起初想说而没有说，有些话本不想说却又墙头草一样地不知是怎么风吹来了，有些话想说，也说出来，而且生理上起了变化令人有见了别离了二三十年的儿子的母亲的心情。这是动笔人的常事，我相信，先生写完了《匹夫》不能不与我有同感。

我们谢谢你，你用我来做这个故事的连锁关节，虽然你无心为我做起居言行录，我也正不希望你那样。所以我不送我的日记给你做参考就无庸遗憾了。

前两月我认识一位"新诗"时代的老年青诗人，我们真有点一见如故，我很喜欢他的脾气。我们大家都会聊天，一聊就忘了时间的生灭。一回他谈起我的一位先生，说他人极可爱，却有一点不好，每每把相熟的人写到他的小说里去，一写进小说，虽然态度很好，总不免有点褒贬存在其间，令人不感快活。诗人的话我不同意。当时却也没有跟他辩论。

我也感谢你不用太史公夹叙夹议的笔法，但如果你真这样，我并不反对。

第一，你动手描画那个人，必须对他了解，即使并不了解，也至少具有了解的勇气与诚心。这，还不值得感谢吗？对于一个人性的探险者我们必须慰问。因此写小说实在是个高贵的职业，如果写小说也算得是职业。我们这个国度的气候真不佳，了解的温情开不了花，多有几个想写小说的，哪怕，写小说的呢，我们的国度将会美丽些。

再说，写小说不在熟人里讨材料，难道倒去随便拉两个陌生人来吗！这一点起码是我们应该给一个作家的。

写得像，是你，忠实。写得不像，不是你，算他本领差。

恭维得当，聪明，奚落几句能恰到好处，大家应相视一笑方算得朋友。叫拍照的不要拍出脸上的麻疤那不免是乡下大姑娘的小气，不足取法。而且，对不起，正因为要使他像你，那个麻疤或许要夸大一点渲染一下。你要是计较这些，那是寻找错了人。

被写的人通常最怕人讽刺。关于讽刺，鲁滨孙的心理的改造上有一段说得极好，原文记不清，不具引，现在但说我一点意思。

有人说一切小说都是自传，这是真话，没有一个人物是不经过作者自己的糅掺而会活在纸上的。作者愈尖刻，愈表示作者了解的深精，作者必先寄以同情，甚至喜欢，然后人物方会有人间烟火气，甚至，没有人间烟火气。字典上所以同时有骂人与讽刺两个词汇是不难明白的。

再者，若是有些人一直是以被讽刺为生活的，那更该感谢讽刺的人，因为你们必须依赖别人的讽刺才能活下来。他给你们一个生活的口实。不然你们必须自杀以谢人类的理由更大了。我教给你们，如果下次有人问你们就你们凭甚么也以人类的名分来吃这份粮食，"没有你们世界不更好些吗？"你们可以说："我们可以给人讽刺。"

好了，我好像是知道你要将我的信发表乘机来宣教了，我知道这事瞒不过先生慧眼。

已经糟踢了不少篇幅，有话也不能再说，何况没有话，所有的话都在题目里了。再见。

荀
三年八月底[1]

载一九四一年八月三十一日
和九月六、七、八、十、二十五日
昆明《中央日报》，署名"西门鱼"

[1] 此处日期原稿写为"三年"，应为作品虚拟的写信时间，而非写作时间。——编者注

结　婚

　　乱七八糟地忙了十多天，配窗纱，绣枕头，试鞋子，刚刚坐下，又忽然跳起来，拉了一个人上街。心更没有一刻闲静，心中有事，眼睛老似注视甚么，其实甚么也看不见，简直吃饭会落了筷子，连呼吸都差不多要忘记了。直到礼服看定后，头发也卷了起来，一切才仿佛有点眉目。觉得事情越做越多，越想越繁，便是这样，也似乎不少甚么了。宁宁可以斜斜地靠在新椅子上，看看这些天用腿脚眼睛的水磨功夫换来的东西，想自己便要生活在这些东西当中了，实在好玩得很！在一条定律未被打破以前，人总得遵从它："动者恒动，静者恒静。"人的惰性与任何物体完全一样：她既那么一靠靠下来，便觉得真懒得动弹了。别人说她忙得像块掉在水里的干石炭，她自己明白石灰泡透了水倒真像她现在。觉得现在随便把她放在甚么地方都行，一切都已准备妥当了，只等待那个日子来到。

　　房中静静的，一无声息，记得那个座钟买来时曾上足了过，跟手表对对看，是快是慢，一看，长短针正指着昨天子夜！伸过手去想拿来上一上，只差半寸便可到手了，但她两个指头动了动，似乎想钟自己过来。钟既不来，也便无心再向前去，并连手也懒得抽回来了。长长的手臂，长长的指头，指甲上新涂淡白蔻丹，放着香蕉油气味的柔光，若是往常，便是生在别人身上，也会拿起来吻一下，挤挤眼睛说："不知哪个有福！"还想起一首词中的冶艳句子，惹得自己也心动。如今却甘心冷淡它们。——这座钟的样子没有上回送表妹的好。这对花瓶也不是那天看中的那对，颜色深了，颈子太粗，连把两个瓶子缚在一处（像人与人的关系）的丝带也透着十分俗气，瞧那颜色，粉红的。插甚么花，放在哪个几上，衬甚么垫单，本来都有周密打算，（日本女孩子到相当年龄都交给艺妓教育，日文教员说过，那觉得大可不必；但父亲花五万银子买来的姨太太房中的布置摆设又实在为她佩服羡慕。）现在，花瓶不是那个，一切都不是白费？真是，晚了一天，就教人家抢先买了去，这个城里为甚么这许多人结婚？若是做女儿时，衣裳腰身大了，谁拿错了她的碗筷，小猫扑黑了绒线球，她都会大闹一场，即无一事不称心，春天生一片红叶子，也会惹她发一通脾气。年来虽改了不少，可是像今天那么不认真，居然把座钟花瓶轻轻饶过了，那实在是她自己应当觉得奇怪的。问问自己，这是为甚么，也说不出所以然。"人生是个谜。"这句大智若愚的话可以解说一切可疑，产生一切可能。

　　太阳光艳艳的，从西边半扇窗子照进来，正照着桌上一面小镜子上，镜面很厚，边缘的斜面把太阳分析出一圈虹彩。远远地方有一方白光，若是照在人脸上，不免令人生气，这时却照在那个墙上。（啊，镜面上已落了一层灰！）窗外一丛树，自以为跟天一样高了，便终日若有其事地乱响。百灵鸟在飞，在叫，又收了翅子，歇下舌子，怪难为情地用树叶影子遮住脸。蔷薇花开，在风里香，风里摇。青灰墙上，一叠影子，如水洒在上面，扫之不去，却又趁人不备时干了。一只松鼠，抖开长尾，拂着自己的小脑袋，终日被精力苦恼，无时不想知道自己活着，不肯在一根枝丫上耗过一分钟，现在正从宁宁窗口掠过去。她甚么也不理会。心想：这是我的事，我的事，不干你们甚么的，似乎自己也不必关心。

宁宁手臂有点酸，才知道已经休息了不少时候。抬起手臂看看，搁在椅背上的一处已经红了一片。天气热，荸荠紫漆桌面上，一时非常清楚地留下一条圆润的汗印，她的眉毛低了低又高了高，待房门一响便立刻放平了，脸上不留甚么痕迹，一如平日被人看到的温靖和斌媚。

进来的是他。一个做过"学生"，希望要做"学者"的年轻人。

他学化学，学地质，还是学牛顿的符号或赫胥黎的表格，外行人看不出。他也许会做一首诗，译个短篇小说，但并不因此即忽略了日常生活中应有的手艺，敷头油紧皮鞋带。也许长于理财，在客厅中可不至于尽对女孩子谈公债行情，既然能在这种年头结婚，必不肯穿破了领子的衬衫，破了，一定也把它翻过来穿，把纽子重钉一钉。虽然皮鞋可能也是车轮底，但领带总有十来种颜色。他应当能弹吉他琴，（调《风流寡妇》一类调子。）打网球，且会喝一点酒，抽一斗板烟。一切在他都有恰到好处时候，因之便常常窃笑善于自苦的人。（那不免有点骄傲了吧。）白脸上的笑证明他也很温和良善，上回学校七七献金他在大门口捐过五块钱，被新生活纪念义卖队的童子军拦住时，他马上就买了一朵鲜花。当着许多人，或甚至独自看书时都不致丢下那一点自觉的做作，那倒是，我们受教育原就是学习"做人"呀！曾有个未老先白头的朋友，差不多急红了脸说："你们为甚么甘愿这么俗气？""俗气"是个不好听的字眼，他心里沉了沉，在脸上尚未表现出甚么时赶先熟练地笑了笑说："老兄，我问你，俗字是怎样写法？——对，人旁！你该明白，俗气也便是人气，人少不了它。没有它，失去人性一半了！你会孤寂古怪像那一半，像个谷！"

他究竟是个甚么样的人，也许自己很明白。你若是听了他的话，可别因此判断他是甚么人，他读过许多书，你得记住。总之，他有点聪明，那是一定的。而且时刻不忘记自己的聪明。他善于观察人事与天时的气候。不仅能观察气候，还能适气调节，尽管人事多么复杂，那一天温度表是多么忙碌。他早上带大衣出门，预防天变，一进门，放下大衣，等待起风。虽然气候都是那个样子，变不到哪里去。从经验，尤其，从直觉上，他知道这屋子里发生过一点甚么事。

"哈，宁宁，你太累了吧。"

他把她拥到一张靠窗的沙发上，用感觉搜寻这房子的"过去"，他明白，她实在累了。

"早知道，有这么些麻烦，真不想结婚。想帮帮忙，又笨手笨脚。这些事情上，一个粗男人还是呆呆地看着好。除了赞叹之外无事可做。"

他用新修过的脸偎着她的小脸，记起戏剧小说中曾有过的对话。

"真美，宁宁，你还不满意么，我简直没有做过梦，会有这样好的家。这么些东西，太多了，太美了，我舍得用么？

"宁宁，你得到这些东西，辛苦得正如我得到你一样，你不知道。你知道，我这些年来受了多少折磨！我像个打了胜仗的兵那么疲倦。可是，我如今休息到这个堡垒中了。"

她知道由他一个人像做文章那么说下去好，便不插话，只静静地看着他，那么习惯地听着。想这些东西总要旧的，等不到那时，你便会知道这个仗打得有甚么意思。后来连这类带恐吓性的话也放过了。只看着他头上帽子，笑在心上：好个绅士，进门连帽子都不脱！你大概真有点兴奋，除了结婚，甚么都忘了。及至看到她的手两次触到帽檐，知道他必然已经发觉，或许在外面就已经想好了不脱，好让她明白他是多么爱她！她于是有点厌恶，又觉得这也平常。像这样的事她见得多了，反应已经模糊。且心里懒懒的，更不愿往深处想。像闻到他袖口上一点烟味一样，有一丝儿厌恶，"这是男子的习惯，世界上绅士都用这个证明他自己的身份"。那么意识到，过一刻儿工夫，自然便觉不出了。他的拥抱究竟还不单单是形式，而且也令人舒服的！

宁宁忽然想他应当去演戏，一定可以演得很好，不论风流小生或世故老人，一切小动作都训练得够了。一个主妇，仿佛天生的，她并无感触，一切都订妥了，只想起报上的启事，千万不要有"国难时期一切从简"，她有点恨这几个字，像恨鼻窦里两个小小疤点，毫无用处，（又不是痣，可以使明白法国十八世纪风气的人欣赏，说自己像 MADAME 那个！）又像是去不掉，因为傍着一个"习惯"。

婚礼很花簇。两个傧相都是这一行的惯家，一切全在行，这种人并且照例都是学校里漂亮的人，接到那种"美丽的卤莽"的信，立刻有应付办法，收到小别针小银十字架也会毫不在意地挂起来，如自己买的一样。行礼时不会闹笑话的。男客人说点笑话时，不至于板脸扫兴的。

若是有人反对结婚，让他吃两趟喜酒就会不同了吧。好热闹，酒，美好的外形包着的野话，葡萄珠一样的笑。只要不离礼节太远，放肆一点，不会出乱子的！

宁宁被几个同学陪着，她们大都觉得自己美丽，能干，懂事，才够陪伴新娘，彼此相得益彰，人家看新娘时，一定也看到她们。而且还可以那么做一点不大端重的猜想："几个人做新娘时候，一定更美艳。谁的主子？有了主子？教书的？经理？少爷？"

"宁宁，你今天真太美了。"

"你的披纱真好，我一向喜欢月白，你头发，你头发，哦，太好了，宁宁！在美学上说，这些波折都太和谐了。"

"呵，宁，你今天为甚么那么庄严，圣处女的光辉在你脸上。"

教会学校的教育，唱惯了赞美诗，说的自然不太美，也不太俗。

她第一次穿上这身衣服，有点异样感觉。但是她很平静，又觉得心里有一点儿小小骚乱，因为不习惯。她还可以限制这点骚乱，不使融化开来，分散到眼睛里，到头发根，到指尖上。她还可以知道鼻尖有一点极细的汗珠，像从浓雾里带来的，脸是红红的。她稳稳坐着，听着这样即使真心的，也是笨拙的阿谀，只用微笑作答，微笑中表示："这就叫作结婚！"

他呢，自也有一群人围着，趁人不注意时常常检阅自己的衣饰有没有甚么不大方，不合适。谨慎得如一个老练的演员明知出台必可博得掌声，仍旧反复在心里搬演着一些细枝末节，现在的笑一半是应酬，一半是预习。他抽起一支烟，又放下，态度显得有点矜持，在学校里一切书本，在社会上一切经验，都不能去掉那点矜持。他说话清楚，是做作出来的，微笑常在脸上嘴角，也是做作出来的。他稍微有点乱：不习惯！

婚礼极圆满地完成了，俗气的不高明的笑谑，和不动人的演说，甚么都不缺少。客人渐渐散了，她开始意识到今天做了些甚么事。桌上有份报纸，拿起来看看，找寻那个启事，但那个名字似乎不是她的，越看越不像，多了几笔，或少了几笔，在心里画了一次又一次，还是不能解决。她有点迷惘，好像丢了件甚么东西，好像从报纸上证明这是别人的事情，与自己不相干。

灯亮着，窗外天作钢蓝色，天上有星。

宁宁手碰到衣服上，像触到冰上，忙拿开来，无事可做，把下唇送到上唇以外，又收了回来，一次，又一次，这种小动作使她的意识趋于集中，又易使停逗在某一点上。两唇都涂了一层唇膏，柔滑的接触能给她以舒适的快意。慢慢嘴唇接受这种刺激的感觉已经迟钝，快意渐渐消失。她随手掐了一个花瓣子，从花瓶内两大束玫瑰的一朵上。两个花瓶里都满满地插了花，一个里面是玫瑰，另一个则是红的与白的康乃馨。

花瓣在手，不一会儿便烂了，于是重新换一片；一片，一片，直到一朵一朵揉碎在她的手指间，披落在膝头脚边，她忽然发觉了，"这是干甚么！"一点哀怜，一点惋惜，刚想收拾了去，又突然转了念头，抓过瓶子，把一束玫瑰都摘光了，用力揉，揉，红色的汁水浸透了她的掌心，滴到地上（她竟然不让它们溅在衣服上！）有些流到她指甲缝里，干了之后，使自己日后还要看到记起。看瓶里秃秃的枝子，秃秃的叶子，"看吧，我奈何不了你！"

他们的婚姻完全像普通人的一样，说不出甚么道理，一切发展到后来，便是结婚。

从前，两人在一个学校念书，上下差两班，不知在一个甚么场合认识起来的。他给自己选中了她，找机会多看见她，到后来便找更多机会与她在一起。她却不十分注意他，不十分理睬他，简直还不十分讨厌他。可是凡是这种事，结果总差不多要变得相离不开的，她回顾前尘，实在应当反省，那时为甚么不发现他一点甚么？后来呢，她当真发现了什么？她从来不使他失望，（小小的自然有过）也从不特别鼓励他。后来，一路同到内地，在路上，他服侍她，到内地后，他奉承她，在一个地方既不愿她有不如意事，又愿意她有不如意事，使自己有机会为她效力。他有时还希望她遇到一点小小危险，如落水，跌跤，被狗咬，马惊，自己便好尽一个男子的责任来卫护她，援救她，（这点打算也许是看电影得来的暗示）以推动他们的关系。但上天心肠太好，让她平平安安地活，他的英雄表现便无机会成全。然而，她明白，渐渐地他神色举动稍稍改变了。他似乎有自信教她不能缺少他，无形中给自己加上某种名分。他口中虽不明说，却处处暗示别人："朋友，你的举动言语似乎过分一点了。我虽很能欣赏，可是你是不必空费心计气力的好。"他似乎已经知道先前只是一只钩子搭进一只圈儿，现在却是两节链子连着了。她已极明白他的心理，心想：未免超过事实，水里的鱼哪能便是篓里的？她讨厌他自有把握的神情，那种不是喜欢而是满意的笑。想找个机会嘲弄他一回，扫扫他的兴。

那一天，他邀她到小湖边上看鹭鸶去。她想鹭鸶未必有，看看湖倒好，便问他："我要不要带大衣？虽然现在有两点钟，太阳也好。"他说"也好"。鹭鸶果然有，但他却一眼也没有看，只一次又一次地买米花喂鱼，一面用右脚跟踏水边软土，土上渐渐都有了个小小洼了。起初，鱼来吃的很多，可是米花这东西虽然大的好看，味道却没有甚么，吃多了便厌了，大都吻一吻就丢下来，水面上于是漂着不少白点子，恰像菱花。他把最后买来的一捧，整个撒下去，拍拍两手，用手绢把手指头擦了又擦，把早经打好腹稿的话说出来。她怔了怔，可是早知有此一日，应付办法也存在心里许久了。掠了掠头发，稍稍挪动身子，很尖刻的，但并不望着他的脸说："你左边脸为甚么那么红，右边那么白？"

然而现在却明明结了婚，当着许多人，她不相信。

他那一次也许只是试一试，看果子虽到了节令，却不知熟了没有。果子并未熟，他失败了，没告诉过一个人，自己也竭力忘记这回事。明天一切还是照常，陪她玩，陪她吃。有一天，他用不很漂亮，其实却非常艺术的方式说："宁宁，我们为甚么不，结，婚？"她一时没说出甚么话，于是一切便算定规。

他有甚么不好么？似乎找不出，一个很有做丈夫的天分的。

往后的日子大概是个甚么样子？一时想不了许多，但可以断定大概不致太坏。

然而她恨，这也许只叫着不高兴。一切都平淡无奇，想不到结婚便是这个样子。

她想把这身衣裳撕成一片片的，听哗哗的声音。想摔破那个花瓶，那个钟。这灯光，讨厌；这镜架子，讨厌，讨厌！她想痛痛快快哭一场，披散涂了许多油的长发，解放那些小圈圈，拉直那些小波纹，奔出去。奔到山上，湖上，天上，随便哪里，只要不是这里。她想飞，她烦躁得如一个未燃放的烟火。

门开了，他进来了。

她忽然从沙发里跳起来了。

他为她的眼睛而停在门口。

"美，这房子，这墙，这门，这天花板，多美，这老鼠洞，美上天了！"

这样的声音是他从来没有听见过的，一时几乎也烦乱起来，但马上很有把握地明白一切。

"噢，宁宁，你是太累了，你应当休息休息，明天，还有许多人要来！"

他很温柔，但相当用力地抱住她。她实在不明白，为甚么让他的嘴唇放到自己的上面来。

像一块布，虽然以后还会皱折，但现在至少已经熨平了。

于是，宁宁真的算结了婚。

人的惰性完全和一切物体一样，没有惰性，世界当不是这个样子。

再过两三年，她看了许多事，懂得许多事，对于人间风景，只抱个欣赏态度。心上也许有一点变动，从所在的地位上动一动，可是那只是梦里翻一翻身，左右离不开床沿。她明白人是生物，不是观念。明白既没有理由废掉结婚这个制度。结婚是生活的一个过程，生活在这边若是平地一样，那边也没有高山大水；那她也不必懊悔曾经结婚。虽然人一定非结婚不可，实在也同样没有理由觉自己真的成熟了。她把结论告诉人，却不说如何得来这个结论。她成熟了，因为她已生了个孩子。

载一九四二年七月二十七日、二十八日桂林《大公报》

唤 车

朋友送我到门口，我们的话也说完了。"好，再见"，"再见"，他转身走进了门，大概他一时想着一件甚么事，于是我的一切已完全从他思想里让出一个地位，直到他碰上另一个熟人，因为说起某人今天来过时，才又于顷刻之间想起我的过访。我现刻已在门外了。生命仿佛一切重新起始。卖丁丁糖的敲过，卖羊肉的架子背过，空着两手的一个三十多岁的人的青布袍子也留过一路影子；对面高墙上的爬山虎正往下探头，太阳光漂着面前一片青石，巷子里有汲水声音溅泼；我又得走。我的疲倦油然醒了。今天一早上到现在，我差不多没住过脚，实在应当累了。当走过这朋友家时，我想，这可好了，今天的事算办完了，且进去坐下歇歇，喝一杯好好的茶。朋友房间布置雅洁而舒服，桌上案上小东小西，莫不有他的修养气度，渗入其间，令人生爱，忍不住摸摸这个，搬搬那个。浅米色楠木几前新挂一条墨竹，款识印章皆可引人入胜。随便谈谈事情，彼此意见极相投合，互有发明，一时把疲倦差不多都忘了。现在，我又得走！虽然是回家去，然而好长的一截路呀！我觉得肩膊酸起来，挺了挺腰，也振不起精神。总不成再进去坐一会儿。可是方才我说了家里等着我回去，而事实我再不回去，也必要耽误许多事情了。我终得走，我不走，时间依然从我身前身后悄悄地走了。

这个城真没有办法，街道都不知是哪一年修的。全城居民的鞋子，大概多因此比别地方人的更不经穿些。看他们鞋子式样的笨重结实，恐怕街道之坏已是很久远的事。而且坡路那么多，上上下下，真够麻烦！天未阴，地先阴，一下雨，脚就倒霉了。看今天满好的太阳，以为各处全去得了，然而前天下过雨，有点经验的一定都穿上套鞋，有几条街是活地狱！糟糕，想想沿路经过的几处泥淖，简直令人害怕手摔成个泥球儿可怎么好。而且，天哪，我手里这么些东东西西，瓶瓶罐罐，叮叮当当，不是我摔碎它就是它摔倒我，怎么办？那段众水之所归的巷子，通过时得从一块一块的摇摇晃晃的砖头石块上面踏过去，假如身体重心一歪，那笑话可大了。我看了看那些"不幸"一眼，它们全然不了解我，红的自红，绿的自绿，方的圆的依其形体存在，不想到全可能滚成一堆又脏又臭的泥团团，真是无可奈何；——还有，我带捧带抱的像个甚么样子啊，它们性质用途形貌全不一致，放在一处显得多么滑稽，皆远不如各自放在橱窗里，挂在货架上，铺陈于摊头讨喜了！刚才一路买来不大觉得，现在这些东西才真讨厌得要命！从三多巷到德胜门，多远一段路！

——我坐辆车吧，"车！"我已经叫出了口。巷口正有一辆空车。我的眼光，声音，思想像三个带白帽的浪头接着，前面的来了，后面的就推上来了。几乎难辨先后。

"哪里？"

"×××"

"请坐。"

车轮上还留下些水渍泥斑没有干去，车是才拉了客人来的。

一早上，车夫拉了车出去。火车站，旅馆，人家，街，巷，全城到处跑。"车！"——"哪里？——"×××"，立刻，他心上画出一条路线，从哪里，穿过哪里，拐弯，到了。"请坐！"车上是各样的人，各种东西。那是车夫所不计及的，他只是依自己的习惯，一拉起车杠就走，路上有人注意车座上一个女人的眼睛，或因为车板上一筐橘子，而想起已经秋深了，这样或那样都与他无关。他从不回过头来看一看，倒是此外从身边经过的事事物物，有时，画入他脑子里。留下个影子。

坐车客人有的要讲半天价钱，有的很大方给超过规定的钱，有人想真不得了，一个拉车的全月收入要抵两个大学教授，三个委任一级公务员，而公务员和教授就坐过这辆车，坐车的有的是赴宴去，有的赶回家，一切与他全都无关。不坐车时你在车下，坐了车他拉着走。他也从来不知字典上有个名词叫"人道主义"，一个大房子里正有人讨论这个问题，十分激烈。他知道一会儿有许多人出来，而那些人都一时心里必埋怨路道，他又可以有一个主顾。

太阳走过人定认为"中"的那一点上，街右的影子铺到街左，这个时候，若是夏天，街左的人一定多些，眼下人的意识不常常花在太阳上。然而下午毕竟是下午了。向这个城里来的人比出城人多，拉车的路径不免变了一点。"嚼口末橄榄喝口

水，橄榄回甜想情哥。"车夫心里有张嘴和耳朵，自己的声音
自己听到。完全是忽然而来的他唱出这两句。现在，他的车闲
着。他身后若没有两个轮子，此刻他的样子不是一个车夫。他
正很有兴味地欣赏对面笔店里的那个老头子，架着一副眼镜，
在修弄一支"七紫三羊"。不是"七紫三羊"，就是"夺锦标"。

——五福子昨天去点痣，（他现在想起那个黑麻子脸上，
一粒粒白点子，还忍不住自己与自己会心一笑。）他说左眼底
下那个最要不得，会克妻，我脸上也有几个痣，要去看看，不
好就点掉它。

他眼睛暗了，想着一点甚么。点了痣，他便会怎样了。
相命的都说不点会发生甚么事，谁知道呢。点了到那时看不见
那事来，不点到时候也未见得记起来。

"车！"

好像车就是他的名字，这一叫，马上教他这些不凝固的想
头散了。

"先生哪里？"

"三多巷。"

这个地方原来就靠着车夫的家。

客人下了车，走进了一个门，车夫拖起车把，慢慢走到
巷口，他已经看见自己的家了。一进门，他知道老婆在门里井
边上洗衣裳，背上背着孩子。老婆也看见他了，手下稍微慢了
一点。

他解开包被，抱过孩子，孩子觉得舒服得多了。老婆背上
也轻了不少。她用水淋淋的手理上披下来的头发，车夫很满足
地看着她年轻的身体，看着她脸上红。心中充满了怜惜。孩子

嘴里咕噜甚么了，他指着门口的车。车夫想，来，抱你坐坐车。

孩子在车上玩得十分快活。笑得令大人不解。

一只白粉蝶飞过他眼睛边。云推过来又推过去了，一片影子从巷子这头卷到那头，车夫朦朦胧胧想起一些事情。

卖丁丁糖的敲过，卖羊肉的架子背过，空着两手的一个三十多岁的人的青布袍子也留过一路影子。

今天一定记住。早就空了，茶籽油瓶。不要忘了，不要忘了，老是忘。她自己打去吧，偏又是南门庆来春的好。（他真喜欢那个油的气味，经验弄得他心里在狂。）老子发财了，还要买香水精，香水精！还有，去看看，那个痣要不要点去了它。

"车！"

——我迟疑着，我坐不坐这辆车，等他一会儿，到他想走时再走还是……

"哪里？"

"德胜门。"

——我坐呢？不？等一等？

"请坐！"

我被他命令坐上了。他依照习惯搓搓手，利落一下了，拉起就走。孩子被母亲接过时，还只是狂笑。

车轮上的泥水还没有干。

坐在车上，我忘了疲倦，忘了那些瓶瓶罐罐，忘了朋友的家。车轮滚在不平衡的石路上，滚在气味不大好的泥淖里，滚过那条一汪积水的巷口。我没有想起我的家，我的静静的房间，我的靠背椅，茶，书。

（——嘻！茶籽油瓶，茶籽油瓶，又忘了，又忘了！）

"你怎么啦？哦，真不该让你买这么些东西，那么远的路，下回我陪你去。

　　"你来看看，×××给你送来一本字帖。"

　　"那件毛衣给你赶起来了，要不要试试，不，不就晚上再试吧。

　　"咦，你忘了买一把花！"

　　我颓然，坐到靠背椅里，为遮掩我的不说话，低头尽翻那个字帖。

卅一年十一月廿二日完成初稿

载一九四三年第二卷第三期《世界学生》

除 岁

守岁烛的黑烟摇摇的，像一条小水蛇游进黑暗里。烛泪滴滴淋淋地流满了锡烛台的周身，发散着一种淡淡的气味，烛焰忽大忽小，四壁的光影也便静静地变化着。——说是守岁烛，其实也只是一只普通的赭红土烛而已，光秃秃的，没有甚么装饰。

窗纸上涂满了清油，房门被一面厚厚的棉帘子挡着，室内潴积的碳酸过多了，教人觉得心头沉重。

想不到适当的事情做，随意伸手拿起火箸子，看看烛花并没有长起来——才挟过呀，便又放下了，移移坐在椅子里的屁股，轻轻地嘘出一口气。父亲抬起头来看了我一眼。

算盘珠子刷溜地响着，薄薄的关山纸一张一张地翻过。

过年了。……

收账的走遍千家门户，回来，摇摇头，说一声又长了不少见识便去睡了。在梦里，他还会看见自己一脸的无可奈何，和层层围着的灰白的眼睛，嗫嚅着的嘴唇。我看看桌上一堆散乱的角票和镍币，想起他的话："我知道，我知道，我知道喓！"不由得鼻子里喷出一个没有声音的笑，便随即止住了，似乎想收回去。

真的，过年了。

天，也真有个意思，几天来，灰里透亮的瓦块云紧紧地压着动都不动，板滞滞的，像是冰结了，怕就要下雪了吧，想一些蒙馆先生捋抻着黄胡子说："雪花六出，（是）丰年——之——兆——呵——"

风呼啸着，刮刷得几根军用电话线鬼一般叫，坐在家里会常常有泥粒掉到颈子里，这时节要出去走一趟是需用相当勇气与决心的，可是几天来街上行人不但不稀落，而且更多，更匆忙。

跟往年也没甚么不同呵，这些。

低郁的炮声破散在风声里，一阵子紧，一阵子松，大概还在老地方，总还隔有几十里地，也轰了不少日子了，今夜都不会过来吧。用这个代替花炮点缀点缀也好，免得教年以为自己来错了日子。

一送了灶，果然竟有点过年气象了。其实，年自不许人忘记，不必甚么礼俗来装饰。老祖母白发上插上小心收藏的绒花，年轻的姊姊修改着弟妹们不大上身的新衣裳，这些，会轻轻带来过年的心情和过年的感觉给驮着家的重量的人。

我若有所思地点上一支烟，目光停在学徒的细心抹拭过挂进来的招牌上。今年，很少店家把招牌加过油漆，飞过金，有大多数还在等着不可知的命运：也许要倚到幽黑的角落休息若干日子，也许在原来的某记上贴上一方红纸，从新改过字样，甚至还供出最后的用处，暖了人的身手，凉了人的心。谁知道呢？但是能挂到旧檐下让风雨吹打一些时的，仍旧要在熟人眼里闪耀着陈年的光辉，怎能不抹拭得干干净净的？

……这字，是祖父一个朋友写的，是个大名家，叫，叫甚么的？……

"还好，亏不了多少，够开销的了。"父亲推开算盘，移开面前账簿叠起的小山，摘下黑布护袖，用双手狠狠地抹一下脸，像抹去许多细粉的数目，站起身来。

"不早了吧？"

"嗯？"

他搓搓两手，把指头拉出声音，来回踱着，眉头皱起又放平，是在盘算着甚么。看他的神情，像一个坐了很多时候船的旅客到了家，还似在水上轻轻地摇着。

父亲少年时节完全是个少爷，作得好诗，舞得好剑，能骑人不敢近身的劣马，春秋佳日常常大醉三天不醒，对于生业完全不经意。现在却变成一个老老实实的生意人，教人简直不能相信。我凝视壁上挂着他的照像，想寻出一点风流倜傥的痕迹。

"你别笑，我知道你要笑的。"我本来一点都没有笑，经他一说倒真忍不住笑了。

"一到天明，你等着瞧吧，多少字号要在公会的名单上勾去了。广源，新丰，玉记，……往年倒一两家铺子，大家心里虽然早都有了个底，可是不能不当桩大事议论着，今年啊，多了，大家反而不大在意了，也不再关心生财铺面之类的事情，只是听到某家还想撑着，倒好像很奇怪。船多不碍港，客多不碍路，兔死狐悲，要是有点办法，谁不愿援之以手，然而自顾都不暇了，只好眼睁睁看着一爿一爿的不声不响地倒。我看有弄得米没地方买的日子。"

说着一手抓起茶杯，把杯内的残茶往嘴里倒，大概茶早已凉透了，他用力打了个寒噤，把茶都沷在痰盂里。

"你说，恁们许多铺子，就没有一个有眼光，有手腕的吗？有。可是这年头，有翻江倒海的本领也不行。就只有德太还好些，辅成的流年的确不坏，他今年心血来潮地忽然想代做陆陈[1]，谁知竟做上了，这样上下一扯，他大概还挣了点。上板上眼的都不成。一入秋，上河的早食子[2]全教个不见面的人给收了去，三十子，五十子，吓一跳[3]，今年一担都没见，你说可怪不怪？那么只好在下河一带着眼了，冒了多大的危险，收到一点迟食子。路程远，水脚重，蚀斛大[4]，当然卖价也就水涨船高了。前天还有人说呢：米卖四千八，扒米店不放（犯）法，我看四万八的时候也不足怪，扒也扒不出甚么油水。说真的，能有法子啊，谁忍有一些小户人家半饥半饱的，天天量米的时候总是吵嘴。吃不起米当然只好带着杂粮吃了。这一来，倒成全了辅成。真的好笑，万安堂的陶老板前天还跟我说：'别的行业不说，民贫则俭，可省的省了，不景气是意中事，你们这一业，食为民天，米都是要吃的，怎么也不行了？'我望他笑笑，说：'甚么都可以省，病却省不了啊，有钱的或许参汤燕窝吃得少一点，穷人，摆子痢疾更较往年多些，今年吃了些不惯的东西，肠胃里免不了要闹闹，你们大黄芒硝都少不了，有人照顾，你却为甚么总是成天嚷着亏啊折的？'"

恐怕今年材板铺子倒有点赚头，死都还是要死的，万字纹的棺材，三道紫金箍[5]究竟不大有人用。我沉吟着，把烧到指边的烟卷丢到痰盂里，咝——马上黑了。

---

[1] 杂粮生意叫作陆陈。

[2] 早稻叫早食子。

[3] 稻。都是早食子。

[4] 运费叫水脚。稻上下、屯晒、籴粜等事都有减损，谓之蚀斛。

[5] 以芦席裹尸，外束草索。

炮声又紧了，纸窗沙沙地抖了一阵。也辨不清是敌人的，是我们的。夜来，炮声就没停过，不过到紧的时候才教人一惊。

"这次是抗战，抗战，我们难道不明白吗？为了抗战，商人吃点苦是应该的，只是——"父亲的话说不下去了，沉沉地坐到椅子里，拨弄着算盘，好像那种轻快的声音能给他安慰，能平抑心里的骚乱。

"前天商会慰劳团带了不少煮熟了的腌肉去，原想让弟兄们也知道过年了，也算一点意思，看这样，前线上一定紧张着哩，恐怕他们连这点腊肉也没工夫吃。唉，恐怕他们连在家怎样过年的心思都没空去想……"父亲摇摇头，眼睛看那支燃得正旺的守岁烛。

"写春联吧，年，总是要过的。墨已经研好了，在架子上茶杯里，你拿来掺点水，踮在脚炉上，写春联的墨要熟，才有光。炉里该还有火，三十夜，要彻夜火烈。纸——怎么'万年红'买不到？这是本城出的啊！没有就将就省用吧。"父亲把心事推开了一点，想到过年了。

"大门后的联字换换，就用'频忧启瑞，多，——多福兴邦'。"

"福？"

"福。大年下，用个'难'字让老太爷看见要不高兴。"

"那，'忧'字为甚不换一个呢？"

"忧总是忧的，难道不忧么？只要能启瑞就好。哈哈。"

夜深了，寒气愈重了，我拨拨火盆里的炭，炭烧得正炽，红得像是透明的，只是一拨之后，一些白灰飞了起来，落得我一身。

"不行，一会儿就要支不住了，你去再搬点炭来加上去，喽，回来，索性拿壶酒来。"

炭火更旺了，我又撒了些柏叶，一室都是香气。

"喝，我久不同你喝了，今天不是个平常日子，我们爷儿俩守守岁，来，干！"

我近几年都在外县，一年难得回来趟把，回来，也不正赶上过年，今年难得抽空回来，看看一切都变了，心中不知是甚么味道，难得看见父亲这样高兴，我自然是高兴的。

"干。"但是我的杯子停在一个声音里：

"——喤，睡醒些，屋上瓦响，莫疑猫狗，起来望望。……水缸上满，钢炉子丢远些，小心火烛啊，……喤……喤。"

渐近渐远渐渐走过深巷，铜锣的声音敲破了夜的深沉。

"这是敲岁尾更，每年腊月二十四以后都要敲的，怎么离家才几年，把故乡的风俗都忘了？不记得了吗，你小时候还常常学着叫呢。铜炉盖子不知被你敲破了多少，不晓得是甚字眼，一定缠着要妈教你。听——"

"——笃，笃，笃，我看见了，看见啦，躲也没有用，我看见来，墙犄角的影子里，看见啰，别跑，别跑，笃，笃，笃，笃……"

"这个我知道了，是冬防局敲梆子的，我还躲在门缝儿偷看过。他这么一叫，毛贼都吓跑了，会捉得到？"

"也就是吓吓罢了。"

"铛……铛，笃，笃，笃笃，笃，……铛……

"呃，抡二爷今儿——"

"哦，抡二爷今儿来找过您一趟，说——"

"我知道了，抡二爷时运也太不济，今年景况很不好，又添了个孩子，真是要他来的，偏不来，不要他的，偏来，他，人又老实无用，一家大小全靠二娘一个人戳针头子戳出点钱来吃饭，这样，哪成？他心也太好，又专为别人的事东奔西走的。我已经跟大家商议，把慰劳团募来的棉衣交给二娘做了，这样也免得被人克扣棉花，你明儿帮忙到商会里取来。他还有甚么事吗？"

"他说詹世善还有甚么事情要拜托您，说告诉您，您就知道，千万请您出点力。"

"哦。"父亲用手指把着桌面，一声，一声，很慢。

"又是一个。詹世善这人也固执得可以。张远谋说要留他，他偏不肯，却又四处托人找事，人家这都要裁人呢，教我哪儿想法去。"

"是怎么回事呢？"

"是这样的，你知道张远谋是公会主席，今年弄得也不好，但是还不至于倒，他是为了做军米，把铺面没了，只留几个师傅和一个老桂 [1]，别的人都辞了。去年因为军米的关系，大家受的影响也不小，他便代表同业去跟军用代办所交涉，说以后所有军米一概归他一家包做，不要临时摊派各家，耽误营业，两方面都省麻烦，这事原是克己利人的。詹世善原是张远谋信任的人，看他家累又重，便说我们是多年宾东，我仍旧留你，一切照旧，可是他啊，说是不能做事，于心不安，坚辞要走。真是个淳厚人。"

"那怎么办呢？"

"只好跟辅成说说看了，只怕也没有大希望噢。——往年添个人，算得了甚么，今年守岁酒都吃过了，还没个分晓。"

---

[1] 管理机器的人，故乡谓之 "老桂"。老桂是甚么意思不得而知。这里的老桂是管轧米机的。

"敲门。"

"哎？这会儿有谁来？"

父亲掀开棉帘，一步跨了出去，我拿了蜡烛跟在后面。

我们站在门旁，屏着气听着，心里不免有点忐忑，等待着甚么事发生。门环又响。

"哪个？"

"是我。"

"哦，是远翁，有甚么事？进来坐吧？"

"不，不，不，我这就要走，你门上封着元宝[1]，怎能开，你不用开，不用开。"

"有甚么要紧事吗？前线上怎样了？"

"很好，前线上，冲过去二十几里，扎到小杨村了，小杨村离麒麟坝还有四十多。我就要去，跟王团副一块去，把慰劳品带到团部，一天亮就走。喂，你知道收上河一带稻子的是谁？"

"谁？"

"陈国斌，全是替敌人收的。"

"陈国斌？是去年春上被驱逐出境的？"

"是他，汉奸！"

"现在怎样了？"

"逮到了，他正想把稻子偷运过去，由湖里。在杨林塘就擒的。所有囤粮，全部搜到，明春是没大问题了。我已经在拜年片上写明叫同业能支持的还是支持，市面要紧。"

"对，市面要紧。"

"我大概得过两天回来，这事得拜托您。"

---

[1] 故乡风俗，除夕以纸钱粘成元宝形以封门。

"当然，当然，反正还有几天，大家到初六才会开门哩，明天一早我就去各家走走，商量个办法，单单是裁下这些人也没办法。"

"是啊，教他们都拿甚么吃去。当然现在县里对于那批粮食还没有一个处置，不过我想是没多大问题的。开，老板们自然不会有好处，不过只好也看得轻些了。"

"谁也不忍心看先人遗下来的或是自己一手创置的生财器物生虫上锈，我想没多大问题，开。——你呢？"

"我？自然还是做军米。哦，老詹的事情千万您得给帮忙，您把他的事看作我的事吧。我知道辅成差个内账，他想自己来，你跟他说，老詹做事，克实地道，再，我们坦坦白白地说，薪俸高低总好说。如何？只是这事您绝不可告诉老詹，回头他又是不肯。拜托，拜托。"

"好，辅成大概也拗不过我的面子。"

"怎么样，你今年？"

"还好。"

"你是百节之虫，——"

"见笑，见笑。"

"哈哈哈哈"，门里门外一片笑声。一种压抑不住的真正的笑。

"就这么说，我走了，再见。"

"再见，好走。"沉着有力的脚步声渐渐远了。

"干。"

"干。"

父亲和我的眼睛全飘在墨瀋未干的春联上，春联非常的鲜艳。一片希望的颜色。

葡萄上的轻粉

"你在干甚么，仅向草丛里的黑暗深处看，又把烟喷在你所看的地方？跟别人在一起而沉默至一吾灵伪。"

"你看这种豆子，野生的，春天开的花是深紫色的，样子像麝香豌豆，整个的花还不及麝香豌豆一个瓣子大，它的卷须也就像一根须发。……"

"你的话把我仅有的一点植物学兴趣整个打消了！你看了半天豆子，就在半天当中已经有多少豆子在你眼前挣破荚子撒在地里了！"

"我从来没有一刻不说话。"

"这句话已经浸了过多唾液，碰一碰就发臭；沉默也是一种语言。"

"文到全篇都是警句时便不复有警句。"

"一句合适的话，也许我真可从此缄口，可是，不成，我一闭口，一堆注解就等着我，像一堆难民等着最后的一列车，注解的后面，注解的注解。我是越走越离自己远了。所以我得不断地说，说我自己。知其不可而为之，我有点悲观。然而放开点悲观，转又不知如何活下去。我那么意识地寻找成语，期待隐喻，想如何够把飘游的凝住，从死灭里复生，我捕捉从水面的回文间反射在手指间的光，襄咛弟，一朵花在微风里的香气，可是，你看我的语言多么不准确！你知道铁杵磨针的故事，我简直把那根针也磨完了。落地的是雨，不是云，到手的是凉，不是风，我说的是话，不是我！……"

"我们把开头弄得很拙。"

"结尾一定更笨得可笑。我尝得及了，我不再失望。你知道我搁下好些费老大气力写成的信，都只为复看了一次。（当然你知道我没有写出来的更多。）但是寄出的信就让它寄出去了。流沙坠简好多片都是'奉谨以琅玕一，致问'，驿丞之设置当是很古的事，山中人犹不免烦劳驮贵橐者，荔枝也不过是种消息……"

然而与那些斑鸠都不注意的豆子有甚么关？我看你的样子专注不像看它，像听。

"葡萄的须卷了，秋天近了多好！"

"一日葡萄入汉家，中国的风变了样子了。"

"清水变葡萄酒终是神的奇迹。……"

"当然神是会行奇迹的，可是，你别那么急，你像我小时候辩论政治问题那样了，话撞伤你的喉咙，像水哑了河的声音，喝一点水。这是这条溪里取出来的。那边的鱼以为太阳是妃色的，太阳是甜的：那条溪上野蔷薇盖成了穹。如人饮水，冷暖自知，你觉得怎么样？"

"谢谢，水清极了，甜得很，水甜使我忘了冷暖。你已经表示得到回答了。——我常常这样，越说越快，老是怕赶不上自己。"

"话说得慢些，无非是想省得重说一遍。"

日既夕矣，牛羊下来。金光敷在葡萄上。葡萄架上一张蜘蛛网透明如水。一只松鼠数着葡萄里的种粒。

睫毛的影子落向蓝色的眼珠上。

"昨下午我躺在图书室后面的草地上。我在那里吃过一种草的花，略似燕麦。——我不知道它叫甚么，我不知道的多得很，但我喜欢它——昨天，这种草已经结了子且已坠垂了草茎，撒下自己，剩下的是由花萼发展成的薄薄的苞衣，呈干白色。但我终找到一粒种子，长可二分，褐色，周身有毛，发古银色绒光，形状恰如一个小小灯焰：蒂部浑圆，渐渐逼尖。毛就依灯焰方向生长。……"

"我知道你要说明甚么，你钦佩它，钦它的精雅，它的高贵，它那么安静的等待，自己成熟。它二月初便开花了，直到昨天，才由你发现的胜利，而且在你不知不觉之中，你更有不去那里躺着的可能，比方说，昨天你也可以躺在今天，现在，所躺的地方。……"

"现在，性急的是你。"

"——当然你说的是对的，我钦佩它的一切，至少我还钦佩那些干白色的薄苞，钦佩它们的风里的轻松，在它们雨下的重负以后。……

"——我把它捏在中指与大指之间。它一点点向下面，向我的手心爬了，用它的毛顶我的手。我珍重地举它回来。你暂时别说话，听我说完这一段。

"我如式做给一个人看，看它爬，让他知道这个褐色发古银光的灯焰是如何把自己深埋到地下去，为的明年烧一把火。

"它在我手指上笑了。……"

"一些有花的种子都是这样栽种自己的。田里的小麦只要撒在松活的土面上就行了。"

"这种笑使我高兴极了。"

"你高兴别人知道你知道的。"

"是的，我高兴他从此更知道我一点。"

"他的笑有这样的意思。"

"任何笑。"

"有些笑使人受不了，有些表示懂得的笑，一滴浮在水上的草麻子油！"

"你一向反对刻薄的，这是一个字典问题，至多生理学或变态心理，你可以不承认它是笑。那种笑不是给两个人乘凉。"

"笑是一棵树。"

"也是树荫。"

"为你，为我？"

"单有亚当时，亚当没有他自己。一条河有两道堤岸：每个人都为自己，自己存在于感受，河存在于水。

"黄河有时是一片沙。"

"一片沙决不是河。"

"你用名词堆假山？"

"定语是从形容词孳乳出来的。名词是人。——我有一句诗：

"'树长在河堤上。'"

"树栽在河堤上？"

"你刚才说过，小麦只要撒在松活的土面上。人种不出自己，你看那边一道锦带，逶迤向东：你知道那边有清凉有甘暖，有泼剌，流活。"

"那边的太阳是妃色的，太阳是甜。"

"神存在于爱，不在爱人。"

"我才不赞成你的逻辑，因为你老在逻辑以外。你不断地说，说你自己，说的是你自己？"

"是的，甚至不是我自己的也是，不过你喝一点水，在我的杯子里，这是你刚才递给我的。"

水从地下变成草，草在晚红中绿。

葡萄怕自己太像一串串小灯，分泌出一层轻粉，一片乳蓝色的薄雾，葡萄蒂子在风中嫣然，为得到自己而笑。睫毛的影子在紫色的眼珠中。

"你已经把散步的习惯养成了，栽的，长的？"

"很早就有了。现在一个人时候多些。"

一晌在圆湖边上，因为你在那边领了路而更迷了路。你报告我湖边路上已经没有一片枯叶子，报告我去年的雨季又是今年的雨季，报告我山上掘沙人少了，山下铁道上火车行驶时间改了；麻叶绣球开了又锈了，还倒了，那棵树……"

"别说树！"

"你的鞋底磨在石子路上。"

"路上多的是烂草鞋！"

"草鞋不烂在路上，烂在脚底上。你不配！"

"夜里你满城收获灯火。金色的灯在你是褐色的灯。鬼灯如漆照松花！

"一切为了述说自己，一切都是述说自己，水，神，你说了些甚么？"

"你有意忘记：连不是我自己的都是……"

"连违悖你自己的都是？"

"连违悖都是。"

"所以你听见声音而心跳，心跳了又脚下虚弱？遥瞻而他顾，让眼光折断像折断一朵花？你愈不着痕迹愈着痕迹！"

　　"我已经怎么做了便是应该怎样做的。我不矫饰；我的矫饰已是本色的。这是我的语言。"

　　"你的语言全是一样：你那些不寄的和不写的信。"

　　"我的语言是一句，我自己是一句。"

　　"述说自己是痛苦的。"

　　"痛苦的是找不到合适的话。在于辞不达意。"

　　"你不疲倦？"

　　"疲倦引诱我。"

　　"你喉咙哑了，一手墨水！"

　　"我们走到那条溪，这个葡萄园尽了。到那边洗手。"

　　"清水变葡萄酒！"

　　睫毛的影子沉入黑色的眼珠里。

　　葡萄的轻粉在手指间摩净了，而葡萄在夜里不透明。溪水在夜里活活地流，不辨远近。

　　"你将死于晦涩！"

　　第一的德性：忍耐。

　　与单纯的等待满不相干。它宁与固执有一点相混。

　　野蔷薇与葡萄当然不同时。

载一九四四年五月十八日《民国日报》

序 雨

引 子

不要陪一个病后的人散步过那座白石桥，尽管前面引诱你。（桥微微拱起，意义即在遮断又不尽遮断。）不信，只要一上桥坡，你的胳臂上会忽然添了重负，他整个靠在你身上了。他一下子记起他逐渐遗忘的衰弱，像记起一朵开过的花，他的眼睛发黑。前面那一阵绿，多有分量多重。

谁支使的，谁纵容的，谁允许的？

把裹在里面的都透到外面来了，小孩子！再没有枝子，干子，也不要花：这是你们的花，你们自己。黄莺的金点子深到海里去了，哪还有翠鸟呢？你们欲望本身，重涂苏合香油的头发。——这些树，没有结构，不容分析。

"我没有病。"

所以他穿过杨树。他想：

"我倒像只青蛙。"

他周身为感觉濡湿。一时仿佛大模大样坐在一片银绿荷叶上。水里各种香气，或甘甜，或微辛，或回旋如炉烟，当风如吴带，或稍重如杏花雨，因着若森林沼泽地带雾气，似极秘妙，又十分真实，他坐在个华盖宝座上了。眼中心中，满含喜悦。

且当真用极顽皮样子呱呱叫了两声。（差一点，声音就出了喉咙。）最后是他的精力像一头小马跑过他的腿肚与足踝之间。

第一章

眼前正是五月天气，一种不成熟，未定型的天气。架子跟树叶完全是一样颜色，且发出气味，亦与树叶相近，苹果也才是稍涂一点嫩黄。红颜色还在太阳里，现在一个果树园主人的脸色全由他的天性做主，因为外来悲欢都还在未可知中。现在所看到的，多半还是往事感情遗迹。

这情形在学校也正相若，再有一个月，便放暑假。假期中生活应有个改变。比平日更热闹紧张或更消闲清冷，虽亦时有打算，究竟如何，诚未夺定。此时似乎非睿智哲人，无能为力。世间常多哲学而少哲人，也许从历史中还能稍得启发。自然，看历史照例常得一般人结论，即历史是否已经"翻过一页"。语虽俗气，却是行止去留转扭。

"学校各处显得非常空阔。围墙成了从轮盘卸下来的皮带，围墙一步步向外退：土和土之间的黏附力减小了，它们各向自己中心探缩。真的有了几处已经崩坏了，草爬上路，路不那么白了。操场一斑斑点点紫白色鸟粪，这些乌鸦鸽，全贪吃桑枣吃得泄肚了。图书馆前白铁梗海棠下小池塘中闹着野鸭子，野鹈鸪。旗杆上旗子别样的红，红得新鲜。好浮萍。小河是你的是水的：钟在晨雾里生锈，发莠浆小麦甜味。钟不响，龙头花也不响；可是它，不声不响地蔓延了一大片，白的，黄的，红的，朱红的，紫红的；龙头花沉默。不再有人捏它的嘴。一切有形无形在静里如在冰箱里：放假了。"

这是他的日记。日记妥妥地放在家里，在那张发黄的藤桌子上，从西边窗子照进来太阳，正映着几个窗花在上面。有太阳地方纸色会稍发黄么，一朵朵花，淡淡的，但日记上的字已经跟他来了，跟他沾得一身绿。它们像一些金铃子，不时展翅叮叮唱起来。这种情形年来常有；而从来不大有，正如他养金铃子一生中也只偶然一次。他写那些字时都像第一次写：一笔一笔，流出自己。

放假了。也下雨了。

雨已经酝酿不少日子。究竟哪一天开始的，实在无法明白。一点一点密集起来，飘忽，舒卷，在月华里敷从，黄昏中压金，谁知道它是从哪里彩的，那个神秘的时间应当早在一点来树叶到树叶的幻动的金光中有所决定了像爱情。龙还是该相信的，像神。雨滴先到了秧池，到了小鹅的绒毛，到了庄稼人歌声里。其后，洗衣妇人竹竿上：她的熨斗用得更勤，一天用炭自然稍稍费些：而她的熨斗似乎不那么可恨了，不会烘得她的鼻子出血了。在学校里，起初不被注意。它隐没在颜色，声音，动作和思索里面。不久，它在一定秩序中得到它的势力，它驾凌颜色声音动作和思索之上，且臣服主有了这些。它足以败坏这个假期像败坏一只果子，且想败坏一些人，像败坏一棵树。"雨季"这个名词，像一个邻国，一件最后的衬衫。

"干吗呢？四个雨季经过了，我得了本地人一样经验并未学得他们从容：我也并不想落籍，借此试验自己，我得走了。离开不了这块地方，得离开这个雨。我不能像一块糖在潮气里化了。"

一条牵牛花蔓探进木窗，摇呀摇的；它像是在水底摇，简直不在水面画一点痕迹，然而它撞散了他喷出的烟，乱了烟的意志。他下个决心挪开眼睛，但他的心却沿着那个柔和而挺拔线条画过去，且亦在空气中轻轻摇动。

"我得找点事情做，一点用手用脚，不太折磨脑子事情。得让我的眼睛有亮光，到它暗淡时立刻就可以合上，白天，我操纵自己；夜晚，让睡眠征服我，在一阵对抗之后。更多的牵牛花，更多的现实，朝生暮死的现实。"

"壁虎和回声。墙的直线，如此公正的直线。地板上长长的光，一种为影子衬出来的光……"

"搬到一个大楼上住。整天在十四面大得像门一样的窗户中间。这些窗户本来是为供给五百人的空气而设的。太多的空气使人不想说话。人太少，一说话势必成为倾诉，在这么间大屋子里把自己倒出来，像倒出一篮果子，多么滑稽的事情！我一想到跟别人谈谈自己，便听到果子滚在地板上的声音。"

因此他们只偶然交换一两句话，一两句没有意义无关宏旨的话。工作的展开，现在还只是计划，他们三五个，正计划如何把这间大屋子充满。一种默契存乎其间，要一个铅笔刀，一本笔记簿，稍动手势，对方便可明白，他们大都坐近窗子，或者简直坐在宽大窗桌上。而他一个人守着这座空堡时候更多，一个人从这个窗子移到那个窗子。

他们与其说是计划，无宁是等待。所以依然极闲空。因此他怀念许多故人，细字密行，工整干净写极长的信。时有蛾子飞进来，他便过细辨识蛾翅各种花纹，追踪这些花纹所表现的感情思想，像听一支曲子。一边一片一片削一个大桃子吃。"今年的桃子似乎有点酸。酸也是好的，只是怕伤牙。今年当有不少人的牙开始疼了。"

他尽有时间出去走走。"山后石子小路洗得干干净净，石子白了，青了，红了，水恢复它们本来色泽，又助之以莹澈。"草绿如秧，秧青似草，"路旁小沟里，水在草下面流"。一群牛散落在山上，小牛独自走得很远很远，寻找最鲜嫩的食欲，忽然想起母亲来了，立刻跑回它身边。"它像是对母亲很抱歉，但母亲已经原谅它，且格外喜欢它。"放牛的人呢？"这一地的水，他不会就地睡了，他一定在一个屋子里，在附近人家。哼，他一定是找谁去。"于是他在泥土上找他的脚印。脚印那么多，哪个是他的。他只有在一列小小的，弯弯的，浅浅的旁边停住了。这列脚印引起他许多回忆，许多联想，许多温柔的可是伤人的感情。他独立苍茫，脚印如麻，可是在灰灰的天色下，不大看得出来。

他整个为雨水淋湿。水从发根直流到脚踝。挨身马蹄激起的水溅到他手上脸上，全不觉得。雷电在天边。（他样子从容。）记得四年前常在大雨中各处奔走，且常骑马跑过一条积水大道到市郊湖畔去看水面飘浮的白色蘋花。一时心中充满飞越感觉，而膝恰夹在马上。一种陶醉，一种庄严，他胸脯涨得鼓鼓的。

雨水流过那个涨得鼓鼓的胸脯上，一缕寒冷由两胸之间的洼里透进身体，但他已经感觉那一流水慢慢变热了。这种经验唤起他的年龄。火车，山，铁桥，炽赤的煤块落在深黑的隧道里，朱红的浪，深绿的深谷里一丛大得像向日葵一样的金色的花；海，月亮，船上的风，冷饮，新桂圆，吉他，灌木林，雨季接上黄梅天，他忽然想起家来，且想起他以前许多次想家，不同的想法。

他已经到了家，到了那间大屋子。一条毛巾，一件干净衬衫等着，他擦干身体，换上衣服，再一次认识身体每一部分。一面想他离家时情形。

"这次远行是一件事。再大的事，它弥漫于各处能浸透一切。从任何动作言语中皆可觉到看出，父亲的约会和约会时间少了，他每天抽的烟则较向日增多。母亲说话时有点心不在焉，她居然把刚唤来的一把花忘记插到瓶里。弟妹放学似乎早了点，不是放学早，是他们走路快了。晚上时钟敲得特别响，胡妈毫无道理的要我和弟弟比比，究竟高多少。……"

　　他套上衬衫。这件是从家里带出来的仅剩的一件了。他想起他的那口漆着石子的箱子。他想坐在箱子旁边点一支烟。

　　……一拾掇行李，都来了，取舍决策各有见地。"你们加之于我的是一种自私，一种压迫，我行李要的是轻便！"可是，弟弟说一雨便成秋，秋雨中独自在江边散步，极有意思，长统胶鞋，必不可少。重虽重些，统子里可以装苹果，又不压伤，又不占地方，每顿饭后吃一个，到那里刚够。妹妹跑遍全城，挑得两副风镜，拿了一张拍了一排向一边弯的棕榈树照片，睁大眼睛，指指照片，又指指眼睛，用吓人神气证明自己所做绝对合理。胡妈觑人不注意时把两盒万应八宝痧药塞在保险盒子里，又把仿单夹在他准备路上看的书里。其实他早知道仿单上印的有"专治瘴气毒疫气，行人但须口含一粒，可消百病"。且已事先尝过一粒，是和蜜调整的，略带檀香气味。路上想起时，可以当糖吃。在父亲和母亲为两条被窝的决定发生争执时，他偷偷吃了一个李子。他疟疾才好，李子本不许吃。"这种事情，多么可笑，哪天回去总得告诉他们大家笑笑。"

　　正是他笑时，楼下路上有人滑倒了。他赶到窗口时，人已经站直，一手略沾泥土，衣服全未弄脏，正在寻找一个东西。他伏在窗口上帮着找了半天，发现是一个发饰，在路左一个破瓦头旁边发光。"大概是那个伸出来的榆梅枝子绊掉了的。"他想告诉她"再过来一点，退后一步，它完好的在那里"。又怕她想起有人看见她跌倒样子，发现手上那点泥，她会红脸，捡起一个尤加利树果子，丢向那个路旁瓦头上，这是最好的办法。"自己掩过一边，让她以为是一只松鼠指示。"看她捡起发饰，十分珍视欢喜，他也高兴。"谁送她的？"人去了，地上有滑倒痕迹，一堆发棕色青苔推在一边，雨落在那个痕迹。

　　他摘了几朵晚香玉放在外面口袋里。一阵香气使他离开同行的人，离开身边一切，他的脚依然习惯、机械地移动。

　　"谢谢，我到了。"

　　更多的牵牛花更多的现实，这是现实，"到"。他看到一个门，关着的门。他不知道该做甚么，一点不算一回事的张皇。这点张皇若延续下去，便是"古怪"，但是一个动作足以解嘲。他把披在眼前的头发理到后面去，手势像个女孩子。他说了句当然要说的话。

　　"你叫门。"

　　他收起伞，看看雨还下不下。抬头看天，天上漆黑，一个俗气比喻"丰富的沉默"，他上眼皮起了道盂折，雨点落在他脸上。谁扬脸，谁脸上有雨，不落空，一道灯光齐齐的如一片墙，雨亮了。

　　"进来坐一会儿？"

　　"不了，不早了，回去还有事。明天下午两点，到时候来接他。"

　　"不用了。"

　　他知道这是客气。然他要是信以为真那便是真的了。明天他会在那个矮矮的椅子上坐五分钟，看看小漆盒子上图案，看看瓶里的花，想他口袋里的花，看看照片，从这些东西里发现一点新的生疏。妈在里面梳头，一面想他在干甚么。所以他简直不敢挪动身体，仿佛一挪动左右什物就会抗议，用一种毫不客气声音。

"哎你干甚么，你是客人，可不许带一点主人样子。这里甚么都属于一个人，你所呼吸的空气也属于一个人。你来不过是为你们那点事情，你是个代表，是个使臣，这个椅子是你的公署，你动不得！"

他掏出一支烟，叼在嘴上。

"我这支烟绝不止抽五分钟，你不答应么？我要让你们都带上一点烟味！我是个使臣，但我还是我。你们知道为甚么我做了这个使臣？我本可以不管；我不管，自有别人来管。可是我要管，别人也觉得我管合适。西北城到南城，不算近，而且还下雨，我连活动活动都不许？"

于是他翻动桌上一本小书，他看这是本甚么书，能够给人快乐，忧郁，美丽幻想；适宜于躺在床上看，坐在树下看它缚得人紧不紧？……

"随便买来的，还没有看不知道写些甚么。"

"总应当很好的。"

"不看怎么知道？"

"看一点就知道了。"

"开头还不错。"

朦朦胧胧。它已经出来，剔着一个指甲。"你把外衣还是带着，晚上会冷。要不多加件毛衣。你昨天那件红的结好了么，我们一路走，看看，有甚么扣子好配。"

他不说甚么，拿好件毛衣，让一列珊瑚扣子嘲笑他的饶舌。妈且又在桌上拿起个小冻石章，印在那本书上。

“你这是一种自私，一种压迫，我要的是轻便！”妈应这么说。可是她只说：

“你的烟怎么不点上？”

夜已经很深了。

他走进那条很深的巷子。穿过这条巷子，便到家了。他在巷口停了一会儿，一种呼喊疾流过他的心，一种猎人在森林中发现俊秀小兽物时的呼喊，一头黄麂，一种斑鹿，巷子里静极了，但若是把他现在样子雕塑下来，便只有用这个题目：呼喊。高墙里金银花雨后的香气从芭蕉的整齐厚厚叶子透过来，充满了这个夹谷，他已经看见自己了；不是看见自己，是看见他的伞的圆圆的影子，从这个街面上（海面上）的圆影而知道自己了。这是说，他已经出了巷子，在门前路灯下了。

哎，你的伞早该歇下了！他向自己说。雨已经停了好一会儿。不下雨，打伞，正如下雨而淋着，在他一样是常有的事。

他撑着伞，用跳舞的步子翩翩地进了门，过一个甬道，一个厅堂，转入山路，直上石阶，在石阶上是打了个圈子，在楼下的瓷砖上了。伞的圆影在瓷砖古典的图案上。“嘘——”他快活地嘘出一口气，一手抓住楼梯黄铜柱顶，再用脸贴上去，用嘴唇贴上去。黄铜怪冷。

“来一个池塘！”不是想游泳，他是要那个光着身子投入水里的感觉。想象一泓净水，月光斜照，他纵身而入，不出一点声音。他就那么游过去，游过去。……像那个在茵梦湖上去采睡莲的人。睡莲，……睡莲在他身后开放了，白的瓣子，鹅红的心，在月光下，……

“嚇”！他该上去了。他想一气噔噔噔，跑上去。但是他放脚步放得非常轻，他于是走在坚硬的楼板上，倒像走在厚厚的地毯上，因为空气从十四面大窗子进来，正拂着几个人起伏的胸脯，他们都睡得实实的了。

他坐在一个窗桌上，支着头，靠着背。

他呼吸，他心跳。

他点上那根一直未点上的烟了，这说明他将在那个窗桌坐很多时候。莫惊动他。

载一九四四年十二月二十四日、三十一日《自由论坛周报》

小学校的钟声

——茱萸小集之一

　　瓶花收拾起台布上细碎的影子。瓷瓶没有反光，温润而寂静，如一个人的品德。瓷瓶此刻比它抱着的水要略微凉些。窗帘因为暮色浑染，沉沉静垂。我可以开灯。开开灯，灯光下的花另是一个颜色。开灯后，灯光下的香气会不会变样子？可做的事好像都已做过了。我望望两只手。我该如何处置这个？我把它藏在头发里么？我的头发里保存有各种气味，自然它必也吸取了一点花香。我的头发，黑的和白的。每一游尘都带一点香。我洗我的头发，我洗头发时也看见这瓶花。

　　天黑了，我的头发是黑的。黑的头发倾泻在枕头上。我的手在我的胸上，我的呼吸振动我的手。我念了念我的名字，好像呼唤一个亲昵朋友。

　　小学校里的欢声和校园里的花都融解在静沉沉的夜气里。那种声音实在可见可触，可以供诸瓶几，一簇，又一簇。我听见钟声，像一个比喻。我没有数，但我知道它的疾徐，轻重，我听出今天是西南风。这一下打在那块铸刻着校名年月的地方。校工老詹的汗把钟绳弄得容易发潮了，他换了一下手。挂钟的铁索把两棵大冬青树干拉近了点，因此我们更不明白地上的一片叶子是哪一棵树上落下来的；它们的根须已经彼此要呵痒玩了吧。又一下，老詹的酒瓶没有塞好，他想他的猫已经看见他的五香牛肉了。可是又用力一下秋千索子有点动，他知道那不是风。他笑了，两个矮矮的影子分开了。这一下敲过一定完了，钟绳如一条蛇在空中摆动，老詹偷偷地到校园里去，看看校长寝室的灯，掐了一枝花，又小心敏捷：今天有人因为爱这枝花而被罚清除花上的蚜虫。"韵律和生命合成一体，如钟声。"我活在钟声里。钟声同时在我生命里。天黑了。今年我二十五岁。一种荒唐继续荒唐的年龄。

十九岁的生日热热闹闹地过了，可爱得像一种不成熟的文体，到处是希望。酒阑人散，厅堂里只剩余一支红烛，在银烛台上。我应当夹一夹烛花，或是吹熄它，但我甚么也不做。一地明月。满宫明月梨花白，还早得很。甚么早得很，十二点多了！我简直像个女孩子。我的白围巾就像个女孩子的。该睡了，明天一早还得动身。我的行李已经打好了，今天我大概睡那条大红绫子被。

一早我就上了船。

弟弟们该起来上学去了。我其实可以晚点来，跟他们一齐吃早点，即是送他们到学校也不误事。我可以听见打预备钟再走。

靠着舱窗，看得见码头。堤岸上白白的，特别干净，风吹起鞭爆纸。卖饼的铺子门板上错了，从春联上看得出来。谁，大清早骑驴过去的？脸好熟。有人来了，这个人会多给挑夫一点钱，我想。这个提琴上流过多少音乐了，今天晚上它的主人会不会试一两支短曲子。嚯，这个箱子出过国！旅馆老板应当在报纸上印一点诗，旅行人是应当读点诗的。这个，来时跟我一齐来的，他口袋里有一包胡桃糖，还认得我么？我记得我也有一大包胡桃糖，在箱子里，昨天大姑妈送的。我送一块糖到嘴里时，听见有人说话：

"好了，你回去吧，天冷，你还有第一堂课。"

"不要紧，赶得及；孩子们会等我。"

"老詹第一堂课还是常晚打五分钟么？"

"甚么——是的。"

岸上的一个似乎还想说甚么，嘴动了动，风大，想还是留到写信时说。停了停，招招手说：

"好，我走了。"

"再见。啊呀！——"

"怎么？"

"没甚么。我的手套落到你那儿了。不要紧。大概在小茶几上，插梅花时忘了戴。我有这个！"

"找到了给你寄来。"

"当然寄来，不许昧了！"

"好小气！"

岸上的笑笑，又扬扬手，当真走了。风披下她的一绺头发来了，她已经不好意思歪歪地戴一顶绒线帽子了。谁教她就当了教师！她在这个地方待不久的，多半到暑假就该含一汪眼泪向学生告别了，结果必是老校长安慰一堆小孩子，连这个小孩子。我可以写信问弟弟："你们学校里有个女老师，脸白白的，有个酒窝，喜欢穿蓝衣服，手套是黑的，边口有灰色横纹，她是谁，叫甚么名字？声音那么好听，是不是教你们唱歌？——"我能问么？不能，父亲必会知道，他会亲自到学校看看去。年纪大的人真没有办法！

我要是送弟弟去，就会跟她们一路来。不好，老詹还认得我。跟她们一路来呢，就可以发现船上这位的手套忘了，哪有女孩子这时候不戴手套的。我会提醒她一句。就为那个颜色，那个花式，自己挑的，自己设计的，她也该戴。——"不要紧，我有这个！"甚么是"这个"，手笼？大概是她到伸出手来摇摇时才发现手里有一个甚么样的手笼，白的？我没看见，我甚么也没看见。只缘身在此山中。我在船上。梅花，梅花开了？是朱砂还是绿萼？校园里就有两棵的。波——汽笛叫了。一个小轮船安了这么个大汽笛，岂有此理！我躺下吃我的糖。……

"老师早。"

"小朋友早。"

我们像一个个音符走进谱子里去。我多喜欢我那个棕色的书包。蜡笔上沾了些花生米皮子。小石子，半透明的，从河边捡来的。忽然摸到一块糖，早以为已经在我的嘴里甜过了呢。水泥台阶，干净得要我们想洗手去。"猫来了，猫来了。""我的马儿好，不喝水，不吃草。"下课钟一敲，大家噪得那么野，像一簇花突然一齐开放了。第一次栖来这个园里的树上的鸟吓得不假思索地便鼓翅飞了，看别人都不动，才又飞回来，歪着脑袋向下面端详。我六岁上幼稚园。玩具橱里有个 Joker 至今还在那儿傻傻地笑。我在一张照片里骑木马，照片在粉墙上发黄。

百货店里我一眼就看出那是我们幼稚园的老师。她把头发梳成圣玛丽的样子。她一定看见我了，看见我的校服，看见我的受过军训的特有姿势。她装作专心在一堆纱手巾上。她的脸有点红，不单是因为低头。我想过去招呼，我怎么招呼呢？到她家里拜访一次？学校寒假后要开展览会吧，我可以帮她们剪纸花，扎蝴蝶。不好，我不会去的。暑假我就要考大学了。

我走出舱门。

我想到船头看看。我要去的向我奔来了。我抱着胳膊，不然我就要张开了。我的眼睛跟船长看得一般远。但我改了主意。我走到船尾去。船头迎风，适于夏天，现在冬天还没有从我语言的惰性中失去。我看我是从哪里来的。

　　水面简直没有什么船。一只鹭鸶用青色的脚试量水里的太阳。岸上柳树枯干子里似乎已经预备了充分的绿。左手珠湖笼着轻雾。一条狗追着小轮船跑。船到九道湾了，那座庙的朱门深闭在逶迤的黄墙间，黄墙上面是蓝天下的苍翠的柏树。冷冷的是宝塔檐角的铃声在风里摇。

　　从呼吸里，从我的想象，从这些风景，我感觉我不是一个人。我觉得我不大自在，受了一点拘束。我不能吆喝那只鹭鸶，对那条狗招手，不能自作主张把那一堤烟柳移近庙旁，而把庙移在湖里的雾里。我甚至觉得我站着的姿势有点放肆，我不是太睥睨不可一世就是像不绝俯视自己的灵魂。我身后有双眼睛。这不行，我十九岁了，我得像个男人，这个局面应当由我来打破。我的胡桃糖在我手里。我转身跟人互相点点头。

　　"生日好。"

　　"好，谢谢。——"生日好！我眨了眨眼睛。似乎有点明白。这个城太小了。我拈了一块糖放进嘴里，其实胡桃皮已经麻了我的舌头。如此，我才好说。

　　"吃糖。"一来接糖，她就可走到栏杆边来，我们的地位得平行才行。我看到一个黑皮面的速写簿，它看来颇重，要从腋下滑下去的样子，她不该穿这么软的料子。黑的衬亮所有白的。

　　"画画？"

　　"当着人怎么动笔。"

　　当着人不好动笔，背着人倒好动笔？我倒真没见到把手笼在手笼里画画的,而且又是个白手笼!很可能你连笔都没有带。你事先晓得船尾上就有人?是的,船比城更小。

"再过两三个月,画画就方便了。"

"那时候我们该拼命忙毕业考试了。"

"噢呵,我是说树就都绿了。"她笑了笑,用脚尖踢踢甲板。我看见袜子上有一块油斑,一小块药水棉花凸起,虽然敷得极薄,还是看得出。好,这可会让你不自在了,这块油斑会在你感觉中大起来,棉花会凸起,凸起如一个小山!

"你弟弟在学校里大家都喜欢。你弟弟像你,她们说。"

"我弟弟像我小时候。"

她又笑了笑。女孩子总爱笑。"此地实乃世上女子笑声最清脆之一隅。"我手里的一本书里印着这句话。我也笑了笑。她不懂。

我想起背乘数表的声音。现在那几棵大银杏树该是金黄色的了吧。它吸收了多少种背诵的声音。银杏树的木质是松的,松到可以透亮。我们从前的图画板就是用各种木头做的。风琴的声音属于一种过去的声音。灰尘落在教室的皱纸饰物上。

"敲钟的还是老詹?"

"剪校门口冬青的也还是他。"

冬青细碎的花,淡绿色;小果子,深紫色。我们仿佛并肩从那条拱背的砖路上一齐走进去。夹道是平平的冬青,比我们的头高。不多久,快了吧,冬青会生出嫩红色的新枝叶,于是老詹用一把大剪子依次剪去,就像剪头发。我们并肩走进去,像两个音符。

我们都看着远远的地方,比那些树更远,比那群鸽子更远。水向后边流。

要弟弟为我拍一张照片。呵,得再等等,这两天他怎么能穿那种大翻领的海军服。学校旁边有一个铺子里挂着海军服。我去买的时候，店员心里想甚么，衣服寄回去时家里想甚么，他们都不懂我的意思。我买一个秘密，寄一个秘密。我坏得很。早得很，再等等，等树都绿了。现在还只是梅花开在灯下。疏影横斜于我的生日之中。早得很，早甚么，嗐，明天一早你得动身，别尽弄那梅花，看忘了事情，落了东西！听好，第一次钟是起身钟。

"你看，那是甚么？"

"乡下人接亲，花轿子。"——这个东西不认得？一团红吹吹打打地过去，像个太阳。我看着的是指着的手。修得这么尖的指甲，不会把我戳破？我喂起嘴唇，河边芦苇嘘嘘响，我得警告她。

"你的手冷了。"

"哪有这时候接亲的。——不要紧。"

"路远，不到晌午就发轿。拣定了日子。就像人过生日，不能改的。你的手套，咳，得三天样子才能寄到。——"

她想拿一块糖，想拿又不拿了。

"用这个不方便，不好画画。"

她看了看指甲，一片月亮。

"冻疮是个讨厌东西。"讨厌得跟记忆一样。"一走多路，发热。"

她不说话，可是她不用一句话简直把所有的都说了：她把速写簿放在旁边的凳子上，把另一只手也退出来，很不屑地把手笼放在速写簿上。手笼像一头小猫。

她用右手指转正左手上一个石榴子的戒指，看了我一眼，这一眼的意思是：

看你还有甚么可说的！

我若再说，只有说：

你看，你的左手就比右手红些，因为它受暖的时间长些。你的体温从你的戒指上慢慢消失了。李长吉说"腰围白玉冷"，你的戒指一会儿就显得硬得多！

但是不成了，放下她的东西时她又稍稍占据比我后一点的地位了。我发现她的眼睛有一种跟人打赌的光，而且像丘比特一样有绝对的把握样子。她极不恭敬看着我的白围巾，我的围巾且是熏了一点香的。

来一阵大风，大风，大风吹得她的眼睛冻起来，哪怕也冻住我们的船。

她挪过她的眼睛，但原来在她眼睛里的立刻搬上她的眼角。

万籁无声。

胡桃皮硝制我的舌头。

一放手，我把一包糖掉落到水里，有意甚于无意。糖衣从胡桃上解去。但胡桃里面也透了糖。胡桃本身也是甜的。胡桃皮是胡桃皮。

"走吧，验票了。"她说话了，说了话，她恢复不了原来的样子了。感谢船是那么小：

"到我舱里来坐坐。我有不少橘子，这么重，才真不方便。我这是请客了。"

我的票子其实就在身上，不过我还是回去一下。我知道我是应当等一会儿才去赴约的。半个钟头，差不多了吧。当然我不能吹半点钟风，因为我已经吹了不只半点钟风。而且她一定预料我不会空了两手去，她知道我昨天过生日。（她能记得多少时候，到她自己过生日时会不会想起这一天？想到此，她会独自嫣然一笑，当她动手切生日蛋糕时。她自有她的秘密。）

现在，正是时候了：

弟弟放午课回家了，为折磨皮鞋一路踢着石子。河堤西侧的阴影洗去了。弟弟的音乐老师在梅瓶前入神，鸟声灌满了校园。她拿起花瓶后面一双手套，一时还没有想到下午到邮局去寄。老詹的钟声颤动了阳光，像颤动了水，声音一半扩散，一半沉淀。

"好，当然来。我早闻见橘子香了。"

差点儿我说成橘子花。唢呐声消失了，也消失了湖上的雾，一种消失于不知不觉中，而且使人知觉于消失之后。

果然，半点钟内，她换了袜子。一层轻绡从她的脚上褪去，和怜和爱她看看自己的脚尖，想起雨后在洁白的浅滩上印一湾苗条的痕迹，一种难以言说的温柔。怕太娇纵了自己，她赶快穿上一双。

小桌上两个剥了的橘子，橘子旁边是那只白猫。

"好，你是来做主人了。"

放下手里的一盒点心，一个开好的罐头，我的手指接触到白色的毛，又凉又滑。

"你是哪一班的？"

"比你低两班。"

"我怎么不认识你。"

"我是插班进去的，当中还又停了一年。"

她心里一定也笑，还不认识！

"你看过我弟弟？"

"昨天还在我表姐屋里玩来的。放学时逗他玩，不让他回去，急死了！"

"欺负小孩子，你表姐是不是那里毕业的？"

"她生了一场病，不然比我早四班。"

"那她一定在那个教室上过课，窗户外头是池塘，坐在窗户台上可以把钓竿伸出去钓鱼。我钓过一条大乌鱼，想起祖母说，乌鱼头上有北斗七星，赶紧又放了。"

"池塘里有个小岛，大概本来是座坟。"

"岛上可以拣野鸭蛋。"

"我没拣过。"

"你一定拣过，没有拣到！"

"你好像看见似的。要橘子，自己拿。那个和尚的石塔还是好好的。你从前懂不懂刻在上面的字？"

"现在也未见得就懂。"

"你在校刊上老有文章。我喜欢塔上的莲花。"

"莲花还好好的。现在若能找到我那些大作，看看，倒非常好玩。"

"昨天我在她们那儿看到好些学生作文。"

"这个多吃点不会怎么，笋，怕甚么。"

"你现在还画画么？"

"我没有速写簿子。你怎么晓得我喜欢过？"

我高兴有人提起我久不从事的东西。我实在应当及早学画。我老觉得我在这方面的成就会比我将要投入的工作可靠得多。我起身取了两个橘子，却拿过那个手笼尽抚弄。橘子还是人家拿了坐到对面去剥了。我身边空了一点，因此我觉得我有理由不放下那种柔滑的感觉。

"我们在小学顶高兴野外写生。美术先生姓王，说话老是'譬如'、'譬如'，——画来画去，大家老是画一个拥在丛树之上的庙檐；一片帆，一片远景；一个茅草屋子，黑黑的窗子，烟囱里不问早晚都在冒烟。老去的地方是东门大窑墩子。泰山庙文游台，王家亭子……"

"傅公桥，东门和西门的宝塔，……"

"西门宝塔在河堤上，实在我们去得最多的地方是河堤上，老是向姓瞿的老太婆买荸荠吃。"

"就是这条河，水会流到那里。"

"你画过那个渡头，渡头左近尽是野蔷薇，香极了。"

"那个渡头，……渡过去是潭家坞子。坞子里树比人还多，画眉比鸭子还多……"

"可是那些树不尽是柳树，你画的全是一条一条的。"

"……"

"那张画至今还在成绩室里。"

"不记得了，你还给人家改了画。那天是全校春季远足，王老师忙不过来了，说大家可以请汪曾祺改，你改得很仔细，好些人都要你改。"

"我的那张画也还在成绩室里，也是一条一条的。表姐昨天跟我去看过。……"

我咽下一小块停留在嘴里半天的蛋糕，想不起甚么话说，我的名字被人叫得如此自然。不自觉地把那个柔滑的感觉移到脸上，而且我的嘴唇也想埋在洁白的窝里。我的样子有点傻，我的年龄亮在我的眼睛里。我想一堆带露的蜜波花瓣拥在胸前。

一块橘子皮飞过来，刚好砸在我脸上，好像打中了我的眼睛。我用手掩住眼睛。我的手上感到百倍于那只猫的柔润，像一只招凉的猫，一点轻轻地抖，她的手。

波——岂有此理，一只小小的船安这么大一个汽笛。随着人声喧沸，脚步忽乱。

"船靠岸了。"

"这是 ××，晚上才能到 □□。[1]"

---

[1] 原文初刊时字迹难辨处用方框代替，下同。

"你还要赶夜车？"

"大概不，我尽可以在□□耽搁几天，玩玩。"

"甚么时候有兴给我画张画。——"

"我去看看，姑妈是不是来接我了，说好了的。"

"姑妈？你要上了？"

"她脾气不大好，其实很好，说叫去不能不去。"

我揉了揉眼睛，把手笼交给她，看她把速写簿子放进箱子，扣好大衣领子，知道她说的是真的。

"箱子我来拿，你笼着这个不方便。"

"谢谢，是真不方便。"

当然，老詹的钟又敲起来了。风很大，船晃得厉害。每个教室里有一块黑板，黑板上写许多字，字与字之间产生一种神秘的交通，钟声作为接引。我不知道我在船上还是在水上，我是怎么活下来的。有时我不免稍微有点疯，先是人家说起后来是我自己想起。钟！……

四月二十七日夜写成

二十九日改易数处，添写最后两句

一月不熬夜，居然觉得疲倦。我的疲倦引诱我

纪念我的生日，纪念几句话

一九四五年四月二十七日

载一九四六年第一卷第二期《文艺复兴》

老　鲁

　　去年夏天我们过的那一段日子实在是好玩。我想不起甚么恰当的词儿，只有说它好玩。学校里四个月发不出薪水，饭也是有一顿没一顿地吃。校长天天在外头跑，想法挪借。起先回来都还说哪儿能弄多少，甚么时候可以发一点钱。不知说了多少次，总未实现。有人于是说，他不说哪一天有，倒还有点希望，一说哪天有，那天准没有。大家颇不高兴，不免发牢骚，出怨言。然后生气的是他说谎，至于发不发薪水本身倒还其次。事实上我们已经穷到极限，再穷下去也不过如此，薪水发下来原无济于事，最多可以进城吃一顿。这个情形没有在内地，尤其是昆明，尤其是我们那个中学教过书的人，大概没法明白。好容易学校挨到暑假，没有中途关门。可是一到暑假，我们的日子就更特别了。钱，不用说，毫无指望。我们已好像把这件事忘了。校长能做到的事是给我们零零碎碎地弄一餐两餐米，买二三十斤柴。有时弄不到，就只有断炊。菜呢，对不起，校长实在想不到法。可我们不能吃白斋呀，嗨，有了，有人在学校荒草之间发现了很多野生苋菜。这个菜云南人管叫小米菜，不大吃，大都摘来喂猪，或在胡萝卜田堆锦积绣的丛绿之中留一两棵，到深秋时，夕阳光中晶晶的红，看着好玩。学校里的苋菜多肥大而嫩，自己去摘，半天可得一大口袋。借一二百元买点油，多加大蒜，炒它一锅，连锅子掇上桌，味道实在极好。能赊得到，有时还赊半斤本乡土制，未经漉滤的酒来，就土碗里轮流大口大口地喝！小米菜渐渐被我们几个人吃光了，有人又认出一种野菜，说也可以吃的。这种菜，或不如说这种草更恰当些，枝叶深绿色，叶如猫耳大小而又缺刻，有小毛如粉，放在舌头上拉拉的。这玩意儿北方也有，叫作"灰藋菜"，也有叫讹了成"回回菜"的，按即庄子"逃蓬藋者，闻人足音，则跫然喜"之藋也。若是裹了面，和以葱汁蒜泥，蒸了吃，也怪好吃的。可是我们买不起面粉，只有少施油盐如炒苋菜办法炒了吃吧。味道比起苋菜，可是差远了。另外还有一种菜，独茎直生，周附柳叶状而较软熟的叶子，如一根脱毛的鸡毛掸帚，在人家墙角阴湿处皆可看见的，也能吃，不知怎么似乎没有尝试过。大概灰藋菜还足够我们吃的。学校在观音寺，是一荒村，也没有甚么地方可去。我们眠起居食，皆无定时。一早起来，各在屋里看看书，到山上田里走走，看看时间差不多，就招呼招呼去"采薇"了。下午常在门外一家可以欠账的小茶棚中喝茶，看远山近草，看行人车马，看一阵风卷起大股黄土，映在太阳光中如轻霞薄绮，看黄土后面蓝得（真是）欲流下来的天空。到太阳一偏西，例当再去想法晚饭菜了。晚上无灯，——交不出电灯费教电灯公司把线给铰了，集资买一根土蜡烛，会在一个人屋里，在凌乱的衣物书籍之间各自躺下坐好，天南地北地乱聊一气。或忆述故乡风物，或臧否同学教授，清娓幽俏，百说不厌；有时谈及人生大事，析情讲理，亦颇严肃认真；至说到对于现实政治社会，各人主张不同，带骨有刺的话也有的，然而好像没有尖锐得真打起架来过。

啊呀，题目是"老鲁"，我一开头就哩哩啦啦带上了这么些闲话做甚么？没有办法。——一个不会谈天的人才老是"我"怎么，"我们"怎么。我们（又来了！）那个时候在一处聊天时曾有戒条，不许老说自己的事。这本是针对一个太喜欢说自己的事情的人而立的。但人大概总免不了有这点儿脾气。一个从来不说自己的事情的人，八成是不近人情的怪物。我原想记一记老鲁是甚么时候来的，遂情不自禁地说了许多那时候的碎事。我还没有说得尽兴，但只得噎住了。再说多了，不但喧宾夺主，文章不成格局，（现在势必如此，已经如此）且亦是不知趣了。

但这些事与老鲁实在有些关系。前已说过老鲁是那时候来的。学校弄成那样子，大家纷纷求去。真为校长担心，下学期不但请不到教员，即工役校警亦将无人敢来。而老鲁偏在这时候来了。没事在空落落的学校各处走走，有一天，似乎看见校警们所住房间热闹起来。看看，似乎多了两个人。想，大概是哪个来了从前队伍上的朋友了。（学校校警多是退伍的兵。）到吃晚饭时常听到那边有欢声。这个欢声一听即知道是烧酒翻搅出来的。嗷，这些校警有办法，还招待得起朋友啊？要不，是朋友自己花钱请客，翻做主人？走过门前，有人说"汪老师，来喝一杯"，我只说"你们喝，你们喝"，就过去了。是哪几个人也没看清。再过几天，我们在挑野菜时看见一个光头瘦长个子穿草绿色军服的人也在那儿低了头掐那种灰藋菜的嫩头。走过去，他歪了头似笑非笑地笑了一下。这是一种世故，也不失其淳朴。这个"校警的朋友"有五十了，额上一抬眉有细而密的皱纹。看他摘菜，极其内行。既迅速且"确实"。我们之中至今有一个还弄不大清楚，摘苋菜摘了些野菜莉叶子，摘灰藋菜则更不知道是甚么麻啦蓟啦的，都来了，总要别人更给鉴定一番，有时拣不胜拣，觉得麻烦，则不管三七二十一，哗啦一齐倒下锅。这么在摘菜时每天都见面，即心仪神往起来，有点熟了。他就给我们指点指点，哪些菜或草吃不得，照他说，简直可吃的太多了！他打着一嘴山东话，言语有神情趣味。

后来不但是蔬菜，即荤菜亦能随地找得到了。这大概可以说是老鲁发明的。——说发明，不对，应说甚么呢？在我看，那简直就是发明：是一种甲虫，形状略似金龟子，略长，微扁，有一粒蚕豆大，村子里人即管它叫蚕豆虫或豆壳虫。这东西自首夏至秋初从土里钻出来，黄昏时候，漫天飞，地下留下一个一个小圆洞。飞时鼓翅作声，声如黄蜂而微细，如蜜蜂而稍粗。走出门散步，满耳是这种嘤嘤的单调而温和的音乐。它们这样嘤嘤的忙碌地飞，是择配。这东西一出土即迫切地去完成它生物的义务。到一找到对象，俱就便在篱落枝头息下。或前或后于交合的是吃，极其起劲地吃。所吃的东西却只有柏叶一种。也许它并不挑嘴，不过至少最喜欢吃柏叶是可断言的。学校后旁小山上一片柏林，向晚时无千带万。单就这点说，这东西是颇高雅的，有如吃果子狸或松鸡。老鲁上山挑水，回来说是这种虫子可吃。当晚他就捉了好多。这不费事，带个可以封盖东西，或瓶或罐，走到那里，随便一捞即可有三五七八个不等，它们毫不知逸避。老鲁笑嘻嘻地拿回来，掐了头，撕去甲翅，熟练得如同祖母她们挤虾仁一样。下锅用油一炸，（他说还有几种做法）撒上重重的花椒盐，搭起酒来了。"老师，请两个嘛！"有大胆的真尝了两个，说是不错。我们都是"有毛的不吃掸子，有腿的不吃板凳"的，经闭目咧嘴地尝了一个之后，"唔！好吃。"于是桌上多了一样菜，而外边小铺里的酒账就日渐其多起来了。这酒账直至下学期快开学时才由校长弄了一笔钱一总代付了的！豆壳虫味道略如清水河条米虾。可是我若有虾吃绝不吃它。以后我大概即没有虾吃时也不会有吃这玩意儿的时候了。老鲁呢，则不可知了。不论会吃或不会吃，他想都当因之而念及观音寺那个地方的吧。

不久，老鲁即由一个姓刘的旧校警领着见了校长，在校警队补了个名字。校长说，饷是一两月内发不出的哩。老刘自然早知道，说不要紧的，他只想清清静静住下，在队伍上走久了，不想干了，能吃一口就像这样的饭就行。（他说到"这样的饭"时在场人都笑了一下。）他姓鲁，叫鲁庭胜，（究竟该怎么写，不知道，他有个领饷用的小木头图章，上头是这三个字。）我们都叫他老鲁，只有总务主任叫他名字。济南府人氏。何县，不详。和他一起来的一个，也"补上"了，姓吴，河北人。

学校之有校警，本是因为地方荒僻，弄几支枪，找俩人背上，壮壮胆子的意思。年长日久，一向又没发生过甚么事情，这个队近于有名无实了。上班时他们抱着根老捷克式，坐在门口长凳上晒太阳，或看学生打球。事闲了则朵朵来米西地走来走去，嘴里咬了根狗尾巴草，与卖花生的老头搭讪，帮赶车的小孩钉蹄铁。日子过得极其从容。有些耐不住的，多说声"没意思"就走了。学校也觉得这么两支老枪还是收起来吧，就一并搁在校长宿舍靠在墙角上锈生灰去了。有时忽然有谁端出来对准一只猫头鹰瞄了半天，当的一声却打在一棵老栗树叶子最多的地方。校警呢，则留下来的两三个全屈才做了工友本来做的事了。留下来的大都是爱这里的生活方式的，做点杂事倒无所谓。你别说，有一件制服在身，多少有点羁束，现在能爱怎么穿怎么穿，就添了一份自在。可是他们要是太爱那种生活方式，我们就有点不大方便。你要喝水，（做教员的水多重要！）挑水的正在软草浅沙之中躺着看天上的云呢。没办法，这个学校上上下下全透着一种颇浓的老庄气味。自从老吴和老鲁来了，气象才不同起来。

　　老吴留长发，向后梳，顶上秃了一块，看起来脑门子很高。高眉直鼻，瘦长身材，微微驼背。走路步子碎，稍急点就像跑了。这样的人让他穿件干干净净蓝布大衫比穿军服合适得多。学校里教书的多说国语，他那一口北京话，您啦您啦的就中意。他还颇识字，能读书报。甫来工作不久，有发愤做人之意，在自己床前贴了一副短联：

　　烟酒不戒哉
　　不可为人也

　　戒自然戒不了的，而且何必。老吴不比老鲁小多少，也望五十了，而有此志气，或有立志之兴趣，这在我们看起来，是难得的，而且不知怎么的有点教人难过。哎，我又要说不相干的话了。我说了这回事是证明他能写字耳。他管的事是进城送信送文书，在家时则有甚么做什么。他不让自己闲，哪里地不平，找把铲子弄平了；谁窗上皮纸破了，他给糊，而且出主意用清油抹一抹；地上一根草，一片纸屑，他见了，必要拾去；整天看见他在院子里不慌不忙而快快地走来走去。且脑子清楚，态度殷勤，我们每进城与熟人谈天，常提起新来了一个工友，"精彩！"有一天，须派人到一个甚么机关里交涉一宗事情，谁也不愿意去，有人说，让老吴去！校长把自己的一套旧西服取下来，说，行！真的老吴换了那身咖啡色西服，梳梳头，拿了张片子就去了。回来，结果自然满好，比我们哪个去都好。

一到放暑假时，大家说：完了，准备瘦吧。不是别的，每年春末之后，差不多全校要泻一次肚。在泻肚时大家眼睛必又一起通红发痒。是水的关系。这村子叫"观音寺"，可是这一带总属于"黄土坡"。昆明春天不下雨，是风季，或称干季，灰沙大得不得了。黄土坡尤其厉害。我们穿的衣服，在家里看看还过得去，一进城马上觉得脏得一塌糊涂。你即使新换了衣服进城也没用，人家一看就知道从哪里来的：我们的头发总是黄的！学校附近没有河，也没人家有井，食用的水大概是从两处挑来。一个是前面田地里的一口塘，一是后面山顶上的一个"龙潭"。龙潭，昆明人叫泉叫龙潭。那也是一口塘，想是底下有水冒上来，故终年盈满，水清可鉴。若能往山上挑龙潭里水来吃用，自是好的。但我们平日不论饮用炊煮漱口洗面的水都是田地里的塘水。向学校抗议呀，是的，找事务主任！可是主任说，"我是管事务的，我也是×××呀！"这就是说他也是个人，不只是除事务之外就甚么也没有了的，他也有不耐烦的时候。跟工友三番二次说，"上山挑！"没用。说一次，挑两天。你不能每次跟着他去。而且，实在的，上山又远，路又不好走。也难怪，我们有时去散散步，来回一趟还怪累的。再加，山上风景不错，可是冷清得很，一个人挑个水桶，斤共斤共，有甚么意思？田里至少有两个娘们锄地插秧，漂衣洗菜，热闹得多。大家呢，不到眼红泻肚时也记不起来；等记起来则已经红都红了，泻也泻了。到时候六味地黄丸或者是甚么东西每人一包，要了一杯（还是塘里来的）水，相对吞食起来。这塘水倒是我们之间的一个契合，一种盟约。老鲁来了，从此我们的肚子不大泻。眼睛是也红的，因为天干，吃得太坏，角膜炎，与水无关。胖自然也没胖起来。老鲁挑水都上山。也并没有哪个告诉他肚子眼睛的事，他往两处看了看，说底下那个水"要不得"。这全校三百多人连吃带用的水挑起来也够瞧的。老鲁天一模糊亮就起来，来来回回不停地挑。有时来不及，则一担四桶，前两桶后两桶。水挑回来，还得劈柴。然后一个人关在茶炉间里烧。自此我们之中竟有人买了茶叶，颇讲究起来了。因为水实在太方便，一天来送好些回。

有人就穷过瘾了：昆明气候好，秋来无一点萧瑟严厉感觉，只稍为尝出百物似乎较为老熟深沉，（仍保留许多青春，不缺天真。）早晚岚雾重些，半夜读书写字时须多加一件衣裳。白天太阳照着，温暖平和，全像一个稍为删改过一番的春天。波斯菊依然未开尽，花小了点，绮丽如旧。美人蕉结了不少籽，而远看猩红一片，连籽儿也如花开。课余饭后在屋前小草坪上，各人搬张椅子，又聊开了。饭能像一顿饭那样的开出，有一件绒线衫在箱子里，还容许我们对未来做一点梦。我听过不止一个人说起过：一太平了，有个家，啊，要好好布置安排一下。让老吴，看门住在前院，管看门，管洒扫应付，出去时留下话，谁来找让他在客厅里等等，漆盒子里有铁观音，香烟在书桌左边抽屉里。老鲁呢，则住在后头小园子里最合适。当真再往下想：老吴要稍为懒一点才好，他得完全依他本性来，尽可借故到天桥落子馆坐坐，有事推给别人做。现在明明是过分"巴结"，不好。他应当有机会在主人工作的藤椅中坐坐，倒一杯好茶喝喝，开开抽屉取三四根烟。而让他去买东西，也必须跟铺子里要一个折扣才对。老鲁大概会把左右邻居的水都包下来。还给对面卖柿子的老太婆挑，有衣服可以让她补补。唔，老鲁多半还要回家种两年地，到田里粮食为蝗虫啃光了或大水冲完时又会坐在老吴门房里等主人回来的。自己想想，不免笑笑。觉得这告诉不得人。这是"落伍思想"，多少民族人类大事不思索，倒看到自己的暮年了，才二十几岁的人哩。而且或许引起人的剧烈批评，说这是布尔乔亚或甚么的。其实呢，想起来虽用第一人称，倒不失为客观，并无把老吴老鲁供自己役使之意。何必如此严重，想想好玩而已。你看老鲁刚刚冲了茶，茶正在你手里热热的。而老吴夹了一卷今天的报纸来了，另一个手上是两封远地来的信。有人叫住他们俩，把这个好玩意思问他们，一个是"好唉，好唉"，一个"那敢情好"，都笑着走开了。我不知道人那么一问他们喜欢不喜欢。这两个四五十岁的人会不会因此而能靠得紧些，有一种微妙关系结在他们心上呢？我有时傻气得很，活在世界上恐怕不要这种东西。不过傻气的人也有。自老吴老鲁一来，学校俨然分为两派，一派拥护老吴，一派拥护老鲁。有时为他们的优劣（其实不好说优劣，优劣只能用在钢笔手表热水壶上！）竟辩论过。我很高兴，我愿意他们喜欢老鲁的人都喜欢老鲁了。至于别的人，我认为他们是根本无可不可，或完全由自己利害观点出发的，可以不予考虑。对于老鲁，有些人的感情可以说是"疼爱"。这好像有点近于滑稽了。可不！原是可笑的。哎，我问你，你是不是一个一点都不可笑的人？我们且问问：

"老鲁，你累不累？"

"累甚么，我的精神是顶年幼儿的来。"

这个"顶年幼儿的"，好新鲜的词儿！我们起初简直不懂，一个山东同学（应说"同事"才对，可是我讨厌这个称呼）含笑，他是懂的。老鲁说的对。老鲁并不高大。——人太高大一则容易令人叹惜，糟塌了材料；再，要不就是显得巍巍乎，不可亲近，不近人情。可是老鲁非常紧凑，非常经济。老鲁全身没有一块是因为要好看而练出来的肉。处处有来历，这是挑出来的，这是走出来的，这是为了加快血液循环，喘了气而涨出来的，这是吃苦吃出来的。而且，老鲁有一双微微向外的八字脚！这脚不是特别粗大肥厚，反正，倒是瘦瘦长长且薄薄的，老鲁是从有结晶的沙土里长出来的。一棵枣树，或，或甚么呢，想不起来了，就是一棵枣树吧，得。还要往下说么，说他倔强地生根，风里吹，雨里打，严霜重露，荒旱大竭，困厄灾难，……那就贫气了，这你不知道！老鲁他倒是晒太阳喝水，该愁就愁，该喜就喜地活了下来。

老鲁十几岁即离家出来吃粮当兵。有一天，学校让我进城买米，我让老鲁一块儿去。老鲁挟了两个麻布口袋，活活泼泼的这抄一把那掏一撮地看来看去。跟一个掌柜的论了半天价，"不卖？好，不卖咱们走下家。"一会儿又回到原来铺子，偏着身子，（像是准备不成立刻就走）扬了头，（掌柜的高高地爬在米垛子上）"哎，胡子！卖不卖，就是那个数，二八，卖，咱就量来！"显然掌柜的极中意这个称呼，他有一嘴乌匝青密的牙刷胡子，他乐了乐，当真就卖了！太阳照得亮亮的，这两个人是一幅画。诸位，我这完全是题外之言。我是忘不了那天的情形。真要说的是那天进城的另外一件事。就是那天，我们在进城的马车上，马车（可没有南京上海或美国电影上的那么美）上是庄稼人，保长，小菜棚的老板娘进城办芝麻糖葵花子，还有两个穿军装的小伙子。这两个小伙子，我想是机械士或师长勤务兵之类，一个手上一只不走的表，另一个左边犬齿镶了金包嵌绿桃子，他们谈他们的，无缘无故地大起声音来："我们哪里没去过，甚么'交通工具'没坐过！飞机火车坦克车，法国大菜，钢丝床！"老鲁不说话，抽他的烟。等他们下了马车，端着肩膀走了，老鲁说："两个烧包子！"好！这简直是老鲁说的话。老鲁十几岁就当兵了。提起这个，令人惆怅。老是跟老鲁说："老鲁，甚么时候你来，弄点酒，谈谈你自己的事我们听听。"老鲁则说："有甚么可谈的，作孽受苦就是了。好唉，哪天。今天不行，事多。"老说，老说，终没有个机会。

我们就知道一点点。老鲁在张宗昌手下当过兵。"铳子队。"他说。"童子队？"有人不懂。"铳子队！喉，不懂，铳子队就是马弁。"有人懂。"马弁，噢，马弁。"都懂了。"铳子队，都挑些个年轻漂亮小伙子，才出头二十岁！"老鲁说。大家微笑。笑现在，也笑从前。大家自然相信老鲁曾是个年轻漂亮小伙子，盒子炮，两尺长鹅黄丝穗子！老鲁他不悲哀，仿佛那个铳子队是他弟弟似的看他自己。他说了一点大帅的事，也不妨说是他自己的事吧："大帅烧窑子。北京，大帅走进胡同，一个最红的姐儿，窑姐儿叼了支烟，（老鲁摆了个架势，跷起二郎腿，抬眉细目，眼角迤斜。）让大帅点火。大帅说，'俺是个土包子，俺不会点火。'嚯呵，窑姐儿慌了，跪下咧，问你这位，是甚么官衔。大帅说'俺是山东梗，梗，梗！'（老鲁跷起大拇指，圆睁两眼，嘴微张开半天。从他神情中，我们知道'梗，梗，梗！'是一种甚么东西。这个字实在不知道怎么写。大帅的同乡们，你们贵处有此说法么？）窑姐儿说是你老开恩带我走吧，大帅说，'好唉！'（大帅也说'好唉'？）真凄惨。（老鲁用了一个形容词。）烧！大帅有令，十四岁以下，出来。十四岁过了的，一个不许走，烧！一烧烧了三条街，都烧死咧。"——老鲁叙述方式有点特别。你也许不大弄得清白。

可不是，我也不知道大帅为甚么要烧窑子。我们就大概晓得那么一回事就是了。当然，老鲁也是点火烧的一个了。他是铳子队嘞。另外我们还知道一点老鲁吃过的东西。其一是猪食。军队到了一个地方，甚么都没有了，饿了好几天了，老百姓不见影子，粮食没有一粒。老鲁一看，咳！有个猪圈，猪是早没有了，猪食盆在呐，没办法，用手捧了一把。嘻，"还有两爿儿整个包谷一剖俩的呢，怪好吃！"老鲁说这比羊肉好吃多了。"比羊肉好吃？"有人奇怪，唉，甚么羊肉，白煮羊肉。"也是，老百姓都逃了，拖了一只羊，杀倒了，架上火烀烂了：没盐！"没盐的羊肉，你没有吃过，你就无法知道多么难吃。何况又是瘪了多少日子的肚子。啧啧，老鲁吃过棉花。那年，（他都说得有时间有地方的，我都忘了。）败了，一阵一阵地退。饿的太凶了，都走不动，一步一步拖，有的，老鲁说，"像个空口袋似的就颓下去了"。昏昏糊糊的，"队伍像一根烂草绳穿了一绳子烂草鞋，一队鬼"。实在饿狠了。老鲁他不觉得那是他自己。可是得走呀，在那个一眼看不到一棵矮树、一块石头的大平地上走。浑身没有一丝力气，光眼皮那还有点儿劲，不撑住，就耷拉下来了。老鲁看见前头一个人的衣服破了一块，白白的棉花绽出来，"吃棉花！前后肚皮都贴上了，"老鲁的脸上黑了一黑，"棉花啊，也就是填到肚里，有点儿东西。吃下去甚么样儿，拉出来还是个甚么样儿！"这，我们知道，纤维是不大溶解的。可是真没想到这点儿知识用到这上头来。这种事情于我们，还是不大"习惯"。生命到耗到最后一点点，居然又能回来。这教你想起小时候吹灯，眼看快灭了，松了口气，它又旺起来了，由青转红，马上就雪亮了。此极不可思议。且说这些经验于老鲁本身是甚么意义呢？噫，这问题不大"普通"，我们且不必管他。然而，老鲁不经过这些事仍无损其为一个老鲁？老鲁呢，他是希望能够安安稳稳地过一辈子。

老鲁这一辈子"下来"过好几次。他在上海南京都住过。下来时，大概都有了点钱。他说在上海曾有过两间房子，想来还开了个小铺子的。南京他弄过一个磨坊。这是抗战以前的事。一打仗，他摔下就跑了。临走时磨坊里还有一百六十多担麦子。离开南京，他身上还有点钱，钱慢慢花完了，"又干上咧"。老鲁是"活过来的"了。他不大怀念那个过去。只有一次，我见他颇为惘然的样子。黄昏的时候，在那个茶棚前，一队驮马过去。赶马的是个小姑娘，呵斥一声，十头八匹马一起撒开步子，背上一个小木鞍桥郭嗒郭嗒敲着马脊背直响。老鲁细着眼睛，目送过去，兀立良久。他舌尖顶着牙龈肉打了个滚儿。但在他脱下军帽，抓一抓光头时，他已经笑了："南京城外赶驴子的，都是十七八岁大姑娘，一根小鞭子，哈哧哈哧，不打站，不歇力，一劲儿三四十里地，一串几十个，光着脚巴丫子，戴得一头的花！"这么一来，那一百六十担麦子不能折磨他了。老鲁在他的形容中似乎得到一点快乐。"戴得一头的花"，他说得真好。

可是话说回来了，一百六十担麦子是一百六十担麦子呀，不是别的。一百六十担麦子比起一斗四升豆子，就显得更多了。也难怪老鲁要提起好多次。老鲁爱的是钱。他那么挑水，也一半为钱。"公家用的"水挑完了之后还给几个有家眷自己起火的，有孩子，衣服多，不能给人洗的，挑私用的水。多少可以得一点钱。有人问老鲁："你要钱干甚么？"意思是"你这么样活了大半辈子，还对这个东西认识不清楚么？"有人且告诉他几个故事。某人某人，赤手起家，弄了三部卡车，来回跑缅甸仰光，几千万的家私，一炮也就完了。护国路有所大洋楼，黄铜窗槛绿绒帘子，颤呀颤的沙发椅子，住了一个"扁担"。这扁担挑了二十年，忽然时来运转发了一笔横财，钱是有了，可是人过得极无意思。到了大场面，大家因他是财主，另眼看待，可是他刘姥姥进大观园，手足无措，一身不自在。就是自己家里白瓷澡盆都光滑冰冷用着不惯。从前的车站码头上一块儿吃猪耳朵、焖小肠的朋友又没哪个敢来攀附他，实在孤独寞寂，整天摸他的大手。再说，三十年，一个马车夫得了法，房子盖得半条弄，又怎么呢，儿子整天为了一块瓦片吵架，一家子鸡犬不宁。老鲁说不是这么说。"眼珠子是黑的，洋钱是白的。我家里挣下的几亩田，一定教叔叔舅舅占了卖了。我回去，我老娘不介意，欢欢喜喜的'啊，我儿子回来了！'我就是光着屁股也不要紧。别人嗳，我回来吃甚么？"是的。于是老鲁要攒钱，找钱。到我们这里来，第一着是买了一斗四升豆子。老鲁这回下来时本有几个钱，约十万多一点。（我们那学期的薪水一月二万五。）他一来的确做了不少次主人，请老校警喝酒的。连吃带用，又为一个朋友花了四万元。那个朋友队伍上下来，带了一支枪，想卖，路上让人查到了，关起来，老鲁得为他花钱。剩下那点钱，他就买了豆子了。他这大概是世界上规模最小的囤积了。他想等着起价，不想甚么都涨，豆子直跌！没法，卖给拉马车的。自己常常看见那匹瘦骨嶙峋的白马，掀动大嘴咯嘣咯嘣地嚼他的豆子。可真气人，一脱手，价钱就俏起来了。

据我们所知，老鲁后来又把他攒积下来的一点钱"运用"过两次。那是在搬了家以后了，且说我们搬了家。从观音寺搬到白马庙。我是跟老鲁一车子去的。车子，马车。老鲁早已经到那边看过，远远就指给我们看，"那边，树郁郁的，嗳，是了，旁边有个红红的大房子的"。他好像极欢喜，极兴奋。原因大半是那边"有一口大井，就在开水炉子旁边"。昆明的冬天也一点都不冷。老鲁那天可穿得整整齐齐。不知谁送了他一件旧青呢制服，想还是中学时候的东西，老鲁教洗衣老太婆翻了翻，和新的一样。就是小了点。自搬到那边，我住到另一地方，许多事都不大清楚了。过年了（自然是阴历），一清早到学校看看，学校各处打扫得干干净净。房子算是洋房了，台阶上还有几盆花。老吴门上贴了副春联：

> 一夜连双岁
> 五更分二年

是他自己手笔。我猛然想起从前在家里吃的莲子羹来。而老鲁来了，"汪先生来了！"给我作了个揖算拜年。我想起，掏了一千块钱给他。一会儿老吴也来了，我听说他现在地位高了，介乎工役与职员之间了，刚刚见面已打了个招呼，怎么……老吴穿校长送他的咖啡色西服。我没等他表示甚么，又掏出一千，说"我昨天赢了钱，你打酒喝"。我心里一算，一共三千，留一千我自己，刚好！其时我身边有个人望着我笑。本说我请客看电影的，现在只有让她请我，一千元留着买一包吉士斐儿。——自此，老吴以"大总管"自居，常衔了个旧烟斗，各处看来看去。有时在办公室门口大叫"老——鲁"，"耳朵上哪去了！""要关照多少次？"老鲁对老吴说得上是恨，除了老吴暴病死了，他才会忘记，且会拿出一点钱为他花一花的吧。而且有一个姓胡的校警写了封信给校长，说："东西是新的好，人是旧的好。"也回来了。胡，二十几岁，派头很新，全是个学生样子，多少事情都由他办了。老鲁就显得更不重要。老鲁似乎很不快乐。——老鲁是因此而不快乐？我知道的，老鲁有一笔钱"陷住了"。老鲁攒积攒积也有卯二十万样子。这钱为一个事务员借去，合资托一个朋友买了谷子。事情不知怎么弄的，久久未有下文。常见老鲁在他的茶炉间独自吃饭，——这时他离群索居，校警之中只一个老刘还有时带了条大狗到他屋子玩玩，来跟他一处吃饭，老鲁是几乎顿顿喝酒。"吃了，喝了，都在我肚子里，谁也别想。"意思是有谁想他的钱似的。我还是不懂，老鲁哪里来的牢骚呢，这样一个人？后来且见他一来就一盘二三十个包子请客，请厨子，请一个女教员所雇女工。我想，这可不得了，老鲁这个花法！渐渐知道，喝，老鲁做了老板。这包子是学校旁边一个小铺子来的，铺子有老鲁十几万股本。果然，老鲁常蹲在包子铺门前抽他的烟筒，呼噜呼噜。他拿那个新烟筒向我照了照：

"我买了个高射炮！"

佛笃吹着纸煤儿，抽了一袋，非常满意的样子。

"到云南来，有钱的没钱的，带两样东西回去。有钱的，带斗鸡。云南出斗鸡。没钱，带个水筒，——高射炮！"

我挪过一张小凳子，靠门坐下来。门前是一道河，河里汤汤流水，水上点点萍叶，一群小鸭子叽叽咤咤向东，而忽而折向南边水草丛中。呵，鸭子不能叫小鸭子了，颜色早已都黑了。一排尤加利树直直地伸上去。叶子从各个方向承受风吹，清脆有金石声。上头是云南特有的蓝天，圆圆地覆下来。牛哞，哪里有春臼声音。八年了，我来到云南。胜利了也快十个月。一起吃灰藋菜豆壳虫的都差不多离去了。啊——契诃夫主张每一篇小说都该把开头与结尾砍去，有道理！（幸好我这不是小说。）我起来，捡了块石头奋力一掷，看它跌在水里。

现在，我离开云南将二个月了，好快！

载一九四七年第三卷第二期《文艺复兴》

前　天

前天，哦，我差一点送了命。

我很难计算这么一句话里的感情。我请你不把它看得太佻达，也不弄得太感伤，我意思本不如此。如果我说"差一点就死"，或"差点儿就送了命"，而且语气上更有点……那就不同了。

晚上，十点钟，天很黑，和一个人从城里坐马车回来。马老了，又跑了一整天，累了。车身太高，重心不稳，车夫吆喝，挥鞭，甚至说话看人都不大在行。"黄土坡！黄土坡。"他把惊叹号用错了！语气加在第一句话上。他走路时脚跟离地不多，拖里沓拉的。我断定他赶车时一定老在车下跑，不惯坐在"车夫座"上（后来证明我的观察极正确）。他不会扣点钱喝酒。或来两把"八点，十三！"他一定跟我一样，数票子数得也很慢。我对这个绝无近代生活中紧张气味的马车夫很有兴趣（倒不是说马车本身是个过去的东西。昆明一般马车夫都在农民的淳朴笨拙上盖上一层工人式的狡猾与机警，正充分象征这个暴发的都市）。高高地坐在前面，从城里的热风中回到乡下，回到清静，在星星底下，回去，睡眠等着我的疲倦。说不定我在

1946

床上还可以看一封信，……我有时严肃，有时轻扬，想及许多事情，在马蹄郭得郭得声中，柏油路上。路边杨树白天的浓荫，在星光下唤起一分沁人甘凉。

路极熟，快了，通过铁道。我知道那个小宝塔立在右边小山上，为无边的夜色所淹没。过铁道了，车子跳一跳。跳出来我的微笑。带我向"过去"那条路走。我想起前年，是冬天，有一个时候，差不多每天早晨，和一个人沿着铁道走，向左，走得相当远。每次心里都觉得就这么走下去，多好。走下去，走到哪里去呢？仿佛看到一幅画，远远的，两个人，那么一直走，一定还轻轻说点甚么，因为远了，听不见。也用不着听。这些话若从那里提出来必会失去颜色，那么娇嫩，摘不得。一直走下去，越走越远，走到哪里去呢？想到那就是我，是她，于是笑了，我今天的笑就还有那种笑的记忆。但是，每次都相视一笑就回来了。而且都在差不多地方（给那里立个界碑吧）。回来时，照例在小车站上看看等火车的人。他们等车，我们等甚么，照例这些人天天改变，又总是如此就从未有印象留下。我常在站旁摊子上买一包烟。

"为甚么到那边买来，这不是有一个。"

"……怎么没看见？明天买这个的。"

"这个塔怎么上不去？"

这怎么回答？好像也无须回答。第一次经过塔时告诉她是个实心的。知道她不满意，塔能上去多好。一同凭塔窗眺望远景，青天，白云，一只鸟，翅膀尖蘸了点天上明蓝，……说到塔，是定得从公路右边，从我马车右边绕回去了。都在差不多时候。

有一天，我们看见一饼圆圆的冰，冰里开了一枝菜花，开得很好，黄黄的，楚楚可怜。结了冰，（昆明）难得的。"这无疑是曾经养在一个洋铁罐子里的。也许一时要用那个罐子，便倒在这里了。主人当是个洋车夫，或是打更的……"试捡起那块冰，拈在手里一会儿，走了一段，又好好放在路旁，事前事后都用眼睛征询她，她不说甚么，只看着我，心里似乎这么想："他捡起这块冰，他放下。"她似乎总是用这种眼光看我做一切事情。我如果发出一声惊人的大叫？她一定也还是如此。我带了这块冰走了一段，又好好地放在路边。那天霜很大，太阳可极好，也没有甚么风。空气清新扑面，如早晨刚打开窗子。远近林树安静而清洁。她穿一件浅灰色大衣。……

她的手非常非常软和，双手插在大衣袋里。我想我的手也应当插进去。应当的事办不到，自然是不出奇的。我不戴手套。

忽然，全车人大叫起来。惊散了我所含的笑。等我彻底明白是怎么回事时，事情已经过去。一辆既瞎且疯的大卡车，撞在我们马车上了！车不开灯，行驶极快，又不靠左边走，司机想是个广东人，二十来岁。迎头冲原是一种广东作风！幸而车上人在撞到之前即大叫，那个司机急急转过驾驶盘，我们的外行车夫也出于本能急急向左一闪，全车人差点没给掀出来。结果碰在马车轮子上，汽车一溜烟不见了。像一个顽皮孩子扔石头扎了人脑袋，不敢看看究竟如何，头也不回，马上跑了。

马车夫用外乡口音，不大得体的方式咕咕噜噜骂了几句，用意倒像是给自己听听，末了吼一声"走！"糊里糊涂老马又上了路，得郭，得郭，……

"看一看，哪里坏了，能走么？"

"这不是走了，……"说话的人忽然也怀疑起来，车会不会一下子散了？

轮轴转珠圈裂了，嘎嘎作响，单调而有节拍。车身更加摇晃。老马喘气声音更重浊。车夫简直不敢坐上来了，只在底下拢住缰辔拖。车上人忽然感到彼此间一种同船共渡的亲近。但是谁也没交谈。也许每个人都各自嚼着一串故事，呼吸声音，了了可闻。

"算了，就慢点吧，莫打它了。"

"靠左边点，又有汽车来了。"

忽然有一个人叫"停了，不坐了，给你钱。"他给了点够到站的钱，大家看着他，不知为甚么。

下来一段路，我跟同伴说："最多一秒钟，相差。"表声在我心里响了滴答一声了。过一会儿，"如果把腿搁在（车厢）外边？"他说："胳臂也差不多。"

为幸运的偶然，我们笑得非常尽兴。笑得简直有点儿疯。

到了家，同伴说："奇怪，当时并不怕。"当然，这一点儿都不奇怪。他说："假如一下子……该开追悼会了。"当时似即已想到种种，看到自己遗像在许多花圈，许多零散的花上面。谁在花旁边默默站立，擦了眼泪。谁记起在那一桩事情上曾经有负于死者，一直想找个机会说开了，或不着痕迹的冰释了。谁听到一句他生前的口头语，寂寞地微笑。……我们的疲倦好像延误了，我们有些话要谈，虽然说出的话全不是要说的，他把口袋里东西清理一番，一一看过，又一一装进去，连今天的一点紧张一点笑，一点由于回忆而来的淡淡惆怅。装好时用手揣揣，似乎全都在里边。

"昆明菜花冬天也开。冰结住了，冰在哪里？"

好像没有谁听见我的话。（三月十九日记，夜二时。想起圣路易之稿。）

五月廿三日重抄增改数处
载一九四六年十月十三日《经世日报》

庙与僧

我的行李已经由人先放在我要住的房间里去了，我就一直走到方丈找"当家的"和尚。当家的早已经迎了出来。这个和尚整个可以用一个"黄"字括尽了。第一，他胖得很，说胖还不大对，应当说肉多得很。腮帮子坠坠的，脑后长平了又打了褶，连上下眼睑都"厚夺夺的"，这么样，他不有个向外翻出的双料嘴唇，那就是不合理了。不过他的肉可不像一般胖子一样细软，似乎都割下来搁了几天再合到一块儿去。这周身陈肉上一个一个毛孔都清清楚楚。于是，我想，你总不能再不想起你自己上菜场买小菜的那段生活了。这个胖和尚直在我面前发黄。他从头到脚都是黄的。和尚头刮过不久，直裰敞开，而脚下一双僧鞋是趿着的。僧鞋踏在脚跟的一块已经发一种深沉的油光。是夏天，他不穿袜子。说真的，最唤起我的黄的印象的是他那双肥脚，我一辈子没见过那么黄的脚。他就从肿肿的脚踵一直黄上去。黄，而发暗，不反光。没有办法，我相信，就把这个和尚切开了，里边的肉也都这种暗黄色。——我所说"黄"已经括尽了他，是主张胖也可以含在黄里的。不过人家是"当家的"，我们不应随便叫他个甚么，得称呼一声"当家"，尽管他胖而且黄，是吧？

当家和尚领我进了方丈，把他两个猪眼睛摆在我面前。这真是一个"方丈"，不能更大。一张大床占去一半。床是乡下新娘子房里可以见到的雕花大床，庙里这样床计有四张。床上粗夏布印花帐子，印的是梅兰竹菊蓝颜色的花。米缸，酒壶，咸菜坛子，一副"经担子"。后来一次当家的招呼一个老太婆："你怎么老不到庙里来坐坐？"老太婆说："你那个房子，哈巴狗都转不过身来！"她实在没有念过书，不知道有"厅事前不容旋马"这句话，她不是抄袭。当家的案上摊得一本草纸订的账簿。一支笔正从左上角斜斜地滚过右下角。和尚请我抽一支烟，他自己则呼呼噜噜吹起水烟袋。这个方丈里充满各种气味。这些气味我并不陌生。而当我想着如何送当家的一张香烟广告的美人图的时候，我实在不能不抬起头来看看，因为我又辨出一种气味来了；果然，一大块咸肉挂在梁上！天大概要变了，咸肉上全浸浸地发潮。地下是一块油渍，就在我椅子旁边。而一颗琥珀色油珠正凝在末端，要滴不滴的。我等着等着，半天半天，想等到听见嗒的一声就起身出来。——我希望你对这块咸肉不要大惊小怪，像我当初一样。庙里还养得三口小猪，准备过年时卖去两只，留一只自己杀了吃呢。

方丈在正殿的旁边。殿上一般供着三世佛，有鱼鼓磬钹。这殿上，在我住在庙里那么些日子之中，只有一次显得极其庄严，他们给一家拜梁王忏的那一次。庙里和尚一齐出动，还请来几个客僧，都披挂得整整齐齐，唱了好几天。屋上拖下长长的幡，炉里烧起降香，蒲团上遮了帔垫，和尚像个和尚，庙像个庙，其余的时候只是那三尊佛冷清清坐着。早晨黄昏，有个小和尚做功课。一个人矮矮地跪在长凳上，点了香，看了油，敲磬三声，含含糊糊地念起来，不知甚么道理，听来颇觉哀楚。

　　小和尚十一二岁。虽穿了和尚衣服，可是赤着脚。坐在屋里总听见他赤脚的打在天井石板上啪啪地响。那是他跟一条狗闹着玩，或是他追黄狗，或让黄狗追他。这孩子不大见他上树捉知了，下河摸虾。比普通庄稼孩子文气得多，无野相。虽然当家和尚说他淘气得很，常常打他。一挨打，他就伏在门口布袋和尚脚下悠悠地哭，一哭半天。黄狗就扑在门槛旁边看着他。只有过年那几天我见他兴奋过一阵子。外面许多孩子跑到庙里来滚钱，他也参加了，而且似乎赢了几个。他告诉我以前还有一个小和尚，是他师兄。一天在门外河里洗澡，教水鬼拉下去了。半夜三更，现在，有时听见外面水车响动，那是他师兄踩着玩。门口那架车，他们以前老踩，河边田是庙里的。这小和尚，你知道你很懂得寂寞么？你一定想开门出去看看的。

　　庙里大和尚一共三个。当家的，二师父，——乡下多叫他为二当家的，他的上下我不记得了，以小和尚口气，称之为二师父，还有一个，被称为能师父。所以有这么一个比较特别的称呼，是因为他不是在本庙出家的。

　　这能师父头上是否有疤，想不起了。我觉得他似乎尚未受戒，也许已经受过戒，我如此觉得是希望他可以随时还俗罢了。听小和尚说，他不是这里的人，虽然因为在这庙里住了很久，说话已经与别的和尚一样，听不出外乡口音。这家伙衣服总是挺挺括括，腰是腰，缝是缝，哪怕是一件旧的，也称身合样。听说他还有个本领，是能够"飞铙"。这在盂兰会焰口中可以见到。是用两片大铙耍出许多花样，或让它在手指顶上溜溜转；或哗啦啦掷向半天，用手或铙接住，反身背手，丢挡插腰，百无一失。这玩意儿城里大户人家不兴，大庙里和尚也不会。做盂兰会的多是湖西和尚。这能飞铙的和尚又必皆会吹笛拉胡琴，唱百种时调小曲。这在盂兰会人神共乐时用得着的。这和尚透着一股机灵鬼巧。若说他能不沾染甚么事情，教人不信。他如何会住到这么一个乡下小庙里来，就当有些缘故，绝不是普通行脚挂单。能师父身材属于"三料个子"，不高不矮，薄薄的嘴唇，手上一个金戒指，袈裟多是绸的。真的，他要是留起来，一头好头发！当家的对于这么一个外客是否欢迎，不得而知。不过那些时候倒也相安无事。当家的对于能师父的爱憎只在牌桌上看得出来。

乡下法事少，长日清闲。当家的把几天来旧账画一画，算算离收租尚远，到殿上扬声叫能师父。能师父正用修脚刀修他左边脚掌的一片老皮子，心里正想，到时候了，怎么还……，一听那个像闷在木桶里的叫唤，即放下小刀，拂去脚皮，枕头下抽出一卷票子，挑了两张破烂的，回答一声"来了"。大殿上现成有吃饭桌子，不用搭。好，打牌了。其实村上两个闲汉照例来得正巧，庙里有一副二十年老麻将，骨子面子虽有些地方脱了节，用糯米饭粘过，粘过又脱；一张二万是后补的，是张花；不过大家摸起来都顺手。也有时斗纸牌，可是簇新的江源记，三星都是加金的。我有时也到他们后头去看看，当家教我学学，说是"不难的。多用点脑筋就会了"。而正在这时他漏碰了一张绝七万。他们对于每一张牌都有一个特别称呼，这自然又多是"荤的"，与女人有关系。当家的跟我一样，不大了然。我看见能师父打了一张五索，说："女学生，花钱买不到的！"可怜当家的就只顾抽烟，把一副二五八平胡给错过了。大概除因特殊事故，上午十点到下午五六点，十六圈，闲汉散了。能师父回房，数数今天赢的，又连枕下的一齐掏出来，十块五块各放一处，叠好了锁到箱子里去。当家的则颇为不好的牌运弄得有点累了，不说话，独自坐在零乱的牌桌上，怅怅地鼓起眼睛，一副清一色，清一色，三条一张也没有现呀，……直到一个花脚大蚊子在他耳朵上狠狠地啄了一口，才找了半天，找到那双鞋子，捧了个水烟袋回方丈。

二师父若是回来，则牌桌上三个光头，二师父圆圆的，眉眼口鼻都无棱角，而且一脸是笑。二师父比能师父高大，没有当家的肉多，面色红润，额门发光。他穿得整整齐齐，一个纽子都不缺，当胸一挂大念珠，鞋底都是白的。他身上东西多半是杭州货。二师父回来，一家，应当说一庙，不，还是说一家吧，一家都欢喜。小和尚第一个奔出去又奔进来，手上一个包袱，包袱里有他的芝麻饼。能师父，当家的，都上二师父屋里去了，连那个老香火道人都兴冲冲去打洗脸水，二师父那条雪白的毛巾招他爱。二师父难得回来住几天。二师父另外"有"个庙，弄得很"得法"，春上才募了一个殿子，又给菩萨开了光。有一次仿佛听说要给能师父也"弄"一个，结果不详。我与二师父见面多，因为我也有时不在庙里。

有一天，我正在庙后看小牛吃奶，小和尚来叫我。

"哎，去看，二师父回来了。"

二师父实在不比这个小牛好看，我说我不去。听说这回回来要住一阵儿，总要见到的。

"哎，二师父把师母接来了！"

这可实在有点出乎我意想之外。

这个，这个甚么呢？这倒真难称呼，……好吧，这个女人，这个女人高高的身材，穿一身黑香云拷纱衫裤，襟头挂一枝白兰花，脑门绞得齐齐的，长长的眼睛，有点吊，嘴里两个金牙，正坐在雕花木床前半低着头喝茶。二师父则用他的雪白的毛巾洗脸，一瓶双妹老牌花露水。——这女人我想是个寡妇。他一直住在庙里，到我走了她还没走。

你奇怪，我怎么弄到那么一个庙里住了好几个月？你大概还想知道我终天做些甚么事情，这我一时都无从回答你。事情一晃就八九年了，我有时也想想。当家的大概总死掉了，我似乎看见他黄黄地坐在一口缸里。现在当家的应当是小和尚。能师父想是没有还俗，多半是离开到别处去了，我仿佛很能知道他打叠打叠东西，背上，跨下一只船时的心。至于二师父，他应该有两个儿子了。我还想知道那个小小院子如何了。院在殿后，迤东有两间屋，我住。有两个小门，可以关死，与外面隔绝，门上两行墨书：

一人一世界
三邈三菩提

我闲常出来走走，则从另外一个圆门回来，经过三个小石塔，那是和尚的坟。院中夏天绿杨中知了极多，现在该落满一院桐叶了吧。桐叶落在我的屋瓦上哗啦啦响。再我很怀念那个老香火道人，他须眉皆白，一腿筋疙瘩，终年在门前打草鞋，我没有听他说过一句话。若要坐船，招呼他，立刻给拿桨。船扁而小，通身漆成红色，坐到哪里去，一望而知是庙里的。呵，才起水的鱼，多鲜的菱角。……

载一九四六年十月十四日上海《大公报》

最响的炮仗

孟家炮仗店的孟老板，孟和，走出巷口。

唉，孟老板这一趟走出巷口跟哪一趟都不大同。

一切都还是差不多。一出他家的门，向北，一爿油烛店。砖头路。左边一堵人家的院墙，墙上两条南瓜藤，南瓜藤早枯透了。右边一堵墙，突出了肚子，上面一张红纸条：出卖重伤风。自然这是个公厕，一个老厕所。老厕所原有的味儿。孟老板在这里撒过几十年的尿。砖头路。一个破洋瓷脸盆半埋在垃圾堆中。一个小旅馆，黑洞洞的，黑洞洞的梁上还挂一个旧灯笼，灯笼上画了几个蝙蝠，五福迎门。路上到处是草屑，有人挑过草。两行水滴，有人挑过水。一个布招，孟老板多年习惯地从那个布招下低头而过。再过去，一个小小理发店，墙壁上是公安局冬防布告："照得年关岁暮，宵小匪盗堪猖，……"白纸黑字，字是筋骨饱满的颜体，旁边还贴有个城隍大会建会疏启，黄表纸。凡多招贴处皆为巷口，这里正是个人来人往的巷口。

孟老板看了一眼"照得……"，一跳便至"中华民国"了。他搔搔头，似乎想弄清楚现在究竟是民国几年。巷口一亮。亮出那面老蓝布招子，上了年纪的蓝布招上三个大白字：古月楼。

这才听见古月楼茶房老五一声"加蟹一笼——"啊，老五的嗓子，由尖锐到嘶哑，三十年了，一切那么熟悉。所以古月楼三个字终日也不见得有几个客人仰面一看，而大家却和孟老板一样，知道那是古月楼，一个茶楼。那是老五的嗓子，喊了近三十年。

太阳落在古月楼楼板上。一片阳光之中，尘埃野鸟浮动。

孟老板从前是这里的老主顾，几乎每天必到。来喝喝茶，吃吃点心，跟几个熟人见见面，拱拱手，由天气时事谈下去。谈谈生意上事情，地方上事情。如何承办冬防，开济贫粥厂；河工，水龙，施药，摆渡船，通阴沟，挑公厕里的粪，无所不谈。照例凡有需孟老板出力处他没有不站出来的，有需出钱处，也从不肯后人。凡事有个面子，人是为人活下来的，对自己呢，面子得顾。

孟老板在这条巷子有一个名字，在这个小城中，也有一块牌子。（北京的大树，南京沈万山，人的名儿，树的影儿。）

孟老板走到巷口，停了一停。他本应现在即坐到古月楼上等起来，但是他拐弯了。

这一趟走出巷口跟哪一趟可都不同。他要跟一个人接头关于嫁他的女儿的事去。

孟老板拐了弯，便看见自己家的那个炮仗店。孟老板从他的炮仗店门前而过。关着门，像是静静的，过年似的。这是孟老板要嫁女儿的缘故。

从前，从前孟家炮仗店门前总拥着一堆孩子，男孩子，女孩子，歪着脖子，吮着指头，看两个老师傅做炮仗。老师傅在三副木架子（多不平常的东西啊）之中的两个上车炮仗筒子。郭橐，一个，郭橐，一个。一簇小而明亮的眼睛随老师傅的手而动。炮仗店的地面特别的干，空气也特别的干。白木架子，干干净净。有的地方发亮，手摸得发亮。老师傅还向人说过，一辈子没有用过这么趁手的架子。这是天下最好的架子。天下有多大，多宽？老师傅自不明白，也不怎么想明白。

这个城实在小，放一个炮仗全城都可听见！一到快吃午饭时候，这一带的人必听到"砰——訇！"照例十来声，都知道孟家试炮仗，试双响。双响在空中一声，落地一声，又名天地响。试炮仗有一定的地方，一片荒地，广阔无边，从巷口不拐弯，一直向北，一直下去就是了。你每天可以看到孟老板在一棵柳树旁边，有时带着他的孩子。把炮仗一个一个试放。这是这个小城市每天的招呼。保安队天一亮就练号，承天寺到晚上必撞钟，中午孟家放炮仗。这几种声音，在春天，在冬天，在远处近处，在风中雨中，继续存在，消失，而共同保留在一切人的印象中，记忆中。人都慢慢长大了。

全城不止三家炮仗店，而孟家三代以来比任何一家的炮仗都响。四乡八镇，甚至邻近县城，娶媳妇，嫁女儿，讲究人家，都讲究用孟家炮仗，好像才算是放炮仗。

香期，庙会，盂兰焰口，地藏王生日，清明，冬至，过年，孟家架上没有"连日货"。满堂红万点桃花一千八百响落在雪地上真是一种气象。这得先订。老师傅一个下半年总要打夜做，一面喝酒，一面工作到天明。还有著名的孟家烟火，全城没得第二家。

烟火是秘传，孟老板自己配药串信子，老师傅都帮不了忙。一堂烟火抵一季鞭炮。一堂，或三套或五套不等。年丰岁月，迎灵出会，人神共乐，晚上少不了放烟火。放烟火在那片荒地上。荒地上两个高架子。不知道的人猜不出那是缢死囚用还是干甚么别的用的。就在烟火上，孟老板损了一只眼睛。

某年，城中大赛会，烟火共计有五堂之多，孟家所做，有外县一家所做。十年恰逢金满斗，不能白白放过！好，有得看了。烟火教这阖城的人有一个今天的晚上：老妈子洗碗洗得特别快，姑娘在灯前插一朵鬓边花。妈多给了孩子几个铜子儿，生意经纪坐在坟前吃一碗豆腐脑。杀猪的已穿上新羽绫马褂，花兜肚里装满了银钱，再不浑身油臭，泥水匠的手干干净净，卖鲜货的手里一串山里红，"来了？""来了。刚来？""三姨，三姨，——""狗子你别乱跑呀！"各人占好地方，十番"锣鼓飞动"放了！"炮打泗州城"，"芦蜂追秃子"……遂看得人欢声雷动，尽力喝吼，如醉如狂，踏得野地里草都平了。——最后，两套"天下太平"牵上去，等着看高下了。孟家烟火放紫光绿光，黄色橘色，喷兰花珠子，落飞蛾雪花，具草木虫鱼百状情形。"好。""好，是好！"而忽然，熄了。怎么回事？熄了？熄了。熄了！接火引信子嗤嗤有声，可是发不出火来。等！不着。等，不着！起先大众中还只叽叽喳喳，后来，大家那个叫呀，闹呀，吆喝呀，拍手吹哨呀。孟和那时年纪还小，咽得下这个吗？"拿梯子来！"攀上颤巍巍三十二档竹梯，看看到底是怎么回事。整了整信子，再看，正在他觑近时，一个"天鹅蛋"打出来，正中左眼，一脚摔了下来。左眼从此废去了，成为一个独眼龙。

大家看烟火。大家都认得孟老板这个人了！"这么一个人，这么一个人"，心里不由不感叹。一个小学生第二天作文"若孟君者，真乃一勇敢之人也"，先生给加了一个双圈。孟老板一只眼睛虽已废去，孟家烟火也从此站住了。五百里方圆，凡有死丧庆吊红白喜事，用烟火必找孟家。孟家炮仗店有个字号，但知道的不多，只晓得孟家炮仗店。一到过年，孟家炮仗店排挞门上贴上万年红春联，联上抹熟桐油，亮得个发欢，刘石庵体，八个大字：

生财大道　处世中和

门边柱子上的那一条是全城最长的，从"自造"到"发客"计三十余字。孟老板手上一个汉玉扳指。孟老板旱烟袋上一个玻璃翠葫芦嘴子。孟老板每天在这个巷子里走好多回。从家里到店里，从店里到家里。"孟老板"这个称呼跟孟老板本人是一个。天下有若干姓孟的老板，然而天下只有这么一个孟老板。个子不高，方方正正的脸，走路慢慢的，说话慢慢的，坏了一只眼睛也并无人介意，小孩子看到那个脸上的笑也仍是一个极好的笑。在这个巷子里熟悉亲切的笑。

孟老板差不多每天要到古月楼坐坐。喝喝茶，吃吃点心，跟几个熟人见见面，谈谈。古月楼中有他一个长定座儿。吃茶时老五还是个小孩子，来古月楼做学徒还由孟老板作的保。老五当年有个癞痢头，如今一头黑发，人走了运。

但是孟老板这一趟走出巷口跟哪一趟都不同。孟家炮仗店的门关上了。孟老板要把女儿嫁出去。

北伐成功，破除了迷信，神像推倒，庙产充公，和尚尼姑还俗，鞭炮业自然大受影响。虽然"打倒列强，打倒列强"唱了一阵之后，委员们又都自称信士弟子，忙着给肉身菩萨披红上匾，可是地方连年水旱兵灾，百姓越来越苦，有兴致放鞭炮的究竟少了，烟火更是谈不上。二十年河堤决口，生意更淡。接着是硝磺缺售，成本高，货源少，一年卖不出几挂千子红。后来，保安队贴出大布告，不许民间燃放炮竹，风声鹤唳，容易引起误会云云！

渐渐地，孟老板简直不容易在古月楼茶客中见到了。

店开不下去。家里耗了个空。背得一身的债。

这一带的人多久已不听见试炮声音。

孟老板还在这条巷子里走出走进。所欠的债务多半是一个姓宋的作的中保。姓宋的专是一个说是打合，牵线接头，陪人家借字，吃白食，拿干钱角色！

今天，现在孟老板就是要碰这个姓宋的去，谈谈嫁女儿的事情。早先约好，在古月楼见面，再谈一趟，就定聘了。

古月楼呀，孟老板像是从来没有上这个地方去过，完全是个陌生。孟老板出了巷口而拐弯了。他要上哪里去呢？是的，上哪儿去呢？他好像是在转了一会儿，也不问一问他自己。他只是信步而行，过了东街。数十年如一日，铺在这里的东街。烧饼店的烧饼，石灰店里的石灰，染坊师傅的蓝指甲，测字先生的缺嘴紫砂茶壶，……每一块砖头在左边一块的右边，右边一块的左边，孟老板从这里过去。这些东西要全撤去，孟老板仍是一个孟老板，他现在也没有一句话要向世人说。

一个糕饼店小伙计懒声懒气地唱，听声音他脸多黄：

"我好比……"这个声音孟老板必然也听到，却越走越远，混杂到人之中去了。

约莫两个多钟头之后，孟老板下了楼来。脸上蜡渣黄，他身边是那个姓宋的，两人走到屋檐口，站了一站。姓宋的帽子取下来，搔了搔头，想说甚么，想想，又不说了。仍旧把帽子戴上。"回见。""回见。"

孟老板看姓宋的走到巷口，立在那里欣赏公安局布告。他其实也没看进去。这布告贴了一星期，一共十二句，早都知道说的甚么。他是老看定那一行"照得年关岁暮"。他也看见最后"民国二十六"，"年"字上面一颗朱印，肥肥壮壮的假瘦鹤铭体。孟老板忽然发现这家伙的头真小！一种说不出的厌恶，他想摸上去一口把他耳朵咬下来。孟老板一生不骂人，现在一句话停在他嘴边：

"我 × 你十八代祖宗！"他一肚子愤怒，他要狂叫，痛哭，要喊，要把头撞在墙上，要拔掉自己头发，要跳起脚来呼天抢地。

但这只是一霎眼之间的事，马上平息下去。他感到腿上有点冷，一个寒噤。年老了，快五十了。

这时甚么地方突地来了一声，"孟老板！"孟老板遽然问："甚么事？"这才看出是挑水的老王。这人愣头愣脑。一对水桶摆呀摆的，扁担上挂了一条牛鞭子，一绺青蒜。自然是"没有事"。眼看着这人愣着眼睛过去后，自言自语："没有事，没有事，有甚么事呢？"这教孟老板想起回家了。

孟老板把女儿嫁给保安队一个班长。姓宋的做媒，明天过门。

"唉，老孟，老孟，你真狠心，实在是把女儿卖了。"

孟家的房子真黑。女儿的妈陪着女儿做点衣裳，用从"聘礼"中抽出来的钱，制两件衬衣，一件花布棉袍子。剪刀声中不时夹杂着母亲一声干咳。女儿不说话。孟老板也不说话。

他这两天脾气非常的好。好得特别。两个小的孩子，也分外的乖，安安静静的。爸爸给他们还剪了剪指甲。

一个孩子找两个铜钱，剪纸做了个毽子，踢了两下，又靠着妈坐下来。一切都似乎给甚么冻着了，天气可还不太冷。

过了三天，日子到了。妈还买了两支"牙寸"烛点上，黑黑的堂屋里烛火闪闪地跳跃。换上新式初上头的女儿来跟爸爸辞行："爸爸，我走了。"

爸爸看看女儿，圆圆的脸。新花布棉袍。眉毛新经收拾弯弯的。"走吧，好好的。到人家去要……你妈呢？"孟老板娘原躲在门后拉衣袖拭眼泪，忙走出来，"大妹你放心去喔，要听话喔！"

大家都像再也无话可说，那么静了一会儿。一同听到街上卖油豆腐的声音。

孟老板女儿的出门是坐洋车去的。遮了把伞送出大门。大门边站了两个看热闹的邻居。两个邻居老太太谈起这件事，叹一口气，"也罢了！"女儿一走，孟老板即出门去，一直向北。

这两天他找到一点废材料，一个人，做了三个特大双响，问他干甚么，他一声不说。现在他带了这三个大炮仗出去，一直走到荒地。

他一直走到荒地。荒地辽阔无边，一棵秃树，两个木架子，衰草斜阳，北风哀动。孟老板把三个双响一个一个点上，随即拼命把炮仗向天上扔。真是一个最响的炮仗。多少日子以来没有过的新鲜声音。这一带人全都听到了。没有一个人知道是怎么回事。

你们贵处有没有这样的风俗：不作兴向炮仗店借火抽烟？这是犯忌讳的事。你去借，店里人跟你笑笑，"我们这里没有火。"你奇怪，他手上拿的正是一根水烟煤子。

三十五年十一月十九日初稿，二十日重写一过
载一九四六年十二月二十八日天津《益世报》

鸡鸭名家

刚才那两个老人是谁?

父亲在洗刮鸭掌,每个蹠蹼都撑开细细看过,是不是还有一丝泥垢,一片没有刮尽的皮,样子就像是做着一件精巧的手工似的。两副鸭掌,白白净净,一只一只,妥妥停停的一排。四个鸭翅,也白白净净,一只一只,妥妥停停一排。看起来简直绝对想不到那是从一只鸭子身上取下来的,仿佛天生成这么一种好吃东西,就这样生的就可以吃了,入口且一定爽糯鲜甜无比,漂亮极了,可爱极了。我忍不住伸手用指头去捏捏弄弄,觉得非常舒服。鸭翅尤其是血色和匀丰满而肉感。就是那个教我拿着简直无法下手的鸭肫,父亲也把它处理得极美,他握在手里,掂了一掂,"真不小,足有六两重!"用他那把角柄小刀从栗紫色当中闪着钢蓝色的那儿一个微微凹处轻轻一划,一翻,蓝黄色鱼子状的东西绽出来了。"你说脏,脏甚么! 一点都不! "是不脏,他弄得教我觉得不脏,我甚至没有觉得臭味。洗涮了几次,往鸭掌鸭翅之间一放,样子名贵极了,一个甚么珍奇的果品似的。我看他做这一切,用他的洁白的,熨帖的,然而男性的,有精力,果断,可靠的手做这一切,看得很感动。

王羲之论钟张书，"张精熟过人"，又曰："须得书意转深，点画之间皆有意，自有言所不得尽其妙者，事事皆然。""精熟"，"有意"，说得真好。我追随他的每一动作，以心，以目，正如小时，看他作画。父亲一路来直称赞鸡鸭店那个伙计，说他拗折鸭掌鸭翅，准确极了，轻轻一来，毫不费事，毫不牵皮带肉，再三赞叹他得着了"诀窍"，所好者技，进乎道矣，相信父亲自己落到鸡鸭店做伙计，也一定能做到如此地步的！

这个地方鸡鸭多，鸡鸭店多，教门馆子多，一定有不少回回。回回多，当有来历，是一颇有兴趣问题，我们家乡信回教的极少，数得出来的，鸡鸭店则全城似只一家。小小一间铺面，干净而寂寞，经过时总为一种深刻印象所袭，一种说不出来的东西与别人家截然不同。铺子在我舅舅家附近，出一个深巷高坡，上了大街，拐角上第一家就是。主人相貌奇古，一个非常的大鼻子，真大！鼻子上一个洞，一个洞，通红通红，十分鲜艳，一个酒糟鼻子。我从那一个鼻子上认得了甚么叫酒糟鼻子。没有人告诉过我，我无师自通，一看见那个鼻子就知道了："酒糟鼻子！"日后我在别处看见了类似而远比不上的鼻子，我就想到那个店主人。刚才在鸡鸭店我又想到那个鼻子！从来没有去买过鸡鸭，不知那个鼻子有没有那样的手段？现在那个人，那片店，那条斜阳古柳的巷子不知如何了。……

一串螃蟹在门后叽里咕噜吐着泡沫。

打气炉子呼呼地响。这个机械文明在这个小院落里也发出一种古代的声音，仿佛是《天工开物》甚至《考工记》上的玩意儿了。

一声鸡啼。一个金彩烂丽的大公鸡，一只很好看的鸡，在小天井里徘徊顾盼，高傲冷清，架上两盆菊花，一盆晓色，一盆懒梳妆。——大概多数人一定欣赏懒梳妆名目，但那不免过于雕琢着意，太贴附事实，远不比晓色之得其神理，不落形象，妙手偶得，可遇不可求。看过又画过这种花的就可以晓得，再没有比这更难捉摸的颜色了，差一点儿就完全不是那回事！天晓的颜色是甚么样子呢，可是一看到这种花嫒嫒嬱嬱，清新醒活的劲儿，你就觉得一点不错，这正是"晓色"！心中所有，笔下所无的两个字。

我们刚回来一会儿，买了鸭翅，鸭掌，鸭舌，鸭肫，八只蟹，青菜两棵，葱一小把，姜一块回来，我来看父亲，父亲整天请我吃，来了几天，吃了几天。昨天晚上隔了一层板壁，他睡在外面房间，我睡在里头，躺在床上商议明天不出去吃了，在家里自己做。不要多，菜只要两个，一个蟹，蒸一蒸，不费事，——喝酒；一个舌掌汤，放两个菜头烩一烩——吃饭。我父亲实在很会过日子，一个人在外头，一高兴就自己做饭，很会自得其乐！——那几只蟹买得好，在路上已经有两个人问过，好大蟹，甚么地方买的，多少钱一斤，很赞许的样子，一个老先生，一个女人，全都自然极了，亲切极了，可是我们一点儿也不认识，真有意思！大都市里恐怕很少这种情形了。

那两个老人是谁呢，父亲跟他们招呼的，在沙滩上？——街上回来，行过沙滩。沙滩上有人分鸭子。三个，——后来又来了一个，四个，四个汉子站在一个大鸭圈里，在熙熙攘攘的鸭子里，一个一个，提起鸭脖子，看一看，分别丢在四边几个较小鸭圈里。看的甚么？——四个人都是短棉袄。有纽子扣得好好的，有的只搦上，下面皆系青布鱼裙，这一带江边湖边，荡口桥头，依水而往，靠水吃水的人，卖鱼的，贩菱藕的，收鸡头茨实，经营芦柴茭草生意的，类多有这么一条青布裙子。昨天在渡口市滩看见有这种裙子在那儿卖，我说我想买一条，父亲笑笑。我要当真去买，人家不卖，以为我是开玩笑的。真想看一个人走来讨价还价，说好说歹，这一定是很值得一看的。然而过去又过来，那两条裙子竟是原样放着，似乎没有人抖开前前后后看过！这种裙子穿在身上，有甚么好处，甚么方便，有甚么感情洋溢出来呢？这与其说是一种特别装束，不如说是一种特别装束的遗制，其由来盖当相当古远，似乎为了一点纪念的深心！他们才那么爱好这条裙子，和头上那种瓦块毡帽。这么一打扮，就"像"了，所有的身份就都出来了。"我与我周旋久，宁作我。"生养于水的，必将在水边死亡，他们从不梦想离开水，到另一边去过另一种日子，他们简直自成一个族类，有他们不改的风教遗规。看的是鸭头，分别公鸭母鸭？母鸭下蛋，可能价钱卖得贵些？不对！鸭子上了市，多是卖给人吃，养老了下蛋的十只里没有一只。要单别公母，弄两个大圈就行了，把公的赶到一边，剩下不就全是母的了，无须这么麻烦。是公是母，一眼还不就看出来，得要那么捉起来放到眼前认一认么？那几个小圈里分明灰头绿头都有。——沙滩上悠悠窅窅，安静极了，然而万籁有声，江流浩浩，飘忽着一种广大深微的呼吁，一种半消沉半积极的神秘意向，极其悄怆感人。东北风。交过小雪了，真的入了冬了，可是江南地暖，虽已至"相逢不出手"时候，身体各处却还觉得舒舒服服，饶有清兴，不很肃杀。天有默阴，空气里潮润润的。新麦，旧柳，抽了卷须的豌豆苗，散过了絮的蒲公英，全都欣然接受这点水气，很久没有下雨。鸭子似乎也很满意这样的天气，显得比平常安静得多。脖子被提起来，并不表示抗议，——也由于那几个鸭贩子提得是地方，一提起，就势儿就摔了过去，不致令它们痛苦，甚至那一摔还会教它们得到筋肉伸张的快感，所以往来走动，煦煦然很自在的样子，一点儿也看不出悲惨。人多以为鸭子是很会唠叨的动物，其实鸭子也有默处的时候，不过这么一大群鸭子而能如此雍雍雅雅，我还从未见过！它们今天早上大都得到一顿饱餐了罢。——甚么地方来了一阵煮大麦芽的气味儿，香得很，一定有人用长柄大铲子慢慢地搅和着，就要出糖了。——是称称斤量，分开新鸭老鸭？也不对。这些鸭子全都差不多大，没有问题，全是今年养的，生日不是四月就是五月初头，上下差也差不了几天。骡马看牙口，鸭子不是骡马。要看，也得叫鸭子张嘴，而鸭子嘴全闭得扁扁的！黄嘴也扁扁的，绿嘴也扁扁的。掰开来看全都是一圈细锯齿，它的板牙在肚子里，嗉囊里那堆石粒子！嘴上看甚么呢？——我已经断定他们看的是鸭嘴。看甚么呢？哦，鸭嘴上有点东西！有一个一个印子，刻出来的。有的是一道，有的两道，有的一个十字叉叉，那个脸红通通的小伙子，（他棉袄是新的，鞋袜干干净净，他不喝酒，不赌钱，他是个好"儿子"，他有个很疼爱他的母亲。我并不嫉妒你！）尽挑那种嘴上两道的。这是记认。这一群鸭子不是一家养的，主人相熟，一伙运过江来，搅乱了，现在再分开各自出卖。对了，不会错的，这个记认做得实在有道理。

江边风大，立久了究竟有点冷，走罢。

刚才运那一车子鸡的夫妻俩不知到了哪里。一板车的鸡，一笼一笼堆得高高的。这些鸡算不算他们自己的？算他们的，该不坏了，很值几文呢。看样子似不大像，他们穿得可不大齐整。这是做活，不是上庙烧香，不是回娘家过年，用不着打扮，也许。这付板车未免太笨重了一点，车本身比那些鸡一定重得多。——虽然空车子拉起来一定又觉得很轻松的。我起初真有点不平，这男人岂有此理，让女人在前头拉，自己提了两个看起来没有多大分量的蒲包在后头自自在在地踱方步，你就在后头推一把也不妨呀！父亲不说甚么，很关心地看他们过去。一直到了快拐弯的地方，我们一相视，心里有同样感动了。这一带地怎么那么不平，那么多的坑！车子拉动了之后，并不怎么费力的，陷在坑里要推上来才不容易。一下子歪倒了，赶紧上去救住，不但要气力，而且要机警灵活，压着撞着都不轻。这一下子，够受的！他抵住了，然而一个轮子还是上不来。我们走过来，两个老人也跑了过来。我上去推了一把，毫无用处，还是老人之一捡住一块砖煞住一个老往后滑的轮子，那个男人（我现在觉得他很伟大，很敬佩他），发一声喊，车子来了！不该走这条路的，该稍为绕绕，旁边不还稍为平点么。她是没有看到？是想一冲冲过去的？他要发脾气了，埋怨了！然而他没有，不但脸上没有，心里也没有。接过女人为他拾回来的落掉的瓦块帽子，掸一掸草屑，戴上，"难为了。"又走了，车子吱吱咽咽拉了过去。我这才听见，怎么刚才车轴似乎没有声音呢？加点油是否好些？他那两个蒲包里是甚么东西？鸡食？路上"歪掉"的鸡？两包盐？

我想起《打花鼓》，

恩爱的夫妻
槌不离锣

这两句老在我心里唱，连底下那个"啊呃哎"。这个"啊呃哎"一声一声的弄得我心里很凄楚起来。小时杂在商贾负贩人中听过庙戏多回，不知怎么记得这么两句《一枝花》。后来翻查过戏谱，曾记诵过《打花鼓》全出，可是一有甚么感触时仍是这两句，没头没脑的尽是哼哼。

这个记认做得实在很有道理。遍观鸭子全身，还有甚么其他地方可以做记认呢？不像鸡，鸡长大了毛色各各不同，养鸡人全都记得，在他们眼中世界上没有两只同样的鸡，（《王婆骂鸡》曲本中列鸡色目甚繁夥帖当，可惜背不全了！）偷去杀了吃掉，剥下一堆毛，他认也认得清，小鸡子则都给染了颜色，在肩翅之间，或红或绿。有老母鸡领着，也不大容易走失。染了颜色不大好看，我小时候颇不赞成，但人家养鸡可不是为的给我看的！鸭子麻烦，身上不能染红绿颜色，它要下水，整天浸在水里颜色要褪。到一放大毛，普天之下的鸭子就只有两种样子了：公鸭，母鸭。所有的公鸭都一样，所有的母鸭也全一样。鸭子养在河里，你家养，他家养，在河里会面打伙时极多，虽然赶鸭子对自己的鸭有法调度，可是有时不免要混杂。可以做记认，一看就看出来的只有那张嘴。（沈石田画鸭，总是把鸭嘴画得比实际的要宽长些，看过他三幅有鸭子或专画鸭子的画，莫不如是。）上帝造鸭，没有想到鸭嘴有这么个用处罢。小鸭子，嘴嫩嫩的，刻起来大概很容易，用把小洋刀，钳子，钉头，或者随便甚么，甚至荆棘的刺，但没有问题，养鸭人家一定专有一个甚么东西，轻轻那么一划就成了。鸭嘴是角质，就像指甲似的没有神经，刻起来不痛。刻过的，没有刻过的，只要一张嘴，一样的吃碎米，浮萍，蛆虫，虾蚤，猫杀子罗汉狗子小鱼，鸭子们大概毫不在乎，不会有一只鸭子发现了，大叫出来，"咦，老哥，你嘴上怎么回事，雕了花？"想出这个主意的必然是个伶俐聪敏人。这四个汉子中哪一个会发明出来，如果从前从未有过这么一个办法？那个红脸小伙子眼睛生得很美，很撩人的，他可以去演电影。——不，还是鱼裙瓦块帽做鸭子生意！

然而那两个老人是谁呢？

父亲揭起煨罐盖子看看，闻了闻气味，"差不多了"。把一束葱放下去，掇到另一小火的炉上焖起来，打汽炉子空出来蒸蟹。碗筷摆出来，两个杯子里酌满了酒，就要吃饭了。酒真好，我十年来没有喝过这样好酒。父亲说我来了这几天，他比平常喝得要多些，我很喜欢。

"那两个年纪大的是谁？"

"怎么，——你不记得了？"

我还以为我的话问得突兀，我们今天看见过好几个老人，虽然同时看见，在一处的，只有那两个；虽然父亲跟他们招呼过，未必像我一样对他们有兴趣，一直存在心里罢。他这一反问教我很高兴，分明这是很值得记得的两个人，我的眼睛没有错，他们确是有吸引人的地方的！我以为父亲跟他们招呼时有种特殊的敬爱，也没有错，我一问，他即知道问的是谁。大概父亲也会谈起的。

"一个是余老五。"

余老五！这我立刻就知道了，是高大，广额方颡，一腮帮子白胡子根的那个。刚才我就觉得似曾相识，哪里看见过的，想来想去，找不到那个名字，我还以为又是把在另一处看过的一个老人的影子错借来了。他是余老五，真不该忘记。近二十年了，我从前想过他，若是老了该是甚么样子，正是这个样子！难怪那么面熟。他不该上这里来，若在家乡街上，我能不认得？——那个瘦瘦小小，目光精利，一小撮山羊胡子，头老微微扬起，眼角微有嘲讽痕迹，行动不像是六十几的人，是——

　　"陆长庚。"

　　"陆长庚。"

　　"陆鸭。"

　　陆鸭！不过我只能说是知道他，那时候我还小。——不像余老五那是天天见得到的老街坊。

　　说是老街坊，余大房离我们家很有一截子路，地名大溏，已经是附郭最外一圈，是这条街的尾闾了。余大房是一个炕，余老五在余大房炕房当师傅。他虽姓余，炕房可不是他开的，虽然他是这个炕房里顶重要的一个人。老板或者是他一宗，恐怕相当远，不大清楚了。大溏是一片大水，由此可至东北各乡及下河县城水道，而水边有人家处亦称大溏。这是个很动人的地方，风景人物皆极有佳胜处，产生故事极多。在这里出入的，多是那种戴瓦块毡帽系鱼裙朋友。用一个小船在河心里顺流而下，可以看到垂杨柳，脆皮榆，茅棚瓦屋之间高爽地段常有一座比较齐整的房子，两边墙上粉得雪白，几个黑漆大字，显明阅目，一望可见，夏天外头多用芦席搭一个凉棚，绿缸中渍着凉茶，冬天照例有卖花生薄脆的孩子在门口踢毽子，树顶常飘有做会的纸幡或红绿灯笼的那是"行"。一种是鲜货行，代客投牙买卖鱼虾水货，荸荠慈菇，芋艿山药，鸡头薏米，种种杂物。一种是鸡鸭蛋行。鸡鸭蛋行旁边常常是一爿炕房。炕房无字号，多称姓某几房，似颇有古意，而余大房声誉最著，一直是最大的一家。

　　余五整天没有甚么事情，老看他在街上逛来逛去，而且到哪里提了他那把紫砂茶壶，坐下来就聊，一聊一半天。而且好喝酒，一天两顿，一顿四两。而且好管闲事，跟他毫无关系的事，他也要挤上来说话。而且声音奇大，这条街上一只茶馆里随时听见他的声音。有时炕房里差个小孩子来找他有事，问人看见没有。答话人常是"看没有看见，听倒听见的。再走过三家门面，你把耳朵竖起来，找不到，再回来问我"。他一年闲到头，吃，喝，穿，用，全不缺。余大房养他。只有春夏之间，不大看见他影子了。

不知多少年没有吃那种"巧蛋"了。巧蛋是孵小鸡没有孵出来的蛋。不知甚么道理，常常有些小鸡长不全，多半是长了一个小头，下面还是个蛋，不过颜色已变，黄黄的，上面略有几根毛丝；有的甚至连翅膀也全了。只是出不了壳。出不了壳，是鸡生得笨，所以这种蛋也称为"拙蛋"，说是小孩子吃不得的，吃了书念不好。可是通常反过来，称为"巧蛋"了，念书的孩子也就马马虎虎准许吃了，虽然并不因为带一个巧字而鼓励孩子吃。这东西很多人不吃的。因为看上去有点发酥发麻，想一想也怪不舒服。对于不吃的人，我并不反对。有人很爱，到时候千方百计地去找。很惭愧，我是吃过的，而且只好老实说，味道很不错。吃都吃过了，赖也赖不掉，想高雅也高雅不起来了。——吃巧蛋的时候，看不见余五了，清明前后，正是炕鸡子的时候。接着，又得炕小鸭子，四月。

蛋先得挑一挑，那多是蛋行里人责任，哪一路，哪一路收来的蛋，他们都分得好好的，鸡鸭也有"种口"，哪一种容易养，哪一种长得高大，哪一种下得蛋，他们全知道。分好了，剔一道，薄壳，过小，散黄，乱带，日久，全不要。再就是炕房师傅的事了。在一间暗屋子里，一扇门上开一个小圆洞，蛋放在洞上，闭一只眼睛，睁一只眼睛，睁一只眼睛反复映看，谓之

"照蛋"。第一次叫"头照"。头照是照"珠子",照蛋黄中的胚珠,看受过精没有,用他们说法,是看有过公鸡,或公鸭没有。没有过公鸡公鸭的,出不了小鸡小鸭。照完了,这就"下炕"了。下炕后三四天,(他们是论时辰的,不会这么含糊,三四天是我的印象。)取出来再照,名为"二照",二照照珠子"发饱"没有。头照很简单,谁都做得来,不用在门洞上,用手轻握如筒,蛋放在底下,迎着亮,转来转去,就看得出来有没有那么一点儿了。二照比较要点功夫,胚珠是否隆起了一点儿,常常不容易断定。二照剔下来的蛋拿到外头卖,还是一样,一点看不出是炕过的。二照之后,三照四照,隔几天一次,三四照之后的蛋就变了,到知道炕里蛋都在正常发育,就不再动它,静待出炕"上床"。

下了炕之后,不大随便让人去看。下炕那天照例三牲五事,大香大烛,燃鞭放炮,磕头拜敬祖师菩萨,很隆重庄严。炕一年就做一季生意,赚钱蚀本就看这几天。但跟余五熟识,尤其是跟父亲一起去,就可以走进炕边看看。所谓"炕"是一口一口缸,里头涂糊泥草,下面不断用火烘着。火要微微的,保持一定温度。太热了一炕蛋就都熟了,太小也透不进去。甚么时候加点糠或草,甚么时候去掉一点,这是余五职分。那两天他整天不离开一步。许多事情不用他下手,他只须不时看一看,吩咐两句话,有下手从头照着做。余五这可显得重要极了,尊贵极了,也谨慎极了,还温柔极了。他说话细声细气,走路也轻轻的,举止动作,全跟他这个人不相称。他神情很奇怪,像总在谛听着甚么似的,怕自己轻轻咳嗽也会惊散这点声音似的,聚精会神,身体各部全在一种沉湎,一种兴奋,一种极度敏感之中。熟悉炕房情形的人,都说这行饭不容易吃,一炕下来，人要瘦一套，吃饭睡觉也不能马虎一刻，这样前前后后半个多月！从前炕房里供余五抽烟的。他总是躺在屋角一张小床上抽烟，或者闭目假寐，不时就壶嘴喝一口茶，哑哑地说一句甚么话。一样借以量度的器械都没有，就凭他这个人，一个精细准确而复杂多方的"表"，不以形求，全以神遇，用他的下意识来判断一切。这才是目睹身验着一个一个生命怎么完成，多有意思事情！炕房里暗暗的，暖洋洋的，空气里潮濡濡的，笼着一度暖昧含隐的异样感觉，怔怔悸悸，缠绵持续，惶恐不安，一种怀春含情的感觉。余老五也真是有一种"母性"，虽然这两个字不管用在从前一腮帮子黑胡根子，现在一腮帮子白胡根子的余五身上都似颇为滑稽。

蛋炕好了，放在一张一张木架上，那就是"床"。床上垫棉花，放上去，不多久，就"出"了，小鸡子一个一个啄破蛋壳，啾啾叫起来。听到这声音，老板心里就开了花，而余五眼皮一耷拉，已经沉沉睡去了，小鸡子在街上卖的时候，正是余五呼呼大睡的时候。——鸭子比较简单，连床也不用上，难的是鸡。

卖小鸡小鸭是很有意思的行业。小鸡跟真正的春天一起来，气候也暖了，花也开了。而小鸭子接着就带来了夏天。"春江水暖鸭先知，"说的岂是老鸭？然而老鸭多半养在家里，在江水中游泳的似不甚多。画春江水暖诗意画出黄毛小鸭来，是极自然的，然而事实上大概是错的。小鸡小鸭都放在一个竹编浅沿有盖大圆盒子里卖，挑了各处走，似乎没有吆唤的。一路走，一路啾啾地叫，好玩极了。小鸡小鸭皆极可爱，小鸡娇弱伶仃，小鸭常傻气固执。看它们窜跑跳跃，感到生命的欢欣。提在手里，那点微微挣扎搔骚，令人心中怦怦然动，胸口痒痒的。

余大房何以生意最好？因为有一个余老五，余老五是这一行的一个"状元"。余老五何以是状元？他炕出来的小鸡跟别人家的摆在一起，来买的人一定买余老五的鸡，他的小鸡特别大。刚刚出炕的小鸡，刚从蛋里出来的，照理是一样大小，不过是那么重一个，然而余老五就能大些。上戥子称，上下差不多，而看上去他的小鸡要大一套！那就好看多了，当然有人买。怎么能大一套呢？他让小鸡的绒毛都出足了。鸡蛋下了炕，比如要几十个时辰，可以出炕了，别的师傅都不敢到那个最后限度，小鸡子出得了，就取出来上床，生怕火功水气错了一点，一炕蛋整个的废了，还是稳点罢，没有胆量等。余五大概总比较多等一个半个时辰。那一个半个时辰是顶吃紧时候，半个多月工夫就在这一会儿现出交代，余五也疲倦到达到极限了，然而他比平常更觉醒，更敏锐。他那样子让我想起"火眼狻猊"、"金眼雕"之类绰号，完全变了一个人，眼睛陷下去，变了色，光彩近乎疯人狂人。脾气也大了，动辄激恼发威，简直碰他不得，专断极了，顽固极了。很奇怪的，他倒简直不走近火炕一步，半倚半靠在小床上抽烟，一句话也不说。木床棉絮准备得好好的，徒弟不放心，轻轻来问一句"起了罢？"摇摇头，"起了罢？"还是摇摇头，只管抽他的烟，这一会儿正是小鸡放绒毛的时候，忽而作然而起，"起！"徒弟们赶紧一窝蜂取出来，简直才放上床，就啾啾啾啾地纷纷出来了。余五自掌炕以来，从未误过一回事，同行中无不赞叹佩服，以为神乎其技。道理是简单的，可是人得不到他那种不移的信心。不是强做得来的，是天才，是学问，余五炕小鸭，亦类此出色。至于照蛋煨火等节目，是尤其余事了。

因此他才配提了紫砂壶到处闲聊，一事不管，人家说不是他吃老板，是老板吃着他，没有余老五，余大房就不成其为余大房了，没有余大房，余老五仍是一个余老五。甚么时候他前脚跨出那个大门，后脚就有人替他把紫砂壶接过去了，每一家炕房随时都在等着他。从前每年都有人来跟他谈的，他都用种种方法回绝了，后来实在麻烦不过，他开玩笑似的说："对不起，老板坟地都给我看好了！"

父亲说，后来余大房当真托人在泰山庙，就在炕房旁边，给他谈过一小块地，买成没有买成，可不知道了，附近有一片短松林，我们从前老上那儿放风筝，蚕豆花开得紫多多的，斑鸠在叫。

照说，陆长庚是个更富故事性的人，他不像余五那么质实朴素。余五高高大大，方肩膀，方下巴，到处去，而陆长庚只能算是矮子里的高人，属于这一带所说"三料个子"一型，眉毛稍为有点倒，小小眼睛，不时眨动，眨动，嘴唇秀小微薄而柔软，透出机智灵巧，心窍极多，不过乍一看不大看得出来，不仅是他的装束，举止言词亦带着很重的农民气质，安分、卑怯、愿谨，虽然比一般农民要少一点儿惊惶，而绝望得似乎更深些。就是这点绝望掩盖而且涂改了他的轻盈便捷。他不像余五那样有酒有饭，有保障有寄托，他受的折磨、伤害、压迫、饥饿都多，他脸小，可是纹路比余五杂驳，写出更多人性。他有太多没用说出来的俏皮笑话，太多没用浪费的风情，没有安慰没有吐气扬眉，没有——我看我说得太逞兴了，过了一点儿分！所以为此，只因为我有点气愤，气愤于他一定有太多故事没有让我知道。余五若是个为人所敬重的人，他应当是那一带茶坊酒座，瓜架豆棚的一个点缀，是一个为人所喜爱的角色，可是我父亲知道他那点事完全是偶然；他表演了那么一回，也是偶然！

母亲故世之后，父亲觉得很寂寞无聊。母亲葬在窑庄，窑庄我们有一块地，这块地一直没有收成，沙性很重，种稻种麦，都不适宜，那么一片地，每年只得两担荒草做租谷，父亲于是想辟成一个小小农场，试种棉花，种水果，种瓜。把庄房收回来，略事装修，他平日即住在那边，逢年过节，有甚么事情才回来。他年轻时体格极强，耐得劳苦，凡事都躬亲执役，用的两个长工也很勤勉，农场成绩还不错。试种的水蜜桃虽然只开好看的花，结了桃子还不够送人的，棉花则颇有盈余，颜色丝头都好，可是因为好得超过标准，不合那一路厂家机子用，后来就不再种了。至今政府物产统计表上产棉项下还列有窑庄地方，其实老早已经一朵都没有了。不过父亲一直还怀念那个地方，怀念那一段日子，他那几年身体弄得很好，知道了许多事情，忘记了许多事情，从来没有那么快乐满足过。我由一个女用人带着，在舅舅家过，也有时到窑庄住几天，或是父亲带我去或是我自己来了，事前连通知都不通知他！

那天我去，父亲正在屋后园子里给一棵礬杏接枝。这不是接枝的时候，不过是没有事情做，接了玩玩。接枝实在是很好玩，两种不同的树木会连在一起生长，生长而又起变化，本来涩的会变甜了，本来纽子大的会有拳头大，多神奇不可思议的事！他不知接了多少，简直看见树他就想接！手续很简单，接完了用稻草一缠就可以了。不过虽是一根稻草，却束得妥贴坚牢，不会松散。削切枝条的，正是这把角柄小刀，用了这么些年了，还是刀刃若新发于硎。我来是请他回家过节，问他我们要不就在这里过节好不好。而一个长工来了：

"三爷，鸭都丢了！"

"怎样都丢了？"

这一带多河沟港汊，出细鱼细虾，是很适合养鸭地方。这块地上老佃户倪二，父亲原说留他，可是他对棉花不感兴趣，而且怎么样也不肯相信从来没有结过棉花地方会出棉花，这块地向来只长荞麦，胡萝卜，绿豆，红毛草！他要退租，退租怎么维生，他要养鸭；鸭从来没有养过怎么行，他说从前帮过人，多少懂一点儿，没有本钱，没有本钱想跟三爷借，父亲觉得不能让他再种红毛草了，很对不起他，应当借给他钱。为了好玩，父亲也托他，买了一百只小鸭，贴他一点钱，由他代养。事发生手，他居然把一趟鸭养得不坏，父亲高兴，说：

"倪二，你不相信我种棉花，我也不相信你养鸭子，可是现在田里是甚么，一朵一朵白的，那是甚么？"

"是棉花。河里一只一只肥的，是——鸭子！"

"事在人为。明年我们换换手，你还是接这块地种，现在你相信它能出棉花了。我明年也来养鸭！"

父亲是真有这样意思的，地土适于植棉，已经证实，父亲并没有打算一直在这里待下去，总得有人接过。后来田还是交给倪二了。可是因为管理不善，结出来的朵子越来越伶仃了。鸭，父亲可没有自己去养，他是劝劝倪二也还是放弃水面，回到泥土，总觉得那不大适合他，与他的脾气个性，甚至血统都不相宜，这好像有一种命定安排似的，他离不开生长红毛草的这一片地，现在要来改行已经太晚了。人究竟不像树木，可以随便接枝。即树木，有些接枝也不能生长的。站在庄头场上，或早或晚，沉沉雾霭，淡淡金光中，可以看到倪二喳喳吃吃赶着一大阵鸭子经过荡口，父亲常常要摇头。

"还是不成，不'像'！他自己以为帮人喂过食，上过圈，一窝鸭子又养得肥壮，得意得了不得，仿佛是老行家了，可是样子总不大对。这些鸭子还没有很认得他，服他，依他，他跟鸭子不能那么完全是一家子似的。照理，都就要卖了，应当简直不用拘束，那根篙子轻易不大动了。我没有看见过赶鸭用这种神情赶鸭的！"

他把"神情"两个字说得很重，仿佛神情是个甚么可以拿在手里挥舞的东西似的。倪二老实一点，可是我父亲对他不能欣赏他是也可以感觉到的，倪二不服，他有他的话：

"三爷，您看！"

他的意思是就要八月中秋，马上就可以赶到市上变钱，今年鸡鸭上好市面，到那个时候倪二再说他当初为甚么要改业，看看倪二眼光如何，手段如何。父亲想气他一气，说：

"倪二，你知道你手里那根篙子有多重？人说篙子是四两拨千斤，是不是只有四两？"

这就非教倪二红脸不可了，伤了他的心，他那根篙子搠得实在不顶游刃得体，不够到家。不过父亲没有说，怕太损了他的尊严。

养鸭是很苦的事。种田也是很苦的事，但那是另外一种苦。问养鸭人顶苦是甚么，很奇怪的，他们回答"是寂寞"。这简直不能相信了，似乎寂寞只是坐得太久谈得太多，抽烟喝茶度日的人才有的感情，"乡下人"！会"寂寞"吗？也许寂寞是人的基本感情之一，怕寂寞是与生俱来的，襁褓中的孩子如果不是确知父母在留心着自己，他不肯一个人睡在一间屋子里。也可能这是穴居野处时对于不可知的一切来袭的恐惧心理的遗传，人总要知觉到自己不是孤身地面对整个自然。种地不是一个人的事情，车水、薅草、播种、插秧、打场、施肥，有歌声，有锣鼓，有打骂调笑，相慰相劳，热热闹闹，呼吸着人的气息。而养鸭是一种游离，一种放逐，一种流浪。一清早，天才露白，撑一个浅扁小船，才容一人起坐，叫作"鸭撇子"，手里一根竹篙，竹篙头上系一个稻草把子或破芭蕉蒲扇，用以指挥鸭子转弯入阵，也用以划水撑船，就冷冷清清地离了庄子，到一片茫茫的水里去了。一去一天，直到天压黑，才回来。下雨天穿蓑衣，太阳大戴笠子，凉了多带件衣裳，整个被人遗忘在这片水里。"连个说说话的人都没有。"这句话似极普通，可是你看看养鸭人的脸，听起来就有无比的悲愁。在那么空寥的地方，真是会引起一种原始的恐惧的，无助、无告，忍受着一种深入肌理，抽搐着腹肉，教人想呕吐的绝望，"简直要哭出来"！单那份厌气就无法排遣，只有拼命吧嗒旱烟。远远的可以听到一两声人声，可是眼前是这些扁毛畜生！牛羊，甚至猪，都与人切身相关，可以产生感情，要跟鸭子谈谈心实在是很困难。放鸭的如果不是特别有心性，会自己娱悦，能弄一点甚么东西在手上做做，心里想想的，很容易变成孤僻怪物之冷漠而褊窄。父亲觉得倪二旱烟瘾越来越大，行动虽还没看出甚么改变，可是有点甚么东西正在深重起来，无以名之，只有借用又是只通用于另一阶段的名词：犬儒主义。

可是鸭子肥得倪二欢喜，他看完了好利钱，这支持着他。

前两天倪二说，要把鸭子赶去卖了，已经谈好了，行用，卡钱，水脚，全算上，连底三倍利。就要赶，问父亲那一百只鸭怎么说，是不是一起卖。父亲关照他留三十只，送送人，也养几只下蛋，他要看自己家里鸭子下两个双黄玩玩。昨天晚上想起来，要多留二十只，今天叫长工去荡里跟倪二说一声。

"鸭都丢了！"

倪二说要去卖鸭，父亲问他要不要人帮一帮，怕他一个人对付不了。鸭子运起来，不像鸡装了笼子，仍是一只小船，船上准备人的粮食，简单行李，鸭圈一大卷，人在船，鸭在水，一路迤迤逶逶地走。鸭子路上要吃，还是鱼虾水虫，到了那头才不瘦膘减分量，精神好看。指挥拨反全靠那根篙子。有人可以在大江里赶十天半月，晚上找个沙洲歇一歇，这不是外行冒充得来的。

"不要！"

怕父亲还要说甚么，他偷偷准备准备，留下三十只，其余的一早赶过荡，过白莲湖，转到大湖里，到邻县城里去了。长工一到荡口，问人：

"倪二呢？"

"倪二在白莲湖里，你赶快去看看，叫三爷也去看看，——一趟鸭子全散了！"

白莲湖是一口小湖，离窑庄不远，出菱，出藕，藕肥白少渣滓，荷花倒是红的多。或散步，或乘船赶二五八集期，我们也常去的，湖边港汊甚多，密密地长着芦苇。新芦苇长得很高了。莲蓬已经采过，荷叶颜色发了黑，多半全破了，人过时常有翡翠鸟冲起掠过，翠绿地一闪，疾速如箭，切断人的思绪或低低地唱歌。

小船浮在岸边，竹篙横在船上，篙子头上的破蒲扇不知哪里去了。倪二呢？坐在一个石辘轳上，手里团着他的瓦块帽子，额头上破了一块皮，在一个人家晒场上，为几个人围着，他好像老了十年。他疲倦了，一清早到现在，现在是下半天了，他一定还没有吃过饭，跟这些鸭子奋斗了半日。他的饭在船上一个布口袋里，一袋子老锅巴。他坐着不动，看不出他心里甚么滋味，不时头忽然抖一抖，好像受了震动。——他的脖子里的沟好深，一方格一方格的，颜色真红，烧焦了似的。那么坐着，脚恐怕要麻了，好傻相的脚！父亲叫他：

"倪二。"

"三爷！"

他像个孩子似的哭起来了。——怎么办呢？

"去找陆长庚，他有法子。"

"哎，除非陆长庚。"

"只有老陆，陆鸭。"

陆长庚在哪里？

"多半在桥头茶馆。"

桥头有个茶馆，为的鲜货行客人，蛋行客人，陆陈粮行客人，区里，县里，党部里来的人谈话讲生意而设的，卖清茶，代卖烟纸，洋杂，针线，香烛，鸡蛋糕，麻酥饼，七厘散，紫金锭，菜种，草鞋，契纸，小绿颖毛笔，金不换黑墨，何通记纸牌。这一带闲散无事人常借茶馆聚赌玩钱。有时纸牌，最为文雅。有时麻雀，那副牌有一张红中丢了，配了牌九上一张杂七，这杂七于是成为桌上最关心的一张牌了。有时推牌九，下旁注的比坐下来拿牌的要多，在后头呼么喝六，帮别人呐喊助威的更多。船从桥边过，远远的就看到一堆兴奋忘形的人头人手，走过了一段，还听得到"七七八八——不要九！""磨一点，再磨一点，天地遇牯牛，越大越封侯！"呼声。常在后头看斜头胡的，有人指点过，那就是陆长庚，这一带放鸭的第一手，诨号陆鸭，说他自己简直就是一只老鸭。——瘦瘦小小，神情总是在发愁的样子。他已经多年不养鸭了，见到鸭就怕了，运气不好，老是瘟。

"不要你多，十五块洋钱。"

十五块钱在从前很是一个数目了。许多人都因为这个数目而回了回头，看看倪二，看看陆长庚，桌面上顶大的注子是一吊钱三三四，天之九吃三道。

说了半天，讲定了，十块钱。看一家地杠通吃，红了一庄，方去。

"把鸭圈全拿好，倪二你会赶鸭子进圈的？我吆上来，你就赶，鸭子在水里好弄，上了岸七零八落的不好捉。"

这十块钱太赚的不费力了！拈起那根篙子，撑到湖心，人仆在船上，把篙子平着在水上扑一气，嘴里喷喷咕咕不知叫点甚么，嚇——都来了！鸭子四面八方，从芦苇缝里像来争甚么东西似的，拼命地拍着翅膀，挺着脖子，一起奔到他那只小船的四围来。本来平静辽阔湖面，一时骤然热闹起来，全是鸭子，不知为甚么，高兴极了，喜欢极了，放开喉咙大叫，不停地把头没在水里，翻来覆去。岸上人看到这情形，都忍不住大笑起来，连倪二都笑了，他笑得尤其舒服。差不多都齐了，篙子一抬，嘴子曼声唱着，鸭子马上又安静起来，文文雅雅，摆摆摇摇，向岸边游来，舒闲整齐有致。兵法用兵第一贵"和"，这个字用来形容那些鸭子真是恰切极了。他唱的不知是甚么，仿佛鸭子都很爱听，听得很入神似的，真怪！

"一共多少只？"

"三千多。"

"三千多少？"

"三千零四十二。"

他拣一个高处，四面一望。

"你数数，大概不差了。——嗨！你这里头怎么来了一只老鸭！是哪一家养的老鸭教你裹来了！"

倪二分辨，分辨也没有用，他一伸手捞住了。

"它屁股一撅，就知道。新鸭子拉稀屎，过了一年的，才硬。鸭肠子鸭头的那里有个小箍道，老鸭子就长老了。吃新鸭子，不喝酒，容易拉肚，就因为鸭肠子不老。裹了人家鸭自己还不知道，只知道多了一只！"

"我不要你多，只要两只。送不送由你。"

怎么小气，也没法不送他，他已经到鸭圈里提了两只，一手一只，拎了一拎。

"多重？"

他问人。

"你说多重？"

有人问他。

"六斤四，——这一只，多一两，六斤五。这一趟里顶壮的两只。"

不相信，哪里一两也分得出，就凭手拎一拎？

"不相信，不相信拿秤来称。称得不对，两只鸭算你的；对了，今天晚上上你家里喝酒。"

称出来，一点都不错。

"拎都用不着拎，凭眼睛看，说得出这一趟鸭一个一个多重。"

不过先得大叫一声才看得出来。鸭身上有毛，毛蓬松着看不出来，得惊它一惊，一惊，鸭毛就紧了，贴在身上了，这就看得出哪一个肥哪一个瘦。

"晚上喝酒了，在茶馆里会。不让你费事，鸭先杀好。"

他刀也不用，一个指头往鸭子三岔骨处一捣，两只鸭挣扎都不挣扎就死了。

"杀的鸭子不好吃，鸭子要吃呛血的，肉才不老。"

甚么事他都是轻描淡写，毫不大惊小怪。说话自然露出得意，可是得意之中还是有一种对于自己的嘲讽，仿佛这是并不稀奇的事，而且正因为有这点本领，他才种种不如别人。他日子过得很不如意，种一点地，种的是豆子。"懒媳妇种豆"，豆子是顶不要花工夫气力的。从前放过鸭，可是本钱都蚀光了。鸭子瘟起来不得了，只要看见一个鸭摇一摇头，就完了。还不像鸡，鸡瘟起来比较慢，灌点儿胡椒香油，还可以有点救。鸭，一个摇头，个个摇头，马上，都不动了。比在三岔骨上捣一指头还快。常常一趟鸭子放到荡里，回来时只有自己一个人了。看着死，毫无办法。陆长庚吃的鸭可太多了，他发誓，从此绝不再养。

"倪老二，十块钱不白要你的，我给你送到。今天晚了，你把鸭圈起来过一夜，明天一早我来。三爷，十块钱赶一趟鸭，不算顶贵噢？"

他知道这十块钱将由谁来出。

当然，第二天大早他来时仍是一个陆长庚，一夜七戳五在手，输得光光的。

"没有！还剩一块！"

这两个人都老了，时候过起来真快。两个老人怎么会到这里来了呢？现在在做甚么呢？父亲也不大清楚，我请父亲给我打听打听，可是一直还没有信来。——忽然想起来，那个分鸭子的年青小伙子一定是两老人之一的儿子，而且是另一老人的女婿。我得写封信去问问。也顺便问问父亲房东家养在院子里的那只大公鸡不知怎么了。——这只公鸡，他们说它有神经病，我看大概不是神经病。一窝小鸡买进来时本来是十只，次第都已死去，只剩下这个长命。不过很怪，常常它会曲起一只脚来乱蹦乱跳一气，就像发了疯似的。可能是抽筋，不过鸡会抽筋么？它左脚有点异样，脚趾全向里弯，有点内八字，最外一个而且好像短了一截，可能是小时候教甚么重东西压的。是这影响他生理上有时不大平衡么？父亲说怕是受刺激太深，与它的同伴的死有关，那当然是开玩笑。——哎哟，一年了，该没有被杀掉风起来罢？这两天正是风鸡的时候。

艺术家

　　抽烟的多，少；悠缓，猛烈；可以作为我的灵魂状态的记录。在一个艺术品之前，我常是大口大口地抽，深深地吸进去，浓烟弥漫全肺，然后吹灭烛火似的嘬着嘴唇吹出来。夹着烟的手指这时也满带表情。抽烟的样子最足以显示体内潜微的变化，最是自己容易发觉的。

　　只有一次，我有一次近于"完全"的经验。在一个展览会中，我一下子没到很高的情绪里。我眼睛睁大，眯起；胸部开张，腹下收小，我的确感到我的踝骨细起来；我走近，退后一点儿，猿行虎步，意气扬扬；我想把衣服全脱了，平贴着卧在地下。沉酣了，直是"尔时觉一座无人"。我对艺术的要求是能给我一种高度的欢乐，一种仙意，一种狂：我想一下子砸碎在它面前，化为一阵青烟，想死，想"没有"了。这种感情只有恋爱可与之比拟，平常或多或少我也享受到一点儿，为有这点儿享受，我才愿意活下去，在那种时候我可以得到生命的实证；但"绝对的"经验只有那么一次。我常常为"不够"所苦，像爱喝酒的人喝得不痛快，不过瘾，或是酒里有水，或是才馋起来酒就完了。或是我不够，或是作品本身不够，真正笔笔都到了，作者处处惬意，真配（作者自愿）称为"杰作"的究竟不多；（一个艺术家不能张张都是杰作，真苦！）欣赏的人又不易适逢其会的升华到精纯的地步，所以狂欢难得完全。我最易在艺术品之前敏锐地感到灵魂中的杂质，沙泥，垃圾，感到不满足；我确确实实感觉到体内的石灰质。这个时候我想尖起嗓子来长叫一声，想发泄，想破坏；最后是一阵涣散，一阵空虚掩袭上来，归于平常，归于俗。

我想学音乐的人最有福，但我于此一无所知；我有时不甘隔靴搔痒，不甘用累赘笨重的文字来表达，我喜欢画。用颜色线条究竟比较直接得多，自由得多。我对于画没有天分；没有天分，我还是喜欢拿起笔来乱涂，虽不能至，心向往之。而结果都是愤然掷笔，想痛哭。要不就是"寄沉痛于悠闲"，我会很滑稽地唱两句流行歌曲，说一句下流粗话，模仿舞台上的声调向自己说"可怜的，亲爱的××，你可以睡了"。我画画大都在深夜，（如果我有个白天可以练习的环境，也许我可以做一个"美术放大"的画师吧！）种种怪腔，无人窥见，尽管放心。

从我的作画看画（其实是一回事）的经验，我明白"忍耐"是个甚么东西；抽着烟，我想起米开朗基罗，——这个巨人，这个王八蛋！我也想起白马庙，想起白马庙那个哑巴画家。

白马庙是昆明城郊一小村镇，我在那里住了一些时候。

搬到白马庙半个多月我才走过那座桥。

在从前，对于我，白马庙即是这个桥，桥是镇的代表。——我们上西山回来，必经白马庙。爬了山，走了不少路；更因为这一回去，不爬山，不走路了，人感到累。回来了，又回到一成不变的生活，又将坐在那个办公桌前，又将吃那位"毫无想象"的大师傅烧出来的饭菜，又将与许多熟脸见面，招呼，（有几张脸现在即在你身边，在同一条船上！）一想到这个，真累。没有法子，还是乖乖的，帖然就范，不做徒然的反抗。但是，有点惘然了。这点惘然实在就是一点反抗，一点残余的野。于是抱头靠在船桅上，不说话，眼睛空落落看着前面。看样子，倒真好像十分怀念那张极有个性而颇体贴的跛脚椅子，想于一杯茶，一支烟，一点"在家"之感中求得安慰似的。于是你急于想"到"，而专心一意于白马庙。到白马庙，就快了，到白马庙看得见城中的万家灯火。——但是看到白马庙者，你看到的是那座桥。除桥而外，一无所见，房屋，田畴，侧着的那棵树，全附属于桥，是桥的一部分。（自然，没有桥，这许多景物仍可集中于另一点上，而指出这是白马庙。然而有桥呀，用不着假设。）我搬来之时即冉冉升起一个欲望：从桥上走一走。既然这个桥曾经涂抹过我那么多感情，我一直从桥下过，（在桥洞里有一种特别感觉，一种安全感，有如在母亲怀里，在胎里。）我极想以新证旧，从桥上走一走。这么一点儿小事，也竟然搁了半个多月！我们的日子的浪费呀。——这一段都不太相干，是我在心里刷落了好多次，而姑息地准许自己又捡了起来，趁笔而书地塞在这里的废话。

　　这一天我终于没有甚么"事情"了，我过了桥，我到一个小茶馆里去坐坐。我早知道那边有个小茶馆。我没有一直到茶馆里去，我在堤边走了半天，看了半天。我看麦叶飘动，看油菜花一片，看黄昏，看一只黑黑的水牯牛自己缓步回家，看它偏了头，好把它的美丽的长角顺进那口窄窄的门，我这才去"访"这家茶馆。

　　第一次去，我要各处看看。

进一个有门框而无门的门是一个一头不通的短巷。巷子一头是一个半人高的小花坛。花坛上一盆茶花（和其他几色花木，杜鹃，黄杨，迎春，罗汉松）。我的心立刻落在茶花上了。我脚下走，我这不是为喝茶而走，是走去看茶花。我一路看到茶花面前。我爱了花。这是我见过的最好的茶花（云南多茶花），仿佛从我心里搬出来放在那儿的。花并不出奇，地位好。暮色沉沉，朦胧之中，红焰焰的，分量刚对。我想用舌尖舔舔花，而我的眼睛像蝴蝶从花上起来时又向前伸了出去，定在那里了，花坛后面粉壁上有画，画教我不得不看。

画以墨线勾勒而成，再敷了色的。装饰性很重，可以说是图案，（一切画原都是图案）而取材自写实中出。画若需题目，题目是"茶花"。填的颜色是黑，翠绿，赭石和大红。作风倩巧而不卖弄；含混，含混中觉出一种安分，然而不凝滞。线条严谨匀直，无一处虚弱苟且，笔笔诚实，不笔在意先，无中生有，不虚妄。各部分平均，对称，显见一种深厚的农民趣味。

谁在这里画了这么一壁画？我心里沉吟，沉吟中已转入花坛对面一小侧门，进了屋了。我靠窗坐下，窗外是河。我招呼给我泡茶。

——这是……这是一个细木作匠手笔；这个人曾在苏州或北平从名师学艺，熟习许多雕刻花式，熟能生巧，遂能自己出样；因为战争，辗转到了此地，或是回乡，回到自己老家，住的日子久了，无适当事情可做，才能跃动，偶尔兴作，来借这堵粉壁小试牛刀来了？……

这个假设看来亦近情理，然而我笑了，我笑那个为我修板壁的木匠。

我一搬来，一看，房子还好，只是须做一个板壁隔一隔。

我请人给我找个木匠来。找了三天，才来，说还是硬挪腾出时候来的。他鞋口里还嵌着锯屑，果然是很忙的样子。这位木匠师傅样子极像他自己脚上那双方方的厚底硬帮子青布鞋子。他钉钉刨刨，刨刨钉钉，整整弄了三天，一丈来长的壁子还是一块一块地稀着缝儿，他自己也觉得板壁好像不应当是这样的，看看板壁看看我，笑了：

"像入伍新兵，不会看齐！"

我只有随着他说："更像是壮丁队，才从乡下抓来，没有穿制服，颜色黑一块白一块。"而且，最后一块还是我自己钉上去的。他闺女来报信，说家里猪病了，看样子不大好，他撒下锄头就跑。我没有办法，只有追出去，请他把含在嘴里的洋钉吐出来给我，自己动手。这一去，不回来了，过了两天才来取回他的家私。不知是猪好了，还是连猪带病吃在他的肚子里了。这个人长于聊天，说话极有风趣，做活实在不大在行。——哦，我还欠他一顿酒呢，他老是东扯西拉的没个完，谈到得意处，把斧头凿子全撂在一边，尽顾伸手问我"美国烟可还有？"我说："烟有，可是你一边做事一边抽烟？先把板壁钉好，否则我要头痛伤风。有趣的话太多，二天我们打二斤升掺市，切一盘猪耳朵，咱们痛痛快快谈谈。"这个约不必真，却也不假，他想当记在心里。可别看这位大师傅呀！他说乡下生活本来只是修水车，钉船桨，板壁不大有人家有，所以弄得不顶理想；但是除了他，更没有人干得了；白马庙一带从来就是他家三代单传，泥木两作，所以他那么忙。

这个画当然不可能是他画的。

乡下房子暗，天又晚了，黑沉沉的，眼睛拣亮处看，外头还有光，所以我坐近窗口，来喝茶的目的还就是想来凭窗而看，河里船行，岸上人走，一切在逐渐深浓起来的烟雾中活动，脉脉含情，极其新鲜；又似曾相识，十分亲切。水草气味，淤泥气味，烧饭的豆秸烟微带忧郁的焦香，窗下几束新竹，给人一种雨意，人"远"了起来。我这样望了很久，直到在场上捉迷藏的孩子都回了家，田里的苜蓿消失了紫色，野火在远远的山头晶明地游动起来，我才回过身来。

我想起口袋里的一本小书，一个朋友今天刚送我的。我想这本书想到多时，终于他给我找得一本了。我抽出书来，用手摸摸封面。这时我本没有看书的意，只是想摸摸它罢了，而坐在炉旁的老板看见了，他叫他的小老二拿灯。为了我拿灯，多不好意思；我想说，不要，不必，我倒愿意这么黑黑地坐着，这一说，更麻烦，老板必以为我是客气；好了，拿就拿吧。

灯来了，好亮，是电石灯。有人喝住小老二：

"挂在那边得了，有臭气，先生闻不惯。"

我这才看见，这可不是我们三代单传，泥木两作的大师傅吗！久违了。刚才我似乎觉得角落上有人伏在桌上打瞌睡，黑影中看不清，他是甚么时候梦回莺转地醒来了？好极了，这个时候有人聊聊再好没有。他过来，我过去；我掏烟，他摸火柴，但是他火柴划着了时我不俯首去点烟；小老二灯挂在柱子上，灯光照出，墙上也有画！我搁下他，尽顾看画了。走到墙前，我自己点了烟。

一望而知与花坛后面的是同一手笔。画的仍是茶花，仍是墨线勾成，敷以朱黑赭绿，墙有三丈多长，高二丈许，满墙都是画，设计气魄大，笔画也更整饬。笔笔经过一番苦心，一番挣扎，多少割舍，一个决定；高度的自觉之下透出丰满的精力，纯澈的情欲；克己节制中成就了高贵的浪漫情趣，各部分安排得对极了，妥帖极了。干净，相当简单，但不缺少深度，真不容易，不说别的，四尺长的一条线从头到底在一个力量上，不踟蹰，不衰竭！如果刚才花坛后面的还有稿样的意思，深浅出入多少有可以商量地方，这一幅则作者已做到至矣尽矣地步。他一边洗手，一边依依地看一看，又看一看自己作品，大概还几度把湿的手在衣服上随便哪里擦一擦，拉起笔又过去描那么两下的，但那都只是细节，极不重要，是作者舍不得离开自己作品的表示而已，他此时"提刀却立，踌躇满志"，得意达于极点，真正是"虽南面王不与易也"。这点得意与这点不舍，是他下次作画的本钱。不信试再粉白一堵墙壁，他准立刻又会欣然命笔。他余勇可嘉，灵感有余。但是一洗完手，他这才感到可真有点儿累了。他身体各部分松下来，由一个艺术家变为一个常人，好适宜普通生活，好休息。好老板，给他泡的茶在哪里？他最好吃一点甜甜的，厚厚的，一咬满口的，软软的点心，像吉庆祥的重油蛋糕即很好。

Ladies and gentlemen，来！大家一齐来，为我们的艺术家欢呼，为艺术的产生欢呼！

我站着看，看了半天，我已经抽了三支烟，而到第四根烟掏出来，叼上，点着时，我知道我身后站着的茶馆老板，木匠师傅，甚至小老二，会告诉我许多事，我把茶杯端到当中一张桌子上，请他们说。

（啊，怎么半天不见一个人来喝茶？）

茶馆老板一望而知是个阅历极深之人。他眼睛很黑，额上皱纹深，平，一丝不乱，唇上一抹整整齐齐的浓八字胡子，他声音深沉，而清亮，说得很慢，很有条理，有时为从记忆中汲取真切的印象，左眼皮常常搭一点下来，手频频抚摸下巴，——

手上一个羊脂玉扳指。我两手搁在茶碗盖上，头落在手上，听他娓娓而说。

这是村子里一个哑巴画的。这个人出身农家，那不知为甚么的，自小就爱画，别的孩子捉田鸡，烧蚱蜢吃，他画画；别的孩子上树掏鸟蛋，下河摸螺蛳，他画画；人抽陀螺，放风筝，他画画；黄昏时候大家捉迷藏，他画画；别人干别的，他画画。有人教过他么？——没有。他简直没有见过一个人画之前自己就已经开始能把看到的东西留个样子下来了，他见甚么，画甚么；有甚么，在甚么上画，平常倒也一样，小时能吃饭，大了学种田，一画画，他就痴了：乡下人见得少，却并不大惊小怪，他爱画，随他画去吧。他是个哑子，不能唱花灯，打连厢，画正好让他松松，乐乐。大家见他画得不比城里摆摊子画花样的老太太画得差，就有人拿鞋面，拿枕头帐檐之类东西让他画。一到有人家娶媳妇嫁女儿，他都要忙好几天。那个时候村子里姑娘人人心中搁着这个哑巴。

"我出过门，南北东西也走过数省，见过些古城旧峰，大庙深山，帝王宫殿，我真真假假见过一点画，我一懂不懂，我喜欢看。我看哑巴画的跟画花样的老婆子的不一样，倒跟那些古画有些地方相同。我说不出来，……"

老板逐字逐句地说，越慢，越沉。我连连点头，我试体会老板要说而迟疑着的意思：

"比如说，他画得'活'，画里有一种东西，一种说不出来的东西，看久了，人会想，想哭？"

老板点头，点得很郑重其事。我看到老板眼中有一点湿意。

"从前他没事常来我这里坐坐，我早就有意思请他给我画点东西。他让我买了几样颜色，说画就画。外头那个画得快。

里头这张画了好些时候。他老是对着墙端详，端详，比来比去地比，这么比那么比。……"

老板的话似乎想到此为止了。他坐了坐，大拇指摸他的扳指，摸来，摸去，眼睛看在扳指上，眉头锁了一点起来。水开了，漫出壶外，嘶嘶地响。老板起来，为我提水来冲，并通了通炉子。我对着墙，细起眼睛看，似乎墙已没有了，消失了：剩下画，画凸出来，凌空而在。水冲好了，我喝了一口茶，好酽，我问：

"现在？——"

老板知道我问甚么，水壶往桌上一顿：

"唉，死了还不到半年。"

我不知如何接下去说了，而木匠忽然呵呵大笑起来，笑得上气不接下气，我愕然。他说出来，他笑的是哑巴喜欢看戏，看起怪有味儿。他以为听又听不见，红脸杀黑脸，看个甚么！

灯光太亮，我还是挪近窗口坐坐。窗外已经全黑了，星星在天上。水草气更浓郁，竹声萧萧。水流，静静地流，流过桥桩，旋出一个一个小涡，转一转，顺流而下。我该回去了，我看见我所住的小楼上已有灯光，有人在等我。

散步回来之后，我一直坐在这里，坐在这张临窗的藤椅里。早晨在一瓣一瓣地开放。露水在远处的草上蒙蒙的白，近处的晶莹透澈，空气鲜嫩，发香，好时间，无一点宿气，未遭败坏的时间，不显陈旧的时间。我一直坐在这里，坐在小楼的窗前。树林，小河，蔷薇色的云朵，路上行人轻捷的脚步，……一切很美，很美，我眼角有一滴泪。

一清早，天才亮，我在庙前河边散步，一个汉子挑了两桶泔水跟我擦身而过，七成新的泔水桶周围画了一带极其细密缠绵的串枝莲，笔笔如同乌金嵌出的。

我坐了很久，很久。我随便拿起一本书，翻，翻，摊在我面前的是龚定庵的《记王隐君》：

> 于外王父段先生废簏中见一诗，不能忘。于西湖僧经箱中见书《心经》，蠹且半，如遇簏中诗，益不能忘。

载一九四七年五月十日、十一日《经世日报》

驴

驴浅浅的青灰色，（我要称那种颜色为"驴色"！）背脊一抹黑，渐细成一条线，拖到尾根，眼皮鼻子白粉粉的。非常的像个驴，一点都不非驴非马。一个多么可笑而淘气的畜生！仿佛它娘生它一个就不再生似的，一副自以为是的独儿子脾气。

一下套，它吃一口豆子，挨了顾老板一铜勺把子，（顾老板正舀豆花做干子，）偏着脑袋，一溜烟奔过了那条巷子，跳过大阴沟，来了，奔过来，还没有站定，就势儿即往地上一摔，翻身。这块地教它的驴皮磨得又光又滑了。（若是这里须一地名，可就本地风光名之为"驴打滚"。）翻，——翻不过；翻，——再来一个，好嘛，喔唷喔唷，这一下，——过瘾！我家老王说，驴子不睡觉，站一站就行了；挨了半天磨，累得王八蛋似的，也只须翻一个身即浑身通泰。我相信他。因此，看它翻不过，为之着急，好像我的腰眼里也酸溜溜的了。幸而它每次都一定翻得过的。滚完了，饮水，吃草，丁零当郎摇它的耳朵，忔尔噜噜打喷嚏。——这东西把两个招风耳那么摆来摆去的干甚么呢？世界上有没有一个蜜蜂曾经冒冒失失撞到一个

1947

驴耳朵里去过？小时候我老这么想，现在也还对此极有兴趣。唔，唔，唔！它把个软软的鼻子皱两皱，（多不雅观！）忽然惊天动地的呜哇呜哇大叫起来，问老王它干甚么叫，老王说："闻到驴奶奶气味了，好不要脸的东西！"说时神情好像有看不起它。我于是不好意思看看它自身挂下来的玩艺。晋人多奇怪嗜癖，好驴鸣其一也，有以善作驴鸣得大名者，甚至到新死的朋友坟上去，"鸣"，真是非常的玄了！驴它稳稳重重的时候不是没有，但发神经病时候很多，常常本来规规矩矩，潇潇洒洒地散着步，忽然中了邪似的，脖子一缩，伸开四蹄飞奔，跑过来又跑过去；跑过去，又跑过来。看它跑，最好是俯卧在地上，眼光与地平线齐，驴在蓝天白云草紫芦花之间飞，美极了。跑也听你跑去，没有人管你，侉奶奶细着眼睛看得很有趣呢，可你别去嚼人家种在那儿的豆子，那你就有罪受的！大和二和六丁六甲似的追过来，（你跑！个杂——种！）一把捞住绳头子，拴到那棵蹒满了毛毛虫的瘦骨伶仃的榆树上去了。顾家也是，为甚么把绳子弄得那么长呢？散着，它要一脚一脚的，它会一圈一圈地绕着树转，（生成牵磨的命！）转到后来，摸不着来路了，于是把个驴子头吊了起来，上下不得，干瞪两眼，两眼翻白，斜睞着自己尾毛拂动。牛虻虻，麻苍蝇都来了。这就只有两条后腿还可以活动活动，方不致因为老站着而酥麻。腿膝里是两个黑疤疤就极其显眼地露了出来。老王说这是驴子的夜眼。驴子夜里能做事，瞎眼驴子一样骑，全靠这两个膏药心似的东西。然而他又说驴子生小毛病不吃药，用个小槌子在那里敲两下；重病也只须戳一勺被针，放出点紫血就行了。这就不对了：既是眼睛，则不能敲，不能戳。然而这到底是个甚么东西？很想去摸摸这个甲虫壳似的黑疤，用指头弹弹必会叭叭的响的。还是先把它解下来吧，它腿上肉一牵一牵地跳，筋都涨起来了。——这畜生真不知好歹！狗咬吕洞宾，驴要踢我。我不知搭救了它多少次了。

而且家里一吃粽子，我即把箬叶跟小莲一齐来送给它吃，驴特别爱这东西。小莲告诉我，须仔细捡去裹粽子的麻丝，说吃下去要缠住肚肠子。我不信，（当然不通，难道会吃到肠子外头去吗？）小莲说："骗你干甚么！大和说的，不信你去问。"我才不问，捡去就是了！小莲一片一片地送在它的嘴里，看它吃。小莲喜欢这驴，她日后将忘不了这驴。小莲你嫁给大和得了，嫁过去整天用箬叶喂驴！我心里想，不敢说出米，我怕小莲哭。我看小莲，小莲一条辫子，越来越长了。我说：

"小莲，我给它吃。"

小莲把盛箬叶的柳条畚箕给我。我想驴一定更愿意我喂。一片一片的，着急死了，我一次就是五六片，塞得它满嘴都是。而远远地叫过来了：

"那是我家的驴，踢了你我不管！"

"哎唷哎唷，甚么宝贝驴！快来看看，只有一只耳朵了！"

这是老王说的。老王总是帮着我。老王来了，老王来挑水，我们一齐看过去，老王、我、小莲，为老王的话逗笑了的侉奶奶——

那边大喜鹊巢的老柳树上呢，大和跟二和。

大和二和每天下午到这里来。老王一见他们总要说：

"怎么着，又来放驴了？"

这是淘笑他们的话。只有放牛放羊叫"放"的，驴不能叫"放"。然而该怎么说呢？"看驴"，怕也没有这么说的。老王另有个说法，"陪驴"，这其实最对。他们实在是跟在驴后面也一溜烟跑出来玩玩而已。驴子比他们哥儿俩都懂事些，倒像顾大娘把儿子交给驴，驴子带头，领着他们到荒野里来一样。这时候他们累了半夜，一早上的爸爸要睡一会儿，他们在家一定闹得不得安生！

载一九四七年六月十五日《经世日报》

职　业（外二篇）[1]

一　职业

　　巷子里常有卖"椒盐饼子西洋糕"的走过。所卖皆平常食物，除了油条大饼豆菜包子之外便是那种椒盐饼子跟西洋糕。椒盐饼子是马蹄形面饼，弓处微厚，平处削薄，烘得软软的，因有椒盐，颜色淡黄如秋天的银杏叶子。西洋糕是一种菱形发面方糕，松松的，厚可寸许，当中夹两层薄薄的红糖浆。穿了洁白大布衣裳，抽了几袋糯米香金堂叶子烟，泛览周王传，流观山海图，到日影很明显地偏了西，有点微饿了，沏新茶一碗，买那么两块来慢慢地嚼，大概可以尝出其中的香美；否则味道是很平淡的。老太太常买了来哄好哭作闹的孩子，因为还大，而且在她们以为比吃糖豆杂食要"养人"些。车夫苦力们吃它则不过为了充饥罢了。糕饼和那种叫卖声音都是昆明僻静里巷间所特有。虽然不知道为甚么叫作"西洋糕"，或者正因为叫"西洋糕"吧，总使人觉得其"古"，跟这个已经在它上面建立出许多新事物来的老城极相谐和。早晨或黄昏，你听他们叫：

　　"椒盐饼——子西洋糕……"

---

[1]　本篇原载天津《益世报》。其中《职业》一文，作者于1982年重写并以同题发表；《年红灯》由作者续写，又载《宁波日报》。

若是谱出来，其音调是：

"so so la——la so mi rai……"

这跟那种"有旧衣烂衫抓来卖"同为古城悲哀的歌唱之最具表情者。收旧衣烂衫的是女人多，嗓音多尖脆高拔。卖椒盐饼子西洋糕的常为老人及小孩。老人声音苍沉，孩子稚嫩游转，（因为巷子深，人少，回声大，不必因拼命狂叫，以致嘶嘎，）在广大的沉寂与远细的市声之上升起，搅带出许多东西，闪一闪，又溅落下来。偶然也有年轻轻的小伙子挎一个竹篮叫卖，令人觉得可惜，谁都不会以为这是一个理想的职业的。他们多把"椒"念成"皆"，而"洋"字因为昆明话缺少真正的鼻音，听起来成了"牙"。"盐"读为"一"，"子"字常常吃了，只舌头微顶一顶，意思到了，"西洋"两字自然切成了一个音。所以留心了好一阵我才闹清楚他们叫的是甚么，知道了自然得意十分。——是谁第一个那么叫的？这几个字的唇齿开阖（特别是在昆明话里）配搭得恰到好处，听起来悲哀，悲哀之中有时又每透出一种谐趣。（这两样感情原是极相邻近的。）孩子们为之感动，极爱效学。有时一高兴就唱成了：

"捏着鼻——子吹洋号！"

一定有孩子小时学叫，稍大当真就做此生涯了的。

老在我们巷子里叫卖的一个孩子，我已见他往来卖了几年，眼看着大起来了。他举动之间已经涂抹了许多人生经验。一望而知，不那么傻，不那么怯了，头上常涂油，学会在耳后夹一支香烟，而且不再怕那些狗。他逐渐调皮刁恶，极会幸灾乐祸地说风凉话，捉弄乡下人，欺侮瞎子。可是，他还是不得不卖他的椒盐饼子西洋糕！声音可多少改变了一点，你可以听得出一点嘲讽、委屈、疲倦，或者还有寂寞，种种说不清，混在一起的东西。

有一天，我在门前等一个人来，他来了。也许他今天得到休息，（大姨妈家老二接亲啦，帮老板去摇一会儿啦，反正这一类的喜事，）也许他竟已得到机会，改了行业，（不顶像，）他这会儿显然完全从职业中解放出来。你从他身上看出一个假期，一个自在之身。没有竹篮，而且新草鞋上红带子红得真鲜。他潇潇洒洒地走过去，轻松的脚步，令人一下子想起这是四月中的好天气。而，这小子！走近巷尾时他饱满充和地吆喝了一声：

"椒盐饼——子西洋糕。"

听自己声音像从一团线上抽一段似的抽出来，又轻轻地来了一句：

"捏着鼻——子吹洋号……"

二　年红灯

走出室门，总要抬头看看。为甚么要看看呢，看甚么？——不知道。也许是想看看天。下意识的习惯，我曾在一个地方住过，天蓝起来非常的蓝；有时却多雨，阴晴不定。然而看到的却是马路对面高楼屋顶上一个铁架子，广告铁架子。这东西，无话可说，很伟大！竖那么个架子的工程可以盖好几间屋子了吧。架子上几个大字，每个字比一间屋子还大。最近，天天有人搭了长梯子在上面工作。人在上头那么小，看他们在上头动，好像动得也很慢，很轻微。仿佛完全不是普普通通像我们一样的人，因为比例不对。知道，他们是在油漆那几个字。而且，这两天在装年红灯了。——是谁想起来装的？我坐在椅子里也可以看见，很高兴一抬头看见他们都在那里。有时还可以看见他们抽烟，谈话。我坐在椅子里抽烟，或喝着一杯茶，当手里工作告了一段落，常悠然而自窗口看出去。

一天晚上，亮了，那些年红灯亮了。红光蓝光交递转换。先是小字，一个一个出来，一排，现齐了，于是划然而显出几个大字，又抹掉似的一齐消失；接着又从头来一遍。红光蓝光交递的落在我阶前，屋顶，我的书，我的纸，我的手指头上。

这几个工人他们一定也看见了。他们一定看的。

而，我在马路上看见一个人，他看广告上那些灯。从他看的样子上，我毫不怀疑地相信他即是那些工人之一，白天他还在那个架子上工作的，那是他的作品。我看了他好一会儿。——他心里的是甚么感觉？

三十六年六月中

载一九四七年六月二十八日天津《益世报》

落　魄

　　他为甚么要到"内地"来？不大可解，也没有人问过他。
自然，你现在要是问我为甚么大远地跑到昆明过那么几年，
我也答不上来。从前很说过一番大道理，经过一个时间，知
道半是虚妄，不过就是那么股子冲动，年纪轻，总希望向远
处跑；而且也是事实，我要读书，学校都往里搬了；大势所趋
顺着潮流一带，就把我带过了千山万水。总是偶然，我不强
说我的行为是我的思想决定的。实在我那时也说不上有甚么
思想。——我并没有说现在就有。这个人呢？似乎他的身边
不会有甚么偶然，那个潮流不大可能波及到他。我很知道，我
们那一带，就是像我这样的年纪也多还是安土重迁的。在家千
日好，出外一时难，小时候我们听老人戒说行旅的艰险绝不少
于"万恶的社会"的时候。他近四十边上的人了，又是"做
店"的。做店人跑上五七个县份照例就是了不起的老江湖，关
于各地茶馆、浴室、窑姐儿、镇水铜牛、大火烧了的庙，就够
他们向人聊一辈子；这种人见过世面，已经有资格称为百事通，
为人出意见，拿主意，凡事皆有他一份，社会地位极高，再也
不必跑到左不过是那样的生疏地方去。他还当真走上好几千里

干甚么？好马不吃窝边草，憋了甚么气，要到个亲旧耳目不及的地方来创一番事业，等将来衣锦荣归，好向家里妻子说一声"我总算对得起你们"么？看他不像是那种咬牙发狠的人，他走路说话全表示他是个慢性子，是女人们称之为"三棍子打不出个闷屁来"角色。再说，又何必用这么远，千里之内尽可以做个跨海征东薛仁贵，楚国为官的秋胡了。也许是他受了危言耸听的宣传，觉得日本人一来，可怕到不可想象的程度，或者是他遭了甚么大不幸或难为情事情，本土存身不得，恰好有个亲戚到内地来做事，需要个能写字算账的身边人，机缘凑巧，无路可走之中他勃然打定了主意来"玩玩"了？也只是"也许"。——反正，他就是来了，而且做了完全另外一种人。

到我们认识他时，他开了个小吃食铺子，在我们学校附近。

初时，大家还带得三个月至半年的用度，而且不时还可接到汇款，生活标准比在家时低不太多，稍有借口，或谁过生日，或失物复得，或接到一封字迹娟秀的信，或没有理由，大家"通过"一下，即可有人做东请客。在某个限度内还可挑一挑地方。有人说，开了个扬州馆子，那就怎么样也得巧立名目地去吃他一顿。

学校附近还像从前学校附近一样，开了许多小馆子。开馆子的多是外乡人。湖南的、江西的、山东的、河北的，一种同在天涯之感把老板伙计跟学生接连起来，而且他们本来直接间接的就与学校有相当关系，学生吃饭，老板伙计就坐在旁边谈天说地；而学生也喜欢到锅灶旁边站着，一边听新闻故事，一边欣赏炒菜艺术。——这位扬州人老板，一看即与别人不同，他穿了一身铁机纺绸褂裤在那儿炒菜！盘花纽子，纽绊里拖出一段银表链。雪白的细麻纱袜，一双浅口千层底直贡呢鞋。细细软软的头发向后梳得一丝不乱。左手无名指上还套了个韭叶指环。这一切在他周身那股子斯文劲儿上配合得恰到好处。除了他那点流利合拍的翻锅子动铲子的手法，他无处像个大师傅，像个吃这一行饭的。这比他的鸡丝雪里蕻，炒假螃蟹，过油肉更令我们发生兴趣。这个馆子不大，除了他自己，只用了个本地孩子招呼客座，摆筷子倒茶。可是收拾得干干净净，木架子上还搁了两盆花。就是足球队员，跳高选手来，看了墙上菜单上那一笔成亲王体的字，也不便太嚣张放肆了。

有时，过了热市，吃饭的只有几个人，菜都上了桌，他洗洗手，会捧了把细瓷茶壶出来，客气两句，"菜炒得不好，这里的酱油不行"，"黄芽菜教孩子切坏了，谁教他切的！——红烧才能横切，炒，要切直丝的"。有时也谈谈时事，说点故乡消息，问问这里的名胜特产，声音低缓而有感情。我们已经喜欢去坐茶馆了，有时在茶馆也可以碰到他，独自看一张报纸或支颐眺望街上行人。他还给我们付了几回茶钱，请我们抽烟。他抽烟也是那么慢慢地，一口一口地吸，仿佛有无穷滋味。有时事完了，不喝茶，他去溜达，两手反背在后面，一种说不出悠徐闲散。出门稍远，则穿了灰色熟罗长衫，还带了把湘妃竹折扇。想见从前他一定喜欢养养鸟，听听书，常上富春坐坐的。他自己说原在辕门桥一个大绸缎庄做事，看样子极像。然而怎么到这儿来开一个小饭馆的呢？这当中必有一段故事，他不往下说，我们也不好究问。

馆子菜甚么菜都是一个滋味，家家一样，只有他那儿虽然品色不多，却莫不精致有特色。或偶尔兴发，还可以跟他商量商量，请他表演几个地道扬州菜，狮子头、芙蓉鲫鱼、叉子烧鸭，他必不惜工本，做得跟家里请客一样，有几个菜据说在扬州本地都很少有人做得好。这位绸缎店"同事"大概平日在家极讲究吃食，学会了烹调，想不到自己竟改行做了饭师傅。这不免是降低了一级，我们去吃饭，总似乎有点歉意。也许他看得比较高一层，所以态度上从未使我们不安。他自己好像已不顶在乎了。生意好，有钱挣，也还高高兴兴的。果然半年下来，店门关了几天，贴出了条子：修理炉灶，休业数天。

新万年红朱笺招纸贴出来，一早上就川流不息地坐满了人。老板听从有人的建议，请了个南京师傅来做包子煮面，带卖早晚市了。我一去，学着扬州话，跟他道一声：

"恭喜恭喜。"

恭喜他扩充营业，同时我已经看到后面小天井里一个女人坐着拣菜，发髻上一朵双喜绒花。老板拱拱手：

"托福托福，闹着玩的。"

女人不知是谁给说的媒，好像是这条街上一个烟鬼的女儿，时常也看她蓬着头出来买香油腌菜蚊烟香，脸色黄巴巴的，样子平平常常。可是因为年纪还不顶大，拢光了头发，搽了雪花膏，还敷了点胭脂，就像是完全换了一个人，以前没的好处全露了出来。老板看样子很喜欢，不时回头，走过去低低说几句话，让她偏了头，为拈去一片草屑尘丝，他那个手势就比一首情诗还值得一看。老板自己自然也年轻了不少，或者不如说一般人都不免，而实际上一个才四十的人不应便有的老态全借了一个年轻的身体而冲失了。要到这样的年龄大概才真知道如何爱惜女人。

灶下，那个南京师傅集中精神在做包子。他仿佛想把他的热心变成包子的滋味，摘蒂子，刮馅心，那么捏几下，一收嘴子，全按板中节，如一个熟练的舞蹈家或魔术师的手脚。今天是第一天。他忙，没甚么工夫想甚么，就这个"第一天"一定在他脑子里闪了好多次。这三个字包含的感情很多，他自己一时也分辨不清，大体上都结成了一团希望，就像那个蒸笼冒出来的一阵一阵子的热气。听他拍打着包子皮，声音钝钝的，手掌一定很厚！他脑袋剃得光光的，后脑勺子挤成了三四叠，一用力，直扭动。他一身老蓝布衣裤，腰里一条洋面口袋改成的围裙。从上到下，无一处不像一个当行面食店师傅，跟扬州人老板相互映照，很有趣味。

然而不知甚么道理，那一顿早点没有留给我甚么印象。等的时候太长，而吃的时候太短。我自己也不好，不爱吃猪肝，为甚么叫了碗猪肝面加菠菜西红柿！面是"机器面"，没有办法，生意太好，擀面来不及。——是谁给他题了那么几个艺术字？三个月之后这几个字一定浸透了油气的，活该！

不久滇越铁路断了，各处"转进"的战事使好多人的故乡随"我的家在东北松花江上"的伤感老歌一齐失去。Cynical的习气普遍地增高，而洗衣的钱付得少了，因为旧了破了，破旧了的衣服就去卖了。渺乎其远的希望造成许多浪子。有些人对书本有兴趣，抱残守拙，显得极其孤高。希望既远，他们可看到比希望还远的地方。因为形状褴褛，倒更刺激他们精神的高贵，以作为一种补偿。这是一种斗争，沉默而坚持，在日常的委屈悲愤的世俗感情的摆落中要引接山头地底水泉来灌溉一颗心的滋长，是困苦的。有些失了节，向现实投了降，做起生意起来了，由微渐著，虽无大手笔，但以玩票姿态转而下海，不失为一个"名家"局面。后一种人数目极少。正因为少，故在校中行动常一望而可指出。这才是一个开始，唯足以启发往后的不正常。本来战争的另一名词即不正常。这点不正常就直接影响绿杨饭店的营业。——现在。绿杨饭店已经为人耳熟，代替原来的"扬州人"。在它开张了，又扩充了时候，绿杨饭店是一个名词。一个名词仿佛可有可无的。而现在绿杨饭店成了一个实体，店的一切与它的招牌分不开了。

第一，扬州人已经不能代表一个店了；而且这个饭店已经非常地像一个饭店，有时简直还过了分！

那个南京人，第一天，我从他的后脑勺子上即看出这是属于那种会堆砌"成功"的人。他实事求是，稳扎稳打，抓紧机会，他知道钱是好的，活下来多不容易，举手投足都要代价。为了那个代价，所以他肯努力。他一早晨冲寒冒露赶到小南门去买肉，因为每斤便宜多少钱；为了搬运两袋面粉，他可以跟挑夫说许多好话或骂许多难听话；他一边下面，一边瞟着门前过去的几驮子柴；他拣去一片发黄的菜叶子，拾起来又放到砧板上；他到别家铺子门前逛两转，看他们的包子蒸出来是甚么样儿，回来马上决定明天他自己的包子还可以掺点豆芽菜，而且放点豆腐干也是个可试的办法。……他的床是睡觉的，他的碗是吃饭的，他不幻想，不喜欢花，不上茶馆喝茶，而且老打狗，因为虽然他的肉在梁上他还是担心狗吃了。没有多少时候绿杨饭店即充满了他的"作风"。——我得声明虽然我感情上也许是另一回事儿，可是我没有公开地表示反对这样的作风的意思。而且四方东西南北中（我们那儿都是这么说，自然也对，"中"不是一个方向），南京人只是偏于那一方，不是像俾斯麦或希特勒那样绝对的人。这里只说他的一般上的特殊，向反的较强的一面，不单是作风，也因为从作风的改变上，你知道这个店的主权也变了。过了一个时候，不问可知，已经是合股开的。南京人攒了钱，红利工钱，再加上一点积蓄，也许还拉了点债，入了股。我可以跟你打赌，他在才有人来提生意时即已想到这一步。

南京人明白他们这个店应当为甚么人而开，声气相求，果然同学之中那个少数很快即为吸取进来，作为经常主顾。他们人数不多，但塞满这个小饭店却有余。而且他们周围照例有许多近乎谢希大、应伯爵之人者流，有时还会等不着座儿。这时他们也并未"发迹"，不过手底下比较活动，他们的"社会"中，"同学"仍占一个重要位置，这里便成为他们"联络感情"所在，常在来吃一碗猪肝面的教授面前摆了一桌子菜哄饮大嚼起来，有的，在这里包了月饭，虽然吃一顿不吃一顿。——另一种同学，因为尚有衣物可卖，卖得钱，大都一天花光，豪爽脾气未改（这也是一种抗卫），也常三五个七八个一摊上街去吃喝一顿。有时他们在这里，有时到别处去。有时他们到别处去，有时还在这里。有些本来常在这里的不常在这里了。

绿杨饭店的生意好了一阵儿，好得足以使这一带所有的吃食铺子全都受了影响，而且也一齐对它非常关心。别以为他们都希望"绿杨"的生意坏，他们知道"绿杨"的生意要是坏，他们自己的也好不了。他们的命运既相妨，又相共。然而过了一个高潮，绿杨饭店眼看着豆芽菜豆腐干越掺得多，卖出去的包子就越少。"学校附近的包子"在壁报文章中成了一个新奇比喻，到后来而且这个比喻也毫不新奇了。绿杨饭店在将要为人忘记的那条路上走。——时间也下来两年了，好快！这时有钱活动的就活动得更远。有的还在这个城里，有的到了外县，甚至出了国，到仰光，到加尔各答，有的还选了几门课，有的干脆休了学，离开书本，离开学校，离开同学，也离开了绿杨饭店。大部分穷的，可卖衣物更少了，已经有人经验到饥饿时的心理活动。这也是一种活动，且正如那种活动到仰光加尔各答的人一样，留下许多痕迹在脸上，造成他们的哲学。绿杨饭店犹如一面镜子，扬州人南京人也如一面镜子。镜子里是风干的猪肝，暗淡的菠菜，不熟的或烂的西红柿，太阳如一匹布，阳光中游尘扬舞。江西人的山东人的湖南河北人的新闻故事与好兴致全在猪肝菠菜西红柿前失了颜色。悄悄的，他们把这段日子撕下来，风流云散，不知所终。

那个女人的脸又黄下来，头发又乱了，而且像是没有光亮过，没有红过白过。有一次街上开来了一队兵，马上就找到他们要徘徊逗留的地方，向绿杨饭店他们可没有多瞟几眼。多可惜，扬州人那个值得一看的动人手势！——这时候我才想起他家里有太太没有？有孩子没有？

绿杨饭店还是开着。

这当中我因病休了学，病好了住在乡下一个朋友主持的学校里，帮他们教几个钟点课，就很少进城来。绿杨饭店的情形可以说不知道。一年之中只去了一次。一位小姐病了，我们去看她。有人从黑土洼带了一大把玉簪花来，看着把花插好了，她笑了笑，说是"如果再有一盘椒盐白煮鱼，我这个病就生得很像样子了"。从前的生病也是从前的谈天题目之一。她说过她从前生了病都吃白煮鱼，于是去跟扬州人老板商量，看能不能给我们像从前一样地配几个菜。他的回答很慢，但当那个交涉代表说"要是费事，不方便，那就算了"，却立刻决定了，问"甚么时候？"南京人呢，不表示态度。出来，我半天没有话。朋友问是怎么回事，没有甚么，我在想那个饭店。

那天真是怪，南京人一声不响，不动手，摸摸这，掇掇那。女人在灶下烧火。扬州人的头发白了几根。他似乎不复那么潇洒似乎颇像做这样的事情的一个人了。不仅是他的纺绸衣裤，好鞋袜，戒指，表链没有了；从他放作料，施油盐，用铲子抄起将好的菜来尝尝味，菜好了敲敲锅子，用抹布（好脏）擦擦盘子，刷锅水往泔水缸里一倒，扶着锅台的架势，偶尔回头向我们看一看的眼睛，用火钳夹起一片木柴吸烟（扯歪了脸），小指搔搔发痒的眉毛，鼻子吸一吸吐出一口痰，……一切，全都变了。菜做完了，往我们桌边拉出一张凳子（接过腿的）上一坐，第一句即是：

"甚么都贵了，生意真不好做。"

这句话教南京人回过头来，向着我们这边。南京人是一点儿也没有走样！他那个扁扁的大鼻子教我想起我们前天应当跟他商量才对。我觉得出他们一定吵了一架。不一定是为我们的一顿饭而吵，希望不是因为我们而吵的。而且从扬州人脸上的皱纹阴影上看，开始吵架已经是颇久的事。照例大概是南京人嘀咕，扬州人不响。可能先是那个女人跟南京人为一点小事儿拌嘴，于是牵扯起一大堆，一直扯到这一次的不痛快跟前次的连接起来，追溯到很远，还有余不尽，种下下次相争的因子。事情很明显，南京人现在股本比扬州人只有多，绝不少，而且扬州人两口子穿吃开销，他们之间没有甚么会计制度，就是那么一篇糊涂账。他们为甚么不拆伙呢？隔了年的浆子，粘不起来，那就算了。可是不，看样子他们且要糊下去。从扬州人的衰颓萎败上看起来，我疑心他是不是有时也抽口把鸦片烟。唔，要是当真，那可！——我曾问过坐在我对面的同学：

"你是不是有把握绝对不会抽鸦片，假如有人说抽，或者你死？"回答是：

"倒不是死。有许多东西比死更厉害。你要是信教，那就是魔鬼；或是不绝的'偶然'。"我看看南京人的粗粗短短的手指，（果然，好厚的手掌！）忽然很同情他，似乎他的后脑勺子没有堆得更高全是扬州人的责任。

到我复学时，一切全有点儿变动。或者不是变动，是层叠，深入，牢著，是不变。甚么都有一种随遇而安的样子。图书馆指定参考书不够，可是要多少本才够呢？于是就够了。一间屋子住四十人太多，然而多少人住一屋或每人该有几间屋最合理？一个人每天需要多少时候的孤独？简直连问也没有人问。生物系的新生都得抄一个表，人正常消耗是多少卡路里，而他们没有想到他自己也是一个实验对象，倒对一个教授研究出苗人常吃的刺梨和"云南橄榄"所含维他命工作极有兴趣。土产最烈的酒是五十三度，最坏的烟（烧完了灰都是黑的）叫鹦鹉牌。学校附近的荒货摊上你常看见一男一女在那里讲价，所卖是女的一件曾经极时髦的衣服，反正那件衣服漂亮到她现在绝对无法穿出来了。而路边种的那些树都已长得很高，在月光中布下黑影，如梦如水。整个一个学校，一年中难得有几个人哭，也绝不会有人自杀。……而绿杨饭店已经搬了家，在学校门边搭一个永远像明天就会拆去的草棚子卖包子，卖猪肝面。（我已经对我的文章失去兴趣，平淡得教我直想故作惊人之笔而惊人不起来！这饭店，这扬州人与我有什么关系呢？）

一句话就说尽这个饭店了：毫无转机。没有人问它如何还能开下来，因为多少人怎么活下来就无从想象。当然，这时候完全是南京人在那儿撑持。但客观条件超出他所有经验。武松拿了打折了的半截哨棒，只好丢了，他也无计可施。然而他若是丢了这个坑人的绿杨饭店他只有死！他似乎有点自暴自弃起来，时常看他弄了一土碗市酒，闷闷地喝（他的络腮胡子乌猛猛的），忽然拳头一擂桌子，大骂起来，也不知道骂谁才是。若是扬州人跟他一样的壮，他也许会跳上去，冲他鼻子就是一拳。然而扬州人一股子窝囊样子，折垂了脖子，木然看着哄在一块骨头上的苍蝇。这样子更让南京人生气，一股子邪火从脚底心直升上来。扬州人身体简直越来越不行了，背佝偻得厉害。他的嘴角老挂着一点儿，嘴唇老开着一点儿。最多的动作是用左手捋着右臂衣袖，上下推移。又不是搔痒，不知道是干甚么！他的头发早就不梳好了，有时居然梳了梳，那就更糟，用水湿了梳的，毫无光泽，令人难过。有人来了，他机械地站起来，机械地走，用个黑透了的抹布，骗人似的抹抹桌子，抹完了往肩头上一搭：

"吃甚么？有包子，有面。有牛肉面，炸酱面，菠菜猪肝面。……"声音空洞而冷漠。客人的食欲就教他那个神气，那个声音压低了一半。你就看看那个荒凉污黑的架子，看到西红柿上的黑斑，你知道黑斑那一块煮也煮不烂的；看到一个大而无当的盘子里三两个鸡蛋，鸡蛋会散黄；你还会想起扬州人跟你解释过的，"鸡蛋散黄是蚊子叮的"，你想起孑孓在水里翻跟斗。吃甚么呢，你简直没有主意。你就随便说一个，牛肉面吧。扬州人捋着他的袖子：

"噉，——牛肉面一碗——"

"牛肉早就没有了，要说多少次！"

"噉，——牛肉没有了——"

"那么随便吧。猪肝面吧。"

"噉，——猪肝面一碗——"

而那个女人呢，分明已经属于南京人了。仿佛这也没有甚么奇怪。连他们晚上还同时睡在那个棚子底下也都并不奇怪。

这当中应当又有一段故事的，但你也顶好别去打听，压根儿你就无法懂得他们是怎么回事，除非你能是他们本人。

我已经知道，他们原来是表兄弟，而且南京人是扬州人的小舅子，这！……我不知道我应当学着去做一个小说家还是深幸自己不是。……

过了好多好多时候，"炮仗响了"。云南老百姓管胜利，战争结束叫"炮仗响"。他们不说胜利，不说战争结束，而说是"炮仗响"。炮仗响那天我一点儿都没有想到扬州人。一直到我要离开昆明的前一天，出去买东西，偶然到一个铺子里吃东西，坐下，一抬头，哎，那不是扬州人吗。再往里看，果然南京人也在那儿，做包子，一身蓝衣裤，面粉口袋围裙，工作得非常紧张，脑勺子直扭动，手掌敲着包子皮钝钝地响。他摘蒂子，刮馅心，那么捏几下，一放嘴子，全按板中节，仿佛想把他的热心也变成包子的滋味。他从上到下无一处不像个当行的面食店师傅。这个扬州人，你为甚么要到内地来？你是四十多岁的人了，你从前是做绸缎庄的，你要想回去向妻子儿女说一声"我总算对得起你们"？……然而仿佛他们全不成问题，成问题的倒是我！我教许多事情搅迷糊了。明天我要走了。车票在我口袋里，我不知道摸了多少次。我有个很不好的脾气，喜欢把口袋里随便甚么纸捏在手里搓，搓搓就扔掉了。我丢过修表的单子，洗衣服收据，照相凭条，防疫证书，人家写给我的通信地址。每丢了一张纸，我就丢了好多东西。我真怕我把车票也丢了。我有点儿神经衰弱。我有点儿难过，想吐，这会儿饿过了火，我实在甚么也不想吃。我蠢蠢地问 S 说：

"我们来了八年了？"而忽然问：

"哎，那罐火腿呢？"

S敲敲火腿罐头。在桌子下捏住我的手：

"你怎么了，D？——吃甚么？"

我振作了一下：

"猪肝面加菠菜西红柿！"

扬州人放好筷子，坐在一张空着的桌子旁边的凳上。他牙齿掉了不少，两颊好像老在吸气。而脸上又有点浮肿，一种暗淡的痴黄色。肩上一条抹布湿漉漉的。一件黑滋滋的汗衫，（还是麻纱的！）一条半长不短的裤子，像十二三岁的孩子穿的。衣裤上全有许多跳蚤血黑点。看他那个滑稽相的裤子，你想到他的肚皮一定一叠一叠地打了好多道褶子！最后我的眼睛就毫不客气地死盯住他的那双脚。一双自己削成的大木屐，简直是长方形的。好脏的脚，仿佛污泥已经透入多裂纹的皮肤。十个趾甲都是灰趾甲，左脚的大拇指极其不通地压在中趾底下，难看无比。对这个扬州人，我没有第二种感情，厌恶！我恨他，虽然没有理由。

去你的吧，这个人，和我这篇倒霉文章！

一九四七年六月

载一九四七年第七卷第五期《文讯》

绿 猫

山沓水匝，树杂云合，目既往还，心亦吐纳。

春日迟迟，秋风飒飒，情往似赠，兴来如答。

——《文心雕龙·物色篇》

刚才我想的甚么？——又一辆汽车飞驶而过，震得我好不难受。像甚么呢，像甚么呢，说不出像甚么。汽车回家，汽车们回家了。（汽车"们"？）这时候还有甚么叫卖声音？叫的是甚么？还有三轮车，白天怎么听不到三轮车轮轴吱吱吜吜地响？——我为甚么那么钝，为甚么一无所知，为甚么跟一切都隔了一层，为甚么不能掰开撕开所有的东西看？为甚么我毫无灵感，蠢溷麻木？为甚么我不是天才！——嘻，叫卖的，你叫的甚么？你说说你的故事看。你是个高的矮的？你不快乐？你没有希望？你今天晚上会做甚么梦？——你汽车，你"呜——"，你好无礼！两点一刻了。——我刚才想的甚么？香烟又涨了，（我抽了一支烟）——我想甚么来了？……喔，喔喔，我想过高尔基！

我想起高尔基的样子，画上的高尔基，雕像上的高尔基的样子。（我现在是甚么样子？）也许不是高尔基，托马斯·哈代，福楼拜，欧·亨利，……随便是谁。但我想的还是他，高尔基。

我今天偶然翻了一本杂志，翻开来第一页就是他，他的像，（这个杂志不知刊登了多少次他的像，这位编辑也不在意？多少杂志报纸上印出过他的像了。不用写出，就知道是谁，一看就知道是谁，不看也就知道！）刻在白云石上，选了合宜光线角度而拍出来的。高尔基斜斜地坐在那儿，一脸的"高尔基"。画家雕刻家们对他那么熟悉，比对他自己工作室所在的那条街，他买纸烟的铺子，他的房东的女儿，他自己的领带还熟悉。他们用笔用斧凿在布上木头里找出一个东西，高尔基。高尔基总是穿着马靴的？他脸上都是那个样子，他从早到晚，今年到明年，无刻不是"高尔基"？如果不是那些像，我相信，如果与他差肩而过，没有人知道他是谁。没有多少人看过了还记得他。根本在路上就不会有人看他的，即使已经知道高尔基其人，知道他是个甚么样子。高尔基是甚么样子？两撇胡子——甚么样的胡子？有一回我们演戏，彩排的时候，化装室里，一个演员拿了皱纹笔，抹了底子油，问导演，"我来个甚么样的胡子？"导演一凝眸，看了看演员脸，竖出一个指头，十分有把握："高尔基式！"——半耷拉着眼皮，作深思状。高尔基一年到头都在深思，都作深思状？——想想高尔基执笔抽烟的样子。——高尔基要是刚从理发店里出来，甚么样子？——是甚么意思呢？我怎么想起来这个？……

我是想起了绿猫。（高尔基，绿猫！）——现在又是叫卖的甚么？甚么地方有关窗声音，隔壁老头儿又咳嗽了。

我的朋友栢要写一篇小说，写绿猫，我就想起了高尔基。今天我刚好看见了高尔基。若是看到别人，我就会想到别人。

我去看我的朋友栢。

黄梅天，总是那么闷。下雨。除了直接看到雨丝，你无法从别的东西上感觉到雨。声音是也有的，但那实在不能算是"雨声"。空气中极潮湿，香烟都变得软软的，抽到嘴里也没有味儿，但这与"雨意"这两个字的意味差得可多么远。天空淡淡漠漠，毫无感情可言。雨下到地上，就变成了水。哪里是下甚么雨，"下水"而已。（赫哈，下水！）虽然这时念一声"八表同昏"，念一声"最难风雨故人来"，觉得滑稽，可是听巷子里那个苍白的孩子一边跑，一边用稚嫩的声音哀唤：

"有破个烂个电灯泡撂出来，

有破个烂个电灯泡撂出来！"

我可没有电灯泡撂给他，披上雨衣，决定还是去看看栢。虽然毫不热烈，摇曳着，支持着那点儿意思。

怎么样从我的住处就到了栢的住处了呢？说不上来，我就是已经到了栢的门前，伸手而敲了。"既然不是乘兴，你就不要来！"我心里自己嘀咕。王子猷呀王子猷，活在现在，你也毫不稀奇！想到你的得意杰作，我是又悲哀又生气。——才不，悲甚么哀呢，生的甚么气。谁也不能真正画出一幅雪夜访戴图，他不过是自得其乐。这个年头，谈不到这些，卞之琳先生说是"最不风流的时候"，有这么一句话他就活得下去，仿佛不风流害不死他。人言阿龙超，阿龙固自超，那么咱们就超吧。也罢，我明知道这门里没有甚么新鲜事情，优美，崇高，陶醉迷人事情，我还是敲门。剥啄一声，我心欢喜。心里一阵子暖，我这才知道我为甚么要来，我该来。门里至少有我一个朋友，在茫茫人海之中可以跟我谈话。"我好比：南来的雁……"我简直要唱起来了。当然没有唱，一声："请进来。"门为我而开了。我真想说一声：

"啊栢，我真喜欢你！"

现代人都受不了舞台上的大悲剧，受不了颤抖带泪的声音，受不了"太厉害"的动作，然而虽然止于礼义也，却未尝没有发乎情的时候，他只是不让她"出来"，活生生给掐死了，而且毫不觉其残酷。当然我也不说。我为甚么要怪，要不识时务，不顺应潮流。我的朋友栢是个热情人，虽然也给压得差不多坏了，但劲儿似乎还有一点儿。许多人加给他的评语是"天真"。当然他不是孩子似的。他天生来是个浪漫的底子，关起门来会升天入地，在现实中淘吸出点甚么玩意儿来。——任是这么一个人，我也不能跟他说那一句会令他莫名其妙的话吧。如果我说，他一定愕然，看我一眼，略一点头，心里明白了，上来扶住我，扶到他椅子里坐下，甚至扶到他床上，给我倒水，有钱则为我买水果。他以为我醉了！如果我醉了，我就会接下去说：

"啊栢，你不知道我多难受，多寂寞！这是甚么生活？甚么时候光明才能照到'古罗马的城楼'？……"

喝醉了还是忘不了开玩笑：栢的隔壁有一位青年，一天到晚唱他的夜半歌声，而且总把"城头"唱成"城楼"。——得，我这么哩哩啦啦的，倒像我真的喝醉了！我甚么都没有说，脸上微亮了一下，说了一句：

"怎么样，栢？"

见面总是这么一句。毫无意义。——不，不能是毫无意义，这至少等于说"哈，又见面了"。

"怎么样？——哎，你来得正好！"

这一句话我爱听。

"怎么啦？"

"我在写文章。"

“你写，我不搅你。我坐一会儿，看你那本书。”

“不，你来得正好，我写不出来。”

“噢，要我来打岔，好嘛！——写的甚么？”

“一个小说。”

“我看看。”

“别看！”

我已经看见了！题目："绿猫"；第一行是

“小时候……”

栢把稿子压在一本大字典底下，给我泡茶。接过茶杯，我不由得不扑哧一笑，把茶都泼了出来，泼在裤子上。我掏手绢擦裤子。——并不是爱惜裤子，就是擦擦。——是爱惜裤子，下意识里还是爱惜的。这条裤子虽然普通到不能再普通，毫无特色之可言，但小时候总有穿鲜美新衣而喜悦，而爱惜的时候。

“笑甚么？”

当然。他看到我眼睛所看方向就已经明白我笑甚么。

一只瘦骨伶仃的小猫蜷在桌子腿旁边。这两天正是换毛的时候，毛都一饼一饼的。毫无光泽，不能说不难看。又是下雨，更脏了。本来应当说是白地子淡黄花斑，在暗影里说不出是甚么颜色。栢也好好地看了它一眼，冲我皱鼻子，扁嘴，努目而用力点了点头，鼻子里哼出一股气：

“我一定要把它染成一个绿的！”

我又笑，栢可急了，他以为我是笑他，笑他也就是说说，绝不会当真把他的猫染成个绿的。他声音大，吐字切，两腿分开，作童子军操“稍息”状，说：

“你瞧着！我一定染，染成个绿猫！我已经在一家理发店里问过了，有染绿的水。”

果然不错，他也看了前天的那张报纸。——我看了看他的头，新剪的，"打三下"！理发匠是顶会把所有的人弄成一样，把所有的人的风格全毁了的，顶没有"趣味"的人。你看看，把我们的诗人，我们的小说家，我们的希腊艺术的小专家，我们的长眉，大眼，直鼻，嘴唇的弧度合乎理想，脑门子宽窄中度，智慧，热情，蕴藉，潇洒的栢先生弄成了甚么样子！要是有画家画，有雕刻家刻，有人来喜欢，来爱，你叫这些人何以为情，怎么办？这个头发式样！简直糟糕透顶，这是甚么世界！栢是有他的合适的发式的。有一回，在昆明，也是下雨，栢去看我；没有打伞，也没有戴帽子，他的头发长得很长了，雨淋过，有点湿；他一进门，掏出手绢，擦额头的水滴，一扬头，把披下来的长发甩到后面去，用手那么一撩，嘻！那一霎那他真是一个栢，真美，那才是栢的头发！简直可以说，我喜欢栢就因为他有那一霎，永恒的一霎。否则，现在，这一头光可鉴人的头发马路上到处都是，多没意思！栢看起来相当滑稽可笑，现在。因为这一头头发与他周身上下，与这间屋子的一切，全不相调和——栢一定是在理发店看的那张报纸。前天报纸副刊上有一块"文人怪癖"。似乎是文人就非有怪病不可，是副刊就得刊载无数次那样的"珍闻"。把脚浸在温水里，闻烂苹果气味，穿红衣裳，染绿头发，……抄集的人照例又必加上许多按语。按语虽各有巧妙不同，然而有一点是大都要提到的，是"这是刺激灵感之方法"。——栢有几根白头发，少年白，他自己已经不大在意了，理发匠可不肯放过，常常在剪好了，吹风上油时就会问一句：

"要不要染一染？三个月不会退的，尽管说。"

栢自然有点儿不耐烦。如果他有甚么不高兴事情，比如，有那么一只不好看的猫这一类事情，他就会生一点儿气。一生气，刚好看到报上那段"文人怪癖"，他就装得极有兴趣，极关心地问：

"是不是甚么颜色都能染！"

"甚么颜色都能染！"

回答的不止一个人，不是那个劝他理发的理发匠，旁边好几个一起充满热情地回答。有一位女客为之神色飞舞，问其邻座另一女客：

"陈莉的头发是棕黄色的？"

陈莉是谁？看她们说话神气，大概是一个女"歌手"或是舞星吧？那位为栢理发的理发匠见自己的话为别人抢去代答，颇不高兴。栢想劝劝他，何必呢，凡事都宁可让着人些。然而似乎劝也无用，就问他一点别的，反正他就是要说说话。

"能不能染绿的？"

这就一时都答不上来了。过了一会儿，最远的一位理发匠说了：

"可以的！我见过染绿的药水。有一回，洋行里发货发错了，有一箱，打开来，是绿颜色的。——没有人要染绿的吧？你先生当然不要染绿头发？"

栢在镜子里点点头，那位刚才还似乎生了一点儿气的理发匠，正用一面镜子在后面照，问他满意不满意，自然总是满意，总点点头。一面，他回话：

"有人染的。不是我。我甚么颜色都不染。"

大概那时他即想到染他的猫成绿色的了！

大家都说栢喜欢猫。栢也当真是喜欢的。不过教他们，尤其是她们，那么一说，简直说得喜欢猫是件可笑的事，喜欢猫的也是一种可笑的人了。我极代为不平。一听到有人无话可谈的时候谈到他，我就说："他喜欢很多东西，只要是好看的，有生命的；或是无生命而可以见出生命，见出生命之活动，之痕迹的，他无不喜欢。他从来也没有以为猫是世界上最美，最值得有的东西。"然而众口同声，我也没有工夫生那么些闲气。有时真气了，我向栢说：

"栢，你就别喜欢猫吧！往后你甚么也别喜欢了。"

可是大家非咬死了说他有猫癖不可。说这个话的，有的自己喜欢猫，援引之以壮声势。有的不喜欢猫，看不起喜欢猫的人，他们要找出这一点作为看不起栢的理由。有些，最多了，无所谓，无话可谈的时候谈谈。——都是栢那篇文章引出来的！

栢从小就与猫接近。他有个伯父，生性严刻，不苟言笑，对待任何人都是冷冷的，可是他爱猫，猫是他性命。他养了一大堆猫，最多时到过四十七只，平常也十只以上。一家之中他伯父就是对栢还有时和蔼慈祥，因为栢可以陪他一起养猫，喂猫饭，用发梳为猫梳毛，为猫捉跳蚤，找老猫在哪里生小猫，更重要的是搬个小蒲团坐下陪他伯父一同欣赏那些名贵的猫。栢从之学会医猫病，配猫药，知道猫吃了甚么要长癞，甚么东西则可使猫毛丰长亮洁。他知道许多猫的名色。我只记得狸花，玳瑁，乌云盖雪，铁棒打三桃，玛瑙浆，大杏黄，小杏黄，几种最普通习见的，其余都记起来难，忘起来快。栢还说过许多如何偷接一个种，春夏间如何监视猫的交游，没有尾巴的猫与有尾巴的猫配合，生下来有几个可能有尾，几个无尾，狮子猫下小猫有几分把握能是狮子猫，等等，我说他很可以写一本《猫学》去，这样，他一开头写"小时候……"乃是自然不过的事。——不过，除了我他很少向人谈这些。——幸好没有谈！那篇关于猫的文章，别人看了不知道怎么样，我是颇喜欢的，因为亲切。他所说的那些我有不少知道，在场，所以印象很深。文章我这里有一份，有几处，我以为还可以一看：

> 大雨忽然来了。一个青色的闪照在枫树上，我赶紧跑到柴草房里去。那是距我所在处最近的房屋。我爬上堆近屋顶的芦柴上，听水从高处流下来，顺着瓦沟流下来，响极了。訇——空心老桑树倒了，往下一压，葡萄架塌了；我的四周越来越黑了，雨点在我头上乱跳。忽然，一转身，墙角两个碧绿绿的东西在发光！——哦，那是老黑猫。老黑猫又生了一堆小猫了。原来它每次生养都在这里！我看它们吃奶，听着雨，雨慢慢小了。

栢谈起过他们家那个小花园，而从这头猫上我可以得到二十年前他的一个影子，在那个小花园中活动。

后来，说到在昆明时候，这时候我已经认识他了。

> ……有一回我到一个人家去。主人不在，老妈子说："就回来的，说怕您要来，请在屋里坐坐，等等。"开了房门让我进去。主人新婚，房里的一切是才置的，全部是两个人跑酸了四条腿，一件一件精心挑选来的。颜色配搭得真是好，有一种瑷瑷朦胧感觉，如梦如春。我在软椅中坐了一会儿。在我看完一本画报，想换第二本时，我的眼睛为一个东西吸住了：墨绿缎

墩上栖着一只小猫。小极了小极了，头尾团在一起不
到一本袖珍书那么大。白地子，背上米红色逐渐向四
边晕晕地淡去，一个小黑鼻子，全身就那么一点儿黑。
我想这么个小玩意儿不知给了女主人多少欢喜。怎么
一来让她在橱窗里瞥见了，做得真好。真的，我一点
不觉得那是个真猫！猫要是那么小，是没有大起来；
还在吃奶的小猫毛是有一块没一块的，不会那么厚薄
均匀，茸茸软软的。嘿，——我这一动换，嗖，它跳
了下来，无声地落在地毯上，睁着两颗豆绿眼睛。它
一点儿都不是假的！猫伸了个懒腰，走了。我看见那
个墩子，想这团墨绿衬得实在好极了。我断信这个颜
色是为了猫而选的。——这个猫是甚么种？一直就是
这么大？……想着，朋友进来了，我冒冒失失地说
"××，你真幸福！"朋友不知道我所称赞的是哪一
点，瞠目而视，直客气"哪里，哪里！"女主人微微
一笑，给我拿来一个烟灰缸子过来。……

这里所说 ×× 我也认识。那个女主人呢，不少人暗暗地
为她而写了诗。我们的栢兄大概也写过不止一首吧。想想他说
"××，你真幸福"那股子傻愣劲儿？——这事说来也近十年
了。没有十年，八年。而另外一段，我更熟习，那时我跟栢同
住在一个地方，在大学里念书的时候：

　　……得要有一个忧郁得甜迷迷的小院子，深深细
细，缠缠绵绵，浥浸于一种古意。……
　　昆明是个颇合乎理想的地方。一方面许多高大洋

楼连二接三地生长出来，真是如同雨后春笋。一方面有戴乌绒帽勒，饰以银红丝球缨络，青布衣上挑出葱绿花纹的苗女，从山里下来，青竹篮里衬着带露羊齿叶片，用工房中唱情歌嗓子在旧宅第下马石前长喝一声"卖杨梅——"

新与旧的渗和对照，充满浪漫感。去年沙嘴是江心，呼吸于梅里美的"残象的雅致"之中，把无可托付的心倾注在狗呀猫呀的身上的，想想看，有多少人？……

我所寄住的那一家，没有一个男人，一个五十多岁的老姑娘带两个很难说是甚么身份的女孩子。她们都吃素，老姑娘念经奉佛。她们经年着一尘不染的青布衣，青布鞋，有时候忽然一齐换一天或银灰色，或藕合色的高领窄袖子，沿边盘花扣子的老式慕本缎子衫裙；到天黑，回房才褪尽簪珥，仍是老样子，髻子辫子上留一朵淡色的或艳色的花。不知道那一天有什么事情。——不知是甚么道理，鱼磬声中，一点都不是先入为主，神经过敏之见，有一种执着的悲剧气味，一种安定的寂寞，又掺杂一种不可名状的挣扎。而这一切，为一头大猫点动出来。院中一棵大白兰花树，一进门即觉得满身是绿。浓香之中，金残碧旧，一头银狐色暹罗大猫伏在阶前蒲团上打盹，或凝视庭中微微漾动的树影，耳朵竖得尖尖的，无端紧张半天，忽然又懒涣下来；住久了，慢慢的，话就越来越少了，好像没有甚么可说的。……

这样的文章，即使栢是我的朋友，唯其是我的朋友，我不能说是怎么好，我不是说"可以看看么？"难道看也不能看么？我相信韩昌黎"气水也"的说法，把文章摘出这么两三段来看是很要不得的办法，因为只见浮物，不见水，也浮不起来。——我们所谓风格，大概指的就是那么股"劲儿"。是落花依草也好，回风映雪也好，你总得从头至尾地看下来才有个感觉。正如同要行了才算是船，砌死在那儿，哪怕是颐和园的石舫，也是呆板的。不过我把栯的文章抄在这里，他要是反对，不是反对因为失去层叠逶迤，翩翩盼顾而觉得有意跟他为难；是态度，是从切面中见出态度，从态度中有人，有好事人会提出他是怎么样一个人。从这三两段之中若是有人"唔"那么一声，"谈猫的！"他就没法奈他何。那位先生的意思当然是：猫不是猫，是很多东西，是大白兰花树，是银灰藕合，寂寞安定，是青竹篮带露羊齿叶，是如梦如春，嗳矆朦胧，是枫树，青色闪，是浪漫感觉，……是不大壮健，是过了时的东西！有人说它晦涩，有人说它浅，都对。栯没法奈他何。是的，我可知道栯的苦。他自己比谁都明白，一天到晚地嚷着，为甚么没有时间给我读书，给我思索，给我观察，为甚么我不能深入于生活，平正于字句，为甚么我贫弱，昏聩？看他用全力搏兔，从早到晚，天黑到天亮，（这样的时候不多，不是他不干，是时候没有。）结果颓然败阵下来，神色惨然，向我摊手，说"没有办法，你看见的，我尽了力，可是格格不入，一无是处"。我就劝他，"你就别写吧"。这他可忽然爆发起来了，仿佛我就是他弄不好的题目，冲到我面前：

"我不写，我不写干甚么？"

他是要反对我，反对的是这个。但是反对过一会儿他就不反对了。他就说："无所谓的。日光之下无新事，都要过时。"

就因为过时，我问栯：

"哎栢，你为甚么写这么个题目？"

我这一问好叫栢不高兴。他大抽了一口烟，推出下唇而喷出来，那么斜着眼睛看了我一下。我知道这兜起了他的恨。当然他不能一直用那样的眼睛看我，把眼睛移过了，那么看着一幅梵高的画，右手的大拇指无意识地拨弄他的衬衫扣子。渐渐地，他的表情之中透出一种悲怨，一种委屈。糟糕，我这么一句不经意的话闯了祸，我怕他要哭。你可以想象那一会儿的僵，那一会儿我的不安，我的无以自处。我吸吸鼻子，咳嗽两声，舌头舔舔嘴唇。要是这种情形一直持续下去，我只有快快地说、乞怜、抗拒、绝望、哀楚、狠毒："我走了。"从此我就绝不再来。倒是栢，他或者是因为梵高的燃烧的笔触而得到安慰，得到鼓舞，得到启迪，忘了，不计较我的话。他倒体谅起我的踟蹰，他脸上的表情变得非常温柔，把手加在我的手背上，我就是怎么会嘲笑，怎么 Cynical，也不能不为他感动。他缓缓地叹了一口气：

"我总在这儿写就是了，你知道的。——我这也并不是象征派，我有良心。"

栢为我拿烟，为我点火。这也有下场。否则，他的手一直加在我的手上，成何体统？在我们的恳挚未为俗情笑煞之前即把手取去，是聪明的。自然事亦大可哀。但还是这样好，含蓄些，古典些。空气既已缓和，且因为这么一来，我们就更亲近，更莫逆于心，我就问问栢：

"为甚么写不出来呢？"

栢苦笑，手那么一伸，把他的房间介绍给我看。不用说别的了，房间里有四张床！——比我的房间里还多一张。一张窄窄的小桌子，桌上又是肥皂，又是牙刷，又是换下来的衬衫，又是童子军哨子，又是算盘，又是绍兴戏说明书，又是甚么文艺杂志，杂，乱，多，不统一，不调和。这间屋子真暗，真湿，真霉，真——唉，臭！栢从云南带来的一个缅漆盒子被人撂在墙犄角，这个东西他曾经那么宝爱过。他画了好几年的一个画稿上一个热水壶印子，一堆香烟灰，而且缺了一角。雨越下越大了。幸亏有雨，他才能多单独一会儿。而隔壁雄壮的"古罗马的城楼"歌声认真其事地唱起来了。栢的眼睛落在一本书上：弗吉尼亚·伍尔夫的《一间自己的屋子》，他表情极其幽默。

我想问问他是不是还是那么几个钱薪水，得了，别问了。

栢翻他的抽屉。找甚么东西？

"张先生有信来。身体比较好些了。得等再照一次 X 光再说。究竟怎么样了呢，也不知道。他写了二十年，不管怎么样吧，写了二十年，似乎总该得到一点儿报酬。——还骂他！这时候还骂他做甚么呢？在外国，这时早到了给他写传记的时候了。要批评他，就正正经经地批评也好，——那么轻佻，那么缺薄，当真他的文字有毒么？紧张热烈地在工作，在贫穷苦闷之中不放下笔来，这还不够伟大？——昨天见到李先生，他总是那么精神旺健，说：'别骂！张某人比你们大家都穷，也比你们大家都用功，这是事实，这就够了！'何必呢？现在我们还有比麻木，比愚蠢，比庸碌更大的敌人么？为甚么不阔大些，不看远些？……"

"他还是劝我换个方法写。你看么？"

我看信。一面还想了想"斗士"这两个字到底该是甚么意思？

"是怎么回事？"

"我寄去一篇小论文，后来发现其中有一处很不妥贴，写信请他暂缓发稿，已经来不及了。后来想想，也无所谓，反正不是甚么不刊之论。我年纪还轻，活着，谁也不知道里里外外要翻多少次身，要起多少次变化。你看我到了这儿一年，就在这儿变。——他这两句让我有一点感慨。你看：

> ……其实一般读者无此细心。大凡作者用心深致处读者即恰恰容易忽略。事极自然，因作者所谓深致，即与作者不大用心时文笔不同。一人尚如此，何况诸读者？……

"你感慨甚么呢？"

栢从字典下把那一叠"绿猫"原稿抽出来，拿起笔来写了一个"废"字，把桌上的笔套起来。

"不知道甚么时候才写得好，又'错'了。

"就是缺少那点儿用心深致处！——在生活里'出'不来，文章里'进'不去。格格不入，不对劲儿，不对。

"瑞恰兹的说法已经很多人认为不能满意。我可是还没有见到更好的说法。——自然一切说法只是一种说法，它并不能就限制住写的人的笔。没有甚么说法，大家也还是要摸索着前进，写出许多东西再等有人来结说一句。

"古往今来的文章当真有甚么用？说法国革命是一支《马赛进行曲》引出来的未免太天真，太乐观，有点倒因为果。而且《马赛曲》唱了出来多半也还是有点偶然。——为甚么写？为甚么读？最大理由还是要写，要读。可以得到一种'快乐'，——你知道我所谓快乐即指一切比较精美，纯粹，高度的情绪。瑞恰兹叫它'最丰富的生活'。你不是写过：写的时候要沉酣？我以为就是那样的意思。我自己的经验，只有在读在写的时候，我才觉得自己活得比较有价值，像回事。

"可是——难！纪德说：'若是没有，放它进去！'说得多英勇！我看要生活里有诗，只有放它进去。——忽然想到这么一句，不大相干。

"我并不是要把读跟写从生活里独立出来。这当然也不可能，办不到。并不是把生活一刀两段，截然分开，这边是书，是艺术；那边是吃饭，睡觉，打哈哈，不是这样的意思。……我要的是甚么东西呢，不妨说就是'灵感'吧。

"就像等公共汽车，看着远远地来了，一脚跳上去，想它，想那点灵感，把我带到一个比较清爽莹澈，比较动人，有意义，有结构，有节拍的境界里去。灵感，我的意思是若有所见，若有所解，若有所悟。吃着饭，走着路，甚至说着话，尤其是睡前，醒后，忽然心里那么触动了一下，最普通的比喻，像拨响了琴弦，这就仿佛活了起来，一把抓住，有时就得了救。我就写。——阅读，痛快地阅读，就是这个境界的复现，俯仰浮沉，随波逐浪，庄生化蝶，列子御风，味飘飘而轻举，情晔晔而更新。……"

栢看了我一眼，看我确是在听，集中精神在听，听得很沉迷。其实不如说我在看，看他说，看那些其实没有甚么出奇，我也知道的词句如何从他的心里涌出来，具何颜色，做何波澜。我在听，在看，在鼓励激赏。栢高兴，这一会儿他嗓子也好听，情感流得自然中节。

"给你背一段书：

"古人云：形在江海之上，心存魏阙之下，神思之谓也。文之思也，其神远矣！故寂然凝虑，思接千载；悄焉动容，视通万里。吟咏之间，吐纳珠玉之声；眉睫之前，卷舒风云之色，其思理之致乎。——珠玉，风云，这是六朝人滥调，不过'寂然'、'悄焉'形容得好！……

"'故思理为妙，神与物游。神居胸臆，而志气统其关键；

物沿耳目，而辞令管其枢机；枢机方通，则物无隐貌，关键将塞，则神有遁心。……'"

我点头：

"张载说：'心中苟有所闻，即便扎记，不则还塞之矣。'非常同情他这个'还塞之矣'，非常沉痛。"

"'是以陶钧文思，贵在虚静；疏瀹五藏，澡雪精神；积学以储宝，酌理以富才，研阅以穷照，驯致以怿辞。'——真好！

"夫神思方运，万涂竞萌，规矩虚位，刻镂无形。登山则情满于山，观海则意溢于海，我才之多少，将与风云而并驱矣！……"

"你背得真熟。"

"因为就像是我说的！——我还是赞成背书。就是太忙。我多久没有这么'像煞有介事'过了？从前不相信甚么会闷出病来，现在想，大概真有那么回事。我母亲，他们就说是闷出病来，死的。"

栢这会儿神采焕发，眸子炯然。他在椅子里把四肢伸得直直的，挺了挺腰，十分舒畅的样子，看起来他比平常也长大了些。我可以体会到他身体里丰满的快感。过了好一会儿，雨小些了，他走了两步，重重地叹了一声：

"四序纷回，入兴贵闲；勤靡余暇，心有常闲，可是我怎么闲得起来？"

他长吸一口，把烟蒂灭了。打开抽屉，放好他的断稿"绿猫"。这家伙太敏感自觉，虽然对我还有时这么淋漓尽致地抒说，但也不让自己太忘形。过于恣肆固恐使我难堪，漫无节制亦为他文章义法所不取。完了，即使我紧接着，用热望的眼睛注视他，说"说下去"，他也不说了。古罗马的城楼又唱起来，而且远远地已经听到他的同事们嚷着唱着来了。栢向我笑：

"满城风雨近重阳。——水之积也不厚，则其负大舟也无力，我其为芥之舟乎？——甚么时候，我才能有一个比较可以长时间思索，不被干扰的时候？——你也走吧，你也不善应酬，我实在怕看你装得很会应酬的样子；而且再有半点钟你们就要开饭，我也不留你。"

抱起他的小猫，栢送我到门口。我看着马路对面法国梧桐的绿叶，笑。

"又笑甚么？"

"我想你有句甚么话要说：'感谢你让我痛痛快快说了半天话，胡说八道，毫无道理，不要笑我。'——把你的猫送还给人家去吧，多难看！"

"阁下聪明，倒是，算你猜着，不愧是小说家！——才不送，我要把它染绿了呢！别把我的话记下来，说我说的，我怕挨骂，除非等我把那篇了不起的大作，文学与人生，写出来之后。——哎，你上回说的道士请神情形很有意思。真是那样？是你诌出来的？"

"诌甚么！回去吧。过两天来。希望你的绿猫也写好了，猫也染绿了。"

……

风雨如晦，鸡鸣不已。——哎呀，我已经在这里坐了几个钟头了？天已经透蓝。咦，这里居然也听得到麻雀叫？——糟糕，我伤风了。刚才我放下笔歇了一会儿，抽了两支烟，我想了些甚么？……我想起栢文章中提到的小院子，那时我们住在一起。想起那棵大白兰花树，现在正是开花的时候了。只有在云南那样的气候，白兰花才能长得那么大，罩满了整个一天井。花时，在巷子里即闻到香气，如招如唤。我们常搬了一张竹椅，在花树下看书，听老姑娘念经敲磬。偶然一抬头，绿叶缝隙间一朵白云正施施流过，闲静无比。一个老蜂窝又大了不少。一个蜘蛛结网，忙碌辛勤，忽然跌落下来，吊在半空；不知是偶然失足，还是有意如此，好等风来吹去，转换一个方向。我们有一个长耳绿陶水瓶，用陶瓶汲取井水来喝。——这时候！我们多半已经到了呈贡，骑马下乡了。道路都在栗树园中穿过，马奔驶于阔大的绿叶之下，草头全是露，风真轻快。我们大声呼喝，震动群山。村边或有个早起老人，或穿鲜红颜色女孩子，闻声回首，目送我们过去。此乐至不可忘。——一说，也十年了，好快！——而这里，就是汽车！汽车又一辆一辆地开出来了。……

……怎么会想到高尔基身上去的？……喔，是想到道士请神，于是想到高尔基。

凡道士做法事道场，拜斗礼坛，既爇香，例须降神。降神，就是变成一个神。其实和尚也如此，当中坐的那个戴昆卢帽的大和尚是地藏王化身。不过道士降神过程，比较长，比较顶真。偷鞋骗食的道士，自然不过略具形式而已。有道行道士则必虔诚恭敬，收视返听，匍伏坛前，良久良久，庶可脱去自己，化为太乙。旁边的小道士，这时候由"掌鱼"的领头，摇铃击磬，高声赞美，退魔障，全真灵，参助其升超。据说内行人常常可以看出变到了如何程度，是快是慢，是易是难。据说，如果降请既毕，得到灵感，——他们也叫灵感，即凡俗人，若谛细观察，亦可以觉出与平常神色不凡，端正凝祥，具好容貌，有大威仪。这似乎与理学家的功夫有相似处。噫，鬼神之事，难言之矣，小时我不怎么相信，现在也还是一样。不过那个理却似乎有的。我有兴趣的是它可以借给我做一个比喻。

高尔基就像那个道士。我是说画布上的，白云石，青铜上的，诚然是高尔基，但那是高尔基的精华。平常时候，比如从理发店里出来的时候，（高尔基也要理理发，俄国的理发匠不见得高明到那里去！）高尔基未必常如是。高尔基一定也有很不像样的时候，如果人家一定要送他一个难看的小猫他怎么样呢，大概也没有办法；高尔基大概也不喜欢听古罗马的城楼，不喜欢四个人住一屋，不喜欢汽车声音，不见得喜欢一点儿都没有雨的意思的下雨天也。——那种最高尔基式的时候，当然是他写得或者读得得意的时候。像果戈里所说，写不出来，在纸上乱画，写：

> 我今天写不出来，
> 我今天写不出来，
> 我今天写不出来！

的时候，自也有一种可以令人感动之处。不过画家雕刻家似乎看不到；看不到所以他们画不出，刻不出。这怕倒还是写小说的可以来表演一下子了。

因为栢写不出文章，我想到这些。我是说高尔基可能比栢稍为可以平和安定一些，有时间可以思索，不会那么要写而不能写。——我这想的有点怪么？

栢的《绿猫》，要写的，是一个孩子，小时极爱画画，可是大家都反对他。反对他画画，也反对他画的画。有一回，他画了一个得意杰作，是一只猫。他满腔热望，高高兴兴地拿给父亲看，父亲看也不看，拿给母亲看，母亲说："做算术去！"拿给图画老师看，图画老师不知道生了甚么气，打了他十个手心，大骂他一顿："哪有这样的猫？哪有这样的猫！"他画的是个绿猫。画了轮廓，他要为猫着色，打开颜色盒子，一得意，他调了一种绿色，把他的猫涂成了绿的。长大了，他做公务员，不得意。也没有甚么朋友，大家说他乖僻。他还想画画，可是画不成，乱七八糟的涂得他自己伤心。他想想毛姆的《月亮和六便士》更伤心。到后来他就老了。人家送他一只猫。猫，人家不要养了，硬说他喜欢猫，非送给他不可，没有办法，他就收养了。他整天就是抱着他的猫。有一天，他忽然把他的猫染成了绿的。看到别人看到绿猫的惊奇样子，他笑了。没有两天，他就死了。

虽然我曾经警告过他，说这样的小说我没有看见过。这算甚么呢，算心理小说？心理小说在中国还是个颇"危险"的东西。中国人大概都比较简单，也许我们的小说作家以为中国人很简单，反正，没有这个东西。我想劝他还是写写高尔基式的小说。不过，还是让他写下去吧。也许他有一天会写黑猫，白猫，狸花猫，玳瑁猫的。——你也知道的，他写的是他自己。

我担心的倒是，猫要是个绿的，他把猫眼睛弄成个甚么颜色呢？唔，我以为这很严重。

天倒是晴了。早晴，今天一定热得很。——隔壁那个老头子咳了整整一夜。——不得了，汽车都出来了，这个世界上充满了汽车！还有，那是无线电的流行歌曲，已经唱起来也！我想起那位乖戾的哲人叔本华的那一篇荒谬绝伦的文章：《论嘈杂》。

一九四七年七月二日 上海

载一九四七年第五卷第二期《文艺春秋》

冬 天
——小说《豆腐店》之一片段

冬天，下雪。

冬天下雪，大和二和不大出来。冬天的孩子在家里。孩子在母亲膝头，小猫在我的膝头。孩子穿得厚厚的。冬天教人觉得冷，我是觉得不冷。孩子的眼睛圆溜溜，孩子想。想，看看雪，想。冬天，大和二和睡觉，——我就看见他们睡觉，不睡觉他们做甚么我不知道。我做不出一篇《大和跟二和的冬天》。冬天的荒野一片白，就只有一个字，雪。要那才叫雪，甚么都没有，都不重要，只有雪。天白亮白亮的，雪花绵绵地往下飘，没有一点声息。雪的轻，积雪的软，都无可比拟。雪天教人也不是想飞，也不是想骑（马），不是俯卧在上面，教人想怎么样呢，还是走走，一步一步地走。想又不顶想，又似乎想的也不是这个，都说不清。总而言之，一种兴奋，一种快乐，内在，飘举，轻。树皮好黑，乌鸦也好黑，水池子冻得像玻璃。庙也是雪，船也是雪。侉奶奶的门不开，门槛上都是雪。……下雪有时我们还是要出去的。或是冬天来得特别早，或是学校放寒假放得晚，还没有考大考就下了很像样子的雪了。新围巾，好质料的长统胶靴，这要到雪里去。我们要打那把大伞。为孩子们把伞造得轻便些是很要紧的事，不然他们就一心支持负担伞的笨重，再也无心做别的了。伞其实我们并不真要"打"它，雪很干，雪落在眉毛上化了也很好玩，要伞我们是要撑起来旋来旋去，伞把我们都罩了起来，这很好玩，很美。看见那把伞倚在犄角，就提了我一句：我要走。我要上学去。快点，快点，找铅笔，——想想看：昨天晚上……还没有想到如何搁下笔，即记起放在那里了，准备得停停当当，心里轻松；好了，现在，"小莲我跟你买豆腐浆去，我跟你一起去，噢！"豆腐店顾老板看了那个淡蓝瓷罐子，点一点头。——顾老板差不多每天都跟这个罐子点一点头。我们会意，那等于说，"就有，等一下"。我们照例就各处看看。两大锅白浆，咕噜咕噜，从锅底翻上来，向四边滚去。热气腾腾，一直腾到屋顶。（屋顶的雪呢？）顺着上望，黑沉沉的椽子，黑沉沉的望砖。顾老板手扶锅台，看看锅里。时而把一个大铜勺拿在手里，掂一掂，又放墙上一个木架子上。一切动作全极准确，合乎理想，熟练而不流滑。看见他的动作，心里就会感动。我注意到铜勺把子后头一根钉，刚好卡搁在架子上，顾老板大概站得太久了，时而把全身重心落在脚跟，时而落在脚掌往回移动，看得出他脚面上那根筋一起一落，你可以想见他的大拇指时而伸直，时而屈起一点。他在等，等一会儿豆腐皮子结起来。皮子结起来，用一根一根的"皮棍"那么一撩，一张；一撩，一张，一张一张地挂在木架上。嗯——噎，豆腐皮往上缩，皱起来了，皱得厉害！顾老板是个瘦子，高而瘦。稍为侧一点，从后面看过去，只见他的高颧骨。我们很少正面看顾老板，不知道为甚么。偶然他回过头来，他脸色青青的，眼球发浑，全是赤丝。他没有精神，好像他非常想睡觉而不得睡的样子。这时灶后一定有人烧火，脸熏得通红通红，皮肤发紧，是顾大娘。到灶后看看，顾大娘没有梳头。她每天不知道甚么时候梳头。（小莲是扫好地梳。）—— 一听顾老板喊"起！"我们知道那是叫顾大娘不要烧了，这就要给我们留豆浆了，我们就赶紧去看一看驴去。驴打喷嚏，跺它的小蹄子。驴养在后面一间小屋里。一屋子干草，够它吃的。驴看到这些草想必喜欢的。我们从门口把头伸进去（它的门只有半截）。喂！驴也看见我们了，它瞟了一眼。用一根柴棒把它的长耳朵按下去，再看它竖起来，一定很有意思。而顾老板叫了："豆腐浆！"赶紧去拿！一把瓷罐提在手里，就非走不可了。

但是，提罐子的这个专注罐子，专注于走路；闲上的那个却还可以四顾一下。看一看那个榨床，看一看磨石，看一看滤豆汁的夹布兜，看一看壁上百灵机瓶改成的油灯，油灯在壁上熏出一道烟黑，若定若动。"走啊！"慢，看顾大娘出来了。顾大娘没有梳头。有人没有梳头头还是那么整齐，简直可以不梳，顾大娘为甚么那么乱？从炽旺的火边走出来，出来一定全身一寒吧？顾大娘走出来，走到锅台旁边那张床前。小莲和我都驻足回头。床上一张帐子。顾大娘撩开帐子。帐子里睡的大和跟二和。看到一角被窝，顾大娘掖一掖被窝。大和二和睡得暖呵呵的，睡得像两条小狗。如果有一个醒了，睁着眼睛醒在那儿，他一定叫一声，"妈——"顾大娘就颔首，眼睛看眼睛。我们最后一眼是那个灰黄的帐子，帐子放下来，所有这个店里的一切好像全罩在帐子里了：灰黄的帐子，一个补丁很惹眼的一方。转过身来，门外一片白雪。

……

虽然是冬天，白天我们仍然有许多事在手上好做，身体好动。到天黑下来，火红起来，（偶尔一掀窗布，灯光铺在雪上。雪住了，——雪又大了。）我们就真个就是想了；或者说话，说出自己想的，把自己想的跟别人联起来。我们想到荒野；想到雪下的小麦；小麦种在荒野的尽头，这时它们还绿？想到野兔子，獾狗；红毛草城头上赶野兔子；每回上坟，一路都要看到许多獾狗洞；想花胡不拉的野鸡冻在雪里，想冰底下的鱼，……李三酒醒了没有？一到冬天，李三总是满身酒气。谁要李三不喝酒，你大雪里来敲敲三更看！（冬天日子真短，夜真长。）李三的木棚子在雪下。木棚底下露一片砖地，雪所不及，还很干。老王吃过李三的狗肉，他说很香。佝奶奶的屋子这时真是孤，全世界一定都把它忘了。佝奶奶点不点灯？灯光在大雪的荒野上。这一冬天她纳了多少鞋底。她那个针拔子正好借人镊猪头上的毛！（猪眼皮上毛最多。）顾大娘一定跟她借过。借针拔子，顺便就在她小屋里谈谈，看她吃甚么，看看房子还结实不结实。——如果佝奶奶的小屋教雪压垮了，第一个一定是李三知道。李三去打更。一看，可了不得了！随后李三各处去说。——不至于，那间小屋看起来还好。——然而怎么说得定！——大和二和一定很快就会知道。他们要去看。他们很久没有看见佝奶奶了，自从下雪。二和紧握着大和的手……

大和二和现在，他们一定也想。想许多百读不厌的事，除非他们有甚么新鲜事情好想。他们想野兔子，獾狗，野鸡，麦，李三，佝奶奶？他们那盏百灵机瓶子做的油灯点起来了，灯焰袅出一缕烟沫。石磨子冰冷冰冷，水缸里上冻了。顾大娘丢一块木柴在水缸里的，怕缸冻破了。顾大娘做鞋子。大和二和他爸爸，顾老板干甚么呢？——他的黑布棉袄上有许多皱褶，里头落了许多灰，还有头皮。二和打盹了，他爸爸说："不要睡！要睡上床睡！"他说不说？二和醒了，他才离开这一切，又被唤回来了，他睁开惺忪的眼睛，门外沙沙地正有个人走过。二和听，大和也听，他们妈妈也一响停针而听。那人一步一步地走，渐渐走远了。这是谁，这时候还在街上走？他们一起全有点寂寞，正好把寂寞注满，又有一种平安之感，一种谢意，他们排门缝里漏出一线一线的灯光。……

有时我做梦梦见大和二和，还有小莲；有时会梦见大和跟我打架，那是不可能的事。第二天起来我就告诉小莲听。小莲："一起来说梦！"然而她还是听。

载一九四七年七月六日《经世日报》

戴车匠

　　"戴车匠"在我们不但是一个人，一间小店，还是一个地名。他住在东街与草巷相交地方。东街与草巷相交处大家称为草巷口。但对我们说起来这实在不够精确。虽然东街也还比不上别处的巷子大，但街与巷相交总就有四个"口"，左边右边，这边那边。大人们凡事都含糊，因为他们生活中只需这么含糊即可对付过去。我们可不成。比如：巷口街这边有个老太婆摆摊子，卖的是桃子，杏子，香瓜，柿饼，牙枣子，风荸荠，杨花萝卜，泥娃娃，啯啯鸡；对面也有一个老太婆，卖的是啯啯鸡，泥娃娃（有好多种），杨花萝卜（我在别处虽亦见过这种水红色，粗长如指，杨花飞时挑出来卖，生嚼凉拌都脆爽细嫩无比的萝卜，可是没有吃过；我总觉不是我们故乡的那一种，仅仅略具形似而已），风荸荠，牙枣子，桃子，杏子，香瓜，还有柿饼子，完全一样！你说这怎么办？有时还好，可以随便；在她们生意都还不错，在有新货下市时候，她们彼此也都和颜悦色的时候，亲热得像对老姊妹的时候，那就无所谓，我们买谁的都觉得一样。这边那边，一样。有时，可就麻烦，又要处心积虑，又要临时见机，又要为自己利害打算，又要用自己几个钱和显明的倾向态度来打抱不平。而且我们之间意见常不一样。那就得辩论，甚至出恶言怨声，吵闹起来，要麻油拌芥菜，各有心中爱，各走各的路。完了，我们之间有一道鸿沟！要十分钟，或要半点钟，或半天，甚至三两天，时间才填平了它，又志同道合，莫逆无间，不恨，不轻视。这两个老太婆又有时这个显得比那个穷，有时那个显得比这个穷。有时这边得到侄儿一点支助，买了一堆骄傲的货色，盛气凌人，不可一世。有时那个的女儿给她做了件新毛蓝布褂子，她就觉得不屑与裤裆里都有补丁的人相较量。她们老是骂架，一骂一整天，老是那些话，骂骂，歇歇，又骂骂。做一笔买卖，数钱拣货；青菜汤送下一大碗干饭，这就有时间准备新的武器，聚了一堆她们自以为更泼辣淋漓的言语，投过去，抛回来，希望伤人要害。这对我们说起来，未免可厌，因为骂人都不好看。尤其她们相骂时，大都是坏天气，全世界都不舒服的时候。她们的生意都非常坏，摊子上尽是些陈旧干瘪的货品，又稀少可怜。她们的恨毒注溷在颓老之中，像下雨天城门口的泥泞。她们的肝火焚烧她们的太阳穴，她们的头发披下来，她们都无望无助，孤苦凄怆，哀哀欲绝。——为甚么没有人劝劝她们呢？你想想看，手放在口袋里，搓摩着温热的铜钱，我们何以为情？我们立着看了半天，渐渐已忘记了想买的东西；不想吃甚么，也不想玩甚么，为一种十分深沉黏着的痛楚所孕育，所教化。——有时，她们会扭住衣角和一点小小发髻打起来，一面嘶声诅咒一面打。她们都打不动了，然而她们用艰硬的瘦骨相冲撞，撕，咬，抓头发，拉破别人的衣服。一场心长力拙，松懈干枯的争斗。她们会有一天有一个打死的。不是死在人手上，自己站脚不稳，跟跄跄一跤掼在石头角上碰破脑袋死去。……啊，不说这个吧。告诉你这些只是借此而告诉你虽是那么一街之隔可是距离多远。所以不能含糊，所以不能含糊地说"草巷口"。草巷口一边是个旱烟店，另一边是戴车匠店。你看要是有个捏小面人的来了，吹糖人的来了，耍木偶戏的来了，背负韦驮，化缘的游方僧人来了，走江湖挂水碗的来了，各种各样惊心动魄的人物事情在那里出现，我们飞奔着去看，你要是说"草巷口"，那多急人。你一说"戴车匠家"，就多省事明白。大家就一直去，不需东张西望。"戴车匠"，"戴车匠"，这在我们不是三个字，是相连不可分，成为一体的符号。戴车匠是一点，集聚许多东西，是一个中心，一个底子。这是我们生活中的一格，一区，一个本土和一个异国，我们的岁月的一个见证。我们说"戴车匠家"，不说"戴车匠家门前"。一则那么说太啰唆，再我们似把门外这一切活动，一切景物情感都收纳到他的那间小店里去，似乎是属于它，为它所有；为他，为戴车匠所有了；虽然戴车匠的铺子那么那么小，戴车匠是不沾蘸甚么的那么一个人。戴车匠是一颗珠子，从水里拿出来，不留一滴。——正因为他是那么一个人吧。

（说这些毫无意思！既已说了，说了算数。）

我记得戴车匠的板壁上贴的一副小红春联，每年都是那么两句，极普通常见的两句：

室雅何须大
花香不在多

虽是极普通常见，甚至教人觉得俗，俗得令人厌恶反感，可是贴在戴车匠家就有意义，合适，感人。虽然他那半间店面说不上雅不雅，而且除了过年插一枝山茶，端午菖蒲艾叶石榴花，八九月或者偶然一枝金桂，一朵白荷以外，平常也极少插花——插花的壶是总有一个的，老竹根，他自己车床上琢出来的，总供在一个极高的方几上。说是"供"，不是随便说，确是觉得那有一种恭敬，一种神圣，一种寄托和一种安慰，即使旁边没有那个小小的瓦香炉，后面不贴一小幅神像。我想我不是自以为然，确是如此。我想，你若是喜爱那个竹根壶，想花钱向他买来，戴车匠准是笑笑，"不卖的"。戴车匠一生没有遇过几个这样坚老奇怪的根节，一生也不会再为自己车旋一个竹壶。它供在那里已经多少年，拿去了你不是叫他那个家整个变了个样子？他没有想得太多，可是卖这个壶是他从来没有想到过的。他只有那么一句话，笑笑，"不卖的"。别的问答他不知道，他不考虑。你若是真的去要，他也高兴。因为有人喜爱他喜爱得成了习惯的东西，你就醲新了他的感情。他也感激你，但他只能说："我给你留意吧，要再遇到这样的竹子。"会留意的，他当真会留意的，他忘不了。有了，他就做好，放在高高的地方，等你去发现，来拿。——你自然会发现，因为你天天经过，经过了总要看一看。他那个店面是真小。小，而充实。

小，而充实。堆着，架着，钉着，挂着，各种各样的东西。留出来的每一空间都是必须的。从这些空间里比从那些物件上更看出安排的细心，温情，思想，习惯，习惯的修改与新习惯的养成，你看出一个人怎样过日子。

当门是一具横放的榉木车床，又大又重，坚硬得无从想象可以用到甚么时候。它本身即代表了永远。那是永远也不会移动的，简直好像从地里长出来的，一个稳定而不表露的生命。这个车床没有问题比戴车匠岁数还要大，必是他父亲兼业师所传留下来的。超过需要的厚实是前代人制作法式。（我们看从前的许多东西老觉得一个可以改成两个三个用。）这个车床的形貌有些地方看起来不大讲究。有的因材就用，不拘小节，歪着扭着一点就听它歪着扭着一点，不削斫太多以求其平直，然而这无妨于它大体的俨然方正。用了这许多年了，许多不光致斧凿痕迹还摸得出来，可是接榫卡缝处吻投得真紧，真确切，仿佛天生的一个架子，不是一块块拼摆来的。多少年了，不摇，不晃，不走一点儿样！这个车床占了几乎二分之一的店堂，显然这是最重要的东西，其余一切全附属于它，且大半是从这个车床上做出来的。大车床里头是一个小车床。戴车匠做一点小巧东西则在小车床上。那就轻便得多，秀气得多，颜色也浅，常擦摩处呈牙黄色，光泽异常，木理依约可见，这是后来戴车匠自己手制的。再往里去，一伸手是那张供香炉竹壶高儿。车床后面有仅容一人的走道。挨着靠墙而放的一条桌向里去，是内室了。想来是一床，一灯案，低梁小窗，紧凑而不过分杂乱。当有一小侧门，通出去是个狭长小天井。看见一点儿云，一点儿星光，下雨天雨水流在浅浅的阴沟里。天井中置水缸二口，一吃一用；煮饭烧茶风炉两只。墙阴凤仙花自开自落，砖缝里几丝草，在轻风中摇曳，贴地爬着几片马齿苋，有灰蓝色螟蛾飞息。凡此虽非目睹，但你见过许多这样格局的房子，原是极契熟的。其实即从外面情形，亦不难想象得知。——他吃饭用的碗筷放在哪里呢？条桌上首墙上，他挖开了一块，四边钉板，安小门两扇，这就成了个柜子。分成几隔，不但碗筷，他自己的茶叶罐子烟荷包，重要小工具，祖传手绘的图样，订货的底子，跟他儿子的纸笔，女人的梳头家私，全都有了妥停放处。屈半膝在骨牌凳上，可以方便取得。我小时颇希望能有个房间有那样一个柜子，觉得非常有趣。他的白蜡杆子，黄杨段子，桑木枣木梨木材料则搁在高几上一个特制架上，堆得不十分整齐，然而有一种秩序，超乎整齐以上的秩序。（车匠所需木料不多。）架子的支脚翘出如壶嘴，就正好挂一个蝈蝈笼子！

戴车匠年纪还不顶大，如果他有时也想想老，想得还很昧暖，不管惨切安和，总离着他还远，不迫切。他不是那种一步即跌入老境的人，他只是缓缓的，从容的与他的时光厮守。是的，他已经过了人生的峰顶。有那么一点的，颤栗着，心沉着，急促地呼吸着，张张望望，徬徨不安，不知觉中就越过了那一点。这一点并不突出、闪耀，戴车匠也许纪念着，也许忽略了。这就是所谓中年。

吃过了早饭，看儿子夹了青布书包，（知道他的生书已经在油灯下读熟，为他欢喜。）拿了零用钱，跳下台阶，转身走了，戴车匠还在条桌边坐了一会儿。天气很好。街上扫过不久，还极干净。店铺开了门的不少，也还有没有开的。这就都要一家一家的全打开的。也许有一家从此就开不了那几块排门了，不过这样的事究竟不多。巷口卖烧饼油条的摊子热闹过一阵，又开始第二阵热闹了。烧饼槌子敲得极有精神，（槌子是从戴车匠家买去的）油条锅里涌着金色泡沫。风吹着丁家绵线店的大布招卷来卷去。在公安局当书办的徐先生埋着头走来，匆忙地向准备好点头的戴车匠点一个头，过去了。一个党部工友提一桶浆子在对面墙上贴标语。戴车匠笑，因为有一张贴倒了。正看到知道一定有的那一张，"中华民国万岁"，他那把短嘴南瓜形老紫砂壶已经送了出来，茶泡好了，这他就要开始工作了。把茶壶带过去，放在大小车床之间的一个小几上，小几连在车床上。坐到与车床连在一起的高凳上，戴车匠也就与车床连在一起，是一体了。人走到他的工作之中去，是可感动的。先试试，踹两个踏板，看牛皮带活不活；迎亮看一看旋刀，装上去，敲两下；拿起一块材料，估量一下，眼睛细一细，这就起手。旋刀割削着木料，发出轻快柔驯的细细声音，狭狭长长，轻轻薄薄的木花吐出来。……

木花吐出来，车床的铁轴无声而精亮，滑滑润润转动，牛皮带往来牵动，戴车匠的两脚一上一下。木花吐出来，旋刀服从他的意志，受他多年经验的指导，旋成圆球，旋成瓶颈状，旋苗条的腰身，旋出一笔难以描画的弧线，一个悬胆，一个羊角弯，一个螺纹，一个杵脚，一个瓢状的、铲状的空槽，一个银锭元宝形，一个云头如意形。……狭狭长长轻轻薄薄木花吐出来，如兰叶，如书带草，如新韭，如番瓜瓢，戴车匠的背佝偻着，左眉低一点儿，右眉挑一点儿，嘴唇微微翕合，好像总在轻声吹着口哨。木花吐出来，挂一点在车床架子上，大部分从那个方洞里落下去，落在地板上，落在戴车匠的脚上。木花吐出来，婉转的，绵缠的，谐和的，安定的，不慌不忙地吐出来，随着旋刀悦耳地吟唱。……

戴车匠上下午各连续工作两个时辰。其中稍稍中断几次，走下来拿点材料，翻翻图样，比较比较两批所做货色是否划一，给车轴加点油。做成了一个货色，握在手里，四方八面端详端详，再修一两刀，看看已经合乎理想，中规应矩了，就放在车床前一块狭板上，一个一个排起来。虽然他不赶急，但也十分盼待着把这块板上排得满满的吧。他笑他儿子写字总望一口气写满一张纸，他自己也未始不愿人知道他是个快手。这样的年纪也还有好胜心的。似乎他每天派给自己多少工作，把那点工作做好，即为满意。能分外多做几件就很按捺不住得意了。这点得意只有告诉他女人听，甚至想得到两句夸奖，一点慰劳，哈！他自然可以有时间抽一袋烟，喝两口茶，伸个懒腰；高兴，不怕难为情，也尽管哼两句朱买臣桃花宫老戏，他允许自己看半天洋老鼠踩车推磨，——他的洋老鼠越来越多，它们的住家也特别干净，曲折；逗逗檐前黄雀，用各种亲密调侃言语。黄雀就竭其所能地唱起来，蓬松了脖子上的毛，耸耸肩，剔剔足，恣酣而矜庄地啭弄了半天，然后用珊瑚小嘴去啄一口食，饮一点水。戴车匠，可又认为它跟叫天子学了坏样，唱不成腔，——初学养鸟人注意：凡百鸟雀不可与叫天子结邻并挂，叫天子是个嗓子冲而无修养训练的野狐禅唱歌家，油腔滑调，乱用表情！在合唱时尤其只听到它的荒怪的逞喉极叫。——一面戴车匠又俯到他的工作上去，有的时候，忽然，他停下来，那就是想到了一点甚么事。或是记一记王老五请的一会甚么时候该他自己首会了；或是儿子塾师过生，该备一点礼物送去，今年是整五十；或是刘长福托他斡旋一件什么事，那一头今天该给回话；或是澡堂里听来一个治风湿痛秘方，他麻二叔正用得着，可是六味药中有一味比较生疏，得去问问；或是，哦，老张呀，死了半年多，昨天夜里怎么梦见他了，还好好的，还是那样子，还说了几句话，话可一句也记不得了；老张儿子在湖西屠宰税上跑差，该没有甚么吧？这就教他大概筹计筹计下午该往哪里走走，碰些甚么人，做点甚么事，怎么说那些话。他的手就扶上了左额，眼睛眯睽，不时眨一眨。甚至有时等不及吃饭时再说，就大声唤女人出来商量。有时，甚至立刻进去换了件衣服，拿了扇子就出去了，临走时关照下来，等不等他吃饭；有谁来让候一候还是明天再来；船上人来把挂在门柱上那一串东西交给他拿去，钱或现交或下次转来再带来都可以。……他走了，与他的店，他的车床小别。

　　平常日子，下午，戴车匠常常要出去跑跑，车匠店就空在那儿。但是看上去一点儿都不虚乏，不散漫；不寂寞，不无主。仍旧是小，而充实。若是时间稍久，一切，店堂，车床，黄雀，洋老鼠，蝈蝈，伸进来的一片阳光，阳光中浮尘飞舞，物件，空间；隔壁侯银匠的槌子声音与戴车匠车床声音是不解因缘，现在银匠槌子敲在砧子上像绳索少了一股；门外的行人，和屋后补着一件衣服的他的女人，都在等待，等待他回来，等待把缺了一点什么似的变为完满。——戴车匠店的店身特别高，为了他的工作，（第一木料就怕潮）又垫了极厚的地板，微仰着头看上去有一种特别感觉。也许因为高，有点像个小戏台，所以有那种感觉吧。——自然不完全是。

　　戴车匠所做东西我们好多叫不出名字，不知道干甚么用的。比如二尺长的大滑车，戴车匠告诉我是湖里粮船上用的，因为没有亲身验证，所以都无真切印象。——也许后来，我稍长大，有机会在江湖漂泛，看见过的，但因为悬结得那么高，又在那么大的帆前面，那么大的船，那么大的水，汪洋浩瀚之中，这么一个滑车看上去也算不得甚么了吧。人也大了，不复充满好奇，凡百事多失去惊愕兴趣了。——不过在大帆船上看那些复杂绳索在许多滑车之中溜动牵引，上上下下，想到它们在航行时可起作用，仍是极迷人的。我真希望向戴车匠询问各种滑车号数，好到船上混充内行！滑车真多，一串一串挂在梁上。也许戴车匠自己也没有看人怎样用它吧？不过不要紧，有烧饼槌子，搓烧麦皮子小棒，擀面杖，之字形活动衣架，蝇拂上甘露子形状柄子，……他随处可以看见自己手里做出来的东西在人手里用。老太太们都有个捻线锤，早晚不离手地在巷口廊前搓，一面与人谈桑麻油米，儿女婚嫁。木碗木杓是小儿恩物，轻便，发脾气摔在地下不致挨打挨骂，敲着橐橐地响又可以想它是个甚么它就是个甚么，木鱼，更桥，取鱼梆子，还有你想也想不出的甚么声音的代表。——不过自从我有一次听说从前大牢里的囚犯是以木碗吃饭的，则不免对这个东西有了一种悲惨印象。自然这与戴车匠没有甚么关系，（瓷碗怕他们敲破了用来挖洞逃跑或以碎片割断喉管自杀。）不该由他负责。看见有人卖放风筝绕线用的小车子，我们眼中盈盈的是羡慕的光。我们放的是酒坛、三尾、瓦片，不知甚么时候才能使用这么豪侈的器械。啊，我们是忘不了戴车匠的。秋天，他给我们做陀螺，做空钟。夏天，做水枪。春天，竹蜻蜓。过年糊兔儿灯，我们去买辘轳。戴车匠看着一个一个兔儿灯从街上牵过去，在结了一点冰的街上，在此起彼歇锣鼓声中，爆竹硝黄气味中，影影沉沉纸灯柔光中。但我最喜欢的还是爬上高台阶向他买"螺蛳弓"。别处不知有无这样的风俗，清明，抹柳球，种荷秧，还吃螺蛳。家家悉煮五香螺蛳一锅，街上也有卖的。一人一碗，坐在门槛上一个一个掏出来吃。吃倒没有甚么，（自然也极鲜美）主要还是把螺蛳壳用螺蛳弓一个一个打出去。——这说起不易清楚，明年春天我给你做一个吧。戴车匠做螺蛳弓卖。我们看着他做，自己挑竹子，选麻线，交他一步一步做好，戴车匠自己在小几上蓝花大碗中拈一个螺蛳吃了，螺壳套在"箭"上，很用力的样子（其实毫不用力）拉开，射出去，半天，听嘚嘚地落在瓦沟里，（瓦匠扫屋每年都要扫下好些螺壳来）然后交给我们。——他自己儿子那一把弓特别大，有劲，射得远。戴车匠看着他儿子跟别人比射，细了眼睛，半晌，又没有甚么意义地摇摇头。

为甚么要摇摇头呢？也许他想到儿子一天天大起来了么？也许。我离开故乡日久，戴车匠如果还在，也颇老了。我不知因何而觉得他儿子不会再继续父亲这一行业。车匠的手艺从此也许竟成了绝学，因为世界上好像已经无须那许多东西，有别种东西替代了。我相信你们之中有很多人根本就无从知道车匠店到底是怎么回事，你们没有见过。或者戴车匠是最后的车匠了。那么他的儿子干甚么呢？也许可以到铁工厂当一名练习生吧。他是不是像他父亲呢，就不知道了。——很抱歉，我跟你说了这么些平淡而不免沉闷的琐屑事情，又无起伏波澜，又无镕裁结构，逶逶迤迤，没一个完。真是对不起得很。真没有法子，我们那里就是这样的，一个平淡沉闷，无结构起伏的城，沉默的城；城里充满像戴车匠这样的人；如果那也算是活动，也不过就是这样的活动。——唔，不尽然，当然，下回我们可以说一点别的。我想想看。

一九四七年七月二十四日

载一九四七年第二卷第五期《文学杂志》

囚　犯

　　我们在河堤上站了一下，让跟我们一齐出城的犯人先过浮桥。是因为某种忌讳，不愿跟他们一伙走，还是对他们有一种尊重，（对于不幸的人，受苦难的人，或比较接近死亡的人的尊重？）觉得该让他们走在前头呢？两者都有一点吧。这说不清，并无明白的意识，只是父亲跟我都自然而然地停下来了。没有说一句话，觉得要停一停。既停之后，我们才相互看了一眼。父亲和我离隔近十年，重相接处，几乎随时要忖度对方举止的意义。但是含混而不刻露，因为契切，不求甚解。体贴之中有时不免杂一丝轻微嘲讽的，（不可药救的病症；嘲讽于那一段时间？）但像刚才那么偶然一相视却是骨肉之情的微波，风中之风，水中之水。这瞬间一小过程使我们彼此有不孤零之感，似乎我们全可从一个距离外看得到这里，父亲和儿子，差肩而立，凡此皆微妙不可具说。——看来自自然然，好像甚么都不为地站一站，好像要看一看对河长途汽车开来了没有，好像我要把提着的箱子放下来息一息力，我于此发现自己性格与父亲相似之处，纤细而含蓄。

　　我们差肩而立，看犯人过浮桥。

犯人三个，由两个兵押着。他们本来都是兵，现在一是兵，一是犯人了。一个兵荷老七九步枪，一个则腰里一根三号左轮，模样是个副班长。——凡曾度营伍生活者皆一眼可以看出副班长与班长举动神情之间有多大差异。班长是官，副班长则常顾此失彼地要维持他的官与兵之间的两难地位，有治人的责任感，有治于人的委屈，欲仰承，欲俯就，在矛盾挣扎之中他总站不稳，而显得窝囊可笑。犯人皆交叉着绑着肩胛，背后各有长绳一根牵出，捏在后面荷枪的兵的手里。犯人也都穿着灰布军服，不过破旧污脏得多。但兵与犯人的分别还在于一个有小皮带，一个没有皮带约束而更无可假借地显出衣服的不合身。——不合身的衣服比破烂衣服更可悲悯。我忽然想起一个朋友怎么样也不肯换医院的"制服"。人格一半是衣服造成的，随便给你一件衣服就忽视了你是怎么一个人了。人要人尊重。两个犯人有帽子，但全戴得不是地方。一个还好，帽舌子歪在一边，虽然这个滑稽样子与他全身大不相称，但总算包住了他的头。另一个则没有戴实在，风一吹，或一根树枝挂一下即会落去的，看着很不舒服，令人有焦躁着急感，极想给他往下拉一拉。还有一个，则是科头，头发长得极蓊郁，（小时懒于理发，常被骂为"像个囚犯"。）很黑很黑，跟他的络腮胡子连为一片。倒是他还有点生气。他比较矮，但看起来还壮，虽经过折磨，还不是一下子即打得倒的人。（他们看样子不是新犯，已在大牢里关了不少日子，移案到甚么地方，提出来的。）他脚步较重，一步一步还照着自己意志走，似乎浮桥因为他的脚步而有看得出的起伏。他眼睛张得大大的，坦率而稚气的，农民的眼睛，不很瞥乱惊惶，健康正常的眼睛，从粗粗的眉毛下看出去。他似乎不大忧伤，不大想他做过的事和明天的运命。他简直不大想着他是个犯人。他甚么都不大想。一个简单淳朴的人。他现在若是想，想的是：我过浮桥。也许他还晓得到了对岸，坐一段汽车，过江，解到一个甚么地方去，其余他就不知道了，也不大想知道。这段路好像他曾经走过几次，很熟，也许就是生长于这一带的，所以他很有自信地走着。要是除去绳索和罪名，他像个带路人，很好的带路人。他平日一定有走在第一个的习惯。现在他们让他走在第一个也非偶然。但形式上他得服从身边那个副班长的指挥，正如平日在部队受指挥一样。副班长与他之间并无敌意，好像都是按照规矩来，你押人，我被押，大家做着一件人家派下来的事情，无从拒绝，全非得已。他们要共走一段路，共同忍受颠簸，耽误，种种不快，（到任何地方去总望能早点到达）也许还有点同伴之谊。——他们常默默，话沉得很深，但一路上来，总有时候要谈两句甚么的吧。副班长没有一般下级军官的金牙，也没有那种可笑的狂傲。看样子他是个厚道人，他不时回头看看后面的犯人和那个荷枪的兵的眼色是可感的，好像问：走得动吗？哦，这两个犯人可不成了！他们面色灰败，一个惨白，一个蜡渣黄，折倒他们的细脖子，（领圈显得特别宽大）已经撑不起他们的头。衰弱，虚乏，半透明，像是已经死过一次。他们机械地迁动脚步，踏不稳，不能调节快慢，每一脚都不知踏在甚么地方。恐怕用怎么节奏明显的音乐也无法让他们走得合拍，他们已经不能受感染。他们已经忘了走路的方法。他们脑子里布满破碎的，阴暗的意象，这些意象永不会结构成一串完整思想，就一直搅动，摧残，腐蚀他们淡薄的生命。他们现在并不在恐怖中，但恐怖已经把他们腌透，而留下杂乱的痕迹。脸上永远是那个样子，嘴角挂下来，像总要呕吐，眼睛茫茫瞪瞪，缩缩怯怯。一切全惨淡，没有一个形体能在他们眼睛里留一鲜明印象。除了皮肉上的痛痒之外，似乎他们已经没有感觉；而且即是痛痒也模糊昏暗了。帽子歪戴的那一个，衣服上有一大片血渍，暗赤，如铁锈，已经不少日子。荷枪的兵也瘦槁槁的。虽然他打着绑腿，但凄哀的神情使他跟那两个戴帽子犯人成了一组。他不时把枪往上提一提，显然不大背得动，枪托子常常要敲着他的腿。因为那个络腮胡子犯人比较吸引我，所以对后面三个人没有能细看。

岸上人多注目于这个悲惨的队列。

他们已经过了河。

我忽然记了记今天是甚么日子。

初春，但到处仍极荒凉。泥土暗。河水为天空染得如同铅汁，泛着冷冷的光。东北风一起，也许就要飘雪。汽车路在黑色的平野上。有两三只乌鸦飞。

城在我们后面，细碎的市声起落绸缪。好几批人从我们身边走下河堤。

父亲跟我看了一眼，不说话，我们过浮桥。

大家抢着上汽车。车站码头上顶容易教人悲观，大家尽量争夺一点儿方便舒服。但这样的场面见得也多了，已经不大有感触。等都上去了，父亲上去，然后是我。看父亲得到一个比较安稳站处，我看看有甚么地方可以拉一拉我的手。而在我后面上来了那几个犯人。他们简直弄不清楚人家怎么把他们弄上来的。车门关上，车上人窜窜动动，我被挤到一个人缝里，勉强把一只脚放平，那一只则怎么摆都不是地方，我只有伸手捞着上面的杠子，把全身重量用一只胳臂吊起来。我想把腰伸伸直，可是实在不可能。好吧，无所谓，半个多钟头就到江边。我试一回头，勉强可以看到父亲半面，他的颧骨跟一只肩膀。

父亲点点头，答说：我很好，管你自己吧。我想，在人群中你无法跟要在一起的人在一起，一冲一撞，拉得多牢的手也只有撒开。我就我的头可以转动的方向一巡视，那个矮壮犯人不知在甚么地方。副班长好像没有上来，大概跟司机坐到一处去了，这点门槛他懂。那个荷枪的兵笔直地贴在车门犄角，一个乡下人的笠子刚刚顶在他的脸前面，不时要擦着他的鼻子，而逼得他一脸尴尬相。两个有帽子犯人，我知道，都在我身边。他们那里也不自在，既然已经关上了车，总就得有块地方，毫无主意的他们就被挤到这儿来了。甚么地方对他们全一样，他们没有求舒服的心，他们现在根本不知道在甚么地方。我面前是两个女客，她们是甚么模样我才不在乎，有一个好像是个老太太。我尝试怎么样可以把肋骨放平正一点，而车子剧烈地摇晃了一下，一个身体往我背上一靠，他的手拉了一下我的衣服。是我身后那个犯人。甚么样的一只手！又生满了疥疮，我皮肤一紧，这感觉是不快的。我本能的有一点避让之意。似乎我的不快立刻传过给他，拉了一下，他就放开了。他站不稳，我知道。他的胳臂无法伸直，伸直了也够不到杠子，而且这样英勇的生的争取的姿势根本就是他不会有的。他攀扶不到甚么东西，习于被拨弄了。我正想我是不是不该避让，一面又向右顾看那另一个犯人的手无意识地晃动了两下，第二下更大地晃动又来了，我蓦然有了个决定，像赌徒下出一注，把我的身体迎给他！他懂得，接受了我的意思，一把抓住了。这不难，在生活的不断的抉择之中，这样的事情是比较易于成就的，因为没有时间让你掂斤播两地思索。我并没有太用力激励自己。请恕我，当时我对自己是有一点儿满意的。我如此做并非因为全车人都嫌弃他们，在这么紧密的地方还远之唯恐不及，而我愤怒，我要反抗。我是个不大会愤怒的人，我也能知道人没有理由把不愉快事情往身上拉，现在是甚么时代！我知道他身后必尚有一点空隙，我跟他说："你蹲下来。"蹲下来他可以舒服些。我叫右边那一个也蹲下来。这只是半点钟的事，但如果可能，我想不太伤劳我的那一只胳臂，他们一蹲下来，好像松动了一点儿，我可以挪一挪脚步了。可是当我偏了偏腰时，一只手上来拉住了我的袖子。我这才看了看我面前那个女客，二十大几，也许三十出头，一个粉白大团脸。她皱着眉头用两个指头拉我，我看了看那两个指头，不大方的指头，肉很多，秃秃的，一个鸡心形赤金戒指。好像这两个指头要我生了一点气，我想不理她，我凭甚么要给你遮隔住这两个囚犯，一下了车你把早上吃的稀饭吐出来也不干我的事。然而我略扁了扁嘴，不大甘愿地决定了，就这么斜吊着身子吧，好在就是半个钟头的事。这才真是牺牲！我看了看那个老太太，真可怜，她偎在座位里，耗子似的眼睛看我的脸。那个梳着在她以为很时式的头发的女人（她一定用双妹老牌生发油！）这才算放了心，努力看着窗外。

这个倒霉女人叫我嘲笑自己起来。这半点钟你好伟大，又帮助犯人，又保护妇女，你成了英难！你不怕虱子，不怕疥疮，而且不怕那张俗气的粉脸，小市民的，涂了廉价雪花膏的胖脸！（老实说对着这样的脸比两个犯人靠在身上更不好受，更不幸。）——借了这半点钟你成了托尔斯泰之徒，觉得自己有资格活下去，但你这不是偷巧么？要是半点钟延长为一辈子，且瞧你怎么样吧。而且这很重要的，这两个犯人在你后面；面对面还能是一样么？好小子，你能够在他们之间睡下来么？……

我相信这个车里有一个魔鬼。不过幸好我得用力挂住自己，我的胳臂的酸麻给解了一点围，我不陷在这些挑拨性的思索之中。我希望时间快点过去。

好了，果然快，车停了。我一心下去取那只箱子，我们得赶上这一班过江轮渡。

一切都已过去，女人，犯人，我的胳臂的酸麻，那些无用的嘲讽，全过去了！外面的空气新鲜得多。我跟父亲又在一起。

在船上，父亲要了个小房舱。是的，我们要舒舒服服坐一坐，还可以在铺上歪一歪。父亲递给我烟，划了火，那一壶茶已经泡开了，他洗了洗杯子，给我倒了一杯。我看着他用他的从容雍雅的风度做这一切，但不想起来叫他让我来。我的背上不快之感又爬上来，虽不厚重，可有黏性，又似涂了一层油。喝了一口茶，忽然我心里涌起了一股真情。我想刚才在车上，父亲一定不时看一看我。我非常喜慰于我有一个父亲，一个这样的父亲。我觉得有了攀泊，有了依靠。我在冥冥蠢蠢之中所做事情似乎全可向一个人交一笔账，他则看也不看，即收下搁起了。他不迫胁我，不挑剔，不讥刺我，不用锋利的或钝缺的是非锯解我。他不希望，指导我做甚么，但在他饱阅世故的眼睛、温和得几乎是淡漠的眼睛（我得坦白说，有时我为这种类似的淡漠所激恼），远远地关注下，我成了一个人。我不过分糊涂，尤其重要的是也不太清楚，而且只能虽然有点伤心地捐弃了我的夸张，使我的行为不是文字，使我平凡。——虽然，我还不知道到底该怎么活下去。今天晚上，我就要离开我的父亲，到一个大城市中走。

那几个犯人现在不知在哪里了，也许也在这只船上吧。我管不着了。那个科头犯人的样子我记在心里，大概因为他有一种美，一种吸力。我想他会在一个甚么地方忽然逃跑了。他跑不了，那个副班长会拔出左轮枪不假思索地向他放射。犯人会死于枪下。我仿佛已经看到那幅图像。这是注定的，没有办法的悲剧。我心里乱起来。想起一个举世都说他对于人，对于人生没有兴趣，到末了躲到禅悟中去的诗人的话：

"世间还有笔啊，我把你藏起来吧。"

载一九四七年第二卷第一期《人世间》

三叶虫与剑兰花

把那一部分图书仪器送走了，心里空了好一大块。有一点
感触，含混，有重量，但是一点一点地加上来的，心理有个准
备，知道总有这么一天，这么一刻，到底来了！仿佛倒很满意。
怎么说，总完了一件事。相信徐之所觉所受跟我差不多。不过
他似乎比我更深沉些。不敢说，这全是揣测。看一看他的眼睛，
很暗，有一点纷乱。不过给我纷乱印象的也许是他的头发。今
天事情忙，有几个箱子需要拆开重装，我们都没有好好梳头；
公路上风也大。他的头发分开，向后。很后，好像总是逆风而
行，像每根头发发根细而近末端处越来越粗，到发尖才又微收
一点，好做一归宿。看起来他的脑门子就比实在的更高些了，
而且头好像总向后扬一点的样子。我相当喜欢这样的头发，这
至少比飞机头那种纨袴气有骨子得多，有一股子俊拔坚毅劲
儿。不过头没有好好梳，刚才帮着搬抬那些箱子，无心顾到头
发，忙乱中弄得他更乱，而且风把他的头发披下一片在额前了。
风从我们身后吹来。——然而，大体上说，无损于他的深沉稳
重。啊，我似乎太注意他的头发，我的眼睛那么巡视探究是非
礼的。只因为我稍为觉得有点与平常不一样，有一点惊异。人

到底不能天天是一样的！从他的密闭的嘴角上掠下来，我看看脚边车轮印子。

"走吧。"

"走吧。"

我们就向来的那条石子公路上走回去。

九月了，这个地方还是那么暖和。下雨天，早晚，凉些，晌午的太阳照在身上跟夏天差不多。多少做了点事，有点汗了。我把外衣脱了，搭在肩上。风吹得又真的和蔼殷勤，不尖不酸。徐额头也有点潮润，我看他掏出手绢擦过不止一次。也许这是他的习惯，有许多人做完了事总要擦擦的，即使不出汗。然而这会儿实在热了，十点多了。徐为甚么不脱衣服？他想着甚么，不大在意。这个人好像经常地想着甚么的，所以他的研究工作做得那么精细实在。这样的性格跟他的工作真合适。他做一切事总是那么从容不迫，有条不紊。我这会儿可是想说说话。我们所有的研究室也空了，许多习性真该随那些图书仪器一块运走了。我们有一段时间过另外一种日子，我们要旅行不少地方，回一趟家，见许多东西，吃吃，谈谈，……我有跟人说点儿甚么的欲望，几次要开口了，想不到说甚么好。得了，随便，随便最好，抬一抬头：

"天是真蓝！"

"哎，真蓝。"

他看也没看，他低头走他的路。除非他由地上明亮的太阳知道，由路边黑白分明的尤加利树阴知道。不过他这两个字里有甚么感情？——我觉不出。他不想说话？——他应当看看这个天！

"真蓝！"

我微微叫喊，想把我的热烈传给他。

"哎，这样的蓝天真难得。"

他说这句话时我正点火抽烟，我没把全力集中在他声音高低上，不过从字面，从"真"、"难得"，我以为他也颇有动于衷了。他一向不大说话，平日讲解时也是一个字一个字，清楚明白。不像我，我在指导实验时老是说了些不相干的话。说当初完成这个实验费多少日子，困难，艰苦，失望，终于来了个成功，一切的坚忍有了交待，说这多美，这些步骤是多好一个对称，有节奏的形式，这这，这那；即正经分析图解时也带了许多不必要的感情，分摄了学生的精神兴趣，使他们对过程重点，工具应用，计算较差反不能有深刻印象。我老是节制，节制，可想做到像他一样的不枝不蔓，简洁鲜明，绝无希望。——现在，把这些他跟我的分别全扔开吧。（试试看，也许办得到。）谈谈天，为了我们最后一趟从这条路上走回来！我不管徐是否需要说话，不管他，反正他听着就行。我们说话机会也不多了，我久有跟他多谈谈的愿望，看样子，他不大讨厌我，这就成。

这个地方的天真是蓝得怪！我们一来，首先看到这个，临走了时也都带着这片明丽颜色做一切辛酸喜悦回忆底子。想想看，我们在这里生活了七八年，人生中最精彩、最值得活、最有决定性的几年！战争把我们一下子掀翻了，泼出来，从原有设计中一丝一丝拆散，让你再换个样子编去。学校搬了家，落脚在这么个梦也没梦到过的山城里来，以一种特殊方式完成教育，吃些甚么离奇饮食，而且说得一口地道本地话，清清楚楚为从外县四乡来的人指路，小巷僻坡，莫不了如指掌；听他们听的戏，喝他们喝的酒，害他们害的病，种他们种的花；日常如此，不以为意，战争前途一片昏雾，从来渐渐，越来越没有想到甚么时候"回去",而忽然惊天动地来了个消息,一个战争戛然收了梢,眼前一片明亮蓝天,不免愣住了。越来越是真的,越来越具体,路虽淤滞迢长,到底通了,布告贴出来,迁校有了日子。大家忙着整理。零落变卖,所余无几,收拾起来说快也快,甚么时候有车,扎了个小包就走。然而搁下甚么,捎点儿甚么,难起来真也难。问题是有个限制,你不能把舍不得的,挂肚牵肠的一股脑装上车。尽管是破烂寒碜,哪怕是伤过你的心的也就有它的意义。……

　　好了,明天我们也走!一批一批的上了路,留一部照管着装箱。别人怎么样我不知道,我本来是很乐意地接了这个差使的。可以多留一阵子,而且有个名目。事情有点忙,可因为与平常职务不一样,做的是告一结束工作,觉得有特殊意思,并不疲累。工夫尽有,不用太赶。把一本书从架上取下来,在放到箱子里去之前,可以翻开看看,也许里头有点甚么标记符号,夹个小条子,甚至一瓣干花,一点痕迹,或不可知,或可想象,令人一晌猜疑,半天微笑,全极好玩。一个一个玻璃瓶子包扎起来,摇一摇,晃一晃,亮处照一照;哪些是后来添置的,哪些还是从前带来的,自己尽可做一记认。这一盒子甚么?龙虾!豁嗐,这个标本怎么还是光绪年间剥制的?我这几年都没见过,恐怕系主任也忘了。这一大套仪器从美国订来,到了海防,刚好滇越路断了,绕了个大弯儿,整整三年六个月才运到!都检点完了,记下名称、数目,叫木匠来钉上,贴了封条。抽那一根烟,说不出是一个甚么味儿。我觉得人比较敏锐深细,比较精致,比较更能触到若干事物的内容含蕴,掂得着时间生命的意义价值,虽然比较孤单,但不寂寞。这个木匠这一阵就跟我混得极好,我们一处工作,同喝茶谈天,有时我还请他吃豆花米线，来一碟生拌螺蛳，椒盐芽豆下玫瑰重升。而且我也跟徐稍为熟一点了。……

明天，明天我们走了。我跟徐才稍微熟一点。我在生物系装箱，他在地质系。两个办公室相对，当中隔一个院子。院子里美人蕉正红，牛目菊白，种的竹子都高大得不认得了，人去了，路上草滋蔓起来，闲静之中充满生机，这在我看起来就是一分别意。派给生物系地质系钉箱的木匠是一个。有时他那边拾掇好了，就过来叫。有时我这儿已经没有事，就帮他做一点不紧要的小手续。我学的虽然是生物，但兴趣极广，（这个倒霉脾气害了我！）碰到甚么都要问问。他不爱说话，但一一为我解释。不敷衍，不不耐烦。扼要，清楚，但跟上课讲授时不大同，不那么硬性。而且他有时说得得了意，会把手里工作放下，翻书，检找同类标本，拿粉笔在地上画，说得兴奋动容。我看着他的眼睛，觉得这里头也燃烧，不过更深，不顶亮，但是热。有时，他也用手势，用手点着桌面划出语言的节拍。（自然不至像我一样简直要一把拉住学生的手了。）他说得时间比较长了，就会向我抱歉，说他忘形了。抱歉甚么，我真该感谢，我一点三叶虫的智识全是他传授的，他介绍了一堆书，送了我几件标本，直到现在我还搜集一批化石，作为我的本行以外的研究，可以增广我的天地，全是他之所赐。这个人做学问笃实恳切真是少见。不管怎么样有那么几天，我认识了一个值得认识的人。以前我看他坐在窗前工作，或在堂上讲书，我对他敬重，这一阵下来，我对他极有兴趣。

我们还可以同一段路。到了长沙分手，他向北，我向东。这一路我们会同起居，同饮食，同车同渡。我希望更多了解他一点，他是怎么一个人，有些甚么事情。也怪，他简直没有甚么朋友。他毕业较早，得了地质调查所一笔津贴，一向一个人在滇西一带山里找寒武纪化石。去年一个教授因事去美，缺下一门功课没有人来讲，电邀他来，以研究助教名义代了那一个课程，还兼了一班普通实验。他上课，读书，开会也到，只是不大说话。系里人说他有点怪僻，很少跟他接近。我所知道的，起初，他有时下乡去，相当远的乡下，去看他唯一的朋友陈去，陈在一个地方性的研究室负责，与徐是同班同学，我也认得的，他太太是我的同乡。后来他们搬到外省去了，他有甚么地方可去呢？……

　　一个高大，坚实，强壮而孤独的人……

　　这一条路我们一齐走了多少次！学校车子一批一批开，一批带走一部分箱子。他们急于想走，有些把箱装好，托别人代交，反正每次都有押运的。我们带送了不少箱，物理系化学系都有，甚至还有一箱中国文学系的，而且连钉都由我代钉。我反正不着急，家乡回不去，学校开学早得很，不如在这里多搜几件缅漆盒子、烤茶罐子、老式陶器、便宜银器，钱要是够，还想买一把古宗人的刀！徐是甚么原因则不知道了。每回，我们送箱子上车，也送一批人走，回来，学校里就空得多了。一溜二十几辆卡车，一排，坐满了人，脸上全带情感，心中一串话，（这一早晨他们表现得最完全，最精粹，最有轮廓，）哨子一吹，开了。若在从前，小姐们定有流泪的。我跟徐就成了个送行专使，一次又一次，抬手，扬巾。虽然熟人很少，有时简直一个也无，但是车上人齐声说"再见"，你能把手埋在袋子里吗？一阵雷声，一阵烟，远了，留下黄土里一片车轮印子。一种浅的，算是浅的伤感，但是你不能否认伤感这个东西。这叫人心软。心一软，人就稍稍善良，哪怕是一点点，是暂时的。徐每次也都招手。这是最末一次了，我似乎看见他没有。他拿着一张封条，粘得不结实，落了下来，封条上印着学校名称。也许，这是偶然。

我越是对徐不大清楚，就越想探究。他分明不是个无足轻重的人，我放不开他，何况又没有第三个人！我没有太大耐性，又不专注，甚么事上都未免浅尝，且又流连，顾盼，旁涉，断续，对于这样一个"整块"的人简直无所施其技。瞻之在前，忽焉在后，可是他就是那样，动也不动，不避让，不遮饰，不狡诡，不装模作样，不耍你逗你，甚至没有在意你在窥伺他。我的时候不多了，我的急于下结论的老毛病就更厉害起来。我喜欢投机取巧，走捷径，老想用一两句话说尽了一件事，一个人，我简直想把人生也笼括在几个整整齐齐的排句里。——我这份鬼聪明！当然，有时没有话找话说，为的应急。我像小孩子用帽子扣麻雀似的那么抓了几句：

这个人，他真是来"送行"了，他就是来做这么一回事，送是送了，可是不是送"人"。好像送行这回事可以单独存在，无借于行的人，即使有人吧，人是行的一部分，所有的人格只在行这一点上才有意义，或者说，一个象征。……

这一串字才成胚，我就知道不是我要的样子。我只是借题发挥。这倒是说了我自己。说出我的好高骛远的妄想。我从来不肯一步一步地走，不肯剥茧抽丝地拆开一个东西看，（我连一个表都修不好！）我记起有一次跟徐谈法布尔，我不能不承认他对这位孩子的朋友，昆虫的爱好者，比我知道得多得多，我跟他辩论过，（唯一的一次辩论，其实不是辩论，在他面前，我好像随时放弃一切我已持意见，尽找一块可以托足地位站一站，好跟他抗衡，他则以静待动地借了我而一层一层地往里说，）他说法布尔怎么样只好算个诗人，（"孩子的朋友"、"昆虫的爱好者"是他用的字，）要说他是个科学家也可以，看你对科学家下的定义如何。他说，想象是好的，那也是另一种智慧。好吧，他说我也应当去学诗，连念生物都不顶合适。——幸好我学的是植物分类，我自以为与某些性格尚相调协。我说起这些，为的是表示他和我不同；为的是我因此而对他"没有办法"。因此，我有时有一种潜沉的愤怒。我刚才那么抓了几句满不相干的话，也是借以宣泄一点我的抗议。……

我说他不是送"人"，是我简直怀疑他对于"人"没有兴趣。我的抗议又表示我当然并不相信如此，而且当真并不如此的。正如同我固然不是诗，他也不就是科学，人不是那么单纯的。我抗议是因为不知道他究竟对人是怎么一个看法，然而我相信他有一个看法，因为已经有，就不用说，倒好像我说了便表示实在少得很，近于没有。他又绝非那种说说俏皮话自以为真轻蔑否定得了一切的人，或者许多口口声声说"一无所知"，而表示自己真知道得清楚的人。我就是想象？我的家庭，我的朋友，我的如醉如狂感情，全是想象？……不知道为甚么，我因为他简直烦恼起来，好像我活得全不值得似的，特别是我看过他的黑的、大的、不动的，真不秀气而实在有热度的眼睛。……

我抗议，因为他是孤独的。我抗议，他们说他，"怪僻！"……

我因为我不能是他而困恼。他总是那么一整个，我真想把他拆开，搅得乱七八糟，再一点一点地凑起来。今天，我有点得意，因为他格外明显地露出他的纷乱了。当我一揭出，他就更可怜。他显得跟平常不大同。他显得矮了一点，肩膀也不那么方，不那么硬，脸上不那么一是一,二是二，不那么齐整，我甚至觉得他的腿有点虚软，大体上他好像萎了一点，皱了一点，雕刻性减少了一点，光和影含糊暧昧些。我曾经说"无损于他的深沉稳重"，是的，他仍旧是深沉稳重，但你感觉得到他在那儿支撑。虽然只是一点点剥蚀，一点裂缝，正因为本来是那么坚固，你觉得这个石像不复像平日一样在座子上立得那么泰然了。走下一段路来，说了一阵子话，我相信不是错觉。因为虽然我明天要走，我没有觉得自己有甚么剧显的变。我相信，不是"想象"！我得意，因为我居然对他有一种从未有过的感情，怜悯。不知道为甚么，我觉得他今天比我弱，至少，跟我一样的弱。

我并不一直咬着他不放，我之所感远较我写出来的要朦胧得多，零碎，起落，正反，拾起又扔掉，迟疑中已为他事所乱，我的兴趣仍是在说说话。从车站到学校有一段路，又静又平，一棵一棵的尤加利，一粒一粒的石头，一步一步的走，脚下踹起萨萨的声音，间或一队从山里来的驮马摇着它们项下的铜铃，缓慢悠远，忽然紧碎起来，当那些马撒开四蹄飞奔的时候。我说得很多，说这里的风物，说这几年的生活，说书，说人，同学，教授。不知是甚么道理，我居然把这些东西牵连得起来，似乎还首尾相应，可以引出一个甚么来龙去脉来似的。我得到一种自由，不像平日一样的逡巡荡漾，因势利导，得心应手，时有神来之笔。直到我觉察徐原来那么听着是只需要我的声音，至于我说了些甚么，他没有在意，我于是骤然冷了下来，一种难堪的冷漠因为彼此乞求援手的旗语而更暴露了。于是话枯了，像泉水一旦见了底，我们闷着头走路。我看到几次他的太阳穴耳下至颚骨颤动了一下，他想说话，这就更糟。这情形他以前极少有。我们走在这儿，像两条平行线，永不会相交。这是怎么回事？我们两个人都走得快起来，步子迈得大了，都感觉这最后一截太长。好了，前面就是墙，门，房子，我松了一口气，我简直是用了长途竞走到达终点的步子蹿上了石阶，而且生怕他抢在我前头。——

忽然他从我肩后奔跑过去，这使我的心登登一阵跳。怎么回事！坐在校医室门口的一个乡下女人一团火似的向他扑了过来？他慌忙急促地开他的锁，越乱，锁一时越弄不开，于是我一面开自己的门一面可以回头看他的样子。两个门同时开了，他的门立刻关上，两个人消失；我轻轻推，推了一半，也用力一送。——

第一个思想：刚才我真不该那么看！然而我怎么办呢？立刻我好像完全明白这是怎么回事。我心里昏茫了一阵，不一会儿即恢复清醒。今天我所观测是确凿的，而且这一阵子我飘忽的感觉原来都不该放过。我倒没有全神设想对面屋里的情形，只嚼着自己的孤单，因为无法助人。我不知道如何安排自己，我焦躁，不安，像一匹等待上鞍的马，忽然一下子我对他的印象全变了，而且根本没有印象。我构不出他的面容，只有他那对眉毛，平平黑黑的两道，在虚空中。我不晓得我现在对他感情是甚么，好像小孩子玩积木，从底下抽去一块，哗啦啦整个倒了下来！这回事情来得太突兀，超乎我的经验。最后我只有锁了门出去，我还有许多东西要买，而且我已经饿了。我原来想约徐一齐到一个本地饭馆里去吃一顿饭的，我现在决定仍是去那一家，我一个人。我看了看对面那个门，看了看那些花，明红亮白，太阳好旺。

我睡得很晚，我有事耽搁，而且也有意逗留。回来时满地月光，四处极静，看看对面屋子，没有灯。我在自己门前停了停，决定不走过去。东西都已经理好，房间里空空落落，把一本打算在车上看的小说看了三分之一，睡了，我想起前一个月一个展览会中的一幅油画，一个肥硕的女人，睡在猩红的毯子上。虽然没有衣服，正因为没有衣服，你一望而知是个乡下女人，一个夏娃一样的女人。

第二天起来，推开窗户一看，木匠用两个木条子交叉着钉对面房间的门。我好像并不觉得惊异，好像这正合乎理想。我过去看看，好像去看一个老炮台，旧堡垒。没有甚么，地下几张废纸，一个耗子洞很清楚地露在墙角。时候还早，我各处去看看，关照木匠把数学系的门钉了再给我钉，请他把"生物系办公室"那块小木头牌子取下来，我想带了去。我得去把那几棵美国种的剑兰块根挖出来，我是否该带一点原地的土去？……

我一个人上了路没有人跟我招手。再见，我们住了八年的地方！

陈夫妇同时去美，未及一见，也许他们知道那个女人是怎么回事。那一门功课因为原教授已经回来，照样开班。学校已经上了半年课了，迁回战前的原址。我继续教我的书，而且我的剑兰又开花了，一天一天地记载花的发育生长的日记，今天，我用一种极其庄严的态度写下：——第一朵花。

载一九四八年第一期《文艺工作》

锁匠之死

我们城里总是铳人。"铳"就是枪毙。不说是枪毙，说铳。你如果不说铳而说枪毙，城里人就觉得你要不是外边来的，"外路码子"，要不，假如知道你的底细，知道你的祖宗三代，你的"骨头渣子"，你是本乡人而（他们以为）故意不说本乡话，撇"官腔"，哈呀，了不起！你这两个字触犯了他们，他们一定对你侧之以目，嗤之以鼻，努之以嘴，歧视你，恨你，对你有一种敌意。小城里的人都敏感得出奇，多疑善忌，脆弱的自尊心一来就碰伤了。他们随时听得出你声音里有些甚么意思，随时觉得你笑他，看不起他，为了跟你对抗，他们在他们的城垣上增了更多的石头，把他们的固执堆积得更高。如你往大街上一看，随便问一句，"甚么事情？——是不是又枪毙人？"人丛之中一定有一个十分严厉的声音直撞撞地发出来"铳人"！你没法奈何，你觉得他像是寻事找茬儿吧，他又可以说这是好意跟你答话。你皱一皱眉毛，他那儿心里可笑开了。准保事后他一定跟人添油加醋地讲一气，把你形容得狼狈不堪。……好吧，就说是铳人。我们城里是个铳人铳得最多的地方，这简直是她的最大的特色。要是把这个特色取去，我想不出有甚么可以代替它的。每年要是没有那么些人枪毙，我们的城是甚么样子呢？我怕我要不认得她了。我的那些尊贵的同乡们的一部分情感当然要没有搁处了。于是我们的城加给我一层阴暗。说"最多"不无有点问题，但无论如何比别的地方要"重要"，影响要大。如果说我的印象不大准确，我告诉你，我的初级中学在县城东门城脚，东门外即是杀场。出东门有一木桥，桥下的水呼呼地流得很悲惨，本来叫作东门桥，但一般都称之为"掉魂桥"，言死囚过此桥上魂即掉去也。我们在上课，忽然远远听见许多人奔跑的声音，听见那种凄厉的单调的号声，一会儿汹汹涌涌地过去了。我们的心就沉下来，沉沉的撞击，紧紧的压得难受。枪响了，听得清楚是几个人，一人挨了几枪。冲起一阵喝彩的声音，再又是一阵杂沓的脚步，当中夹着一串整齐的，一队保卫团的兵，跑步，吹的号是凯旋号。有时适在下课时候，同学多随着去看。年纪都还小，很多在枪声一响的那一霎回过头来的。我则从未亲自去看过。不过有时进出东门，殷红的白，发了一点黑，破烂的尸首总会映到你眼睛里来。东门外有一个非常好的乘凉看书吹口琴放风筝的地方，有一棵极大的桑树，结了一树大紫桑葚，在摘下来要放进嘴的时候一想到枪一拨响的景象就会老大不自在，眼睛里涌出了恐怖。有一次，我刚从外面回到学校，要进校门，校门进不去了，全是人，堵得死死的，后面有人还拿了凳子爬上来看，就要来了，——又铳人。没有办法，只好站在前头。既然非看不可，我就好好地看一看。一共五个。我一个一个看过去。全是土匪。向来枪毙都是土匪。有一个，我认得！那是南门的一个锁匠。

　　这个锁匠有一个很好的百灵。我每次经过他门前时都要看一看。我记得他那个铺子的整个的样子。我记得他的样子。他有妻子老婆，有一个孩子。他家后头有个小院子，有一棵树，树长过屋脊，在外头就看得见。……现在，这是他。他就要去枪毙了。他坐在一个柳条篮子里，被两个扛夫抬着，这样子很滑稽。滑稽得教人痛苦。是他！他没有变样子，不，这不是他。他怎么会，怎么会。是这个样子呢？你猜我当时想的甚么？我想做皇帝。我想九更天，闻太师，——我想我一点也不能救他。我白着脸站在那里。等门口人滚滚地插进跟在后面的队伍里去，松了，露出了大门，我走进去。我一个人坐在空空的学校里的空空的教室里，半天半天。一直到听见有人在隔壁弹风琴。我是个孩子！但是别笑我，那个锁匠是个了不得的人，了不得的锁匠。他的铺子，我傍晚经过时特为看了一看，果然，知道是，关上了。当然一定是关了多少日子了，我早就知道，早就听说，早就看见的。然而以前好像这是不可靠的，不真实，不明明白白的，现在，完了，划然地摆在我面前。排门上两道封条，十字交叉，白纸黑字，县政府封，月日，一颗大朱印。有一根柱子有点歪。

　　他的罪名是跟匪有来往，通匪。跟匪有来往不一定就是通匪。但在我们地方上人看起来没有甚么两样。至少愿意他没有两样。他的情形也比较特别一点。……主要是因为他住的地方。他住在简直是城中心，往南往北都没有几步即是闹市和富宅。这简直不得了，给他们的威胁太大了，不等于是匪都住在家里来了？随时就有危险，嘿！他们容不得这么一个大胆的人，而且那么一个聪明人，那么有心眼，机灵。而且，他倒真稳呐，一点都看不出来。看他那样子，哪里像个通匪的人，像个匪呢？（直截指之为匪了。）还怪和气的，怪规规矩矩，说话，待人，哪一样不好好的？天天还都见面呢！——个王八蛋！谁料得到他里头是这么样的险！奸！他们气愤了，他们觉得他顶可恨的是他们被他蒙住了，他们像个三岁孩子似的被人欺负了，他们冤！于是从前对他的好感漫无节制地增高起来，他们简直把他说成了神，甚么不可能的，平常绝不有人相信的事情大家全都相信了，临时现抓，越编越多，越编越长，越编越有声有色，委委曲曲，原原本本，一大套变成理由和证据，——杀他！因为，他们不为甚么也希望他被杀，希望有人被杀，他们要创造出这么一个人。这回花样翻新，异于往常，有趣。

他是个锁匠。姓王，一般称之为王锁匠，或锁匠小王。从前，他是个挑锁匠担子的。但锁匠担子常常也称为铜匠担子，锁匠也是一种铜匠，而且与真正的铜匠有一部分的工作是相同的，简直大部是相同的。所以王锁匠未始不可以称为王铜匠。比如北平市口角有一个矮子铜匠，职业性质与王锁匠全无二致，而人不称之为矮子锁匠称之为矮子铜匠。王锁匠的"锁"字有一点标榜的意思，因为他配锁配得特别好。你见过那种锁匠担子么？长方的两个木箱子，底微阔大，渐上渐小，四边都是梯形。一边一个，挑着时咔——咔，咔——咔的响声，箱子上头有个架子，横挂一长串钥匙之类，互相擦击，发出声音，极有节奏。这种担子跟修洋灯洋伞的、补锅的、锡匠的担子都如同兄弟，有一种渊源，一种亲切的关系，都是小时候常常会让我把急切的脚步放缓，让我嗒焉如有所失，毫无目的跟着它看着它半天的。"补锅，——"丁达达丁，丁达达丁，丁达达丁达达丁达达丁，……有一种特殊响器，很多的精铁长片串在一起，撒开来一齐花喇喇放出去，又趁手一带收回来，折成一叠，这有个名字的，叫做甚么甚么子，……哎呀，我怎么会又想不起来呢，我都闹不清究竟该往谁的手上搁了。不过锁匠担子常常有的是固定的顿在一处，等人来就教。木箱的一头各有许多小抽屉。我多想把那些小抽屉一个一个地抽出来看看啊。这些小库房里简直是包罗万象，用之不竭。并不乱搁的，每一格都是一定有东西。那每一个锁匠担子都是完全一样的。这一个锁匠跟那个锁匠若是换一付担子用一两天绝对没有问题，没有甚么不方便。不，一两天是可以的，多了不成，器物各有不同性格，用惯了自己的用别人的不顺手，不如意。——都是这样，所有的这种担子都有一定的秩序。甚至皮匠担子。我从前以为皮匠担子总是砧子木板乱搁的，才不，刀是刀的地方，锤是锤的地方，麻线，黄蜡猪鬃都占一定角落，甚至篮子上竹架子上夹的上底的牛皮马皮，大大小小，都挨着差不多的层次！顶要紧的是一把大锉。大。锉身有二尺多长，四四方方。一头一个木柄，抓在手上。一头是锉头，木制，圆的，顶头饱出，作球状，套在一个固钉在木箱上的铁环里。锁匠坐在一个马扎子上，坑蚩坑蚩拉那锁。锉钥匙，锁匠，锉别的东西。磨锉金属的声音本来是不大好听的声音，但如果那个锁匠，我不讨厌，我听惯了，而且可以毫不勉强地说，我喜欢。是的，那是沉着痛快，锲而不舍，坚决而持实的声音，一锉下去，拉回来往下再一推，铜屑子灿烂地撒下来，那边，那个东西上一道槽子，生新的一条一条痕迹。锉高一点，低一点，偏一点，侧一点。手里控着的东西转着方向，嘎兹嘎兹，嘎兹嘎兹成了。这是最诚实的，最好的广告。"喂，拿过来试一试。"一把死了的锁，郭达，开了。再试试，锁起来，郭达，开了；郭达，开了。好。因此有多少人少做许多着急的梦了。一年丢了钥匙的倒也不少噢？这些钥匙都到哪里去了呢？锁匠有许多旧钥匙是哪里来的呢？只见人拿了锁来配钥匙，拿了钥匙来配锁的不多罢？锁匠开得的锁多，不一定钥匙，有一根铁丝弯来弯去的大多数锁都不费事。据说一个小偷学习他的行业之前必先学做木匠，瓦匠，懂得房屋路径构造，撬椽子挖洞，爬高走险，还得，学两年锁匠。而捉到过好多小偷，说是都是由锁匠出身的。所以，王锁匠的事犯以后，有人说，他在没有"大做"之前一定还摸过几家子。偶尔捞一点外水，并不长做，不在地保面前挂号，手脚紧密，不露破绽，没有人知道。有两笔肥的呢，不然，就坑蜇坑蜇，他就开得起铺子来了？这么多锁匠呢，为什么他们都拉一辈子大锉？——害，你，你叫王锁匠给你配过钥匙没有？哈！你运气！你知道你担了多大的风险啊，他是，甚么锁到他手里就听他的话的啊，见过一把锁就忘不了的啊，弹簧弹子德国钢锁都开得开的啊！啧！你他妈的婊子不害 ×，——走局。你丢过东西？——没有？——可惜。

王锁匠后来开了个铺子。一个正式的铜匠铺子。这就是说他有三根铜苗子坐镇在橱架上。铜匠店总得有这个东西，也有一种义务，到附近邻居，这一坊一保有火灾，得把这几根铜苗子借出来，扛出去，帮同救火。铜苗子看见过没有？跟个大望远镜似的，构造原理与小孩子玩的水嘟嘟子同。这东西的威力当然不如水龙大，但有时小火，专对一个近身方向也甚有用。而且，轻，方便，灵活，火头转到哪里马上就迎得上去。铜匠店不知是不是因为整天丁丁东东吵扰了街坊，故做了这个东西，防其不测，作为补报？城里熟习掌故的不但说得出各坊老龙的性格，且亦能历历说出一家一家铜匠店的水苗子的历史，说得出它们的样子，说得出某次某天它所尽的力，建的功。跟那些龙一样，有些苗子都渐渐有了神性，供放在家里轻易不触动，甚至也烧香叩头，隔一个相当时候须"请"出来校验校验。

王锁匠家的一根特长苗子，一两次之后即显出不凡。更值得感谢的是他亲自出没火场施救时的勇敢和机敏。对面那一家豆腐店，母女两个，不是他，不是那根苗子，早完了。……从此王锁匠的工作不是，不单是锉，而是打了。一块紫铜板，登登登登，能够打成一把水吊子，简直是不可想象的事！一个铁砧子，铜板放在上头，一锤子，一锤子，一锤子下去，红粉粉的铜上一个光溜溜的紫麻子。登，一锤；登，一锤。不是死命地砍，巧巧的，一着到立刻就反弹了回来，耍耍停停。手下铜板渐渐转移得每两点之间，距离一定，麻子都是整整齐齐的。转着转着圆了，转着转着窝过来，有意思！打水吊子，打铜盆，打水旋子，酒旋子，打脚炉，打五更鸡，莲子井。水吊子一把一把吊在屋梁上，水旋底朝外倚在架子上，又光又圆。他也做福禄寿喜字，立鹤芝鹿烛台。也磨松鼠葡萄双鲤鱼，赛银帐钩。做的油灯盏。做铜笔帽，做墨盒。我的墨盒，笔帽都是他家买的。笔帽是玉山号笔店买的，但是他家做的，他也还做锁，大大小小，各种各样的锁。还配钥匙，到他那里配钥匙的人多。他生意很好。可是新开的店也并不光鲜，老房子，比一般大铜匠铺子小，说正式也并不大正式，还是一样"小本营生"，只有两个小徒弟，另外就是他自己，店也没有什么陈设，暗暗的，墙上砖块的印子在薄薄一层石灰水垢里骨露出来，木头上并未髹漆，碎砖地，招牌是纸写的，正面墙上有一个红福字。廊檐台阶有一两块砖头常常是缺的。我们一次一次从他的廊檐下走，一次一次脚下的路线为这个缺口一绊。一遇到这种缺口我们就想跺他两脚再跺下两块来的，可是王锁匠家的廊檐台阶总是缺那么两块。他那个百灵笼子在头子，鸭嘴铜钩，百灵在台子上珠子似的唱。一只好百灵。王锁匠一大早起来添食换水，铺沙，到东门外学田上溜一转。

门关着。有缝，往里看，黑黢黢的。台阶上还是缺那么两块。好像比平常高，可是狭了，得歪着一点肩膀走。门槛是个两截的。一点声音都没有。一个蜘蛛在上头结网，风吹得网鼓鼓的。

我们城里后来来了好些机器，抽水机，榨油机，碾米机。来了好些"老桂"，不知道为甚么管理机器的工头叫老桂。老桂也管修理机器。王锁匠斜对是一家米店，本来用骡子拉，后来改了，用机器。兴中公司三十二匹马力，很好。本来叫碾坊，改了名字叫了米厂了。老石碾子也在，不用了。起了一间房子，洋灰地。皮带盘，钢轴，车床，老虎钳，电磨石，螺丝洗，钢锯子，……王锁匠有兴趣极了。没有事他就溜到后头去看。老桂跟他混得很熟。老桂一个人，机器买了的时候由公司介绍跟了机器一起来的，没有一个朋友。他那一口话就没有人完全懂。他无聊极了，脾气大，动不动大发，要跟老板辞生意了。王锁匠听呀听的，他的话懂得八九成了。他试着撇着一点腔跟他攀谈，知道他许多事情，懂得他喜欢甚么，讨厌甚么。米厂里人多奇怪，嘻，这个机器人跟小王聊得挺好，不晓得说些甚么，一聊一半天，指手画脚，点头磕脑！畜生也服一个人管，好了，这以后他要是再发脾气要小王跟他讲讲看。一讲，行！没事。于是只要老桂一毛了，赶紧，着人到对过叫小王。百试百验。小王把那些钳子锯子螺丝老虎渐渐地摸熟了。有时他在架子上拧，转，推，捺，老桂叼根烟卷笑眯眯地在一边看，"呱呱叫！呱呱叫！"店里哪一个人都学得像他那个"呱呱叫"。有时，机器出了毛病，老桂修，小王也挨肩跟他蹲着弄得两手黑油，一鼻子灰。机器开着，他也能拿个油壶添添油，抓一把纱衣这里那里擦擦。甚至他也在耳朵上夹一根铅笔，能够用半尺画简单的图。他有些东西借老桂的家伙做。老桂有些零件还得请他照样子配。托老桂他还订了几件简单工具，在店堂里装了起来。有一天老桂跟老板说想请假。老板慌了，赶紧叫小王来，没有甚么事情他不高兴，这一阵子他样样都满意，不是胖了吗？他说他谢谢老板，他说店里上上下下他也知道，都是好人。不过他要请假，人家家里有事情。甚么事情？——人家有个太太呀，来你们这儿两年多了，太太一个人睡！他说，回去看看，两个礼拜，就来。决不误你的事，说哪一天来就哪一天来。他的脾气，你们还不都知道？板板六十四，说一句是一句，准保，不会错。"那怎么行，怎么行！机器谁管，机器谁管！这玩意儿又不是骡子，不通人情，他要是发起蹶子来你又不能打他。不行，不行！""老王呱呱叫，老王可以管，老王跟我一样的一样的。"试验了一两天，老桂只看，不动手，老王果然弄得妥妥当当。好了，老王管！王锁匠管了两个礼拜，——果然老桂说一是一，一点没有出事。从此，老桂请假的回数就多起来，老板越来越答应得容易。他太太给他一年生一个孩子。

　　王锁匠实际上把他那片铜匠店已经变成一个小工场。陆陆续续老桂帮他买。他自己也四处去踅摸，日增月累的，简直很像个样子了。他也装了一个小柴油马达，一根钢轴，小皮带，咕噜咕噜，八答八答见天地转。城里城外的老桂常上他那里坐，简直成了他们聚会的中心。他们有生意也多照顾他，要配个甚么零件，他的许多老法子老工具倒还补这个城里机械实件不足。有的地方机器发生故障也来叫他去修。他忙得很，好精神。也有不少人不叫他王锁匠，叫他"老桂"了，"王老桂"。这是一个为很多人谈论的人物了，识与不识，都羡慕他。他那两个铜苗子还放在那里，放在老地方。大大地出了名则是在那一次。保卫团的一个连长的二膛盒子不知哪里坏了，不知怎么有一次在他店里喝茶谈起来，说可惜极了，这根枪还是徐大文的。——徐大文是这一带著匪，作案之多，枪法之准，子孙徒弟之广遍，在他死后近十年还常有人谈起。王锁匠好奇，说看怎么样？他也不知道怎么给他拆开来，七锉八锉配好了！那个连长兴喜若狂，无以为谢，当场在他店前放了三枪！且让王锁匠也放三枪玩玩。这六枪！

　　王锁匠有一阵忽然不见了几天，后来又回来了还是一样，一样做他的事情。问他，说是乡下请他去修抽水帮浦的。后来隔这么三两个月就要出一次门。据说，哪里是下乡修水帮浦去了！乡下有水帮浦的不过是那么几处，也不能挨着个儿啊。坏，也不能尽来找他啊。正正经经的宅老桂有的是，要你……你个半路出家，似通不通的冒牌老桂！他啊是叫土匪摇去的，给他们修枪去了！听说他还会造。既能修，就能制！还会造炮，迫击炮！有那广大本领么？人倒是真鬼巧。嘻嘻，用到歪路上去了？人不能聪明，聪明人就不安分，再不，难保他不会造反。这种人，甚么事情做不出来？天地君亲师，仁义礼智信，一样都没有。既有今日，何必当初。当初挑个小铜匠担子，恍仓恍仓，也就不会有些朝了。人啊……真是：愚而安愚。既与土匪有来往，他就是匪，你能说他没有作过案？财迷心窍，心都横过来了，跟个挑子似的，放在桌上，嘴子朝着一边。——说起来，这几个匪也不义气，不值价，怎么就把他攀出来呢？既做了这事，怎么也不避一避？几个保卫团弟兄，走了去一搭就搭住了。没有话说，五花大绑，扎起来就走。

　　有的人又说，这件事内里有一桩风流案子，豆腐店那个女儿，进门寡，嫁过去没有几天，丈夫死了，在家里，哼，好不了。

小王跟她有一手，米店老板也跟她有一腿子，一个钱，一个人。这就……

他那个百灵挂在保卫团团部里，只听见叫，看不见。

载一九四八年七月十八日《平明日报》

卦 摊

——阙下杂记之一

　　初到北平，哪儿都不认识——充满了新鲜。从东安市场到沙滩不是最普普通通的一条路么？住在沙滩的人都熟，我后来也都熟透了。可是刚到的那一天，他们带我上市场吃晚饭，晚上回来，那天没有灯，黑黑的，我觉得这条路上充满了东西，全都感动我，我有点恍恍惚惚，我心里不停地有一个声音：我到了一个地方，我到了一个地方。我一点不认识，而且我根本没有要去认识路，他们告诉我"哎，转弯。""哎，哎，曾祺。"……全都殷勤极了，我像一个空船，一点儿担负都没有。……我们上公园去。从沙滩坐三轮。我在三轮车上不觉路之远近，我放开眼睛看，觉得这条路很好。车子一转，"这条路好！"从街市转入冷巷，像从第一页（书）到了第二页，前面的多方的印象流入统一的、细致的叙述。车在城墙下平路上走，城墙，河水，树，柏树，胶皮轮子嗞嗞地响，天气好，爽快，经过一个地方，又是城墙，河水，柏树，稍为杂乱一点，一点人工，一点俗，——到了。很难找到甚么话说出我对公园的初次印象。很像一个公园。——这就是说很难产生一个印象，一个比较具体的，完整的，肯定，毫不犹豫，不由理智整理过的印象。公园总有点乱，一点俗，一点人为的痕迹。回来，我倒是记得那条路。城下的路。我记得那条路上有好些测字摊子。那条路我说不出来，我说"那条路上有好些测字摊子"，就代表了我对路的感情了，我觉得很表达出来了，听着，看到我说话的样子，他们也都懂了。这条路是一个喜悦。

那条路是东华门至西华门，太庙后河沿至公园后门的路，紫禁城下的路，当中所经过的那"一个地方"是午门的前面，阙左门与阙右门之间，即我现在所在的地方。我对于这个地方，这条路可以说是很熟的了。我现要说那些测字摊，卦摊。——这种摊子我一直都称之为测字摊，这也许是我的家乡土话，或者是因为我们那里这种摊子乃是以测字为主，虽其业类皆不以测字为限，且或有根本就不给人测字者，我们则一律名之为"测字摊子"了。按测字当作拆字，拆析字画，加以添减，附会阴阳时日之数为说，为人剖置疑信灾祥之术也，但小时看测字先生放置字卷的铜制或木制小斗的正面所写的正是"测字"这两个字，遂深深地记下了。"测"字较"拆"字更深一筹。"测"者猜测之谓，许多事情本就是猜测猜测而已，哪能就当得真呢，拆字若是直白，测字似更婉转，各有所长，难可抑扬之也。我唯在昆明翠湖公园昆华图书馆前的石凳上看到过一个，那真是"拆（！）字"的。一个老头子，一个普普通通的老头子，他坐在石凳上你以为他就是坐在那里而已，是个坐在那里休息休息的人，不以为他是干甚的。他没有布匾桌帷，没有桌子，没有八卦太极之类东西，没有一点神秘的，巫术的，没有神秘与巫术被否定了之后的漂泊的存在的嘲笑空气，使人相信的热心已经失去，但不得不对自己的热心做无望的乞怜的难堪的无力的挣扎，没有那种露出了难看的裸体，希望人家不必细看的悲哀的声音，没有"混碗饭吃吃"的最卑下的生活态度，没有"江湖气"，他有一个墨盒一支笔，你甚至连一个墨盒一支笔都不觉得他有，一点儿都不惹你注意。

他的唯一的特点是：质朴。质朴是他的一切。我们不知道怎么知道他是个测字的，事实上我至今仍找不出甚么理由能够断定他是，除非是我们看见过他拆过。我们很少看见过。我们都看见过，但是都很少，仿佛每个人都有机会看到一次，不同的一次，那简直是滑稽！他根本不"会"，不像，不是那么一回事。如果有最不适于做这样的事的，那是他。我们任何一个人都可以比他做得更好的。简单到不能再简单，写一个字，三五句话就完了，来拆字的还不走，等着，看看他：完了吗？——完了！看他样子，不想再说一句话，也没有一句话说了。他也没有觉察到他的顾主还没有满足，还在等。像从一个瓶子里倒出一粒豆子，没有了。给下钱，不走还干甚么呢？走，这位先生心里实在莫名其妙。测字算卦也者，本来就是把你心里的话给你说出来，把你的路理一理，给你的纷纭一个暂时的秩序，把某些话颜色加深，加深而且联系起来，让原有的趋势成为一个趋势，淤滞地流得更畅，刷带两岸泥沙，成为欢乐的奔赴，叫你听见你的声音，你的颤摇的，吃吃的，钟情的语言，你的泪和你的笑，让你甜蜜地做一次梦。是的，做一次梦，让你得到安慰，于是有勇气。温暖的，抒情的职业，体贴，想象，动人的语言，诗人啊，不是甚么"哲学家"！可是他是质朴的，他一点儿没有说"到"他的心里去；他没有得着他想要的：感动。他走在林荫路上，他的脸对着风景，他觉得渴，他为一种东西燃烧起来了，他的虚有所待的肉体满是欠缺，一窝嗷嗷的黄口（的鸟）。他质朴地穿着青布衣服，质朴地坐着，毫无所"动"。从从事职业到从职业里退出来没有分别，没有界线，没有过程。说话的多少有甚么关系呢，他没有说话，没有话，除了一句：他是永久的质朴。他坐在那儿，不想。他不是空洞的，他有他的存在，一个本然的，先于思想的存在，一个没有语言的形象。我们觉得很奇怪，我们奇怪他怎么会是一个拆字的。这是不可能的，正如我不可能"是"你。他之能够继续在那里，是因为他已经在那里很多年了。（这也不是个拆字的地方。）我们常常有一阵，天天，看见他，从石桥上下来，他一定"在"。有一天不在，比如下了大雨之后，我们一定会觉得他的不在的。——可是北平不叫拆字摊子也不叫测字摊子，北平叫"卦摊"，"卦——摊儿"，我听白书痴先生说，"我们这个卦摊（儿）……"好的，"卦摊（儿）！"我们照他念。

翠湖的雨后。那些树，树在路上的影子，水的光。东边那条堤，淤塞的，披纷的水草，过饱的欲望，忧愁。有时一只白鹭把一切照亮了。昆华图书馆后面盈盈的水上的一所空空的，轩敞的，四边是窗户的，将要欹圯的楼……

昆明的卦摊都是在晚上出来。是的，"出来"了。这是两个再好没有的字。白天都没有的。白天有的是另一种。白天的多半是外来的。所谓外来是因为抗战而从本来与云南没有密切的关系的外省地方而来的术士。这些术士本来大多在南京上海汉口长沙等大都市为往来客商，达官贵人，姨太太，军官看相算命的。——否则来不了，也不来昆明。多半可以住在旅馆里，在街上贴了帖子，某日起在某大旅舍候教，旅馆外面挂一长方镜框，白纸黑字，浓墨大书甚么居士，甚么甚么子，字体多为颜柳，用笔必重。虽有于名号上冠以"峨眉"字者，实以江南与湖北人为多。阔的很阔，且势所必然，与政治（！）与走私运鸦片等类事有关系，盖已是一"要人"，不可复以命相家目之也。可是也有潦倒下来，只能借半开半闭的店肆檐下一角地摆一个卦摊子的。护国路护国门内有一个"奇门遁甲"。我们都对这个"奇门遁甲"有颇深的印象。一者，云南没有奇门遁甲，那么复杂的家具好些本地人或许还没有见过。一个大木盘，堆着简直有两三百小茶杯口大的象棋子样的刻着各样的字的木饼子，噼噼啪啪搬来搬去，实在是很了不得的样子。我们认得他，不知道他叫甚么名字，名之为"奇门遁甲"。再者，我们所以为他吸引，主要是因为他的感情，因为他的综杂的客意。他不得意，他有屈辱之感，他的艰难的衣食反激他本来有的优越之感时时高涨。初到云南的外省人都有一种固执的优越感对着他同等级的本省人。工人对工人，学生对学生，算卦的对算卦的以及与算卦有关甚至无关的人。他的屈辱与优越不停地解结造成他的冷淡。这在他的白白的瘦脸上表现得很清楚，在他的瘦白的脸上发一点黄，在他的眼珠里发紫，在他的削薄的悲苦的上唇上生几根淡淡的胡子。他终日笼着手，淡淡地对着长街。他不跟人说话，因为他的下江口音和他的扁扁的干燥的嗓子。有时有一个生意，他噼噼啪啪搬动木饼子，他有点急切，一点兴奋，他的指头又瘦又长，神经质地伸出去，蹺起来。没有人，有时，他也忽然热心的，念念有词，目光灼烁地搬动一阵，于是又是冷冷的了。也许因为他的了不得的，教人猜不透，不知道是怎么回事，因而总觉得它一定有道理的那套家具；更可能就因为他那种神情，那种失败的，怨怼的，冷冷淡淡，呼求然而又蔑视的不平衡的，戏剧的情绪的泄露，最有力的或者是蔑视，人会向蔑视走过去的，他的生意一天一天的好，后来简直非常的好起来了。他使这条街改了样子。他阔了。对面一家湖南馆子常给他送一碗面做点心。他本来虽然一直是整洁，（整洁是他的标志，他的骄傲）可是不可掩饰的寒微的灰布长衫换成了好质料的夹袍、棉袍，……是二手货，从拍卖行里买来的，都有点旧，然而是花了细心挑来的，料子好，除了一两处（可惜的一两处）不完全合身之外，全都妥帖，他很在意衣服，包含爱美的与功利的目的。是旧货，但是别忙，他就要新起来，卖旧的，买新的，他会穿得到哪里都走得出去的，到他那些要到的地方！于是他说话了，他跟街坊邻舍男男女女搭讪了，他笑了，他脸上好看多了，他发了一点儿胖，虽然指头仍是瘦长瘦长的。我不再看他，我对他已经完全失去兴趣。……他年纪不大，三十多岁，至多不过四十，头发留得很长，总是梳得很整齐，有点女人气，像个唱旦角的票友。

树挪死，人挪活，抗战八年，多少人到内地活了一遭过来了。现在我们要说那些本土旧有的，那些老卦摊子。像一切乡土的东西一样，时间对他们没有多大的影响，从我们来，到我们走，他们简直没有变动，第一次看见跟最后一次看见没有甚么两样，完全是那"一个"，八年在他身上不过是两天，没有意义的两天。甚么都已经定了，就像茶杯已经是茶杯，除非唯一的变，是死，——没有了。世间没有永恒，永恒常近于虚设。这种土卦摊有的规模较大，设肆挂牌，栽花养猫，是卦铺不是卦摊了。我们说卦摊。我们晚上出来遛街，在大光明影戏牌前头，青年会外面，崇仁街新亚酒店的不像是酒店，像仓库，像从小山脚下旷野之中移来的朴拙的石砌建筑的外面，在繁华的夜市的旁边，在铁匠铺，麻绳水桶铺，卖宝石顶子珊瑚朝珠，老光水晶眼镜的小古董铺子的檐前人行道上；在光华街云瑞公园对面，我们就看见这些卦摊了。——是的，有卦铺，卦铺多有玻璃槅扇，玻璃擦得很亮，充满太阳，白粉墙，各种照片，菊花。……卦铺属于白天，卦摊属于夜。白天也有卦摊，但至若存若亡，无足轻重，没有颜色，没有生命，犹如道旁一张废纸。晚上来了，星星在都市的长街上空亮起来，天上有一点淡淡的，不动的，发光的云，底下，——人；慢慢地洄转着，发出水的声音，泡沫的声音，绸缪而轻软，酝酿着一种不可知的，微带喜剧气味的朦胧的意义，卦摊一个一个点起了它们的灯。于是，这才醒了，"充满"了，是的，"出来"了。六七点钟以后，云瑞公园前头描写一个失去的时代，一章温柔的，无力的，晚期的历史，一个梦。云瑞公园对面是甬道街，路的交口形成半月形，留出一块不小的场子。当中一圈冬青围着一个水池，最初也许是伞一样的喷着水的，现在则总是不断的汩汩地涌出不到半尺高。晚上喷泉只汩汩地响，跟场子后面许多地方都被灯光遮没了，看不见了。一个梦，梦一样的灯。水池前面，路边，摆满了一长列摊子，卖烟，卖蜜饯，卖米花，铁豆，葵花子，卖麦粑粑，卖糖，卖羊血豆花米线，卖猫菜（牛马碎肉切之为末），卖炸鱼，卖甘蔗，梨，橘，或柿子，柿饼子，卖馄饨，卖烧饵块，……或为男，或为女，或为满面辛劳的脸，或为稚嫩柔软的脸，衣着姿势，各有不同，吆喝着，敲击着锅瓢或特有的响器，嘈嘈切切，热闹非常，然而又合成一种无比的静意。声音并不堆积起来，一面升起，一面失去，所以总维持一定的密度，如鱼在水，各不相及。他们大都点着灯，有不带灯的则把货物摆在别人有余的光底下。一盏一盏的灯。电石灯，哑哑地响，——管子别塞住了。一打开就不得了，甚么样的气味呀！没有一个闻不到；锡座子高罩的煤油灯，桅灯——或曰马灯，诸葛灯，鸦片烟灯。——烟灯拿来拿去以做各种用处，此地独多。我住在民强巷每天在外面游荡到很晚回去，每天为我开门的驼背老头子手上拿的正是这种灯。他拿着这个灯就跟拿着一个象征似的。这些灯都有足够的亮，而且彼此融合起来，造成一段连绵的辉映，不停地有一点摇移。有时一阵风，麦浪似的往一边一涌，每个灯焰都拉长了一点，然后又回来，恢复不变的多情的看望。然而这一段光永远既不能高，也不能远，为天，为影子，为更强的光封锁在地面上，每天一度，到十二点，逐渐阑珊失去。在这片灯的沟蒿中，在微黄，雪白，昏昼，皓洁的流汇之中历历地点出一朵一朵红光来的是卦摊的纸灯。木制为架，作长方形，高可一尺，四边糊以梅红纸，纸上写字，不外文王神课之类，注明卦金若干，或兼带写家信，里面点的是甚么呢，看不出来，但可以知道一定有的是烟灯，亮是不怎么亮的，但也一样的是"足够"了。十分鲜明的，热心的，有精神的，安定甚至快乐地照满了方寸之地。灯的后面，测字先生低着头在工作，他兴致很好，脑筋灵活，身体不疲倦，心地平和，不为甚么焦虑煎急，不为绝望所苦，他简直是幸福的。一切像梦，他唯在梦里真实，唯在梦里是"醒"的。——喔，我的老天爷，他的长衫里没有衬褂，他的裤子没有屁股，他的脚直接地接触着大地，他既没有穿袜子也没有穿鞋呀！一切在充满感情的红灯下面，在桌帷底下。风摇动着灯，摇动着桌帷。

这些卦摊是本土旧有的，但他们几乎全数是四川人。云南在某个意义上是四川的殖民地。有好些行业完全是川人包办，如在茶馆里"送看手相不要钱"的，蹲踞在凳子上放鞭似的拍着醒木，也放鞭似的用高亢尖锐的声音说书的，卖"白糖糕，太平糕"，卖粉蒸牛肉，牛肉面，担担面的，……他们构成了一部分"四川"，也成了"云南"的一部分，他们从一个土地生长，而是另一个土地的颜色。像一切侨居多年的人，他们早已把"家""搬"到这里来了。他们没有那种客意。——啊，他们的客意是多少年前的，这种客意已经混入他的人格，不会退落，于是也不浮现，他们的固定是他们的漂泊。他们漂泊，且使土地漂泊。——四川人是很容易看出来的，个子大都矮一点，腮没有云南一般人宽厚，嘴比较尖，脑门子稍稍高出，比较精利，比较倔强；而摆卦摊的四川人眼睛常常比较黑一点，因为他们的眼窝子深，因为他们瘦。

　　……不得不说这一个。这个"云大的老头子"。——语言的价值在它的共通性，同样有价值的是它的区别性。有些话在某些人之间通行，对另一些人则完全没有意义。这些特别的，而在那一些人是极其普通的说法是他们的一个连锁。他们在跟别人说不通的时候，于是，想起从前，想起他们的共通的生活来了。是的，有些说法是独创的，有意的，比如绰号，暗语，简称，……多少经过一种努力，为了一种目的，多少是一种契约的行为。这是一种标榜，是倒因为果，不因说法而产生连锁，倒是为了企图缔结连锁而"采取"某些说法的；当日或可予那个"团体"一种快感，但比起那些未经意识，自然而然，不知不觉中产生的在日后所引起的惆怅，实在轻浮多了，楚人以虎为"於菟"，非知於菟者虎也，而别为之说；於菟是於菟，虎是虎，楚人是楚人也。于是乎楚之人出于楚之国，其怀乡之情是无可假借的是真的。我说这个"云大的老头子"你们怎么会懂得呢？云大是云南大学。但这个"云南大学"并非是一个教育机构，或一堆建筑，或其他甚么。我们从文林街下来，过玉龙堆，于是"云大"了。我们的身体降下来，走斜坡，履平地，下雨时水流的声音，避让汽车的姿态，逶迤的墙，夜行的星，我们的饥饿和口袋有钱时的平安感，……这都是"云大"。云大向南，翠湖东路，一棵大尤加利树沙沙地响。有时我们焦急地在云大门口等公共汽车，我们一个约会也许会误了时刻了，好些晚上我们在云大学唱昆曲，我们从柏树下面走过，借着一点远处来的灯光。我们在冬天的时候，去看花，看看那些麻叶绣球，我们认定的迎春花第二年开了。一个很好的女孩子，他们叫她"无所谓"，被人砍了一刀，因为衰弱，TB菌猖獗起来，死了。……我们用一种不愿意提起的，痛苦的心情，不得不想起闻一多先生。……但是我不想在现在哭。

"云大"是我们的生活，要把它下一个定义正如同一个盆子里把漆抓出来一样地不可能。——云大门口，左边，有一个小茶馆，我们叫它"老板娘"，因为管理业务的是一个女人，一个白胖白胖的像一个煮熟的果子一样的，虽然已经超过了年龄，然而极其富于母性的女人。——母性过多有时叫人难过，好像已经很饱了去吃一种黏黏的甜食一样。她的儿子，在茶馆的一角开一个雕字铺，用一种奇怪的兴趣、奇怪的笑容从事工作，用浓墨在虎皮宣上描了好些各种篆隶字体屏条，贴得一墙都是，……我们在这里用高高的，印着福禄寿喜图的粉白粉白的瓷杯子喝过好些时候茶。但是对我们的年龄，对我们的浪子凄怆的心与对于凄怆的热爱不相容，我们在对面，右边，那个很知道甚么是生活，从来没有对任何事物，任何语言表示过兴趣的老头子开设的茶馆里喝茶的时候更多。一个老的，最富地方色彩的，下等的茶馆。墙上一边贴一张红纸告白，我们每次都要这边看看，那边看看的，一边吃着南瓜子，葵花子。记不全了：

走进来……

一坐下桃园结义，

……

要账时三请孔明。

……

……

任你说得莲花现，

不赊不赊硬不赊！

　　好的，不赊！我们没有想到要他赊过。我们中意他的"无情"，他的无牵挂，中意他不给我们一点负担。如果这个茶馆失火烧掉了，我们的惋惜也不致成为是痛苦的，不致使我们"哀毁"。我们记得的是我们自己而已。我们"信步"而来喝茶，有时很早很早，有时时间很长，迟到晚间十一二点，一点，到我们不得不回去的时候。我们用空洞又恳切的，懒散之中溶有不安的眼睛看看这，看看那。看我们知道的，认得的，很熟很熟的人一个一个走过来或走过去。有时沈××先生挟了一大堆书呼啦呼啦地往青云街走，李××先生高高地从对面丁字坡下来了；如果他是赶去吃饭，匆匆地一点头；如果不是，点头用另外一个微微不同的方式，而蟹螯似的举起两只手，来了。……就在这里，我们看见那个老头子。不是看见，是"在他的里面"，就像在一棵树底下一样。

　　他本来在云大，在云大当女生宿舍的门房。——他当另有个名字，或许有人不叫他门房，叫另外的叫法。但也许所有的人都叫他"门房"，人以他为一个门房而已，老门房了。他不知在云大当了多少年的女生宿舍的门房了。可是云大的女生都怕他。他对她们都很不客气。很严厉。他说："我是熊校长派我来管她们的！"于是他就管她们，小姐们对他一点办法都没有，他根本不懂得现实。我们对一个猴子，对一只公鸡，对耗子，对金鱼，我们有一些尽管是错误的了解，但是照着这点了解我们可以用一种方法让它怎么怎么，我们可以训练它，有一个结果。我们不必懂得它的性，但可以处理它，或加给它一个性。可是一个人，在没有把他说通之前你绝不可能使他有所改变。说不通！你可以想得到的，比如有一位先生来找一位小姐来了，他觉得这是不应当的事，于是……他按照他自己的办法处理这些事，把自己参加到里头去，不但态度离奇，且因此误了许多事，造成许多麻烦纠纷，添出许多不必要的痛苦折磨。他没有甚么过错，但是他这么忠实于自己可是不行的。这个人在意识上多少是一个疯子，于是他只有离开了。这种疯狂我们是可以了解的，他要不是当了这么多年女生宿舍的门房也许不致如此。这个人的身体里有些东西塞住了，是的，不通了，扭结起来，拧了。我们的身体里有一个深埋的，不可测的危险，每个人有一个危险的老年。——这是可怕的，这种惧怕属于一种原始情绪。也许他离开云大不是为了这个，也许他根本不是甚么"门房"，与云大一点儿关系也没有，不过我听到的故事是如此，而且我相信。

于是他就出来摆了一个摊子。我们叫他"云大的老头子"。他需要一个名字，于是有了一个。我们自然而然地，不约而同地这么称呼他，在提起他的时候。不用一点说明，毫无困难地就在我们之间通行起来了。这是他的唯一的，当然的名字，我们共有的印象的名字。我们从来没有想到这里头有甚么意义，于是他保全了所有的意义。

他最初在茶馆的檐下摆了个摊子，卖书。我们很难想象得到这两个老头子，这个云大的老头子和茶馆的老头子怎么商谈这件事，商谈关于他把摊子摆在他门前这件事的。也许没有谈过，他想到这里好摆，就摆了。第一天摆了来，他也许想：你怎么摆到我这里来了呢？一个人嘀嘀咕咕，嘀嘀咕咕着就出了声音：你个老狗 × 的，你哪点不好摆，你要摆来我这点！他想象自己跟他吵起来了，声音很大，还想象他们扭打起来，旁边围了好些人，狗在叫，巡警穿了黑衣服赶来了。他做了个梦……他笑了，他发现他其实已经同意他了，他没有想把他从自己的身边逐开。老人都很爱自己，于是爱其余的老人。这是真的老吾老以及人之老。可是两老人的关系是很微妙，是超于语言的，他们从不交谈，他们都不爱说话。他们从不孩子似的坐在一排。永远一个屋里，一个门外。两个都曾经是固执的生命！他们一定认识了多年，是"发孩"了。他们小的时候，大了的时候一定同吃过酒，在月夜下同过路，他们相骂，相轻蔑过，他们有过恩也有过仇，都曾是火辣辣的，而在一切全都硬化，全都枯槁的时候，他们在一个屋顶之下来消耗他们的余生。一个说：这是我的，而满意了；一个说：是你的，我不进去！这所房子不正跟他们相合适么？一座老房子。橡子都黑了，木料要是劈开来颜色一直到里头都是烟黄烟黄的，这些墙，这些石头，一一全是时间的痕迹。这里的声音，这里的光线都似乎经过糅和，经过过滤了。这里的地土（云南普通房屋多不铺砖）已经踏实了，下雨天不易起泥；板凳的角都圆溜溜的，碰着了也不痛。东西随着人一起老下来了。——常来喝茶的多是那几个老客人，在一定的时候聚散。……这两个老头子有极相似的地方。有时外边一个席地坐在草垫子上，里边的曲脚坐在炉边，他们所表现的实在是同一个意象，不是一个合影，是一个影子里走出来的。随便找一个地方，比方他们的嘴，一样是那么柔软，那么休息着——那么天真，不带情感的痕迹，细细地看一半天，实在是很有意思的事。有时，茶馆的老头子提茶倒水，张罗生意，有时他把一张桌子翻过来，有点摇晃了，用一把斧子，钉钉敲敲，塞进一片楔子，有时他吃东西，嚅嚅地嚼动，而云大的老头子则总是坐着，晒着太阳。太阳仿佛一直透到他的身体里，溶解于他的血，带一点极细极细的沙，缓缓地流过他的全身，周而复始；时间在进行。

隔壁烟纸店墙壁上钉一只大凤蝶，乌黑乌黑的一身，尾部碧绿碧绿两块翠斑，一点极细绿点子，光色炎炎，如在燃烧，如在轻轻抖颤，而又非常的，非常的安静。我哭了。我很少有这样的剧烈的经验，这样为美所感动过，我觉得冷，我一身缩得紧紧的，不晓得从甚么地方涌出一股痛楚的眼泪。我一生从未见过这么美的蝴蝶。一个奇迹！生命的奇迹！掌柜的说出在广南，他女婿从广南带回来的。

啊不，这两个老头子自有不同的地方。茶馆掌柜有他的茶馆，茶馆有客人。有广黄烟，有羊血豆花米线。有买，有卖。有挑水的来挑水，泥水匠抹炉子，虽然难得，偶尔也换一两把锡壶，有城防捐，营业执照，有晚上的数钱，月终的结账，有摇会，有作保，有断续零落的老花灯调，有飘忽绰约的新闻，有过节空气，有纪念日警察就来叫挂上的国旗，有亲戚的生死，甚至有一两天他居然不在茶馆里！茶馆或者关了起来，或者由别人代管。老头子哪里去了？——做客去了！……总之，他有操作，有经营，有生活，有人事。在生活，在人事中他变得柔软了，温和了，他有时颇是陶然自得的样子了。他有个儿子！

整天甚么事情不管，平常不大在家，在家则多坐在里面堂屋里，三朋四友，脚搁在板凳上，泡几碗茶，吸着烟筒，大声地说笑，装扮神色，一如帮会中人。有时在里面喝酒，则声音格外高大，把小屋的空气都震动起来，叫每个喝茶的人都觉得不安。最近结了婚。茶馆热闹了一天，扎了彩，两个鼓手吹着唢呐。可是外面茶座上还照样卖茶，喝茶的少了一点，喝茶的多做了客人了。于是多了个年轻女人，穿了绿缎子鞋子，一只眼睛通红的，时常咯咯地笑，摇摆着新烫的头发，一头油，不停地走进走出，扭着腰，不停地吃东西，花生，铁豆，葵花子……可是，以为老头子要不高兴的，不，高兴着呢！这种年青的，妖荡的空气给老头子一种兴奋，他不那么懵懵懂懂的了，他活泼起来了。而云大的老头子不久就搬了家。

为甚么来了，为甚么又走了？怎么走的？怎么完成这一个决定的？怎么发了誓，怎么拿起刀来，不可救药地那么一割？是偶然么？像我们做许多事一样，无所谓，说不出甚么理由，高兴怎么样，便怎么样了？可是宁可是荒谬吧，我知道他跟我们不同。他可以被歪曲，不可以被抹杀。我们既不能像他那样一直枯坐在那一个地方，我们就不当把这件事说得那么轻易。是这个羽翼已成的储君说了甚么话，用他的眼角，他的鞋尖，他吐的痰，泼的水对他示了意？不会。一个缝穷的老女人，一个卖山林果的孩子也许早被威严的手势赶开了，可是没有人可以赶他。他是强大的，坚持的，不可侵犯的。与其说他被排斥了不如说他排斥了这个地方，排斥了这个空间。

后来我们才对他的摊子有比较真切的认识，不是书摊是卦摊。他的摊子也卖书，也卖卦。但起初实在很不"正式"，大概有一个样子，一个雏形而已。几本本书，疏疏地排成两列。

书也很不像是一个书，都非常破旧了，不单是纸色黄暗，失去浆性，脆了硬了，卷了边，缺了角，短了书皮，失去遮护；不单是外貌，它们已经失去那种可以称之为书的本质。里面的语言已经死了，哑了，干涸了，而且也完全失去交易价值。既不是可读的，不是读物，也不可以买卖，不是商品，是我们不知道把它丢到这个世界的哪一个地方是好的"废物"、一些陈旧的形式而已。是的，形式，这是他所需要的。这个摊子就是一种形式，他的形式。他的目的不在买卖，他只需要摆那么几本书在身边，他可以靠它下来。——也不知道从哪里捡来的这么几本破纸！不是职业，是玩具。他另外一种玩具是一支笔。——偶尔居然有人为了对于这个"形式"的兴趣，对于向"他"买，买他这个形式的一部分的兴趣而来，试一问价钱，——大得惊人！我还从未看他开过张。而且讲价都很少，多半只站着看一看而已。看一看的也很少。他整天没有事，木然地坐着而已。除了木然地坐着，他有时伏在地上写字。用纸，用拆开的香烟盒子，用薄薄的小版，因材就用，各取所宜，长短大小不一，都把它写得满满的。字体很怪，虽然是一个一个的字，而且是很认真地写，但送带之间，不依常法，扭来扭去，有如蛇行，实近乎是一种符箓。字与字连缀起来，既无语气，也无文法，牵牵挂挂，不可了解。然而似乎自有一种意义，不可了解，超乎了解的意义。——他后来搬到云大墙外，公共汽车站的后面一块空地上去了。日积月累，惨淡经营，渐渐地很有规模了，很是那么一回事，很不可忽略，很"丰富"了。书多了，占了不小一块地方。还是写字，每本书皮上都题了极大的字，题字的纸板木片已经积了好些好些，而且都用朱笔密密圈点起来，依照一种奇怪排列，有的插在地上，有的拉了好些绳子挂起来。

从前本有的一个小木盒子也供得高高的了。从前不知道这是干甚么用的，现在则很明显了，这里头有一个神或一个魔。听说他会算卦。

日本飞机把钱局街的一段炸成一片瓦砾，渐渐成了一块荒地，黄土堆得高高的，长了好些草。于是有耍猴子的来敲锣，玩傀儡戏的吹哨子，春天搭台唱了几天花灯，平常则经常有一个"套圈子"的摊子，有一两个人耐心地拿一把竹圈子一个一个地往地上排列着的瓷碗，泥娃娃，香烟，水果糖上投掷。才不到半年的事，简直都认不出来了，认不出当初有房屋时是甚么样了，倒塌时是甚么样子的了。有一棵小石榴树，居然开花，一个孤立的门框附了几块砖头居然还在，不知道为甚么没有推倒。而门里的一块地非常的平整，平整得令人哀伤。甚么时候老头子看上了这块地，于是把他的摊子，他的道场，他的坛，他的庙，搬了过来。他的龛子供得更高，字写得更多，布置得更繁复，而且插了一些小红旗子，他完全围在一种神秘的，妖黑的，——而凄厉悲惨的空气之中了。他完全疯了，他可以走到水里去火里去。大家知道有这么一个老头子，在那儿给人算卦。他用一种甚么方式给人家算卦呢？——喔，没有关系，他甚么都不用，凭他自己，这就够了。是的，这也还是一种玩具。可是我们还是玩点别的罢，这实在玩不起。——他大概会在那里住定下来，一直到死。

载一九四八年十一月一日、八日天津《益世报》

异　秉

一天已经过去了。不管用甚么语气把这句话说出来，反正这一天从此不会再有。然而新的一页尚未盖上来，就像火车到了站，在那儿喷气呢，现在是晚上。晚上，那架老挂钟敲过了八下，到它敲十下则一定还有老大半天。对于许多人，至少在这儿的几个人说起来，这是好的时候。可以说是最好的时候，如果把这也算在一天里头。更合适的是让这一段时候独立自足，离第二天还远，也不挂在第一天后头。

晚饭已经开过了。

"用过了？"

"偏过偏过，你老？"

"吃了，吃了。"

照例的，需跟某几个人交换这么两句问询。说是毫无意思自然也可以，然而这也与吃饭不可分，是一件事，非如此不能算是吃过似的。

这是一个结束，也是一个开始。

账簿都已一本一本挂在账桌旁边"钜万"斗子后头一溜钉子上，按照多少年来的老次序。算盘收在柜台抽屉里，手那么抓起来一振，梁上的珠子，梁下的珠子，都归到两边去，算盘珠上没有一个数字，每一个珠子只是一个珠子。该盖上的盖了，该关好的关好。（鸟都栖定了，雁落在沙洲上。）只有一个学徒的在"真不二价"底下拣一堆货，算是做着事情。但那也是晚上才做的事情。而且他的鼻涕分明已经吸得大有一种自得其乐的意趣，与白天挨骂时吸得全然两样。其余的人或捧了个茶杯，茶色的茶带烟火气；或托了个水烟袋，钱板子反过来才搓了的两根新煤子；坐着靠着，踱那么两步，搓一搓手，都透着一种安徐自在。一句话，把自己还给自己了。白天他们属于这个店，现在这个店里有这么几个人。

每天必到的两个客人早已来了，他们把他们的一切都带了来，他们的声音笑貌，委屈嘲讪，他们的胃气疼和老刀牌香烟都带来了。像小孩子玩"做人家"，各携瓜皮菜叶来入了股。一来，马上就合为一体，一齐度过这个"晚上"，像上了一条船。他们已经聊了半天，换了几次题目。他们唏嘘感叹，啧啧慕响，讥刺的鼻音里有酸味，鄙夷时撇撇嘴，混和一种猥亵的刺激，舒放的快感，他们哗然大笑。这个小店堂里洋溢感情，如风如水，如店中货物气味。

而大家心里空了一块。真是虚应以待，等着，等王二来，这才齐全。王二一来，这个晚上，这个八点到十点就甚么都不缺了。

今天的等待更是清楚，热切。

王二呢，王二这就来了。

王二在这个店前廊下摆一个摊子，一个甚么摊子，这就难一句话说了。实在，那已经不能叫摊子，应当算得一个小店。摊子是习惯说法。王二他有那么一套架子，板子；每天支上架子，搁上板子：板上上一排平放着的七八个玻璃盒子，一排直立着的玻璃盒子，也七八个；再有许多大大小小搪瓷盆子，钵子。玻璃盒子里是瓜子，花生米，葵花子儿，盐豌豆，……洋烛，火柴，茶叶，八卦丹，万金油，各牌香烟，……盆子钵子里是卤肚，熏鱼，香肠，盐虾，牛腱，猪头肉，口条，咸鸭蛋，酱豆瓣儿，盐水百叶结，回卤豆腐干。……一交冬，一个朱红蜡笺底洒金字小长方镜框子挂出来了，"正月初一日起新增美味羊羔五香兔腿"。先生，你说这该叫个甚么名堂？这一带人呢，就省事了，只一句"王二的摊子"，谁都明白。话是一句，十数年如一日，意义可逐渐不同起来。

晚饭前后是王二生意最盛时候。冬天，喝酒的人多，王二就更忙了。王二忙得喜欢。随便抄一抄，一张纸包了；（试数一数看，两包相差不作兴在五粒以上）抓起刀来（新刀，才用趁手），唰唰唰切了一堆；（薄可透亮）铛的一声拍碎了两根骨头：花椒盐，辣椒酱，来点儿葱花。好，葱花！王二的两只手简直像做着一种熟练的游戏，流转轻利，可又笔笔送到，不苟且，不油滑，像一个名角儿。五寸盘子七寸盘子，寿字碗，青花碗，没带东西的用荷叶一包，路远的扎一根麻线。王二的钱笼里一阵阵响，像下雹子。钱笼满了时，王二面前的东西也稀疏了，搪瓷盆子这才现出它的白，王二这才看见那两盏高罩子美孚灯，灯上加了一截纸套子。于是王二才想起刚才原就一阵一阵的西北风，到他脖子里是一个冷。一说冷，王二可就觉得他的脚有点麻木了，他掇过一张凳子坐下来，膝碰膝摇他的两条腿。手一不用，就想往袖子里笼，可是不行，一手油！倒也是油才不皴。王二回头，看见儿子扣子。扣子伏在板上记账，弯腰曲背，窝成一团。这孩子！一定又是"蒋沈韩杨"的韩字弄不对了，多一划少一划在那里一个人商量呢。

里边谈笑声音他听得见，他入神，皱眉，瞠目结舌，笑。他们说雷打泰山庙旗杆，这事他清楚，他很想插一句，脚下有欲动之势。还是留在凳子上吧！他不愿留下扣子一个人，零碎生意却还有几个的。

到承天寺幽冥钟声音越来越清楚，拉洋车的徐大虎子，一路在人家墙上印过走马灯似的影子，王二把他老婆送来的晚饭打开，父子两个吃起来。照例他们吃晚饭时抽大烟的烤鸭架子挟了个酒瓶来切擤风。放下碗，打更的李三买去羊尿泡。再，大概就不会有人来了。王二又坐了一会儿，今天早一点吧，趁三碗饭的暖气未消，把摊子收拾了，一件一件放到店堂后头过道里来。

王二东西多，他跟扣子两个人还得搬三四趟。店堂里这几位是每天看熟了，然而他们还是看，看他过来，过去，像姑娘看人家发嫁妆。用手用脚的是这两个人，然而好像大家全来合作似的。自然这其间淡漠热烈程度不同。最后至那块镜框子摘下来，王二从过道里带出一捆白天买好的葱。王二把他的葱放在两脚之间而坐下了。坐在那张空着的椅子上。

"二老板！生意好？"

"托福托福，甚么话，'二老板！'不要开玩笑好不好！"

王二这一坐下，大家重新换了一回烟茶：王二一坐下，表示全城再没有甚么活动了。灯火照在人家楄子纸上，河边园上乌青菜叶子已抹了薄霜。阻风的船到了港，旅馆子茶房送完了洗脚汤。知道所有人都已得到舒休，这教自己的轻松就更完全。

谈话承前启后地接下来。

这里并未"多"这么一个王二。无庸为王二而把一套话收起来，或特为搬出一套。而且王二来，说话的人高兴，高兴多了一个人听。不止多了一个人听，是来了个听话的人。王二从不打断别人的话，跟人抬杠，抢别人的话说。他简直没有甚么话，听别人的。王二总像知道得那么少，虚怀若谷地听，听得津津有味，"唉"，"噢"，诚诚恳恳地惊奇动色，像个小孩子。最多，比方说像雷打泰山庙旗杆，他知道，他也让你说，末了他补充发挥几句，而已。王二他大概不知道谦虚这两个字到底该怎样讲，可是他就谦虚得到了家了。

这里的人，自然不会有甚么优越感。王二呢，他自己要自己懂得分寸。这里几位，都是店里的"先生"，两个客人，一个在外地做过师爷，看过琼花观的琼花；一个教蒙馆，他儿子扣子都曾经是他学生。王二知道自己绝写不出一封"某某仁翁台电"的信，用他自己的话说，"不敢乱来"。

叫一声"二老板"的，当然有一种调侃的意思在。不过这实在全非恶意，叫这么一声真是欢欢喜喜的。为王二欢喜，简直连嫉妒的意思都没有。那个学徒的这时把货拣完了，一齐捆到一张大匾子里。他看过老《申报》，晓得一个新名词，他心里念"王二是个'幸运儿'"。他笑，笑王二是个幸运儿，笑他自己知道这三个字。

王二真的是不敢当。他红了若干次脸才能不红。（他是为"二老板"而红脸。）

王二随时像做官的见上司一样，不落落实实地坐，虽然还不至于"斜签着"。即是跟他儿子，他老婆在一处，甚至一个人，他也从不往椅子背上一靠，两条腿伸得挺挺的。他的胳臂总是贴着他的肋骨。他说话时也兴奋，激动，鼓舞，但动跳的是他的肌肉，他的心，他不指手画脚，不为加重语气而来一个响榧子。他吃饭，尽管甚么事都没有，也是赶活儿一样急急吃了。喝茶，到后头大锡壶里倒得一杯，咕噜噜灌下去，不会一口一口地呷，更不会一边呷，一边把茶杯口在牙齿上轻轻地叩。就说那捆葱，他不会到临走时再去拿吗？可他不，随手就带了来。王二从不缺薄，谢三秀才就是谢三秀才，不是甚么"黑漆皮灯笼谢三秀才"。他也叫烤鸭架子为烤鸭架子，那是因为烤鸭架子姓名久经湮没，王二无法觅访也。

"王二的摊子"虽然已经像一个小店了，还是"王二的摊子"。

今天实在是王二的摊子最后一天了。明天起世界上就没有王二的摊子。

王二赁定了隔壁旱烟店半间门面。旱烟店虽还开着门，这两年来实在生意清淡，本钱又少，只能养两个刨烟师傅一个站柜台的伙计，王二来了，自然欢迎。老板且想到不出一年，自己要收生意，一齐顶给王二。王二的哥哥王大是个挑箩的，也对付着能做一点木匠活，（王大王二原不住在一起，这以后，王二叫他搬到他家里来住。）已经叮叮咚咚地弄了两天，一个小柜台即将完成。王二又买了十几个带盖子的洋油铁箱，一口玻璃橱子，一张小桌子，扣子可以记记账。准备准备，三天之后即可搬了过去。

能不搬，王二绝不搬。王二在这个檐下吹过十几个冬天的西北风，他没有想到要舒服舒服。这么一丈来长，四尺宽的地方他爱得很。十几年来他在一定时候，依一定步骤在这里支开架子，搁上板子，哪里地上一个坑，该垫一个砖片，哪里一根椽子特别粗，他熟得很。春天燕子在对面电话线上唧唧呱呱，夏天瓦沟里长瓦松，蜘蛛结网，壁虎吃苍蝇，他记得清清楚楚。晚上听里边说话已成了个习惯。要他离开这里简直是从画儿上剪下一朵花来。而且就这个十几年里头，他娶了老婆生了扣子，扣子还有个妹妹。他这些盒子盆子一年一年多起来，满起来。可是就因为多起来满起来，他要搬家了。这么点地方实在挤得很。这些东西每天搬进搬出，在人家那儿堆了一大堆也过意不去。风沙大，雨大，下雪的时候，化雪的时候，就别提多不方便了。还有，他不愿意他的扣子像他一样在这个檐下坐一辈子。扣子也不小了。

你不难明白王二听到"二老板"时心里一些综错感情。

于是王二搬家了。王二这就不再在店前摆摊子了。

虽然只隔一层墙，究竟是个分别。王二没事时当然会来坐坐，晚上尤其情不自禁地要溜过来的，但彼此将终不免有一分冷清。王二现在来，是来辞行了。他们没有想到这四个字：依依不舍，但说出来就无法否认，虽然只一点点，一点点，埋在他们心里。人情，是不可免的。只缺少一个倾吐罢了。然而一定要倾么？

王二呢，他是说来谈谈的。"谈谈"的意思是商量一点事情，甚么事情王二都肯听听别人意见。今天更有需要向人请教的。他过三天。大小开了一爿店。是店得有个字号。这事前些日子大家早就提到过。

"二老板！黑漆招牌金漆字，如意头子上扎红彩。写魏碑的有崔老夫子，王二太爷石门颂。四个吹鼓手，两根杠子，嗨唷嗨唷，南门抬到北门！从此青云直上，恭喜恭喜！"

王二又是"托福托福，莫开玩笑"。自然心里也有些东西闪闪烁烁翻动。招牌他不想做，但他少不了有些往来账务，收条发单，上头得有个图章。他已经到市场逛了逛，买了两本蓝油夏布面子的新账本，一个青花方瓷印色盒子。他一想到扣子把一方万胜边枣木戳子沾上印色，呵两口气，盖在一张粉连子纸上，他的心扑通扑通直跳，他一直想问问他们可给他斟酌定了，不好意思。现在，他正在盘算着怎么出口。他嘀咕着："明天，后天，大后天，哎呀！——"他着急要来不及了。刻图章的陈老三认识，赶是可以赶的，总不能弄到最后一天去。他心里有事，别人说甚么事，那么起劲，他没听到。他脸上发热，耳朵都红了。

教蒙馆的陆先生叫了一声，

"王老二！"

"哝，甚么事陆先生？"

"你的那个字号啊，——"

"唉。"

"我们大家推敲过了。"

"承情承情！"

"乾啦，泰啦，丰啦，隆啦，昌啦，……都不大合适，这个，这个，你那个店不大，怕不大称。（王二正想到这个。）你么，叫王义成，你儿子叫王坤和，你不是想日后把店传给儿子吗，我们觉得还是从你两个名字当中各取一个字，就叫王义和好了。你这个生意路宽，不限甚么都可以做，也不必底下再赘甚么字，就叫'王义和号'好了。如何，你以为？"

王二一句一句地听进去，他听王少堂说"武十回"打虎杀嫂也没这么经心，他一辈子没听过这么好听的声音，陆先生点火吃烟，他连忙说：

"好极了，好极了。"

陆先生还有话：

"图章呢，已经给你刻好了，在卢先生那儿。"

王二嘴里一声"啊——"他说不出话来。这他实在没有想到！王二如果还能哭，这时他一定哭。别人呢，这时也都应当唱起来。他们究竟是那么样的人，感情表达在他们的声音里，话说得快些，高些，活泼些。他们忘记了时间，用他们一生之中少有的狂兴往下谈。扣子已经把一盏马灯点好，靠在屏门上等了半天，又撑开罩子吹熄了。

自然先谈了许多往事。这里有几个老辈子，事情记得真清楚。王二父亲甚么时候死的，那时候他怎么瘦得像个猴子，到粥厂拾个粮子打粥去。怎么那年跌了一跤，额角至今有个疤，怎么挎了个篮子卖花生，卖梨，卖柿饼子，卖荸荠；怎么开始摆熏烧摊子；……王二痛定思痛，简直伤心，伤心又快乐，总结起来心里满是感激。他手里一方木戳子不歇地掭来掭去。

"一切是命。八个字注得定定的。抬头朱洪武，低头沈万山，猴一猴是个穷范单。除了命，是相。耸肩成山字，可以麒麟阁上画图。朱洪武生来一副五岳朝天的脸！汉高祖屁股上有七十二颗黑痣，少一颗坐不了金銮宝殿！一个人多少有点异像，才能发。"

于是谈了古往今来，远山近水的穷达故事。

最后自然推求王二如何能有今天了。

王二这回很勇敢，用一种非常严肃的声音，声音几乎有点抖，说：

"我呀，我有一个好处：大小解分清。大便时不小便。喏，上茅房时，不是大便小便一齐来。"

他是坐着说的，但听声音是笔直地站着。

大家肃然。随后是一片低低地感叹。

这时门外一声：

"爹！你怎么还不回去？"

来的是王二女儿，瘦瘦小小，像他爹，她手里一盏灯笼，女儿后面是哥哥王大，王大又高又大，一脸络腮胡子，瞪着两眼。

那架老钟抖抖擞擞的一声一声地敲，那个生锈的钢簧一圈一圈振动，仿佛声音也是一个圈一个圈扩散开来，像投石子水，颤颤巍巍。数。铛，——铛，——铛，——铛，……一共十下。

王二起来。

"来了来了。这么冷的天，谁教你来的！"

"妈！"

忽然哄堂大笑。

"少陪少陪。"

王二走了一步，又站着：

"大后儿，在对面聚兴楼，给个脸，一定到，早到，没有甚么菜，喝一杯，意思意思，那天一早晨我来邀。

"少陪你老。少陪，卢先生。少陪，陆先生，……

"扣子！把妹妹手上灯笼接过来！马灯不用点了，我拿着。"

大家目送王二一家出门。

街上这时已断行人，家家店门都已上了。门缝里有的尚有一线光透出来。王二一家稍为参差一点地并排而行。王大在旁，过来是扣子，王二护定他女儿走在另一边。灯笼的光圈晃，晃，晃过去。更锣声音远远地在一段高高的地方敲，狗吠如豹，霜已经很重了。

"聋子放炮仗，我们也散了。"师爷与学究连袂出去，这家店门也阖起来。

学徒的上茅房。

一九四八年十二月三日写成。上海

载一九四八年第二卷第十期《文学杂志》

邂　逅

　　船开了一会儿，大家坐定下来。理理包篋，接起刚才中断的思绪，回味正在进行中的事务已过的一段的若干细节，想一想下一步骤可能发生的情形；没有目的地擒纵一些飘忽意象；漫然看着窗外江水；接过茶房递上来的手巾擦脸；掀开壶盖让茶房沏茶；口袋里摸出一张甚么字条，看一看，又搁了回去；抽烟；打盹；看报；尝味着透入脏腑的机器的浑沉的震颤，——震得身体里的水起了波纹。一小圈，一小圈；暗数着身下靠背椅的一根一根木条；甚么也不干，听而不闻，视而不见，近乎是虚设的"在"那里；观察，感觉，思索着这些，……各种生活式样摆设在船舱座椅上，展放出来；若真实，又若空幻，各自为政，没有章法，然而为一种甚么东西范围概括起来，赋之以相同的一点颜色。——那也许是"生活"本身。在现在，即是"过江"，大家同在一条"船"上。

　　在分割了的空间之中，在相忘于江湖的漠然之中，他被发现了，像从一棵树下过，忽然而发现了这里有一棵树。他是甚么时候进来的呢？他一定是刚刚进来。虽没有人注视着舱门如何进来了一个人，然而全舱都已经意识到他，在他由动之静，迈步之间有停止之意而终于果然站立下来的时候，他的进来完全成了一个事实。像接到了一个通知似的，你向他看。

你觉得若有所见了。

活在世上，你好像随时都在期待着，期待着有甚么可以看一看的事。有时你疲疲困困，你的心休息，你的生命匍伏着像一条假寐的狗，而一到有甚么事情来了，你醒豁过来，白日里闪来了清晨。

常常也是一涉即过，清新的后面是沉滞，像一缕风。

他停立在两个舱门之间的过道当中，正好是大家都放弃而又为大家所共有的一个自由地带。——他为甚么不坐，有的是空座位。——他不准备坐，没有坐的意思，他没有从这边到那边看一看，他不是在挑选哪一张椅子比较舒服。他好像有所等待的样子。——动人的是他的等待么？

他脉脉地站在那里。在等待中总是有一种孤危无助的神情的，然而他不放纵自己的情绪，不强迫人怜恤注意他。他意态悠远，肤体清和，目色沉静，不纷乱，没有一点焦躁不安，没有忍耐。——你疑心他也许并不等待着甚么，只是他的神情总像在等待着甚么似的而已。

他整洁，漂亮，颀长，而且非常的文雅，身体的态度，可欣可感，都好极了。难得的，遇到这样一个人。

哦，——他是个瞎子，——他来卖唱，——他是等着这个女孩子进来，那是他女儿，他等待着茶房沏了茶打了手巾出去，（茶房从他面前经过时他略为往后退了退，让他过去）等着人定，等着一个适当的机会开口。

她本来在哪里的？是等在舱门外头？她也进来得正是时候，像她父亲一样，没有人说得出她怎么进来的，而她已经在那里了，毫不突兀，那么自然，那么恰到好处，刚刚在点儿上。他们永远找得到那个千载一时的成熟的机缘，一点儿不费力。他已经又在许多纷纭褶曲的心绪的空隙间插进他的声音，不知道甚么时候，说了一句简单的开场白，唱下去了。没有跳踉呼喝，振足拍手，没有给任何旅客一点惊动，一点刺激，仿佛一切都预先安排，这支曲子本然地已经伏在那里，应当有的，而且简直不可或缺，不是改变，是完成；不是反，是正；不是二，是一。……

一切有点出乎意外。

我高兴我已经十年不经过这一带，十年没有坐这种过江的渡轮了，我才不认识他。如果我已经知道他，情形会不会不同？一切令我欣感的印象会不会存在？——也不，总有个第一次的。在我设想他是一种甚么人的时候我没有想出，没有想到他是卖唱的。他的职业特征并不明显，不是一眼可见，也许我全心倾注在他的另一种气质，而这种气质不是，或不全是生成于他的职业，我还没有兴趣也没有时间来判断，甚至设想他是何以为生的？如果我起初就发现——为甚么刚才没有，一直到他举出来轻轻拍击的时候我才发现他手里有一副檀板呢？

从前这一带轮船上两个卖唱的，一个鸦片鬼，瘦极了，嗓子哑得简直发不出声音，咤咤地如敲破竹子；一个女人，又黑又肥，满脸麻子。——他样子不像是卖唱的？其实要说，也像，——卖唱的样子是一个甚么样子呢？——他不满身是那种气味。腐烂了的果子气味才更强烈，他还完完整整，好好的。他样子真是好极了。这是他女儿，没有问题。

他唱的甚么？

有一回，那年冬天特别冷，雪下得大极了，河封住了，船没法子开，我因事需赶回家去，只有起早走，过湖，湖都冻得实实的，船没法子过去，冰面上倒能走。大风中结了几个伴在茫茫一片冰上走，心里感动极了，抽一支烟划一支洋火好费事！一个人划洋火成了全队人的事情。……（我掏了一支烟抽。）远远看见那只轮船冻在湖边，一点活意都没有，被遗弃在那儿，红的，黑的，都是可怜的颜色。我们坐过它很多次，天不这么冷，现在我们就要坐它的。忽然想起那两个卖唱的。他们在哪里了呢，雪下了这么多天了。沿河堤有许多小客栈，本来没有甚么人知道的，你想不到有那么多，都有了生意了，近年下，起早走路的客人多，都有事。他们大概可以一站一站地赶，十多里，二三十里，赶到小客栈里给客人解闷去。他们多半会这么着的。封了河不是第一次，路真不好走。一个人走起来更苦，他们其实可以结成伴。——哈，他们可以结婚！

这我想过不止一次了，颇有为他们做媒之意。"结婚"，哈！但是他们一起过日子很不错，同是天涯沦落人，彼此有个照应。可是怪，同在一路，同在一条船上卖唱，他们好像并没有同类意识，见了面没有看他们招呼过，谈话中也未见彼此提起过，简直不认识似的。不会，认识是当然认识的。利害相妨，同行妒忌，未必罢，他们之间没有竞争。

男的鸦片抽成了精，没有几年好活了，但是他机灵，活络得多，也皮赖，一定得的钱较多。女的可以送他葬，到时候有个人哭他，买一陌纸钱烧给他。——你是不是想男的可以戒烟，戒了烟身体好起来，不喝酒，不赌钱，做两件新蓝布大褂，成个家，立个业，好好过日子，同偕到老？小孩子！小孩子！——不，就是在一个土地庙神龛鬼脚下安身也行，总有一点儿温暖的。——说不定他们还会生个孩子。

现在，他们一定结伴而行了，在大风雪中挨着冻饿，挨着鸦片烟，十里二十里地往前赶一家一家的小客栈了。小客栈里咸菜辣椒煮小鲫鱼一盘一盘地冒着热气，冒着香，锅里一锅白米饭。——今天米价是多少？一百八？

下来一半（路程）了罢？天气好，风平浪静。

他们不会结婚，从来没有想到这个上头来过。这个鸦片鬼不需要女人，这个女人没有人要。别看这个鸦片鬼，他要也才不要这个女人！他骨干肢体毁蚀了，走了样儿，可是本来还不错的，还起原来很有股子潇洒劲儿。那样的身段是能欣赏女人的身段，懂得风情的身段。这个女人没有女人味儿！鸦片鬼老是一段"活捉张三郎"，挤眉瞪眼，伸头缩脖子，夸张，恶俗，猥亵，下流极了。没法子。他要抽鸦片。可是要是没法子不听还是宁可听他罢。他聪明，他用两支竹筷子叮叮当当敲一个青花五寸盘子，敲得可是神极了，溅跳洒泼，快慢自如，有声有势，活的一样。他很有点儿才气，适于干这一行的，他懂。那个黑麻子女人拖把胡琴唱"你把那，冤枉事勒欧欧欧欧欧欧……"，实在不敢领教。或者，更坏，不知哪里学来的一段"黑风帕"。这个该死的蠢女人！

他们秉赋各异，玩意儿不同，凑不到一起去。

真不大像是——这女孩子配不上他父亲，——还不错，不算难看，气派好，庄静稳重，不轻浮，现在她接她父亲的口唱了。

有熟人懂得各种曲子的要问问他，他们唱的这种叫甚么调子。这其实应当说是一种戏文，用的是代言体，上台彩扮大概不成罢，声调过于逶迤慢长了。虽是两人递接着唱，但并非对口，唱了半天，仍是一个人口吻。全是抒情，没有情节。事实自《红楼梦》敷衍而出。黛玉委委屈屈向宝玉倾诉心事。每一段末尾长呼"我的宝哥哥儿来",可是唱得含蓄低宛,居然并不觉得刺耳,颇有人细细地听,凝着神,安安静静,脸上恻恻的,身体各部松弛解放下来,气息深深,偶然舒一舒胸,长长透一口气,纸烟灰烧出一长段,跌落在衣襟上。碎了,这才霍然如梦如醒。有人低语:

"他的眼睛——"

"瞎子,雀盲。"

"哦——"

进门站下来的时候就觉得,他的眼睛有点特别,空空落落,不大有光彩,不流动。可是他女儿没有进来之先他向舱门外望了一眼,他一扬头,样子不像瞎眼的人。瞎眼人脸上都有一种焦急愤恨。眼角嘴角大都要变形的,雀盲尤其自卑,扭扭捏捏。藏藏躲躲,他没有,他脸上恬静平和极了。他应当是生下来就双眼不通,不会是半途上瞎的。

女孩子唱的还不如他父亲。——听是还可以听。

这段曲子本来跟多数民间流行曲子一样,除了感伤,剩下就没有甚么东西了,可是他唱得感伤也感伤,一点儿都不厉害。唱得深极了,远极了,素雅极了,醇极了,细运轻输,不枝不蔓,舒服极了。他唱的时候没有一处摇摆动晃,脸上都不大变样子,只有眉眼间略略有点凄愁。像是在深深思念之中,不像在唱。——啊不,是在唱,他全身都在低唱,没有哪一处是散涣叛离的,他唱得真低,然而不枯,不弱,声声匀调,字字透达,听得清楚分明极了,每一句,轻轻地拍一板,一段,连拍三四下。女儿所唱,格韵虽较一般为高,但是听起来薄,松,含糊,懒懒的,她是受她父亲的影响,模仿父亲而没有其精华神髓，她尽量压减洗涤她的嗓音里的野性和俗气，可是她的生命不能与那个形式蕴合，她年纪究竟轻，而且性格不够。她不能沉湎，她心不专，她唱，她自己不听。她没有想跳出这个生活，她是个老实孩子。老实孩子，但不是没有一些片片段段的事实足以教她分心，教她不能全神贯注，入乎其中。

她有十七八岁了罢？有啰，可能还要大一点，样子还不难看。脸宽宽的，鼻子有一点塌，眼睛分得很开。搽了一点儿脂粉，胭脂颜色不好，桃红的。头发修得很齐，梳得光光的，稍为平板了一点，前面一个发卷于是显得像个筒子，跟后面头发有点不能相连属，腰身粗粗的，眼前还不要紧，千万不能再胖。站着能够稳稳的，腿分得不太开，脚不乱动，上身不扭，然而不僵，就算难得的了。她的态度救了她的相貌不少。她神色间有点疲倦，一种心理的疲倦。——她有了人家没有？一件黑底小红碎花布棉袍，青鞋，线袜，干干净净。——又是父亲了，他们轮着来。她唱得比较少，大概是父亲唱两段，女儿唱一段。

天气真好，简直没有甚么风。船行得稳极了。

谁把茶壶跟茶杯挨近着放，船震，轻轻地磣出瓷的声音，细细的，像个金铃子叫。——嗳呀，叫得有点烦人！心里不舒服，觉得恶心。——好了，平息了，心上一点霉斑。——让它叫去罢，不去管它。

是不是这么分的，一个两段，一个一段？这么分法有甚么理由？要是倒过来，——现在这么听着挺合适，要是女儿唱两段父亲唱一段呢。这个布局想象得出么？两种花色编结起来的连续花边，两朵蓝的，间有一朵绿的，（紫的，黄的，银红的，杂色的）如果改成两朵绿的一朵蓝的呢？……甚么蓝的绿的，不像！干甚么用比喻呢，比喻不伦！——有没有女儿两段父亲一段的时候？——分开了唱四段比连着唱三段省力，——两个人比一个人唱好，有变化，不单调，起来复舒卷感，像花边，——比喻是个陷阱，还是摔不开！——接口接得真好，一点儿不露痕迹，没有夺占，没有缝隙，水流云驻，叶落花开，相契莫逆，自自在在，当他末一声的有余将尽，她的第一字恰恰出口，不颔首，不送目，不轻轻咳嗽，看不出一点点暗示和预备的动作。

　　他们并排站着，稍有一段距离。他们是父女，是师徒，也还是同伴。她唱得比较少，可是并不就是附属陪衬。她并不多余，在她唱的时候她也是独当一面，她有她的机会，他并不完全笼罩了她，他们之间有的是平等，合作时不可少的平等。这种平等不是力求，故不露暴，于是更圆满了。——真的平等不包含争取。父亲唱的时候女儿闲着，她手里没有一样东西，可是她能那么安详！她垂手直身，大方窈窕，有时稍稍回首，看她父亲一眼，看他的侧面，他的手。——她脚下不动。

　　他自己唱的时候他拍板，女儿唱的时候他为女儿拍板，他从头没有离开过曲子一步。他为女儿拍板时也跟自己拍板时一样，好像他女儿唱的时候有两起声音，一起直接散出去，一起流过他，再出去。不，这两条路亦分亦合，还有一条路，不管是他和她所发的声音都似乎不是从这里，不是由这两个人，不是在我们眼前这个方寸之地传来的，不复是一个现实，这两个声音本身已经连成一个单位。——不是连成，本是一体，如藕于花，如花于镜，无所凭借，亦无落着，在虚空中，在天地水土之间。……

　　女孩子眼睛里看见甚么了？一个客人袖子带翻了一只茶杯，残茶流出来，渐成一线，伸过去，伸过去，快要到那个纸包了，——纸包里是甚么东西？——嘻，好了，桌子有一条缝，茶透到缝里去了——还没有，——还没有——滴下来了！这种茶杯底子太小，不稳，轻轻一偏就倒了。她一边看，一边唱，唱完了，还在看，不知是不是觉得有人看出了，有点儿不好意思，微低了头。面色肃然。——有人悄悄地把放在桌上的香烟火柴放回口袋里，快到了罢？对岸山浅浅地一抹。他唱完了这一段大概还有一段，由他开头，也由他收尾。

完了，可是这次好像只有一段？女儿走下来收钱，他还是等在那儿。他收起檀板，敛手垂袖而立，温文恭谨，含情脉脉，跟进来时候一样。

他样子真好极了，人高高的，各部分都称配，均衡，可是并不伟岸，周身一种说不出来的优雅高贵。稍稍有点衰弱，还好，还看不出有病苦的痕迹。总有五十岁左右了。……今天是……十三，过了年才这么几天，风吹着已经似乎不同了。——他是理了发过的年罢，发根长短正合适。梳得妥妥帖帖，大大方方。头发还看不出白的。——他不能自己修脸罢？也还好，并不惨厉，而且稍为有点阴翳于他正相宜，这是他的本来面目，太光滑了就不大像他了。他脸上轮廓清晰而固定，不易为光暗影响改变。手指白白皙皙，指甲修得齐齐的。——干净极了！一眼看去就觉得他的干净。可是干净得近人情，干净得教人舒服，不萧索，不干燥，不冷，不那么兢兢翼翼，时刻提防，觉得到处都脏，碰不得似的。一件灰色棉袍，剪裁得合身极了。布的。——看上去料子像很好？——是布的，不单是袍子，里面衬的每一件衣裤也一定都舒舒齐齐，不破，不脏，没有气味，不窝囊着，不扯起来，口袋纽子都不残缺，一件套着一件，一层投着一层，袖口一样长短，领子差不多高低，边对边，缝对缝。……还很新，是去年冬天做的。——袍子似乎太厚了一点，有点臃肿，减少了他的挺拔。——不，你看他的腮，他真该穿得暖些啊。他的胸，他的背，他的腰肋，都暖洋洋的，他全身正在领受着一重丰厚的暖意，—— 一脉近于叹息的柔情在他的脸上。

　　她顺着次序走过一个一个旅客，不说一句话，伸出她的手，坦率，无邪，不局促，不忸怩，不争多较少，不泼辣，不纠缠，规规矩矩老老实实。——这女孩子实在不怎样好看。她鼻子底下有颗痣。都给的。——有一两个，她没有走近，看样子他也许没有，然而她态度中并无轻蔑之意，不让人不安。有的脸背着，或低头扣好皮箱的锁，她轻轻在袖子上拉一拉。——真怪，这样一个动作中居然都包含一点卖弄风情，没有一点冒昧。被拉的并不嗔怪，不声不响，掏出钱来给她。——有人看着他，他脸一红，想分辩，我不是——是的，你忙着有事，不是规避，谁说你小器的呢，瞧瞧你这样的人，像么，——于是两人脸上似笑非笑了一下，眼光各向一个方向挪去。——这两个人说不定有机会认识，他们老早谈过话了。——在澡堂里，饭馆里，街上，隔若干日子，碰着了，他们有招呼之意，可是匆匆错过了，回来，也许他们会想，这个人好面熟，哪里见过的？——大概想不出究竟是哪里见过的了罢？——人应当记日记。——给的钱上下都差不多，这也好像有个行情，有个适当得体的数目，切合自己生活，也不触犯整个社会。这玩意儿真不易，够学的！过到老，学不了，学的就是这种东西？这是老练，是人生经验，是贾宝玉反对的学问文章。我的老天爷！——这一位，没有零的，掏出来一张两万关金券，一时张皇极了，没有主意，连忙往她手里一搁，心直跳，转过身来伏在船窗上看江水，他简直像大街上摔了一大跤。——哎，别介，没有关系。——差不多全给的，然而送给舱里任何一位一定没有人要。一点不是一个可羡慕的数目。——上海正发行房屋奖券，这里头一定有人买的，就快开奖了，你见过设计图样么？——从前用铜子，卖唱的多用一个小藤册子接钱，投进去磬磬地响。

　　都收了，她回去，走近她父亲，——她第一次靠着她父亲，伸一个手给他，拉着他，她在前，他在后，一步一步走出去了。他是个瞎子。——我这才真正地觉得他瞎。看到他眼睛看不见，十分地动了心。他的一切声容动静都归纳摄收在这最后的一瞥，造成一个印象，完足，简赅，具体。他走了，可是印象留下来。——他们是父女，无条件的，永远的，没有一丝缝隙的亲骨肉。不，她简直是他的母亲啊！他们走了。……

　　"他们一天能得多少钱？"

　　"也不多——轮渡一天来回才开几趟。夏天好，夏天晚上还有人叫到家里唱。"

　　"那他们穿的？"

　　"嗳——"

　　船平平稳稳地行进，太阳光照在船上，船在柔软的江水上。机器的震动均匀而有力，充满健康，充满自信。舱壁上几道水影的反光晃荡。船上安静极了，有秩序极了。——忽然乱起来，像一个灾难，一个麻袋挣裂了，滚出各种果实。一个脚夫像天神似的跳到舱里。——到了，下午两点钟。

一九四八年

散

文

1943 —— 1948

小贝编

一 小贝编

窗前这片雨是那朵山头的轻云。
胭脂果重新开出漫山鲜亮的花。
花在你百折的裙裥里等待风信：
昨天花朵下我有我的瓶。
今天我瓶里开了满瓶花。
舀一瓢水也舀一瓢影子：
珊瑚的红完成了绿的海。
珊瑚有港，港有灯塔，有雾。
洞庭多落叶，树依然是树。

二 小贝杂录

小时候我有一方樱红的水晶，
里头有个小小虫儿，记不得是
金妈妈是碧嬉嬉，整整二十年了，
我才真想起它一回。

鸽子和钟声，好太阳，开窗，金银花香里我有我的小学校。我记得小学校里许多事情，其中最切的两件，姓詹的胖斋夫剪冬青树和我们的书，书大都有字也有画，长大了我颇为它们糊涂过，这些画是解释字的呢，还是字解释画？不知我曾否喜欢过那些字，但至今还是喜欢画的。并且，我的爱画与字无干。起先，画多字少，慢慢的画比较少了，我们自己仿佛也写在那些字里，画在那些画里，和在里头变。因此即使觉得，也不说出；直至说出，才真算觉得。我说"少了"，恐怕那是日后的事，是看惯了没有画的书时的经验了。詹胖子都老了；一排一排的冬青树头剪平了又长圆了，而我们似乎不断的比冬青树矮，冬青树上留名，故事里头没有，但青梧绿竹随处皆有，你看看那些题刻，心下如何？"画少了呢。"这句话太吓人，我从来没听过有人敢大胆说过，倒是有一次放学回来，玩了半天，我忽然想起来告诉姐姐："我的画也没有颜色了。"姐姐不响，拿过我的书翻了翻，灯下她有个很好思想："这是多么一个得意，没有颜色可以自己填。"青制服，红帽子，小猫是黄的，小狗也是黄的，所惜者，我们的色碟有限，所幸者，则颜色先有而后有颜色名称。我们常用了我们不知道的颜色。

我想回去，回去看看那些书，那些画，看看填的颜色，也看看有没有还白着的，如果有，刚才我想：我填；现在，我已经想不那么做了，因为我不会那么做的，并且我知道。我想，街上我会碰到詹老头子。

　　犹之百花丛中你看见一朵
　　花，那是一朵花，等一瓣一瓣描给自己时，便非像
　　适才所见，且恐怕就不是一朵花了。

人在梦里是个疯子，疯人想必不做梦，我有一个梦，梦成一句话："秋天是一节被删的文章。"梦时不甚了了，当然也就仿佛懂得，知道梦了多少时候，那实在是一个奇妙的结构，没有人，没有声音，灯上取一点，花上取一点，虹上取一点。向百物提来一个概念像合成一片红，这片红又赋得一个形式而成了我的梦：天地奄参，当中一条大路，干而且白。路上甚么也没有。有风，但风透明无物。不多近，不多远，他们，——我说是那些命定的标点，一个个站着，高高翻起衣领。这边看看，又看看那边，我笑出来又觉得真不该，我有点难受，半天我没跟人说一句话，寂寞。

另一次，另一个梦，我甚么也不为地兴奋得出奇。白天我劳顿得像行军时拖在后头的矮兵，可是我没有他一样的睡眠：一二一，左右左，这样简单而永无绝断（连环小数一般的）事物挂着我如挂一个摆。七天，整整的七天，我瘦了。你在太阳下烧过纸或是草之类的东西么，你该看见过火上的空气。那跳动的样子，也许像几张糯子纸叠在一处。我那七天常有的感觉便是那样，偶然阖眼，我便做起喝水的梦，我喝得非常舒服，水的冷暖甜咸各有不同。尤其是难以分辨的是那一次不同的舒服，可是我当时的确非常明白。一句老话，真是"如人饮水"了。（那种舒服，实几近于快乐了。）第七夜，我严肃而固执地（不知向谁）说：

"所有的东边都是西边的东边。"

我念着念着，梦里心想莫又忘了，醒来果然竟没有忘。我想起优钵的花。

　　一个仙谷开满艳红的大花，一条黑蛇采食百花，酿

成毒，想毒死自己。结果蛇是没有了，花尽了，谷中

有一蛇长长的毒。所有的东边都是西边的东边。

假若，世上甚么也没有，除了镜子，这些镜子是甚么？它有甚么？

窗子里的窗子

一天，我独自去一个市郊公园去看孔雀。人真少。野渡无人舟自横，我在一个桥上坐了半天。大风里我把一整盒火柴都划亮了，抽烟的欲望还不能满足。孔雀前面我本身是个太古时代。想，捡两根孔雀毛回去做个见证，可它偏不落。不落便不落吧，能怨怪谁去。孔雀使我想起向日葵：影转高梧月初出，向日葵不歇地转，虽然谁能说："你看，它在转呢。"于是它无时不有个正面的影子。（或许是背影。但地上的正影原是一样，亦要不是侧影就成。）一片广场上植满向日葵，那图案是孔雀的翎。我们小学校中做手工时，先生教用铅笔刨花贴在纸上做剪秋罗，其实若做向日葵的影子才真合适。孔雀有蛇一样的颈子，可是它依然不能回头看自己开屏。第一只孔雀把它的悲哀留在水里给我。

然而，一切光荣归诸神！

是的。这是装饰的意义和价值。每天早上，我醒来。好春天，我醒得如此从容，好像未醒之前就知道要醒了，我一切都在醒之前准备好了。我满足而宁静。"幸福"，我听见一个声音。窗前鸟唱。我明白那唱的不是鸟。枕上嗅到的，不是香，宁是花。

莫问我花为甚么开，花不开在我眼睛里，而我满心喜悦，满心感谢。

有人喜欢花开在瓶里比开在枝上更甚，那是他把他自己开在花里了。一样最美的事物是完整的，因为完整，便是唯一的。一首乐曲使乐曲之外的都消失了。

我信仰。

"一切不灭"，但因此我尊重插花的人。

插花须插向，鬓边斜。你想起甚么呢，创造？

我有一个故事。一个精于卜卦的窑工，造了一只瓶，并卜了一卦。两件事都做得非常秘密。几年之后，这只瓶为一个阀阅豪家买去，供在厅事的几案上。这窑工乔装了一个古董商，常往豪家走动。某天，他很早便叫醒自己，结束停当，去拜见豪家主人，他有那么丰富的知识，字画，器玩。花鸟虫鱼，烟酒歌吹，无一不精，故能把主人留在厅上整整半天。炉香细细，帷幕沉沉，静得像一个闭关的花园，灰尘轻轻地落下来。主人看那窑工（我只能如此称呼他）直视壁上的钟，脸上越来越紧张，越来越严肃，正要叫他，他一摆手，噤住主人的声音，一切全凝固了。忽然，他抖了一下，那要求的事情终于求了：丁，瓶碎了。"呵！"他满眼泪光，走过去，在碎片中寻出一片，细致的凹面上读出一行工整的蓝字："某年月日时刻分，鼠斗坠钉毁此瓶！"两声啁啾，使主客都寒噤。

这窑工会从此不造他的瓶了，不卜他的卦了呢，你想？

每一朵花都是两朵，一朵是花；一朵，作为比喻。

可以互相比喻的事物原是很多的，我们的世界是那么大。

我有过一把檀木镂刻的折扇，我早就知道它会散的。

我整天带着它，打开又合拢，我让风从空花中过去，于是从来便是旧了的丝带断了。

我想起"自己"。

一天，我去看一个朋友。他正要出去一会，教我先坐一会儿。我挑了一张椅子，自己倒了一杯茶。"××来了一封信，在这里"，我的信才看了一半时，一个风尘满面的人敲敲门进来了。"是了，"我仿佛听见他心里的话。他一定从街这边看到街那边，（那他一定看到墙上的标点，屋檐下的鸽子，一朵云，一枝花。）才找到他要找的号数。他一只手提了皮箱，另一只手在皮箱上摸来摸去。（他想：总不免的，一开头有点窘，唉，我总是这么局促：但是不妨事，就会好的。）我放下信，觉得该站起来招呼。在他看到那个信封而脸上有点笑意时，我接过他的箱子。这个人是常出门的，他的箱子上嵌有一张名片。我还没看进名片上的字，那人恳切地握了我的手，接着便说起他在路上大略想过一遍的话来。

"令兄的信大概前两天到了。我们，唉，我与令兄是老朋友。"

"他的病全好了。现在还住在老地方。"

"现在还需休养休养，一时不会做甚么事。他想整理一点旧稿子。你这里如果有，就给寄出。"

"都希望你暑假出去玩玩呢。快了，还有不到两个月了。"

"车子，嗨，就是车子难找。不过，总有办法，总有办法。"

我一面含含糊糊应答，一面狐疑，这个人是怎么回事呢？一直等他说个尽兴，我给他倒了杯茶，自己也把那杯没有喝的茶端起。嘴里说："一路辛苦了，路不平。"心想怎么应付。忽然，那个信封在我眼前清楚起来，我笑了。

"请坐一坐，他一会儿就回来。"

我细细地喝茶，让茶从我的齿缝间进去。瞟了瞟这位客人的鞋子，想看看他那名片依然没有看清。我那朋友就要来了。他会不会老拿问我的话问这位先生："来了多少时候了？"那可糟，他一定回答不出，有多少人会先看看表坐下来再来等人的。他一直没看表。

你大概都住过旅馆。当茶房把钥匙交给你，你在壁上那面照过无数人的镜子里看一看，你要出去了。门口账房旁边一面大牌子等着你，×××，你会看到自己的名字。我喜欢那一个发见，一个遇合，不啻被人亲切地叫了一声。一个主人，一个客人，多么奇特的身份！我想以后不再在登录册上随便写两个或三个字，虽然事实上我以前也不常这么做。那位先生在皮箱上嵌个名片，他实在可爱得很。

每一个字是故事里算卦人的水晶球，每一个字范围于无穷。我们不能穿在句子里像穿在衣服里，真是！"记得绿罗裙，处处怜芳草"？"马为仰天鸣，风为自萧萧"？不早了，水纹映到柳丝上了。

一九四三年三月十日

载一九四三年四月二十八日、五月一日《大国民报》

烧花集

一叶落而天下知秋。秋与知是否邈不相关？二而一？管它！落下一片叶子是真的。普天下决不能有两片叶子同时落，然而普天下并是那一个风也。只要是吹的，不管甚么风。风不可捕，我拾起这片叶子。红的么？

我的欢情，那一枝……

一片寂静的树枝中，有一枝动了，颤巍巍的；韵律与生命合成一体，如钟声。于是我想起，一只小鸟，蹬一蹬，才从这里飞去。静是常，动是变，然而任何一刻是永远。

"有笑的一刻，就有忆笑的一刻"，一笑是无穷。

没有人能够在看到之后才认识。你是跟我的生命一齐来的。"美的定义是引起惊讶与感到舒服"；后者是已经熟悉的，前者是将会熟悉的：希望的眼睛与回忆的眼睛有同样的光，因为它们本来是一个。回忆未来的风雨晴晦，你看，天上的云，多真实。

水至清则无鱼，然而历历可数岂非极可喜境界？

——历历可数么？不可能的。一尾，两尾，三，四，虎皮石边，白萍动了，一个水花儿，银鳞翻闪，嗒，红蓼花边的眼睛映一点夕阳如珠，多少了？忘了。单是数本身就是件弄不清的事。"我还没有到能静静分析自己的年龄"，永远也到不了。

"想到你的爱特别是一种头脑的爱，一种温情与忠诚的美而智的执着。"芥龙为这句话激恼了。

一枝西番莲以绿象牙的嫩枝自陶缶中吮收水份。一只满载花粉的蜜蜂触动花瓣，垂着细足飞出窗外。幸福可见如十指。

附

烧花集题记

终朝采豆蔻，双目为之香。一切到此成了一个比喻，切实处在其无定无边。虽说了许多话，则与相对嘿无一语差不多少，于是甚好。我本有志学说故事，不知甚么时候想起可以用这样文体作故事引子，一时怕不会放弃。去年雨季写了一点，集为《昆虫书简》，今年雨季又写了《雨季书简》及《蒲桃与钵》，这《烧花集》则不是在渐沥声中写的了。要是一个不同耳，故记之。"烧花"是甚么意思，说法各听尊便可也。谁说过"花如灯，亮了"，我喜欢这句话，然于"烧花"亦自是无可无不可。

卅二年十二月二日
载第一期《建国导报》

花　园

茱萸小集二

在任何情形之下，那座小花园是我们家最亮的地方。虽然它的动人处不是，至少不仅在于这点。

每当家像一个概念一样浮现于我的记忆之上，它的颜色是深沉的。

祖父年轻时建造的几进，是灰青色与褐色的。我自小养育于这种安定与寂寞里。报春花开放在这种背景前是好的。它不至被晒得那么多粉。固然报春花在我们那儿很少见，也许没有，不像昆明。

曾祖留下的则几乎是黑色的，一种类似眼圈上的黑色（不要说它是青的）里面充满了影子。这些影子足以使供在神龛前的花消失。晚间点上灯，我们常觉那些布灰布漆的大柱子一直伸拔到无穷高处。神堂屋里总挂一只鸟笼，我相信即是现在也挂一只的。那只青裆子永远眯着眼假寐（我想它做个哲学家，似乎身子太小了）。只有巳时将尽，它唱一会儿，洗个澡，抖下一团小雾在伸展到廊内片刻的夕阳光影里。

一下雨，什么颜色都郁起来，屋顶，墙，壁上花纸的图案，甚至鸽子：铁青子，瓦灰，点子，霞白。宝石眼的好处这时才显出来。于是我们，等斑鸠叫单声，在我们那个园里叫。等着一棵榆梅稍经一触，落下碎碎的瓣子，等着重新着色后的草。

我的脸上若有从童年带来的红色，它的来源是那座花园。

我的记忆有菖蒲的味道。然而我们的园里可没有菖蒲呵？它是哪儿来的，是那些草？这是一个无法解决的问题。但是我此刻把它们没有理由地纠在一起。

"巴根草，绿阴阴，唱个唱，把狗听。"每个小孩子都这么唱过吧。有时甚么也不做，我躺着，用手指绕住它的根，用一种不露锋芒的力量拉，听顽强的根胡一处一处断。这种声音只有拔草的人自己才能听得。当然我嘴里是含着一根草了。草根的甜味和它的似有若无的水红色是一种自然的巧合。

草被压倒了。有时我的头动一动，倒下的草又慢慢站起来。我静静地注视它，很久很久，看它的努力快要成功时，又把头枕上去，嘴里叫一声"嗯！"有时，不在意，怜惜它的苦心，就算了。这种性格呀！那些草有时会吓我一跳的，它在我的耳根伸起腰来了，当我看天上的云。

我的鞋底是滑的，草磨得它发了光。

莫碰臭芝麻，沾惹一身，嗐，难闻死人。沾上身子，不要用手指去拈。用刷子刷。这种籽儿有带钩儿的毛，讨嫌死了。至今我不能忘记它：因为我急于要捉住那个"都溜"（一种蝉，叫得最好听），我举着我的网，蹑手蹑脚，抄近路过去，循它的声音找着时，拍，得了。可是回去，我一身都是那种臭玩意儿。想想我捉过多少"都溜"！

我觉得虎耳草有一种腥味。

紫苏的叶子上的红色呵，暑假快过去了。

那棵大垂柳上常常有天牛，有时一个、两个的时候更多。它们总像有一桩事情要做，六只脚不停地运动，有时停下来，那动着的便是两根有节的触须了。我们以为天牛触须有一节它就有一岁。捉天牛用手，不是如何困难工作，即使它在树枝上转来转去，你等一个合适地点动手。常把脖子弄累了，但是失望的时候很少。这小小生物完全如一个有教养惜身份的绅士，行动从容不迫，虽有翅膀可从不想到飞；即是飞，也不远。一捉住，它便吱吱纽纽地叫，表示不同意，然而行为依然是温文尔雅的。黑地白斑的天牛最多，也有极瑰丽颜色的。有一种还似乎带点玫瑰香味。天牛的玩法是用线扣在脖子上看它走。令人想起……不说也好。

蟋蟀已经变成大人玩意儿了。但是大人的兴趣在斗，而我们对于捉蟋蟀的兴趣恐怕要更大些。我看过一本秋虫谱，上面除了苏东坡米南宫，还有许多济颠和尚说的话，都神乎其神的不大好懂。捉到一个蟋蟀，我不能看出它颈子上的细毛是瓦青还是朱砂，它的牙是米牙还是菜牙，但我仍然是那么欢喜。听，瞿瞿瞿瞿，哪里？这儿是的，这儿了！用草掏，手扒，水灌，嗐，蹦出来了。顾不得螺螺藤拉了手，扑，追着扑。有时正在外面玩得很好，忽然想起我的蟋蟀还没喂呐，于是赶紧回家。我每吃一个梨，一段藕，吃石榴吃菱，都要分给它一点。正吃着晚饭，我的蟋蟀叫了。我会举着筷子听半天，听完了对父亲笑笑，得意极了。一捉蟋蟀，那就整个园子都得翻个身。我最怕翻出那种软软的鼻涕虫。可是堂弟有的是办法，撒一点盐，立刻它就化成一滩水了。

有的蝉不会叫，我们称之为哑巴。捉到哑巴比捉到"红娘"更坏。但哑巴也有一种玩法。用两个马齿苋的瓣子套起它的眼睛，那是刚刚合适的，仿佛马齿苋的瓣子天生就为了这种用处才长成那么个小口袋样子，一放手，哑巴就一直向上飞，绝不偏斜转弯。

蜻蜓一个个选定地方息下，天就快晚了。有一种通身铁色的蜻蜓，翅膀较窄，称"鬼蜻蜓"。看它款款地飞在墙角花荫，不知甚么道理，心里有一种说不出来的难过。

好些年看不到土蜂了。这种蠢头蠢脑的家伙，我觉得它也在花朵上把屁股撅来撅去的，有点不配，因此常常愚弄它。土蜂是在泥地上掘洞当作窠的。看它从洞里把个有绒毛的小脑袋钻出来（那神气像个东张西望的近视眼），嗡，飞出去了，我便用一点点湿泥把那个洞封好，在原来的旁边给它重掘一个，等着，一会儿，它拖着肚子回来了，找呀找，找到我掘的那个洞，钻进去，看看，不对，于是在四近大找一气。我会看着它那副急样笑个半天。或者，干脆看它进了洞，用一根树枝塞起来，看它从别处开了洞再出来。好容易，可重见天日了，它老先生于是坐在新大门旁边息息，吹吹风。神情中似乎是生了一点气，因为到这时已一声不响了。

祖母叫我们不要玩螳螂，说是它吃了土谷蛇的脑子，肚里会生出一种铁线蛇，缠到马脚脚就断，甚么东西一穿就过去了，穿到皮肉里怎么办？

它的眼睛如金甲虫，飞在花丛里五月的夜。

故乡的鸟呵

我每天醒在鸟声里。我从梦里就听到鸟叫，直到我醒来。我听得出几种极熟悉的叫声，那是每天都叫的，似乎每天都在那个固定的枝头。

有时一只鸟冒冒失失飞进那个花厅里，于是大家赶紧关门，关窗子，吆喝，拍手，用书扔，竹竿打，甚至把自己帽子向空中摔去。可怜的东西这一来完全没了主意，只是横冲直撞地乱飞，碰在玻璃上，弄得一身蜘蛛网，最后大概都是从两椽之间空隙脱走。

园子里时时晒米粉，晒灶饭，晒碗儿糕。怕鸟来吃，都放一片红纸。为了这个警告，鸟儿照例就不来，我有时把红纸拿掉让它们大吃一阵，到觉得它们太不知足时，便大喝一声赶去。

我为一只鸟哭过一次。那是一只麻雀或是癞花。也不知从甚么人处得来的，欢喜得了不得，把父亲不用的细篾笼子挑出一个最好的来给它住，配一个最好的雀碗，在插架上放了一个荸荠，安了两根风藤跳棍，整整忙了一半天。第二天起得格外早，把它挂在紫藤架下。正是花开的时候，我想是那全园最好的地方了。一切弄得妥妥当当后，独自还欣赏了好半天，我上学去了。一放学，急急回来，带着书便去看我的鸟。笼子掉在地下，碎了，雀碗里还有半碗水，"我的鸟，我的鸟呐！"父亲正在给碧桃花接枝，听见我的声音，忙走过来，把笼子拿起来看看，说："你挂得太低了，鸟在大伯的玳瑁猫肚子里了。"哇的一声，我哭了。父亲推着我的头回去，一面说："不害羞，这么大人了。"

有一年，园里忽然来了许多夜哇子。这是一种鹭鸶属的鸟，灰白色，据说它们头上那根毛能破天风。所以有那么一种名，大概是因为它的叫声如此吧。故乡古话说这种鸟常带来幸运。我见它们吃吃喳喳做窠了，我去告诉祖母，祖母去看了看，没有说什么话。我想起它们来了，也有一天会像来了一样又去了的。我尽想，从来处来，从去处去，一路走，一路望着祖母的脸。

园里甚么花开了，常常是我第一个发现。祖母的佛堂里那个铜瓶里的花常常是我换新。对于这个孝心的报酬是有需掐花供奉时总让我去，父亲一醒来，一股香气透进帐子，知道桂花开了，他常是坐起来，抽支烟，看着花，很深远地想着甚么。冬天，下雪的冬天，一早上，家里谁也还没有起来，我常去园里摘一些冰心腊梅的朵子，再掺着鲜红的天竹果，用花丝穿成几柄，清水养在白瓷碟子里放在妈（我的第一个继母）和二伯母妆台上，再去上学。我穿花时，服伺我的女用人小莲子，常拿着掸帚在旁边看，她头上也常戴着我的花。

我们那里有这么个风俗，谁拿着掐来的花在街上走，是可以抢的，表姐姐们每带了花回去，必是坐车。她们一来，都得上园里看看，有甚么花开得正好，有时竟是特地为花来的。掐花的自然又是我。我乐于干这项差事。爬在海棠树上，梅树上，碧桃树上，丁香树上，听她们在下面说："这枝，唉，这枝这枝，再过来一点，弯过去的，喏，唉，对了对了！"冒一点险，用一点力，总给办到。有时我也贡献一点意见，以为某枝已经盛开，不两天就全落在台布上了，某枝花虽不多，样子却好。有时我陪花跟她们一道回去，路上看见有人看过这些花一眼，心里非常高兴。碰到熟人同学，路上也会分一点给她们。

想起绣球花，必连带想起一双白缎子绣花的小拖鞋，这是一个小姑姑房中东西。那时候我们在一处玩，从来只叫名字，不叫姑姑。只有时写字条时如此称呼，而且写到这两个字时心里颇有种近于滑稽的感觉。我轻轻揭开门帘，她自己若是不在，我便看到这两样东西了。太阳照进来，令人明白感觉到花在吸着水，仿佛自己真分享到吸水的快乐。我可以坐在她常坐的椅子上，随便找一本书看看，找一张纸写点甚么，或有心无意地画一个枕头花样，把一切再恢复原来样子不留甚么痕迹，又自去了。但她大都能发觉谁来过了。那第二天碰到，必指着手说："还当我不知道呢。你在我绷子上戳了两针，我要拆下重来了！"那自然是吓人的话。那些绣球花，我差不多看见它们一点一点地开，在我看书做事时，它会无声地落两片在花梨木桌上。绣球花可由人工着色。在瓶里加一点颜色，它便会吸到花瓣里。除了大红的之外，别种颜色看上去都极自然。我们常以骗人说是新得的异种。这只是一种游戏，姑姑房里常供的仍是白的。为甚么我把花跟拖鞋画在一起呢？真不可解。——姑姑已经嫁了，听说日子极不如意。绣球快开花了，昆明渐渐暖起来。

花园里旧有一间花房，由一个花匠管理。那个花匠仿佛姓夏。关于他的机灵促狭，和女人方面的恩怨，有些故事常为旧日佣仆谈起，但我只看到他常来要钱，样子十分狼狈，局局促促，躲避人的眼睛，尤其是说他的故事的人的。花匠离去后，花房也跟着改造园内房屋而拆掉了。那时我认识花名极少，只记得黄昏时，夹竹桃特别红，我忽然又害怕起来，急急走回来。

　　我爱逗弄含羞草。触遍所有叶子，看都合起来了，我自低头看我的书，偷眼瞧它一片片地开张了，再猝然又来一下。他们都说这是不好的，有甚么不好呢。

　　荷花像是清明栽种。我们吃吃螺蛳，抹抹柳球，便可看佃户把马粪倒在几口大缸里盘上藕秧，再盖上河泥。我们在泥里找蚬子，小虾，觉得这些东西搬了这么一次家，是非常奇怪有趣的事。缸里泥晒干了，便加点水，一次又一次，有一天，紫红色的小嘴子冒出来了水面，夏天就来了。赞美第一朵花。荷叶上花拉花响了，母亲便把雨伞寻出来，小莲子会给我送去。

　　大雨忽然来了。一个青色的闪照在槐树上，我赶紧跑到柴草房里去。那是距我所在处最近的房屋。我爬上堆近屋顶的芦柴上，听水从高处流下来，响极了，轰——，空心的老桑树倒了，葡萄架塌了，我的四近越来越黑了，雨点在我头上乱跳。忽然一转身，墙角两个碧绿的东西在发光！哦，那是我常看见的老猫。老猫又生了一群小猫。原来它每次生养都在这里。我看它们攒着吃奶，听着雨，雨慢慢小了。

　　那棵龙爪槐是我一个人的。我熟悉它的一切好处，知道哪个枝子适合哪种姿势。云从树叶间过去。壁虎在葡萄上爬。杏子熟了。何首乌的藤爬上石笋了，石笋那么黑。蜘蛛网上一只苍蝇。蜘蛛呢？花天牛半天吃了一片叶子，这叶子有点甜么，那么嫩。金雀花那儿好热闹，多少蜜蜂！波——，金鱼吐出一个泡，破了，下午我们去捞金鱼虫。香椽花蒂的黄色仿佛有点忧郁，别的花是飘下，香椽花是掉下的，花落在草叶上，草稍微低头又弹起。大伯母掐了枝珠兰戴上，回去了。大伯母的女儿，堂姐姐看金鱼，看见了自己。石榴花开，玉兰花开，祖母来了，"莫掐了，回去看看，瓶里是甚么？""我下来了，下来扶您。"

槐树种在土山上，坐在树上可看见隔壁佛院。看不见房子，看到的是关着的那两扇门，关在门外的一片田园。门里是甚么岁月呢？钟鼓整日敲，那么悠徐，那么单调，门开时，小尼姑来抱一捆草，打两桶水，随即又关上了。水咚咚地滴回井里。那边有人看我，我忙把书放在眼前。

家里宴客，晚上小方厅和花厅有人吃酒打牌。（我记得有个人吹得极好的笛子。）灯光照到花上，树上，令人极欢喜也十分忧郁。点一个纱灯，从家里到园里，又从园里到家里，我一晚上总不知走了无数趟。有亲戚来去，多是我照路，说哪里高，哪里低，哪里上阶，哪里下坎。若是姑妈舅母，则多是扶着我肩膀走。人影人声都如在梦中。但这样的时候并不多。平日夜晚园子是锁上的。

小时候胆小害怕，黑魆魆的，树影风声，令人却步。而且相信园里有个"白胡子老头子"，一个土地花神，晚上会出来，在那个土山后面，花树下，冉冉地转圈子，见人也不避让。

有一年夏天，我已经像个大人了，天气郁闷，心上另外又有一点小事使我睡不着，半夜到园里去。一进门，我就停住了。我看见一个火星。咳嗽一声，招我前去，原来是我的父亲。他也正因为睡不着觉在园中徘徊。他让我抽一支烟（我刚会抽烟），我搬了一张藤椅坐下，我们一直没有说话。那一次，我感觉我跟父亲靠得近极了。

　　四月二日。月光清极。夜气大凉。似乎该再写一段作为收尾，但又似无须了。便这样吧，日后再说。逝者如斯。

　　　　　　载一九四五年六月第二卷第三期《文艺》

花·果子·旅行

我想有一个瓶，一个土陶蛋青色厚釉小坛子。

木香附萼的瓣子有一点青色。木香野，不宜插瓶，我今天更觉得。然而，我怕也要插一回，知其不可而为，这里没有别的花。

（山上野生牛月菊只有铜钱大，出奇的瘦脊，不会有人插到草帽上去的。而直到今天我才看见一棵勿忘侬草是真正蓝的，可是只有那么一棵。矢车菊和一种黄色的菊科花都如吃杂粮长大的脏孩子，要经过很大的努力与克制才能喜欢它。）

过王家桥，桥头花如雪，在一片墨绿色上。我忽然很难过，不喜欢。我要颜色，这跟我旺盛的食欲是同源的。

我要水果。水果！梨，苹果，我不怀念你们。黄熟的香蕉，紫赤的杨梅，蒲桃，啊蒲桃，最好是蒲桃，新摘的，雨后，白亮的瓷盘。黄果和橘子，都干蔫了，我只记得皮里的辛味。

精美的食物本身就是欲望。浓厚的酒，深沉的颜色。我要用重重的杯子喝。沉醉是一点也不粗暴的，沉醉极其自然。

我渴望更丰腴的东西，香的，甜的，肉感的。

纪德的书总是那么多骨。我忘不了他的像。

《葛莱齐拉》里有些青的果子，而且是成串的。

（七日）

把梅西斯的《银行家和他的妻子》和弗兰斯·哈尔斯的《吉卜赛女郎》嵌在墙上？

说弗兰斯是最了解人类的笑的，不错。他画得是那么准确，一个吉卜赛，一个吉卜赛的笑。好像这是一个随时可变的笑。不可测的笑。不可测的波西米人。她笑得那么真，那么熟。（狡猾么？多真的狡猾。）

把那个银行家的太太和她放在一起，多滑稽的事！

我把书摊在阳光下，一个极小极小的虫子，比蚜虫还小，珊瑚色的，在书页上疾旋，画碗口大的圈子。我以最大速度用手指画，还是跟不上它。它不停地旋，一个认真的小疯子，我只有望着它摇摇头。

（八日）

我满有夏天的感情。像一个果子渍透了蜜酒。这一种昏晕是醉。我如一只苍蝇在熟透的葡萄上，半天，我不动。我并不指望一片叶子遮荫我。

苍蝇在我的砚池中吃墨呢，伸长它的嘴，头一点一点的。

我想起海港，金色和绿色的海港，我怀念西方人所描写的东方，盐味和腐烂的果子的气味。如果必要，给它一点褐色作为影子吧。

我只坐过一次海船，那时我一切情绪尚未成熟。我不像个旅客，我没有一个烟斗。旅客的袋里有各种果子的余味。一个最穷的旅客袋里必有买三个果子的钱。果汁滴在他的襟袖上，不同的斑点。

我想学游泳，下午三点钟。

气压太低，我把门窗都打开。

（九日）

我如一个人在不知名小镇上的旅馆中住了几天，意外的逗留，极其忧愁。黄昏时天空作葡萄灰色，如同未干的水彩画。麦田显得深郁得多，暗得多。山色蓝灰。有一个人独立在山巅，轮廓整齐，如同剪出。我并不想爬上去，因为他已经在那里了。

念 N 不已。我不知道这一生中还能跟她散步一次否？

把头放在这本册子上，假如我就这样睡着了，死了，坐在椅子里……

摆手跑下山坡，山坡碧绿，坡下花如盛宴……回去，喝瓶里甘凉的水。我们同感到那个凉，彼此了解同样的慰安……风吹着我们，吹着长发向后飘，她的头扬起。……

水从壶里倒出来乃是一种欢悦。杯子很快就满了；满了，是好的。倒水的声音比酒瓶塞子飞出去另是一种感动。

我喝水。把一个绿色小虫子喝下去还不知道，它从我舌头上跳出来。

醒得并不晚，只是不想起来。有什么唤我呢？没有！一切不再新鲜。叫一个人整天看一片麦田，一片绿，是何等的惩罚！当然不两天，我又会惊异于它的改观，可是这两天它似乎睡了绿，如一个人睡着了老。天仍是极暗闷，不艳丽，也不庄严，病态的沉默。我需要一点花。

我需要花。

抽烟过多，开了门，开了窗。我恨透了这个牌子，一种毫无道理的苦味。

醒来，仍睡，昏昏沉沉的，这在精神上生理上都无好处。

下午出去走了走，空气清润，若经微雨。村前槐花盛开，我忽然蹦蹦跳跳起来。一种解放的快乐。风似乎一经接触我身体即融化了。

听斯特劳斯的音乐，并未专心。

我还没有笑，一整天。只是我无病的身体与好空气造出的愉快，这愉快一时虽贴近我，但没有一种明亮的欢情从我身体里透出来。

每天如此，自然会侵入我身体内的，但愿。

对于旅行的欲望如是之强烈。

草屋顶上树的影子，太阳是好的。

（十日）

三十四年记。在黄土坡
三十五年抄。在白马庙

载一九四六年七月十二日《文汇报》

街上的孩子
——四十年前昆明所见

求 雨

这是一个不大的队伍，大概有二十来个孩子。大的十岁左右，小的才五六岁。他们抬着一条塑在一块门板上的土龙，敲着小锣小鼓，头上都戴着柳枝编成的帽圈。他们走得很慢，锣鼓的节奏也很慢。几乎说不上有什么节奏，只是咚咚当当地敲着，然而也不散乱。鼓不是好鼓，锣也不是好锣，声音都不脆亮，哑哑的。他们一面走，一面唱：

> 小小儿童哭哀哀，
> 撒下秧苗不得栽，
> 巴望老天下大雨，
> 乌风暴雨一起来。

他们的神情是严肃的，虔诚的，凄惨的，跟他们的年龄很不相称。

> 小小儿童哭哀哀，
> 撒下秧苗不得栽……

咚咚咚，当当当……

他们走远了。在烈日之下，走得很远了。

是谁把他们组织起来的？是他们自己，还是家里的大人？

是谁想出这个主意，叫孩子来求雨？

老天爷，你下雨吧，下吧！你听见孩子的哀苦的声音么？

假 日

这孩子每天在附近几条街巷里转。也就是十一二岁。大家对他很熟悉。尤其熟悉他的声音。

他在一家店铺里当小伙计，每天斜挎着一个浅浅的椭圆形的木桶，卖两种很便宜的点心，椒盐饼子和西洋糕。椒盐饼子是发面里加一点椒盐烙成的。半月形，一边厚，一边薄，有一点像一把旧式的木梳。西洋糕是发酵的米面蒸成的，放一点糖精，形状如一个敞口的茶盅。这两样东西都不怎么好吃，淡而无味。不过昆明比这更便宜的吃食，大概没有了。买椒盐饼子的，多半是老头。买西洋糕的多是小孩，而且是小小孩。

他一面走，一面吆唤：

椒盐饼子西洋糕——

他的吆唤是有腔有调的。如果谱出来，就是：

‖ #5 5 6-- | 5 3 2 -- ‖
椒盐饼子　西洋糕

这孩子还没有变声。声音很圆润。长日如年，行人稀少，听起来使人有一种寂寞之感。

街上背着书包的孩子听见他吆唤，就模仿了他的腔调，唱道：

捏着鼻子吹洋号——

这不是恶意的玩笑，他也从来不生气，还是照常地叫卖。

这天，他走进一家深巷，身上没有挎着木桶。新剃的头，鞋袜也比平常干净。今天是他的假日。他从自己的职业中解放出来了。他干嘛去？是上姥姥家去么？他走着，看看前面，又回头看看：没人。他放开了喉咙，唱道：

捏着鼻子吹洋号——

从背后看得出，他脸上是笑着的。

这孩子！对自己辛苦而单调的生活充满了幽默感。这样大的年龄，就能对生活，对自己，开一点玩笑，太早了啊。

恶毒的游戏

大西门外总是那样闹忙。这是个城乡杂货会集的地方。物价飞涨，钱不值钱，人们手里有几张钞票，都急忙地去变成实物。人们的眼睛热烈地巡视着米、盐 、柴、炭、泥制的风炉、铁锅、棉花、布、牛肉、猪肉、青菜、辣椒……匆忙地走着，或者慢慢地，低头盘算着……

在脚步川流的街边，有一张对叠着的大钞票。一个过路人看见了，毫不迟疑地弯下腰，伸手去捡。刹那之间，钞票飞进了一家店门。这是一个孩子干的事。他扔出一张钞票，钞票上拴着一根黑线，线头控在他手里。他坐在店门一侧，半掩着身子，等有人弯腰伸手去捡钞票，他就把线头猛地一抽。

这孩子胖胖的，显然吃得很饱。他一上午什么都不干，专心致意地干这个事，像一个钓鱼人那样有耐性。他怎么会想出这种恶毒的游戏，怎么可以对劳苦而疲倦的世人搞这种恶作剧呢？

我从来没有在一个孩子的脸上，看到过这样狡猾、尖刻而邪恶的笑容。

附　记

现在来写这样的散文是什么意思呢？

这是四十年前的生活，四十年前的儿童。这是我在抗日战争时期，大后方的昆明街头所得到的印象。这些印象使我感动过，激动过。现在这些印象也还没有消失。这些印象有什么深意，能够说明什么问题么？不能的。但是这也是生活，一些生活的碎片，也许你从这里能够感触到四十年前生活的一丝气息，就像你偶尔从微风中闻到远方的熬沥青的气味，酒厂的酒糟的气味。

现在的孩子跟那时不一样。现在的孩子在大旱的年头，也还会感到对于饥饿的恐惧，也还会分担大人的忧愁，但总不会像那样的无告，那样对自然苦苦哀求。现在的学龄儿童也还有早早就为生活而奔波的，但是社会对他们总是温暖一些的，他们不会那样寂寞，不会把儿童的天真融为成人的苦趣，不会产生那种幽默感。现在的孩子的灵魂也会被货币所毒害，他们会小偷小摸，行凶作案，但是对于钱的认识只是以为可以买吃喝，不会用钞票来垂钓，不会以人的贫困和贪财来取乐，不会侮辱人。现在的坏孩子是堕落的天使，不是魔鬼。

不过，那样的时代离我们也还不太远。

但愿我们的生活一天一天好起来，我们的孩子一天一天好起来。

一九八〇年十月

风　景

一　堂倌

　　我从来没有吃过好坛子肉，我以为坛子里烧的肉根本没有什么道理。但我所以不喜欢上东福居倒不是因为不欣赏他们家的肉。年轻人而不能吃点肥肥的东西，大概要算是不正常的。在学校里吃包饭，过个十天半月，都有人要拖出一件衣服，挟两本书出去换成钱，上馆子里补一下。一商量，大家都赞成东福居，因为东福居便宜，有"真正的肉"。可是我不赞成。不是闹别扭，坛子肉总是个肉，而且他们那儿的馒头真不小。我不赞成的原因是那儿的一个堂倌。自从我注意上这个堂倌之后，我就不想去。也许现在我之对坛子肉失去兴趣与那个堂倌多少有点关系。连我自己也闹不清。我那么一说，大家知道颇能体谅，以后就换了一家。

　　在馆子里吃东西而闹脾气是最无聊的事。人在吃的时候本已不能怎么好看，容易教人想起野兽和地狱。（我曾见过一个瞎子吃东西，可怕极了。他是"完全"看不见。幸好我们还有一双眼睛！）再加上吼啸，加上粗脖子红脸暴青筋，加上拍桌子打板凳，加上骂人，毫无学问的，不讲技巧的骂人，真是不堪入画。于是堂倌来了，"你啦你啦"陪笑脸。不行，赶紧，掌柜挪着碎步子（可怜他那双包在脚布里的八字脚），呵着腰，跟着客人骂，"岂有此理，是，混蛋，花钱是要吃对味的！"得，把先生武装带取下来，拧毛巾，送出大门，于是，大家做鬼脸，说两句俏皮话，泔水缸冒泡子，菜里没有"青香"了，聊以解嘲。这种种令人觉得生之悲哀。这，哪一家都有，我们见惯了，最多少吃半个馒头，然而，要是在饭馆里混一辈子？……

　　这个堂倌，他是个方脸，下头很大，像削出来的。他剪平头，头发老是那么不长不短。他老穿一件白布短衫。天冷了，他也穿长的，深色的，冬天甚至他也穿得厚厚的。然而换来换去，他总是那个样子。他像是总穿一件衣裳，衣裳不能改变他什么。他衣裳总是干干净净——我真希望他能够脏一点。他绝不是自己对干干净净有兴趣。简直说，他对世界一切不感兴趣。他一定有个家的，我想他从不高兴抱抱他孩子。孩子他抱的，他太太让他抱，他就抱。馆子生意好，他进账不错。可是拿到钱他也不欢喜。他不抽烟，也不喝酒！他看到别人笑，别人丧气，他毫无表情。他身子大大的，肩膀阔，可是他透出一种说不出来的疲倦，一种深沉的疲倦。座上客人，花花绿绿，发亮的，闪光的，醉人的香，刺鼻的味，他都无动于衷。他眼睛空漠漠的，不看任何人。他在嘈乱之中来去，他不是走，是移动。他对他的客人，不是恨，也不轻蔑，他讨厌。连讨厌也没有了，好像教许多蚊子围了一夜的人，根本他不大在意了。他让我想起死！

　　"坛子肉。"

　　"唔。"

　　"小肚。"

　　"唔。"

“鸡丝拉皮，花生米辣白菜，……”

“唔。”

“爆羊肚，糖醋里脊，——”

“唔。”

“鸡血酸辣汤！”

“唔。”

说什么他都是那么一个平平的，不高，不低，不粗，不细，不带感情，不做一点装饰的“唔”。这个声音让我激动。我相信我不大忍得住了，我那个鸡血酸辣汤是狂叫出来的。结果怎么样？我们叫了水饺，他也唔，而等了半天（我不怕等，我吃饭常一边看书一边吃，毫不着急，今日我就带了书来的），座上客人换了一批又一批，水饺不见来。我们总不能一直坐下去，叫他！

“水饺呢？”

“没有水饺。”

“那你不说？”

“我对不起你。”

他方脸上一点不走样，眼睛里仍是空漠漠的。我有点抖，我充满一种莫名其妙的痛苦。

二 人

我在香港时全像一根落在泥水里的鸡毛。没有话说，我沾湿了，弄脏了，不成样子。忧郁，一种毫无意义的忧郁。我一定非常丑，我脸上线条零乱芜杂，我动作萎靡鄙陋，我不跟人说话，我若一开口一定不知所云！我真不知道我怎么把自己糟踮到这种地步。是的，我穷，我口袋里钱少得我要不时摸一摸它，我随时害怕万一摔了一跤把人家橱窗打破了怎么办，……但我穷的不只是钱，我失去爱的阳光了。我整天蹲在一家老旧的栈房里，感情麻木，思想昏钝，揩揩这个天空吧，抽去电车轨，把这些招牌摘去，叫这些人走路从容些，请一批音乐家来教小贩唱歌，不要让他们直着脖子叫。而浑浊的海水拍过来，拍过来。

绿的叶子，芋头，两颗芋头！居然在栈房屋顶平台上有两颗芋头。在一个角落里，一堆煤屑上，两颗芋头，摇着厚重深沉的叶子，我在香港第一次看见风。你知道我当时的感动。而因此，我想起我们在德辅道中发现的那个人来。

在邮局大楼侧面地下室的窗穹下，他盘膝而坐，他用一点竹篾子编几只玩意儿，一只鸟，一个虾，一头蛤蟆。人来，人往，各种腿在他面前跨过去，一口痰唾落下来，嘎啦啦一个空罐头踢过去，他一根一根编缀，按部就班，不疾不缓。不论在工作，在休息，他脸上透出一种深思，这种深思，已成习惯。我见过他吃饭，他一点一点摘一个淡面包吃，他吃得极慢，脸上还保持那种深思的神色，平静而和穆。

三　理发师

我有个长辈，每剪一次指甲，总好好地保存起来。我于是总怕他死。人死了，留下一堆指甲，多恶心的事！这种心理真是难于了解。人为什么对自己身上长出来的东西那么爱惜呢？也真是怪，说起鬼物来，尤其是书上，都有极长的指甲。这大概中外都差不多。同样也是长的，是头发。头发指甲之所以可怕，大概正因为是表示生命的（有人告诉我，死了之后指甲头发都还能长）。人大概隐隐中有一种对生命的恐惧。于是我想起自己的不爱理发，我一觉察我的思想要引到一个方向去，且将得到一个什么不通的结论，我就赶紧把它叫回来。没有那个事，我之不理发与生啊死的都无关系。

也不知是谁给理发店定了那么个特别标记，一根圆柱上画出红蓝白三色相间的旋纹。这给人一种眩晕感觉。若是通上电，不歇地转，那就更教人不舒服。这自然让你想起生活的纷扰来。但有一次我真叫这东西给了我欢喜。一天晚上，铺子都关了，街上已断行人，路灯照着空荡荡的马路，而远远的一个理发店标记在冷静之中孤伶伶地动。这一下子把你跟世界拉得很近，犹如大漠孤烟。理发店的标记与理发店是一个巧合。这个东西的来源如何，与其问一个社会人类学专家，不如请一个诗人把他的想象告诉我们。这个东西很能说明理发店的意义，不论哪一方面的。我大概不能住在木桶里晒太阳，我不想建议把天下理发店都取消。

理发这一行，大概由来颇久，是一种很古的职业。我颇欲知道他们的祖师是谁，打听迄今，尚未明白。他们的社会地位，本来似乎不大高。凡理发师，多世代相承，很少改业出头的。这是一种注定的卑微了。所以一到过年，他们门楣上多贴"顶上生涯"四字，这是一种消极反抗，也正宣说出他们的委屈。别的地方怎样的，我不清楚，我们那里理发师大都兼做吹鼓手。凡剃头人家子弟必先练习敲铜锣手鼓，跟在喜丧阵仗中走个几年，到会吹唢呐笛子时，剃头手艺也同时学成了。吹鼓手呢，更是一种供驱走人物了，是姑娘们所不愿嫁的。故乡童谣唱道：

姑娘姑娘真不丑，

一嫁嫁个吹鼓手，

吃人家饭，喝人家酒，

坐人家大门口！

其中"吃人家饭，喝人家酒"，也有唱为"吃冷饭，吃冷酒"的，我无从辩订到底该怎样的。且刻画各有尖刻辛酸，亦难以评其优劣，自然理发师（即吹鼓手）老婆总会娶到一个的，而且常常年轻好看。原因是理发师都干干净净，会打扮收拾；知音识曲，懂得风情；且因生活磨炼，脾性柔和；谨谨慎慎的，穿吃不会成大问题，聪明的女孩子愿意嫁这么一个男人的也有。并多能敬重丈夫，不以坐人家大门口为意。若在大街上听着他在队伍中滴溜溜吹得精熟出色，心里可能还极感激快慰。事实上这个职业被目为低贱，全是一个错误制度所产生的荒谬看法。一个职业，都有它的高贵。理发店的春联"走进来乌纱宰相，摇出去白面书生"，文雅一点的则是"不教白发催人老，更喜春风满面生"，说得切当。小时候我极高兴到一个理发店里坐坐，他们忙碌时我还为拉那种纸糊的风扇。小时候我对理发店是喜欢的。

等我岁数稍大，世界变了，各种行业也跟着变。社会已不复是原来的社会，差异虽不太大，亦不为小。其间有些行业升腾了，有些低落下来。有些名目虽一般，性质却已改换。始终依父兄门风，师傅传授，照老法子工作，老法子生活的，大概已颇不多。一个内地小城中也只有铜匠的、锡匠的特别响器，瞎子的铛，阉鸡阉猪人的糖锣，带给人一分悠远从容感觉。走在路上，间或也能见一个钉碗的，之故之故拉他的金钢钻；一个补锅的，用一个布卷在灰上一揉，托起一小勺殷红的熔铁，嗤的一声焊在一口三眼灶大黑锅上；一个皮匠，把刀在他的脑后头发桩子上光一光，这可以让你看半天。你看他们工作，也看他们人。他们是一种"遗民"，永远固执而沉默的慢慢地走，让你觉得许多事情值得深思。这好像扯得有点嫌远了。我只是想变动得失于调节，是不是一个问题。自然医治失调症的药，也只有继续听他变。这问题不简单，不是我们这个常识脑子弄得清楚的。遗憾的是，卷在那个波浪里，似乎所有理发师都变了气质，即使在小城里，理发师早已不是那种谦抑的、带一点悲哀的人物了。理发店也不复是笼布温和的，在黄昏中照着一块阳光的地方了。这见仁见智，不妨各有看法。而我私人有时是颇为不甘心的。

现在的理发师，虽仍是老理发师后代，但这个职业已经"革新"过了。现在的理发业，和那个特别标记一样是外国来的。这些理发店与"摩登"这个名词不可分，且俨然是构成"摩登"的一部分，是"摩登"本身。在一个都市里，他们的势力很大，他们可以随便教整个都市改观，只要在哪里多绕一个圈子，把哪里的一卷翻得更高些。嘻，理发店里玩意儿真多，日新月异，愈出愈奇。这些东西，不但形状不凡，发出来的声音也十分复杂，营营扎扎，呜呜啦啦。前前后后，镜子一层又一层反射，愈益加重其紧张与一种恐怖。许多摩登人坐在里面，或搔首弄姿，顾盼自怜，越看越美；或小不如意，怒形于色，脸色铁青；焦躁，疲倦，不安，装模作样。理发师呢，把两个嘴角向上拉，拉，笑，不行，又落下去了！他四处找剪子，找呀找，剪子明明在手边小几上，他可茫茫然，已经忘记他找的是什么东西，这时他不像个理发师。而忽然又醒来了，操起剪子咔嚓咔嚓动作起来。他面前一个一个头，这个头有几根白发，那个秃了一块，嗨，这光得像个枣核儿，那一个，怎么回事，他像是才理了出去的？咔嚓咔嚓，他耍着剪子，忽然，他停住了，他努目而看着那个头，且用手拨弄拨弄，仿佛那个头上有个大蚂蚁窝，成千成万蚂蚁爬出来！

于是我总不大愿意上理发店。但还不是真正原因。怕上理发店是"逃避现实"，逃避现实不好。我相信我神经还不衰弱，很可以"面对"。而且你不见我还能在理发店里看风景么？我至少比那些理发师耐得住。不想理发的最大原因，真正原因，是他们不会理发，理得不好。我有时落落拓拓，容易被人误认为是一个不爱惜自己形容的人，实在我可比许多人更讲究。这些理发师既不能发挥自己才能，运巧思；也不善利用材料，不爱我的头。他们只是一种器具使用者，而我们的头便不论生张熟李，弄成一式一样，完全机器出品。一经理发，回来照照镜子，我已不复是我，认不得自己了，镜子里是一个浮滑恶俗的人。每一次，我都愤恼十分，心里充满诅咒，到稍稍平息时，觉得我当初实在应当学理发去，我可以做得很好，至少比我写文章有把握得多。不过假使我真是理发师……会有人来理发，我会为他们理发？

人不可以太倔强，活在世界上，一方面需要认真，有时候只能无所谓。悲哉。所以我常常妥协，随便一个什么理发店，钻进去就是。理发师问我这个那个，我只说："随你！"忍心把一个头交给他了。

我一生有一次理了一个极好的发。在昆明一个小理发店。店里有五个座位，师傅只有一个。不是时候，别的出去了。这师傅相貌极好。他的手艺与任何人相似，也与任何人有不同处：每一剪子都有说不出来的好处，不夸张（这是一般理发师习气），不苟且（这是一般理发师根性），真是奏刀騞然，音节轻快悦耳。他自己也流溢一种得意快乐。我心想，这是个天才。那是一个秋天，理发店窗前一盆蟛爪菊花，黄灿灿的。好天气。

载一九四七年《文汇报》"笔会"

他眼睛里有些东西，绝非天空

一

　　我差不多每天都可以看到他们。下午五六点钟，他们回来了，回来，在院里井边洗他们添了一层黑泥的腿。有的坐在阶石上，总有几个在井栏上坐的。黑泥洗去，腿上的肉显得很白，灰白灰白的。院子里铺的红沙方石，是云南特有的。他们正在"劳动服务"，挑挖附近一口渐渐淤浅的湖。雨季，常常湖中无一游人。桥是空的，堤也是空的。草长得高高的。堤上柳树如乱发，树皮的颜色则为雨水泡得完全是黑的了。天色冥冥漠漠。荷叶多已枯残，水鸟也不飞，也不叫。湖水淡淡，悠悠地飘着小浪。他们各人戴了个笠子，灰色衣裳，一个一个离得远远的，一锹一锹把湖底乌郁郁的膏泥挖上来，抛在岸上。一切做来好像全无声息。他们不说一句话。只有时累了，把锹插在水里，两手扶在锹把顶上，头搁在手背上，看相邻的另一个的动作。脸上全无表情，木木的。看来他们眼角口边的肌肉只会永远维持，这个样子，很少有牵扭跳动。早晚两顿饭大概是送到湖边的。六点多钟，天也差不多黑了，该睡了。大家横到一堆稻草上去，用军毯盖好。雨下了整三个月！这个破院落每一块砖头都已经回潮发湿。那堆稻草没有一根脆的了。昆明下雨天凉起来真凉。云沉沉地压在屋脊上。

"妹子的，耳屎都是稀烂的！"我这一次听见他们笑，看见这些脸上有亮光。他们今天没有去。十点多了，还都在家里。而且大家活泼得多，走来走去，很兴奋的样子。好些人的头都刮得光光的，白白的。有两个正坐在凳子上，由同伙中别人用剃刀×拉×拉地剖。旁边有人拧他耳朵，呵他腰。"小兔子，我亲亲你，呀唷，好嫩！""莫闹莫闹，你等一下不剃？"已剃好的则抢着看一面不到两寸长的小鹅蛋镜子。镜子背面一个摩登大姑娘。走到旁边一个狭狭的过道中一看，嚯，有肉哩。这个煮肉办法真是第一次看见。一个大地堂锅，白水里几块肉，肉都是一尺来长三四寸宽，咕噜咕噜直翻泡儿。这是他们挑湖的酬劳了？我想了想，半月前有人来收了潘湖捐，这个捐该能买多少肉。不管这个，"肉"是好的，你看他们吃。他们用的碗真特别，是一截竹筒。这竹筒日晒风吹，多已裂缝。汤一倒进去，四面射出来，于是他们抢着喝，手忙脚乱，急切慌张。不两天，他们就走了。也不知是哪个部队的。

二

我们到学校旁边凤翥街小茶馆喝茶。天太干，整天刮风，脸上皮肤发紧，嘴唇开裂，每天都得喝茶。凤翥街是一条凌乱肮脏的小街。街上铺石板。一街的猪尿马粪烂草鞋。

这天凤翥街特别闹热，开来许多兵。他们刚到，尚无约束。在街上走来走去，看看这，看看那，样子蠢头蠢脑。凤翥街上有甚么可看的？全是小铺子，烟纸店，杂货店，豆腐店，羊肉馆子，羊肉摊子，卖花生葵花子儿的拐了个篮子，卖针卖棉线卖破旧衣衫的老太婆脖子下一个大瘿带，纸扎店里老头子戴一副铜边老花眼镜画金童玉女的粉白大团脸。在荒凉的长途跋涉之后对于这些人的活动会格外感到兴趣，觉得亲切么。然而似乎又不是。他们就是要这么走来走去的走走吧，因为现在还不知道上头要让他们干甚么。

小茶馆靠门是一张白木方桌。我们坐下喝茶。一会儿对面马店（马店是一种小栈房，供山里来的"马驮子"住宿，住人也住马）里走出一个排长模样的人。一路唠叨着进了茶馆。没头没脑，听不明白。似乎埋怨一个不解事的小兵。"教不要来，不要来。定要来，定要来！来干啥呢，来害病找死。当兵是好玩的？这一路倒了十二个……"他一嘴河南话，脸上红红的，身子方方的。他来，是办公来了。这人看来是排长，实是个连长。一个文书上士和特务长也来了。他一面分派那两个做事，一面唠叨，手上一个烧饼。忽然大声向对面喊："叫××来，拿点钱去隔壁买一碗白米饭，看他想不想吃？"这时正有一大桶饭从街心向北抬过去，米好红！这我们才知道"白米饭"的意义。过了半天，门里走出一个病兵家，是那个××，即他所埋怨的人了。病得不轻，瘦得青入篙篙的，扶墙摸壁地走过来。白米饭买来了，他对着饭瞪了半天。那个红脸连长重叹了口气，拳头用力地捶在桌上。

我们沿街向北走。一片空场子上，他们吃饭。十一个一桌（桌？），站好队，报了数，即可以去吃。有一队正在报数。一！二！三！五！排在第五的急于想吃，没等"四"报出来即抢出一个"五"来。"五！五！五！"值星官扑过去在五的头上打了三巴掌。"五"的帽子打在地下："五"是个癞痢花头，头上头发有一块没一块的。"重来！"一！二！三！四！——五……

十一个人围着一碗菜蹲下来。甚么菜？盐拌萝卜，上头是一层辣椒粉。第一碗饭，他们不吃菜，吃干饭。十一个人全吃完了，排从去添饭。饭不得自己动手添，由值星官一个一个鸣——过来，鸣——过去。空场上计有十二桌。一直到第三碗饭，也就是最后一碗饭了，才开始吃那一碗辣椒盐拌萝卜。

走出凤翥街我们都说不出话，互相看看。

三

黄昏时候，从图书馆里出来。走到学校门口，我们看见一个兵。

他躺在那里。

他就要死了。

他的同伴看他实在不行，把他丢了下来。

他上身一件棉军服，头上还有顶帽子，下身甚么都没有。他很瘦，瘦得出奇。膝骨突出来。腿上的皮挂下来，仿佛已与骨头不相连附。

他躺在公路旁边一条浅沟里。浅沟里是松松的土。他已不能再在土上印出第二个印子。他所有的力量都消耗完了。他不能再有痛苦。也没有抵抗。甚么都快消逝，他就要完了。他平平静静仰面躺着。不是"躺着"，是平平静静"在"那里。

他意识已淡得透明，他没有意志了。他大概已不能构成一个思想，他不能想这是蓝的，这是地，这是我。

他的头为甚么慢慢慢慢地向两边转过来，转过去呢？他要借此知道他还活着？

他的眼睛好大，大而暗淡。他的眼白作鸭蛋青色。我从来没有见过这样的眼睛。他还看甚么呢？对于这个就要失去的世界看甚么呢？

公路上人走过来，走过去。上头是天，宝石一样的蓝天。

三五年十一月

载一九四六年十一月十三日上海《文汇报》

昆明草木

序

　　昆明一住七年，始终未离开一步，有人问起，都要说一声"佩服佩服"。虽然让我再去住个几年，也仍然是愿意的，但若问昆明究竟有甚么，却是说不上来。也许是一草一木，无不相关，拆下来不成片段，无由拈出，更可能是本来没有甚么，地方是普通地方，生活是平凡生活，有时提起是未能遭此而已。不见大家箱箧中几乎全是新置的东西。翻遍所带几册旧书中也找不出一片残叶碎瓣了么。独坐无聊，想跟人谈谈，而没有人可以谈谈，写不出东西却偏要写一点。时方近午，小室之中已经暮气沉沉。雨下得连天连地是一个阴暗，是一种教拜伦脾气变坏的气候，我这里又无一份积蓄的阳光，只好随便抓一个题目扯一顿，算是对付外面呜呜拉拉焦急的汽车，吱吱扭扭不安的无线电罢了。我倒宁愿找这样一本书或一篇文章看看，自己来写是全无资格的。

十二月十三日记

一　草

到昆明，正是雨季。在家里关不住，天雨之下各处乱跑。但回来脱了湿透的鞋袜，坐下不久，即觉得不知闷了多少时候了，只有袖了手到廊下看院子里的雨脚。一抬头，看见对面黑黑的瓦屋顶上全是草，长得很深，凄凄的绿。这真是个古怪地方，屋顶上长草！不止一家如此，家家如此。荒宫废庙，入秋以后，屋顶白蒙蒙一片。因为托根高，受风多，叶子细长如发，在暗淡的金碧之上萧萧地飘动，上头的天极高极蓝。

二　仙人掌

昆明人家门，有几件带巫术性的玩意儿。门槛上贴红纸剪成的剪刀，锁。门上一个大木瓢，画一个青面鬼脸。一对朱漆羊角生在羊头上似的生在门头上。角底下多悬仙人掌一片。不知究竟是甚么意思，也问过几个本地人，说不出所以然，若是乡下人家则在炊烟熏得黑沉沉的土墙上还挂一长串通红通红的辣椒，是家常吃的，与厌胜辟邪无关，但越显出仙人掌的绿，造成一种难忘的强烈印象。

仙人掌这东西真是贱，一点点水气即可以浓浓地绿下来，且苴出新的一片，即使是穿了洞又倒挂在门上。

心急的，坐怕担心费事，栽花未活，糟蹋花罪过，而又喜欢自己种一点甚么出来看看的，你来插一片仙人掌吧，仙人掌有小刺毛，轻软得刺进手里还不知道，等知道时则一手都是了。一手都是你仍可以安然做事。你可以写信告诉人了，我种了一颗仙人掌，告诉人弄了一手刺。就像这个雨天，正好。你披上雨衣。

仙人掌有花，花极简单，花片如金箔，如腊。没有花枘，直接生在掌片上，像是作假安上去的。从来没见过那么蠢那么可笑的花。它似乎一点不知道自己是个甚么样子，不怕笑。吷唷，听说还要结果子呢，叫做甚么"仙桃"，能好吃么？它甚么都不管，只找个地方把多余的生命冒出来就完事，根本就没想到出果子。这是个不大可解的事，我没见过一头牛一匹羊嚼过一片仙人掌。我总以为这么又厚又大的大绿烧饼应当很对它们的胃口的。它们简直连看也不看一眼！

英国领事馆花园后墙外有仙人掌一大片，上多银青色长脚蜘蛛，这种蜘蛛一定有毒，样子多可怕。墙下有路，平常一天没有两三人走过。

三　报春花

"虽然我们那里的报春花很少，也许没有，不像昆明。"——花园

我不知怎么知道这是报春花的。我老告诉人"这种小花有个好名字，报春花"，也许根本是我造的谣。它该是草紫紫云英，或者紫花苜蓿，或者竟是报春花，不管它，反正就是那么一种微贱的淡紫色小花。花五六瓣，近心处晕出一点白，花心淡黄。一种野菜之类的东西，叶子大概如小青菜，有缺刻，但因为花太多，叶子全不重要了。花梗极其伶仃，怯怯地升出一丛丛细碎的花，花开得十分欢。茎上叶上全沁出许多茸茸的粉。塍头田边密密的一片又一片，远看如烟，如雾，如云。

我有个石鼓形小绿瓷缸子，满满地插了一缸。下午我们常去采报春花，晒太阳。搬家了，一马车，车上冯家的猫，王家的鸡，松与我轮流捧着那一缸花。我们笑。

那个缸子有时也插菜花，当报春花没有的时候。昆明冬天都有菜花。在霜里黄。菜花上有蜜蜂。

四　百合的遗像

想到孟处要延命菊去，延命菊已经少了，他屋里烧瓶中插了两只百合，说是"已经好些天了"。

下着雨，没有甚么事情，纱窗外蒙蒙绿影，屋里极其静谧，坐了半天。看看烧瓶里水已黄了，问："怎么不换换水？"孟说："由他罢。"桌上有他批卷子的红钢笔，抽出一张纸画了两朵花。心里不烦躁，竟画得还好。松和孟在肩后看我画，看看画，又看看花，错错落落谈着话。

画画完了，孟收在一边，三个人各端了一杯茶谈他桌台上路易士那几句诗，"保卫比较坏的，为了击退更坏的"，现代人的逻辑啊，正谈着，一朵花谢了，一瓣一瓣地掉下来，大家看看它落。离画好不到五分钟。

看看松腕上表，拿起笔来写了几个字：

"遗像　某月日下午某时分，一朵百合谢了。"

其后不久，孟离开昆明，便极少有机会去他屋前看没有主人的花了。又不久，松与我也同时离开昆明又分了手，隔得很远。到上海三月，孟自家乡北上，经过此地，曾来过我这个暮色沉沉的破屋里住了一宿，谈了几次，我们都已经走了不少路了，真亏他，竟还把我给他写的一条字并那张画好好地带着！

这教我有了一点感慨。走了那么多路，甚么都不为的贸然来到这个大地方，我所得的是甚么，操持的是甚么，凋落的，抛去的可就多了。我不能完全离开这朵百合，可自动的被迫的日益远了，而且连眺望一下都不大有时候，也想不起。孟倒是坚贞地抱着做一个"爱月亮，爱北极星的孩子"的志气，虽然也正在比较坏与更坏的选择之中。松远在南方将无法知我如今接受的是一种甚么教育。啊，我说这些干甚么，是寂寞了？"雨打梨花深闭门"，收了吧。——这又令我想起昆明的梨花来了。

载一九四六年十二月二十七日上海《文汇报》

飞　的

鸟粪层

常常想起些自己不大清楚的东西，温习一次第一次接触若干名词之后引起的朦胧的向往。这两天我想鸟粪层。手边缺少可以翻检的书，也没有人可以告诉我一点关于鸟粪层的事。

书和可以叩问的人是我需要的么？

猎斑鸠

那时我们都还小，我们在荒野上徜徉。我们从来没有那么更精致的，更深透的秋的感觉。我们用使自己永远记得的轻飘的姿势跳过小溪，听着风溜过淡白色长长的草叶的声音而（真是航）过了一大片地。我们好像走到没有来过的秘密地方，那个林子，真的，我们渴望投身到里面消失了。而我们的眼睛同时闪过一道血红色，像听到一声出奇的高音的喊叫，我们同时驻足，身子缩后，头颈伸出一点。我们都没有见过一个猎人，猎人缠那么一道殷红的绑腿，在外面是太阳，里面影影绰绰的树林里。这个人周身收束得非常紧，瘦小，衣服也贴在身上，密闭双唇，两只眼睛刻在里边，颊部微陷，鹰钩鼻子。他头仰

着，但并不十分用力，走过来，走过去。看他的腿胫，如果不
提防扫他一棍子，他会随时跳起避过。上头，枝叶间，一只斑
鸠，锈红色翅膀，瓦青色肚皮。猎人赶斑鸠，猎人过来，斑鸠
过去，猎人过去，斑鸠过来。斑鸠也不叫唤，只听得调匀的坚
持的扇动翅膀声音。我们守着这一幕哑斗的边上。这样来回
三五次之后，渐渐斑鸠飞得不大稳了，她有点慌乱，被翼声音
显得踉跄参差。在我们未及看他怎么扳动机枪时，震天一响，
斑鸠不见了。猎人走过去拾了死鸟，拂去沾在毛上的一片枯叶。
斑鸠的颈子挂了下来，一晃一晃。我们明明看见，这就是刚才
飞着的那一只，锈红色翅膀，瓦青色肚皮，小小的头。猎人把
斑鸠放在身旁布袋里。袋里已经有了一只灿烂的野鸡。他周身
还是那样，看不出哪里松弛了一点，他重新装了一粒子弹，向
北，走出这个林子。红色的绑腿到很远还可以看见。秋天真是
辽远。

　　我们本来想到林子里拾橡栗子，看木耳，剥旧翠色的藓皮，
揉红叶，寻找伶仃的野菊，这猎人叫我们的林子改了样子了，
我们干什么好呢？

蝶

　　大雨暂歇，坟地的野艾丛中
　　一只粉蝶飞着。

矫　饰

　　我很早就作假了。八岁的时候，我一个伯母死了。我第一

次（第一次么？不，是比较重大的一次）开始"为了别人"而做出种种样子。我承继给那位伯母，我是"孝子"。吓，我那个孝子可做得挺出色，像样。我那个缺少皱纹的脸上满是一种阴郁表情，这很容易被人误认为是哀伤。我守灵，在柩前烧纸，有客人来吊拜时跪在旁边芦席上，我的头低着，像是有重量压着抬不起来。而且，喝，精彩之至，我的眼睛不避开烟焰，为的好熏得红红的。我捏丧棒，穿麻鞋，拖拖沓沓的毛边孝衣，一切全恰到好处。实在我也颇喜欢这些东西，我有一种快乐，一种得意，或者，简直一种骄傲。我表演得非常成功，甚至自己也感动了。只有在"亲视含殓"时我心里踌躇了，叫我看穿着凤冠霞帔的死人最后一眼，然后封钉。这我实在不大愿意。但是我终于很勇敢地看了。听长钉子在大木槌下一点一点地钉进去，亲戚长辈们都围在我身后，大家都严肃十分，很少有人接耳说话，那一会儿，或者我倒还挤出一点感情来的。也模糊了，记不大清。到葬下去，孝子例须兜了土在柩上洒三匝，这是我最乐意干的。因为这是最后一场，戏剧即将结束。（我差点儿笑出来。说真的，这么扮演也是很累的事。）而且这洒土的制度是颇美的。我倒还是个爱美的人！

　　近几年来我一直忘不了那一次丧事。有时竟想跟我那些亲戚长辈们说明白，得了吧，别又来装模作样。

民国三十六年一月

载一九四七年一月十四日第一百四十五期上海《文汇报》

蔡德惠

我与蔡德惠君说不上什么交情，只是我很喜欢他这个人。
同在联大新校舍住了几年，彼此似乎是毫无往来。他不大声说
话，也没有引人注意的举动，除了他系里学术上的集会，他大
概很少参加人多的场合，（我印象如此，许是错了，也未可知。）
我们那个时候认得他的人恐怕不多。我只记得有一次，一个假
日，人多出去了，新校舍显得空空的，树木特别的绿，他一个
人在井边草地上洗衣服，一脸平静自然，样子非常的好。自此
他成为我一个不能忘去的人。他仿佛一直是如此。既是一个人，
照理都有忧苦激愤，感情失常的时候，蔡君短短一生中自必也
见过遇过若干足以扰乱他的事情，我与他相知甚浅，不能接触
到他生活全面，无由知道。凡我历次所见，他都是那么对世界
充满温情，平静而自然的样子。我相信他这样的时候最多。也
不知怎么一来，彼此知道名字，路上见到也点点头。他人颇瘦
小，精神还不错。

我离开联大到昆明乡下一个中学去教书，就不大再见到
他。学校同事中也有熟识他的人，可谈话中未听见提过他的名

字。想是他们以为我不认得他。再，他人极含蓄，一身也无甚"故事"可以做谈话资料，或说无甚可以作为谈话资料的故事。我就知道他在生物系书读得极好，毕业后研究植物分类学，很有希望。研究室在什么地方，我亦熟悉，他大概经常在里面工作。有一次学校里教生物的两个先生告诉我要带学生出去看一次，问我高兴不高兴一起去走走，说"蔡德惠也来的"。果然没有几天他就来了。带了一大队学生出去，大家都围着他，随便掐一片叶子，找一朵花，问他，他都娓娓地说出这东西叫什么，生活情形，分布情形如何，有个什么故事与这有关，哪一篇诗里提到过它。说话还是轻轻的，温和清楚。现在想起来，当时不觉得，他似乎比以前更瘦了些。是秋天，野地里开了许多红白蓼花。他好像是穿了一件灰色长衫。

后来，有一次，雨季，我到联大去。太阳一收，雨忽然来了，相当地大，当时正走过他的研究室，心想何不看看他去，一推门就进去了。我来，他毫不觉得突兀。稍为客气地接待我。仿佛谁都可以推开他的门进去的一样。一进门我就看见他墙上一只蛾子，颜色如红宝石，略有黑色斑纹。他指点给我看，说了一些关于蛾蝶的事。他四壁都是植物标本，层层叠叠，尚待整理。他说有好些都是从滇西采集来的，拿出好些东西给我看，都极其特别。他让我拣两样带回去玩，我挑了几片木蝴蝶。这几片东西一直夹在我一本达尔文的书里，有一天还翻出来过。现在那本书丢在昆明，若有人翻出，大概会不知道它是什么玩意儿，更无从想象是如何得来的了。那天他说话依然极其平和，如说家常，无一分讲堂气。但有一种隐隐的热烈，他把感情都倾注在工作上了，真是一宗爱的事业。

天晴了，我们出来，在他手营的小花圃里看了看。花圃里最亮的一块是金蝶花，正在盛开，黄闪闪的。几丛石竹，则在深深的绿色之中郁郁地红。新雨之后，草头全是水珠。我停步于土墙上一方白色之前，他说："是个日规。"所谓日规，是方方地涂了一块石灰，大小一手可掩，正中垂直于墙面插了一支竹丁。看那根竹丁的影子，知道是什么时候了。不知什么道理，这东西教人感动，蔡君平时在室内工作，大概常常要出来看一看墙上的影子的吧。我离开那间绿阴深蔽的房子不到几步，已经听到打字机嗒嗒地响起来。

这以后我就一直没有看见过他。偶然因为一件小事，想起这么一个沉默的谦和的人员，那么庄严认真地工作，觉得人世甚不寂寞，大有意思。

忽然有一天，朋友告诉我："蔡德惠进了医院，已经不行了，肺差不多烂完了，一点办法都没有，明天，最多是后天的事情。"

"以前没听说他有病呀？"

"是呢，一直也没有发现。一定很久了，不知道他自己怎么没觉得，一来就吐了血，送医院一检查……"

当时我竟未到医院里去看看他。过两天，有人通知我什么时候在联大新校舍后面坟场上火化，我又糊里糊涂没有去参加。现在人死了已近半年，大家都离开云南，我不知道他孤坟何处，在上海这个人海之中，却又因为一件小事而想起他来，因而写了这篇短文，遥示悼念。希望他生前朋友能够见到。

我离开昆明较晚，走之前曾到联大看过几次。那间研究室锁着锁，外面藤萝密密遮满木窗，小花圃已经零落，犹有几枝残花在寂静中开放，草长得非常非常高。那个日规还好好地在，雪白，竹丁影子斜斜地落在右边。——这样的结尾，不免俗套，近乎完成一个文章格局，虽如此说，只好由他了。原说过，是想给德惠生前朋友看看的。

载一九四七年三月七日《大公报》

室外写生·白马庙

　　我在昆明住了好几年。在昆明，差不多每年都要上西山去次把。多多少少，并没有一定，去也多半是偶然去的，从来没有觉得非去不可，但或春或秋，得少闲逸，周围便有许多上西山可能驱浮起落，很容易就实现了一两次。也许有几年是根本没有去，记不清了。但这没有关系，这种事情上很可以用到"平均"的办法。在昆明住而没有上西山去过的，想必不多吧。

　　西山回来必经过白马庙。——去的时候自然也经过，但你不大会注意，你专心一意于西山。

　　从山上回来总有点累。不很累，一点点。因为爬了山，走了不少路；也因为明天你马上又将不爬山，不走路：你又"回来"了，又投回你的一成不变的生活。明天你又将坐在写字桌边，又将吃那位"毫无想象"的大师傅烧出来的饭菜，又将与那些熟脸见面，招呼，（有几个现在就在你旁边，在一条船上！）你的脚就要踏上岸，"生活"在那儿等着你。你帖然就范，不想反抗。但是，你有点恻然。这点恻然就是你的反抗了，你的一点残余的野劲。而如果有人问你为什么靠着船篷，看着天边，抱着头，半天不说话，你只说是有点累了。是的，你有点累。你也太放不开，怎么老摸你的房门的钥匙，船上摸，甚至山上也摸。倒好像你真急于想在你那个极有个性而十分亲切的椅子上抽一根烟。于是你直惦记着白马庙。到白马庙，就快了。我们常常把期待终点的热心移注于终点前一站。火车上有人老是焦急地看着窗外，等过了某一地段，他扣好衣服，戴上帽子，松了肌肉，舒舒服服地坐下来，这比下车到家更重要，简直像火车永远不开到他也不在乎似的。就是如此，在昆明的人多知道白马庙。到白马庙，望得见城中的万家灯火。

　　搬到白马庙，我很喜欢。马车载着我们的行李，载着书，载着小鸡，载着开石瓶里的一枝花，冯家迷迷在我膝上，孩子抱着她的猫。当时我是坐着，而活泼得如一头小马。这些树，这个埠头，这条路，旧围墙里一直还是长满蒲公英，这个铁门多少年没有开过，这个淡紫色（房子）优雅，这个浅灰色的则端庄而大方，这些我们全都熟悉，而我们将住到那座孤立在田地里的小小的房子里去，这座房子式样极其别致，像童话插图，我们在船上曾经指点过多少次。有人问搬到了什么地方，一说起，一定全知道。这个房子将吸引朋友们来看我，我兴致冲冲，直想跟什么人大声说一句："天气真好！"我满目含情，望着那座桥。——我们从西山回来看白马庙，实在是看那座桥。桥是个记认，没有桥，白马庙不成其为白马庙似的。每次船从桥下过，（人在桥下都有一种奇怪感觉，一种安全之感，像在母亲怀里。）我急于想在那个桥上头走一走。

載一九四七年第四卷《少年读物》

歌 声

醒来，隔壁巷子里有孩子唱歌。

现在大概九点钟光景，家中漆黑。每天吃了晚饭我睡两个钟头，一醒来总是立刻就为整个世界所围绕。在我睡着了时一切都还在进行着的。这几个孩子唱了多少时候歌了？从她们的歌声里有一点天晚了的感觉，可是多不够安定的晚上啊，多不够安定的歌。

唱的是两个女孩子，一个声音高，唱得很有力；一个比较不那么热切，不想争胜，气不大足。两个声音都很扁，仿佛唱的时候嘴都咧得很开。我想一定还有一更小的男孩子，坐在门槛上，虽然他一声不响，可是你听得出歌声里有他。大概是两个女孩子之中的一个（大概是那个声音高窄的）的弟弟。这两个孩子必在同一个小学读书，同出同归，唱歌的节拍表情也分明是同一个老师所教，错的地方一样错。那个老师（当然是女的）对于教音乐，教这般孩子，毫无兴趣。至少这两个她没有兴趣。孩子的爸爸妈妈（尤其是妈妈）更对她们唱歌没有兴趣，冷淡，而且厌烦。这两个孩子也唱得真不好！……

她们一定穿了不合身的衣服，发红的安安蓝布，褪色的花洋纱的裙褂，补过的脏袜子，令人自卑的平凡的布鞋。两个孩子一个都不好看，瘦长的脖子，黄头发，头上汗味很重。有一个扎一个粉红蝴蝶结，但是皱得厉害！那个弟弟，一个大脑袋，傻傻地坐在那儿，不时用手搔头。他头上有小脓疙瘩，身上黏黏的。他也很为姐姐们的歌声所激恼了，虽然有时也还漠然地听着，当他忘记一点自己身上的不快时，他没有非要哭不可的时候，但说是一点都不要哭分明不对。

两个孩子学着她们的先生装模作样地咬字，可是，不知道唱的是什么，只有娃娃宝宝几个字还听得出，因为老是重复唱到。

现在她们会的歌都唱完了，停了一停，又把已经唱过的一个重新唱起来。这样的反复地唱，要唱到什么时候？——这样的唱歌能使她们得到快乐么？她们为什么要唱歌？

我起来。天真闷，气都不大透得过来。什么地方一股抹布气味，要下雨了吧？

载一九四七年七月十一日上海《大公报》

蝴蝶：日记抄

听斯本德聊他怎么写出一首诗，随着他的迷人的声调，有时凝集，有时飘逸开去；他既已使我新鲜活动起来，我就不能老是栖息在这儿；而到：

"蝴蝶在波浪上面飘荡，把波浪当作田野，在那粉白色的景色中搜索着花朵。"

从他的字的解散，回头，对于自己陈义的抚摸，水到渠成的快感，从他的稍稍平缓的呼吸之中，我知道前头是一个停顿，他已经看到这一段的最后一句，像看到一棵大树，他准备到树下休息，我就不等他按住话头，飞到另一片天地中去了。少陪了，去计划怎么继往开来吧，我知道你已经成竹在胸，很有把握，我要一个人玩一会儿去。我来不及听他嘱咐些什么，便已经为故地的气息所陶融。

蝴蝶，蝴蝶在茼蒿花田上飞，茼蒿花灿烂的金色。茼蒿花的金色，风吹茼蒿花。风搂抱花，温柔地摸着花，狂泼地穿透到花里面，脸贴着它的脸，在花的发里埋它的头，沉醉地闭起它的太不疲倦的眼睛。茼蒿花，熠动，旺炽，丰满，恣酣豫獐。狂欢的潮水！——密密层层，那么一大片的花，稠浓的泡沫，奢侈的肉感的海。茼蒿花的香味极其猛壮，又夹着药气，是迫人的。我们深深地饮喝那种气味，吞吐含漱，如鱼在水。而茼蒿花上是千千万万的白蝴蝶，到处都是蝴蝶，缤纷错乱，东南西北，上上下下，满头满脸。——置身于茼蒿花和蝴蝶之间，为金黄，香气，粉翅所淹没，"蜜饯"我们的年龄去！成熟的春天多么的迷人。

我怎么也想不起这块地方在我的故乡，在我读过的初级中学的哪一边，从教室到那里是怎么走的呢？我常常因为一点触动，一点波漾而想起这块地，却从来没有想出它究竟在哪里，我相信永远想不出了。我们剪留下若干生活（的场景，或生活本身，），而它的方位消失了，这是自然的还是可惋惜的？且不管它，我曾经在那些蝴蝶茼蒿花之间生存过，这将是没齿不忘的事。任何一次的酒，爱，音乐，也比不上那样的经验。

那个时候我们为什么要疯狂地捕捉那些蝴蝶？把蝴蝶夹死在书里（压扁了肚子）实在是不愉快的事情，现在想起来还有点恶心。为什么呢？我们并不太喜欢死蝴蝶的样子；（不飞了，）上课时翻出一个来看看不过是因为究竟比我们的教科书和教员的脸总还好玩儿些，却也不是真有兴趣，至少这不足以鼓励我们去捕捉和杀害它们。我们那么热心地干这个，（一下子工夫可以捕三五十个，把一本书的每一页都夹一个毫不费力！）完全是表泄我们初生的爱。就是我们那些女同学，那些小姐们，她们的身体，姿态，脚步，笑声给我们一种奇异的刺激，刺激我们做许多没有理由的事情。这么多的花、蝴蝶、蓝天、白云、太阳、风又挑拨我们。我们一身蓄聚着野蛮的冲动，随时就会干点什么傻事出来。捕捉蝴蝶，这跟穿衣服跳到水里去、爬到墼楼房顶上去、用力踹一只大狗、尖声怪叫、奇异服装完全出于一源。不过花跟蝴蝶似乎最能疏导渲发，是一种最直接、最尽致、最完备独到的方式。我们简直可以把那些蝴蝶一把一把地纳到嘴里，嚼得稀烂，"骨笃"一声咽下去的！（并不须她们任何一个在旁边看见或知道。）都是些小疯子，那个时候我们大概是十三四、十四五岁。

这一下可飘得远了。斯本德刚才说什么来的？让我想想看。我重新把那篇《一首诗的创造》摊开，俯伏到上面去。稍为有一点不顺帖，但不一会儿我就跟上他了。

八月十四

载一九四七年八月二十四日《经世日报》

背东西的兽物

毛姆描写过中国山地背运货物的夫子，从前读过，印象极
为深刻，不过他称那种人为"负之兽"，觉得不免夸饰，近于
舞文弄墨，而且取义殊为卑浅，令人稍稍有点反感。及至后来
到了内地，在云南看到那边的脚夫，虽不能确定毛姆所见是这
一种人，但这种人若加之以毛姆那个称呼是极帖当而直朴的，
我那点反感没有了，而且隐然对他有了一种谢意。

人生活动行进之中如果骤然煞住，问一问我在这里到底是
在干点什么呢？大概不会有肯定答案的，都如毛姆所引庄子的
那一段话中说的那样，疲疲役役，过了一生，但这一种人是问
也用不着问，（别人不大会代他们问，他们自己当然不可能发
问）看一看就知道真是什么"意义"都没有，除了背东西就没
有生活了。用得着一个套语：从今天背到明天，从今年背到明
年。但毛姆说他们是兽物还不能是象征说法，是极其写实的，
他们不但没有"人"的意义，而且也没有人形。

在我们学校旁边那条西风古道上时常可以看到他们，大都
是一队一队的，少者三个五个，多的十个八个，沉默着，埋着
头，一步一步走来。照例凡是使用气力做活的人多半要发出声

音，或唱歌，或是"打号子"，用以排遣单调，鼓舞精力，而这些人是一声也不出的，他们的嘴闭得很紧。说是"埋头"，每令人想到"苦干"，他们的埋头可不是表示发愤为雄，是他们的工作教他们不得不埋头。他们背东西都使用一个底锐、口广、深身、略呈斗斛状的竹篮。这东西或称为背篓，但有一种细竹所编，有两耳可挎套于肩臂，而且有个盖子，做得相当细致的竹篮，像昆明收旧货女人所用的那一种，也称为背篓，而他们用的背篓是极其粗率的简陋的。背篓上高高装了货物。货物的范围很窄，虽然有时也背盐巴、松板、石块、米粮等物，大多是两样东西，柴和炭。柴，有的粗块，有的是寸径树条，也有连枝带叶的小棒子；有专背松毛的，马尾松针晒干，用以引火助燃，此地人谓之松毛，但那多是女人，且多不用背篓，捆扎成一大包而背着。炭都是横着一根一根地叠起来。柴炭都叠得很高，防它倒散，多用绳索络住。背篓上有一根棕丝所织扁带子，背即背的这一根带子。严格说不应当说是背，应当说是"顶"，他们用脑门子顶着那一根带子。这样他们不得不硬着头皮，不得不埋着头了。

头稍平置，篓子即会滑脱的。柴炭从山中来，山路不便挑扛，所以才用这种特殊方法负运。他们上山下山，全身都用气力，而颈部用力尤多，所以都有极其粗壮，粗壮到变形的脖子。这样粗壮的脖子前面又多半挂了个瘿袋，累累然有如一个肉桂色的柚子。在颈上都套着一个木板，形式如半个刑枷，毛姆似乎称之为"轭"的，这也并非故意存有暗示，真的跟耕田引车的牛头上那一个东西全无二致，而且一定是可以通互应用的。在手里，他们都提着一根杖。这根杖不知道叫什么名堂，齐腰那么高，顶头有个月牙形的板，平着连着那根杖。这根杖用处很大，爬坡上坡时，路稍陡直，用以撑杖，下雨泥滑，可防蹶倒，打站歇力时尤其用得着它，如同常说，是第三条腿。他们在路上休息时并不把背篓取下，取下时容易，再上肩费事，为养歇气力而花更大的气力，犯不着，只用那一根杖舒到后面，根着地，背篓放在月牙形手板上，自己稍为把腰伸起，两腿分开，微借着一点力而靠那么一会儿就成了。休息时要小便，也就是这么直着腰。他们一路走走歇歇，到了这儿，并没有一点载欣载奔的喜意，虽然前面马上就要到了。进了前面那个小小牌楼，就是西门，西门里就是省城了，省城是烧去他们背上柴炭的地方，可是看不出他们对于这个日渐新兴起来的古城有什么感情。小牌楼外有一片长长的空地，长了一点草，倒了一点垃圾，有人和狗拉的尿，他们在那里要休息相当时候。午前午后往来，都可以看得见许多这种人长长的一溜坐着，这时，他们大都把背上载的重物卸放在墙根了，要吃饭，总不能吃饭时也顶着。

柴不知怎么卖，有没有人在路上喊住他们论价买去呢？炭则大都是交到行庄，由炭商接下来，剔选一道，整理整理，用装了石粉的布包在上面拍得一层白，漂漂亮亮的，再成斤作担卖与人家。老板卖出去的价钱跟向他们买的价钱相差多少，他们永远也无法晓得，至于这些炭怎么烧去，则更不在他们想象之内了。

他们有的裸头，有的戴了一顶粗毡碗形帽子，这顶帽子吃了许多油汗，而且一定时常在吃进油汗时教他们头皮作痒。身上衣服有的是布的。但不管是什么布衣绝对没有在他们身上新过，都是买现成的旧衣，重重补缀上身。城里有许多"收旧衣烂衫"的男人女人，收了去在市集上卖，主顾里包括有这种人，虽然他们不是重要的，理想的，尤其是顶不爽气的，只不过是最可欺骗的主顾。他们是一定买最破最烂的，而且衣服形形色色都有，他们把衣服都简化了，在你是绝对不相同的，在他们是一样的。更多的是穿麻布衣服。这种麻不知是不是他们自己织的，保留最古粗的样子，印在陶器上的布纹比这还要细密些。每一经纬都有铺子扎东西的索子那么粗，只是单薄一点。自然是原色，麻白色。昆明气候好，冬天也少霜雪，但天方发白的山路上总是恻恻的有风的，而有些背柴炭人还是穿一层单麻布衣服。这身衣服像一个壳子似的套在身上，仿佛跟他们的身体分不开，而又显然不是身体的一部分，跟身体离得很远，没有一处贴合，那种淡淡的白色使他们格外具有特性了。身体上不是顶要紧的地方袒露一块，在他们不算是大事情。衣服，根本在他们就不算大事。他们的大事是吃一点东西到肚里。

　　他们每人都把吃的带着，结挂在腰裤间，到了，一起就取出来吃。一个一个的布口袋，口袋做成筒状，里头是一口袋红米干饭。不用碗，不用筷子，也不用手抓，以口就饭而唼喋。随吃，随把口袋向外翻卷一点，饭吃完，口袋也整整翻了个个儿，抖一抖，接住几个米粒，仍旧还系于腰裤间。有的没有，有的有点菜，那是辣子面，盐，辣子面和盐，辣子面和盐和一点豆豉末，咽两口饭，以舌尖粘掠一点。看一个庄家，一个工人，一个小贩，一个劳力人，吃饭是很痛快过瘾的事，他们吃得那么香甜，那么活泼，那么蹈舞，那么恣放淋漓，那么快乐，你感觉吃无论如何是人生的一点不可磨灭的真谛，而看这种人吃饭，你不会动一点食欲。他们并不厌恨食物的粗粝，可是冷淡到十分，毫不动情地，慢慢慢慢地咀嚼，就像一头牛在反刍似的！也像牛似的，他们吃得很专心，伴以一种深厚的，然而简单的思索，不断地思索着：这是饭，这是饭，这是饭……仿佛不这么想着，他们的牙齿就要不会磨动似的——很奇怪，我想不出他们是用什么姿态喝水的，他们喝水的次数一定很少，否则不可能我没有印象。走这么长的路而能干干地吃那么些饭，真是不可了解的事。他们生在山里，或者山里人少有喝水的习惯？……我想起一个题目：水与文化。

老觉得这种人如何饮之以酒，不加限节，必至泥胡醉死。醉了，他们是什么样子呢？他们是无内外表里，无层次，无后先，无中偏，无大小，是整个的：一个整个的醉是什么样子呢？他们会拥抱，会砍杀，会哭会笑？还是一声不响地各自颓倒，失去知觉存在？

他们当然是有思索的，而且很深很厚，不过思索很少，简单，没有多少题目，所以总是那么很专心似的，很难在他们的眼睛里找出什么东西，因为我们能够追迹的，不是情意本体，而是情意的流变，在由此状况发展引度成另一状况，在起讫之间，人才泄漏他的心。而他们几乎是永恒的，不动的，既非明，也非暗，不是明暗之间酝酿绸缪的昧暖，是一种超乎明暗的混沌，一种没有界限的封闭。他们一个一个的坐在那里，绝对的沉默，不是有话不说，而是根本没有话，各自拢有了自己，像石块拢有了石头。你无法走进他们里面去，因为他们不看你一眼，他们没有把你收到他们的视野中去。

纪德发现刚果有一种土人，他们的语言里没有相当于"为什么"的字。……

在一个小茶馆外头，我第一次听到这种人说话，而且是在算账！从他们那个还是极少表情的眼睛里，可以知道一个数字要在他的心里写完了，就像用一根钝钉子在一片又光又硬的石

板上刻字一样地难。我永远记得那个数目：二百二十二，一则
这个数字太巧，而且富民话（我听出他们的话带有富民口音）
"二"字念起来很特别，再也是他一次又一次地重复，好像一
个孩子努力地想把一个跌碎了的碗拼合起来似的："二百——
二十——二，二百——二十——二……"

有一次警报，解除警报发了，接着又发了紧急警报，我们
才进城门又立刻退回去，而小牌楼外面那些负运柴炭的人还不
动。日本飞机来过炸过了，那片地上落了一个炸弹，有人告诉
我，炸死了两个人。我忽然心里一动，很严肃地想：炸死了两
个人，我端端正正一撇一捺在心里写了那一个"人"字。我高
兴我当时没有嘲弄我自己，没有蔑笑我的那点似乎是有心鼓励
出来的戏剧的激情。

载一九四八年二月一日《大公报》

白松糖浆

　　船开了，离岸已有一截子路。想下去的无法再下去，要上来的也上不来，岸边人看着船，船上人都已找到地方坐定了。人并不太多，空处尽有，不过半个多钟头即到对岸，随便哪里都行，又不是坐一辈子；常来常往的，谁说得出这船上最好的椅子是哪一张，只要没有别的原因，对于自己所占坐处都很容易满足。茶房沏茶水，打手巾，小贩叫卖吆喝，人一安定，他们开始活动起来。——进来了一个孩子。

　　他一身青布学生装，一顶学生常戴的军帽，青布的，不脏，也不是顶干净，大概是一星期前新洗的，但收拾得极见细心爱惜，每天晚上脱下时都好好地折起挂好，绝不是随便往椅子上一团或随手一摞盖在脚头被上。显然这是他最好的一件衣裳，他的一点荣光，他的财产，他的"资格"。帽舌子当然没有折断，戴得很正，比普通孩子戴得稍高一点，不扣在额头上。帽子不大挺括，好像淋过一场雨，这两天天阴，今天才放太阳。他大概……十三四岁，——不像——十六……，不，只有十三四岁！他发育得还正常，身材不高也不矮。只是样子早熟，他走进舱来的几步绝不像个十三四岁的孩子，不怯也不野，老老到到，沉沉稳稳，仿佛颇能独立，很有主意，然而实在毕竟还是个孩子，稍一注意就知道那点早熟的皮层实在很虚薄，轻轻不费事即可揭去，一个孩子，一个小学六年级或者初中一二年级的太守规矩，太世故一点的好学生，一个小道学家，并不是没有调皮淘气的时候，但明白得失利害，不致闯祸犯法。若在学校里，同学多半不大会喜欢他的，也许受先生的暗示而不得不对他表示一分敬重；但先生自己尽管表面奖励，心里未尝不想他把真的一面拿出来，只是先生似乎不可以劝学生调皮淘气！幸亏有这点调皮淘气处，也许他才不致孤单离索罢。他眉目颇清秀，浅浅一个酒窝。——他进来了，走到舱中那根柱子前头，在放茶壶的那条长桌上放下皮箱（似乎这根柱子，这张桌子给他一点依傍，让他不悬在空中似的），站定了，鞠了一个躬，用一种虚伪做作的，文明戏式的，有腔有调，然而孩子的声音，高声朗诵起来：

　　　　各位，我们中国人，最爱咳嗽。中国人体质衰弱，营养不良，动辄容易咳嗽吐痰。中山先生说，随便吐痰是我国人的不良习惯。吐痰固然是不良习惯，咳嗽也有伤身体，如若一时不治，难免养病成灾，影响气管肺脏，在在都极其危险可畏。咳嗽有好多种。有新咳、有老咳。有伤风外感、有五劳七伤。有干咳、有痰咳、有吐白痰、有吐黄痰。有妇人胎咳、有小儿夜咳。有五更咳、有百日咳。有年青断伤，痰中时见血丝；有老年气弱，咳时痰难吐出。有呛咳，有喘咳。……

他说了不止五分钟，口齿十分清楚，换气，提头，顿逗，呼应的地方也没有错什么。用的是带淮安味的扬州话，有几个字是国音，阴平特别高显，入声则一律还是保留，可是那些咳嗽他多半并未见过遇过，有些字句意义他不大懂得，说起来很难动情，很难声色俱茂。他一定没有落了一句，可是听起来总觉得生，腔调中如有裂缝，不是倾瓶泻水，一气呵成，不真流利。背的次数该还不顶多，也不少了，他还得是想着背，除了一点淡漠，一点困惑，表露不出别种真的或是假的感情。——就像这样，学校演讲竞赛会上他可以稳稳地得个第二了，假如第一为一个圆脸大眼睛女同学拿去。在评判单上他得分最少的当是"姿势"一项，级任先生应当多教他的手臂怎么运动，伸出去，举起来，摊开手掌，一个一个竖起指头，……他这五分钟甚至脚底下都没有移动几回，就是笔直地站着说的，这未免太僵了。——唉，怯场倒不怯场了，对着这么些人，还看不出畏缩不安，可是并不吸引人，没有那种抓住听众的力量，他不是个讲演的天才！而且嗓音太高，太窄，太直，太干，有点左。

"……现在，鄙公司精制一种白松糖浆，专治各种咳嗽。白松糖浆是以纯白的松子炼制而成的糖浆，功能化痰止咳，滋补润肺。不论久咳新咳，小儿咳，妇人咳……有病可以治病，无病可以预防。……"

于是把小皮箱打开，手里拿着一瓶，摇着，走到各人面前。

"白松糖浆在上海本公司门市部售价二万六千元，镇江药房卖三万，这是广告性质，只收回清本，无非是推广介绍，只卖两万，有哪位先生要一瓶罢？……"

"带一瓶罢，送送人也是好的。……"

"要罢？……"

可是怪，这个舱里竟然没有一个咳嗽的！至少这会儿没有一个人咳一声。

　　他还是一个一个问过去，态度彬彬有礼，熟习一切失望，都很含蓄，极其耐烦地一面摇着手中的瓶子，一面"劳驾"，"得罪"，从人前走过去，从演讲一变而为说话了，语调之中颇多了一点江湖习气，但确确实实更看出他真还是一个孩子，一个十三四岁的孩子，一个小学初中之间的学生！

　　当然他不单纯是为公司做广告，推销一瓶货，一定有若干好处的，公司另外还给不给报酬呢？批一批货，要不要先付一点钱？有一个什么折扣可打？他就是单在这只船上还有别的地方可去么？一天能卖多少瓶？要是一瓶也卖不出去？他乘船，不用票罢？要不要常常送船上人一点钱，或是送一瓶白松糖浆？没有病也能吃的，船上人是否因此不伤风也得咳两声？他怎么爱惜他的钱，他的货，又怎样表示大方，漂亮？要是遇到莽撞冒失人一头碰撒了他的小皮箱呢？上公司里批货，总有些手续，得说好些话？没有问题，二万绝对不是最低的价钱，一定可以讲价的，他怎样跟人讲价，怎么察言观色，见风使舵，趁热打铁？总有许多许多麻烦他得应付的，许多许多意外逼得他要哭！自负和自卑熬练得他长大起来。他有一身衣帽——他的新鞋，家制青布鞋，鞋底还很白！

　　"哎，白松糖浆，哎，纯白松子精炼所成，哎男女老幼通用，哎春夏秋冬咸宜，——"

　　什么时候果然进来了另外一个！一看脑袋就知道他的脚背一定很高，——高鼻梁高颧骨，高牙床，前额到后脑长极了，而左眼跟右眼距离得很近，他的屁股当然很小很小，可是声音倒是扁的，仿佛是从小腹处发出来的。

　　他前年或是去年过了三十岁。他一百磅左右，有时他愿意自己胖一点。他须子渣黄黄的，那倒没有什么关系。脸上雀斑不少，似乎没有什么办法可治。他认得字，会写信，他很喜欢"专此奉达敬请钧安"这一句，尤其是"钧安"，很能感动人。他读过千家诗，很羡慕解学士，自己也想能做做诗，他能看报，知道马歇尔、杜鲁门、DDT、原子弹。他不抽烟，可是有时肯买一包，放在口袋里，到必须时拿出来请人，联络联络，他不会跟人打架，但可能有挨当兵的或什么粗野人莫名其妙地打两个耳刮子的时候。他有时做梦得到一支自来水笔并且当了保长，眼前希望得最迫切的是有一个不管什么样子的徽章别在身上，还有袜子后跟不要破得太大。不过公司虽然不发徽章，他现在的这个职业仍是可感谢的，教他觉得屈辱的时候不比觉得矜傲的时候多。他老跟这个孩子搭档，虽然当真遇到什么事，他也不见得有办法，他没有能力，也没有胆量。不过他总以为他在提挈指导着他，他非他不可，一有机会他就训练他怎么做人，怎么处世，怎么怎么一篇大道理。他跟孩子只是职业上的关系？——有一点亲？像表兄弟？——堂兄弟？——都不像——是街坊？——大概。——哦，他想——孩子一定有一个寡母一个适年待字的姐姐，为他做脚上这双新鞋的姐姐，这个尖身子扁嗓子的人一定常往他家走动，看看老伯母，逢年节还买一点礼物送去！看孩子的面相他姐姐长得必不难看。她一点都不喜欢他，但当真以为弟弟会受到他好处。也许——究竟她会不会嫁给他呢？

孩子也许并不喜欢他，他有时甚至从心底觉得他讨厌，可他还不能看清楚他，反抗他，为了自己的利益，他宁可对他服从。也许这样的倚仗是虚空的，然而一点朦胧的信任使他自己可以更坚强些，在没有遇到打击之前。

“要罢？”

“有哪位先生要，带一瓶送送人？”

然而客人兴趣更低，他手上那个瓶子反面正面都没有人再要看一眼了，阖起两只箱子，他们走出去。虽然这也许是最后一个舱了，可是他们的样子总像是还要赶到什么地方去，匆匆忙忙，毫不颓唐懒散。只有出门的那一会儿他们倒极像是息息相关，合作无间的同伴，他们用同样的，经过配演的姿势走出去，甚至脚步的起落都是同样的。

一个客人，——两个，咳起来，倒不定是有病，因为要想憋着憋着，于是憋不住了。另一个伏在窗口看对岸青山的客人正抽着烟，听到咳声，忍不住一笑，往里流的烟倒呛出来，也几乎咳出声音。

载一九四八年四月十二日《天津民国日报》

毋忘侬花

　　我至今还不知道毋忘侬花是什么样子，我不知道我是否曾经看见过。中国大概是有的吧，但知道这种花的名字的一定比见过这种花的人多。花是不是很美呢，是不是当得起这样的名字，它的形色香味真能作为一个临诀的叮咛？虽然有点感伤，但还不至为一个很现代的聪明人所笑罢，如果还不失为诚挚，除非诚挚也是可嘲弄的，因为这个年头根本不可能有。那我们的生活就实在难得很了，见过不见过其实本无多大关系，在诗文里或信札里说"送你毋忘侬花"而实际并没有，是尽可以的，虽然这样的人现在也都没有了。大概从此这个花要更其湮没了罢，它本身，和它的声名，这不知是花的抑是我们的不幸，或者无甚所谓，连偶尔对于这些种种思念也都应当淡然掷去了，可是有机会我还是想捡起一枝来看看。

　　在昆明，有一次英国政府派来一个给战地士兵演讲音乐欣赏作为慰劳的生物学家想听一点中国的乐器歌曲，在一个研究院的实验室里，开了一个小茶会。听了几个名家的琵琶笛子，那位——该叫他生物学家还是音乐家呢——也有一个节目，七弦琴独奏！他显然对这个躺着的古乐器还不顶熟习，拧弦定音，指掌太温柔了一点，——七弦琴无疑的是乐器里顶精致，顶不容易服侍的一种，一点轻微的慌乱教他的脸上退去了又泛上来一片红，他镇静自持着，而不时低低举目看一看看着他的人，含笑得腼腆极了。这一笑是感谢大家关切了这半天，现在，没有问题了！他正一正身子，轻咳一声，"普庵咒"，又向身旁的人笑了一笑：这三个中国字说得是不是差不多？普庵咒是常听到的琴曲，近乎描写音乐，比较容易了解。可是这一支庄严静穆的曲子我没有听，我一直看他，看他的明净的头和他的手。我好像曾经看过这样的手，但没有一双手我曾经这样的动情地看过——也许那样的手并不在做着这样的事情。矫健，灵活，敏感，热情，那当然，可是吸引我的是十个手指同时那么致意用力，那么认真，那么"到"，充满精神，充满思想，——有时稍见迟疑，可是通过迟疑之后却并不是含混，少见的那么好看的一双手。也许是过于白皙了，也许是乐器的关系，抚奏的手势偏于优美，显得有一点女性，然而这不是我当时就有的感觉。……喝茶谈话的中间，他忽然起身离去，捧来一瓶，他欢欢喜喜，各种各样的花，瓶是一个实验用的烧瓶，一瓶水碧清，有些很熟，有些印象，花都近野花，而这么一瓶插着都似乎是新鲜极了，都是我没有见过的了，开也开得特别好，花大，颜色深，有生气，他一定是满山上出了一点愉快的汗水找来的，他得意极了，一枝一枝拈起来，稍提出一点。好些野花中国跟英国山地里都生着，有的一样，有的不大同，他看见了他知道是有的花，有些英国多，中国少，有些中国多，有些分布区域不广，现存的已经不多了，很珍贵的，但这里人似并不大注意。……因为在异国说着本国的语言呢还是本来就惯常如此，他慢慢地说，撚着烧瓶颈子轻轻地转动，声调委婉而亲切，他不知道看到冯承植先生的赞美过的鼠白草不？我看他，等有机会问他，可是老是错过，终于在他挑出一枝紫红长穗的时候，有人进门给他一封信，他得辞谢走了，我没有能问他拿进去的瓶里那种翠蓝色的小花是不是毋忘侬，他的手指在我的毋忘侬之间移动过多少次了！

我听说是，而且很自信地告诉过不少人了，昆明不论什么花差不多四季都开的，而这种花更是随处都见得到，只要是土较多，人较少的地方，野地里都是坟，坟头上特别多，我们逃警报的次数简直数不清了。昆明没有什么防空壕洞，在坟冢间挖了许多坑，我们又大都并不躲进坑里，离开了城走远些，找个地方躺躺坐坐而已，或者是这种花的颜色跟坟容易联想到一起去，我们越觉得坟的寂寞跟花的寂寞了，在记忆里于是也总是分不开，老那么坐着，躺着，蓝色的小花无聊地看在我们的眼里，从来也没有采一点带回去，花实在太小。把几个微擎着的花瓣一起展平了还不到一片榆钱大，又是在叶托间附枝而生，没有花蒂，畏缩地贴着，不敢出头一步，枝子则顽韧异常，满身老气，又是那么晦绿色毛茸茸的鄙贱小叶子，——主要还是花常稀疏零落，一枝上没有多少颜色，缺少光泽的，惨恻，伶仃的翠蓝色的小点，在半闭的眼睫一点一点地向远处漂去，似乎微有摇漾，也许它自己也有点低徊，也许动着的是别的草。可是直起身子来，伸一伸胳膊，活动活动腰腿，则一俯首间而所有的小花都微小微小，隐退隐退，要消失了，临了只剩下一点点一点点渺茫的蓝意，无形无质，不大可相信了，像什么呢？——真是一个记忆的起点，哦！……可是尽管这并不是真的毋忘侬花罢，（是一个误会，误会常常也很有意思，特别是推究怎么有这个误会，你的推究和你的发现都不会落空。）昆明那一段逃警报的日子我们总记得。比起那些有趣的穿插，吸干了整个时间的那种倦怠，酥懒，四肢无力，头昏昏的，近乎病态的无情状态尤其教我们往往心里发甜。我们从来没有那么休息过，那么完全地离开过自己的房屋和自己的形体，那么长久，那么没有止境地抛置在地上，呼吸着泥土，晒着太阳——究竟我们还算活着，像一块洋山芋似的活着。——太阳晒得我们一次一次的蜕皮，常常晚上回来用冷水一洗脸，一撕，一大片！……太平洋战事以后，城里不再有毁坏燃烧，走到浮没着蓝花的坟野里，我们认不出我们寄居过的洞穴了。那些驮马或疾或徐走着的小道令我们迷惘。我们再也不能在身上找出从前那么熟练的躺下坐倒的姿势了，我们焦渴的嘴唇，所喝的水，我们的最后一根香烟，荸荠，地瓜，豌豆粉，凉米线，流着体温的草，松叶的辛香，土黄色的蝴蝶。……

北平的天也这么蓝。我这个楼梯真是毫无道理，除了上楼下楼之外还有什么意义么，这么四长段，又折折曲曲？好容易我才渐渐能够适应，我的肌肉骨骼有这么一个习惯，承认它，不以为是额外的支付。——我去问一个学植物分类学的朋友，他说那种昆明人叫作狗屎花的蓝花——你猜怎么着，我并不讨厌这个名字。一个东西我们原可以当着两样看。地肥些花就长得茂盛。看见狗拉了屎，又看见了花，因而拉在了一起的，这个孩子（当然是个孩子）说出了他心里的一分惊喜。——其实并不是真正的毋忘侬，不过是有点像。有点像么？……那就好。我并不失望，我满足了，因为我可以有满足的等待。

三十七年四月

载一九四八年五月三日《天津民国日报》

昆明的叫卖缘起

尝读《一岁货声》而爱之。我们的国民之中竟有人认真
其事地感情地留心叫卖的声音而用不大灵便的，有限制的工
具——仅用文字——，传状得那么好，那么有声有色：从字的
排列自然产生起落抑扬，游转摇曳，拖长与顿逗，因而想见种
种风尘辛苦和透漏出来的聪明黠巧，爱美及一个尚能维持的生
命在游戏中表现的欢愉，濒于饥寒代替哭泣的歌呼，那么准确，
那么朴素无华而那么点动无尽的思念存惜，感怀触怅，怎么可
以不涌出谢意呢。小时候我们多半都爱模仿某一种或几种叫卖。
我们在折纸船纸鸟的时候，在下河泡了一会儿起来穿衣服的时
候，在挨了骂的伤心气愤消去之后，在无所事事，无聊与兴致
勃勃的时候，要是没有一两句新熟或者重温的歌占据我们的喉
舌，我们常常自得其乐地哼哼起卖糖卖萝卜的调子来了。有一
回从昆明坐了火车到呈贡去看一个先生，一进门，刚坐定，先
生问我话，我没听进去，到发现了自己的失态，才赶紧用力追
捕那些漂失的字音，我的心在他的孩子身上了，他们学火车站
卖面包鸡蛋糕的学得那么神似，那么快乐。从活动里生出的声
音在寂静里听起来每多感动，然而我们的市声中要是除去了吆

喝还剩下多少颜色呢？那么恐怕对于货卖的腔调的喜爱许是天性，不必是始于读了《一岁货声》之后了。但对于货声的兴趣更浓一点，懒惰笨拙如旧，懒惰笨拙但不能忘情，有时颇起记述昆明的几种声音的妄想，当是读了《货声》之所赐。我要是不是我，我完全的是我，这个工作也许在昆明的时候就做好了。离开昆明之后，我对于香港的太急躁刺激，近乎恐吓劫持的叫卖发过埋怨，他们大都是冒冒失失，不加修饰地报出货品名称，接着狂吼一毫子两毫子，几门几十门，用起毛发裂的声音无情地鞭打过路的人。上海的叫卖我学到的不多，有些太逶迤婀娜，男人作女人腔；有些又重浊中杂着不自然的油滑；毛里毛气，洋里洋气，恐怕大都是从苏州的，宁波的，无锡或杭州的腔调脱胎嬗化且简漏堕落而成的，真是本乡本土的本色的极少。叫卖在上海实在可怜极了，在汽车、电车、三轮车、八灯收音机和五光十色的霓虹灯的喧闹中，冲撞挤压得没有余地了。只有清晨倒马桶的，深夜卖白糖莲心粥的还能惊心动魄地，凄楚悲凉地叫。秋冬之际卖炒白果，是比较头脑清醒的时候，西风北风吹落法国梧桐，可得的温暖显得那么可爱的时候，然而里巷之间动情地听着卖白果的念叨的孩子已经渐渐的更少了。

"啊要吃糖炒热白果。

香是香来糯是糯。

一颗白果鹅蛋大。"

底下没来由地接了一句：

"要吃白果——钱拿出来！"

甚至有的更糟：

"要吃白果！钞票拿出来！"

这实在太不客气，太不讲交情了。上海人总是那么实际又那么爱时髦。钱就是了，何必一定要指明现在通行的货币。既已知道要想从你手里得到碧绿如玉，娇黄微软，香是香来糯是糯的白果一定是摸过自己的口袋而走上来的，料想掏出来的还会是一把青铜钱么？为了达到目的，连最后一句的韵脚都不顾了么？你们叫着时不觉得别扭么？即使押韵稳当，话也说得和气有礼，大概这一类的叫卖不久也就会失传了罢，上海大概从来没有游客对它的叫卖存过希望。北平是以货声出名的地方了，许多吃喝声我们在没有身历其境时就知道怎么叫了，然而"萝卜赛梨辣来换"极少配上不沙哑的嗓子，"硬面饽饽"在我的楼下也远不如我们外乡人在演曹禺的戏的时候所做的效果更有效果。而在揣摩着他们把"硬"字都念得开口过大成为"漾"字的时候，我想北平我们真是初来，乃不禁想起在昆明我们住了多久啊。"骄傲于被问路于自己，异乡人懂的水里的微笑"，对不起，那实在不算得什么。昆明的一条一条街，一条一条弯弯曲曲巷子，高高下下的坡，都说着就和盘托出来了，有去有来，有左有右，有光暗，有颜色，有感觉，有气味，而且，升起飘出来各类各种声音，那么丰富，那么亲切，那么自然，那么现现成成的，在我们的腹下，我们的喉头，我们的烟灰缸的上空，我们头靠着椅子的背后，教我们眼睛眯起，有光亮，我们的手指交握，搓揉，我们虚胸缩颈，舔掠唇舌，摩挲下巴，吞咽唾水，简直的不在乎自己是痴态可掬了。这些声音真是入于肺腑，潜在意识之中，随时与我们同在了。那么我们很有理由毫无顾忌地坚持着对于昆明的叫卖的偏爱了。——是偏爱，但世上若是除去了偏爱，剩下来的即使还有，那种爱是什么一种不可想象的样子呢？——以后我要随时想起，随时记录下来了。其实我更希望有常识与专长的有心人，利用假期，以其余力，做这件事。如果他要，我可以把我的几则一齐送给他去。那当然不限定昆明一个地方，好！我连我的偏爱都可以捐弃。我有什么话想跟他说么？没有，除了一点，是不是可以弄得不太有条理？我的意思是说，喏，弄得好玩一点。

载一九四八年六月二十七日天津《大公报》

道具树

……西长安街。十一点。（钟在什么地方敲。）月和雾，路灯。火车喷着气，汽笛在天边拉响，在城市之外，又悠又远又安详。汽车缎子似的一曳，一个彩色的半弧，低低地贴着地面，再见，——消失了。三座门一层沉沉的影子，赶不开可是压不住，——一片树叶正在过桥哩。各种声音，柔美，温和，纯熟，依依地显出一片意义，我好像是一个绝域归来的倦客，吃过了又睡过了，第一次观察这个世界，充满清兴的时间，至情的夜。

（日子真不大好过啊，可是灾难这一会儿似乎放开我们了……）

一棵树：满含月光的轻雾里，路灯投下一圈一圈的圆光，一个一个 spot，一棵矮树一半融在光里了。一片一片浅黄的叶子，纤秀，苗条，（槐树么？）疏疏落落，微微飘动，（冬天，可是风多轻柔，）一片一片叶子如蘸水，鲜明极了，空中之色，凭虚而在，卓然的分别于其属冠，而指出枝干的姿势。无比的生动：真实与虚幻相合，真实即虚幻，空气极其清冽，如在湖上，平坦的，远阔的夜啊。晚归的三五成阵的行人都有极好的表情。……

我热爱舞台生活！（什么东西叫我激动起来了。）我将永远无法让你明白那种生活的魅力啊。那是水里的月，而我毫不犹豫用这两个字说明我的感情：醉心。你去试试看，你只要在里头泡过一阵，你就说不出来有一种瘾。这些你是都可以想象得到的：节奏的感觉，形式的完美的感觉，你亲身担当一个匀称和谐的杰作的一笔，你去证明一种东西。艰难的克服和艰难本身加于你的快感；紧张得要命，跟紧张做伴的镇定，甜美的，真是甜美的啊，那种松弛。创造和被创造，什么是真值得快乐的？——胜利，你体验"形成"，形成是一个实实在在的东西。你不能怀疑，虚空的虚空么，好，"咱们台上见！"——你说我说的是戏剧本身，赞美的是演出么？是的，那是该赞美的，凡是弄戏的都有一个当然的信念：一切为了演出。愿我们持有这个信念罢。可是你不是说的是演员？演员有演员的快乐，但是我们今天暂时不提及属于个人部分的东西。整个的。从一个剧本的"来到我们手里"，到拆台，到最后一个戴起帽子，扣好衣服，点起一根烟，从后楼上窗户斜射到又空又大的池座中的阳光中走出来，惆怅又轻松，依依的别意，离开戏圈子，这个家，为止。每一个时候你都觉得有所为，清清楚楚地知道你的存在的意义。你在一个宏壮的集合之中，像潮水，一起向前；而每个人是一个象征。我唯在戏剧圈子里而见过真正的友谊。在每个人都站在戏剧之中的时候，真是和衷共济，大家都能为别人想，都恳切。人是个什么样的人在那种时候看得最清楚，而好多人在弄戏的时候，常与在"外面"不一样。于是坦易，于是脱俗，于是，快乐了。忙是真忙呀，手体四肢，双手大脑，一齐并用，可喜的是你觉得你早应当疲倦的时候你还有精力，于是你知道你平常的疲倦都因为烦闷，你看懂疲倦了。

烟是个烟，水是杯水，一切那么"是个味儿"，一切姿势都可感，一切姿势都是充分的。……

（喔，我离开那种生活日子已久了，你看……）

一直到戏"搬出来"。戏在台上演，在"完全良好"的情形下进行，你听，真静，鸦雀无声！多广大呀，多丰满呀。你直接走到戏剧里面，贴到戏剧顶内在、顶深秘的东西，戏剧的本质了，一朵花在展开，一脉泉在涌动，一线风在轻轻运送。我爱轻手轻脚的，——说不出的小心，轻微，从布景后面纵横复杂的铁架子之间走过，站一站，看一看从前面透过的光，一个花盆或者别的东西印在布景上的影子，默念台上的动作，表情，然后从两句已经永不走样的戏词之间溜下来。我每天都要走这么一两趟，我的心充满了感情，像春一样的柔软。

而我爱在杂乱的道具室里休息。爱在下一幕要搬上去的沙发里躺一躺，爱看前一幕撤下来的书架上的书。我爱这些奇异的配合，特殊的秩序，这些因为需要而凑在一起的不同。这些不同时代，不同作风，属于不同社会，不同的人的形形色色，环绕在我身旁，不但不倾轧，不矛盾，而且还会流通起来，形成一场盛宴。我爱这么搬来搬去，这种不定，这种暂时的永久。我爱这种浑然，这种认真其是，这种庄严的做作。我爱在一棵伪装的，钉着许多木条，叶子已经半干，杆子只有半爿的，不伦不类，样子滑稽的树底下坐下来，抽烟，思索。我的思想跟在任何一棵树下没有什么不同，而且，我简直要说，不是任何一棵树下所能有的，那么清醒，那么流动，那么纯净无滓。

（喔，我需要一棵树。现在，——每一个时候……）

载一九四八年十一月二十八日《大公报》

文
论

1944 — 1947

黑罂粟花

下午六点钟，有些人心里是黄昏，有些人眼前是夕阳。金霞，紫霭，珠灰色淹没远山近水，夜当真来了，夜是黑的。

有唐一代，是中国历史上最豪华的日子，每个人都年轻，充满生命力量，境遇又多优裕，所以他们做的事几乎全是从前此后人所不能做的，从政府机构、社会秩序，直到瓷盘、漆盒，莫不表现其难能的健康美丽。当然最足以记录豪华的是诗。但是历史最严刻。一个最悲哀的称呼终于产生了——晚唐。于是我们可以看到暮色中的几个人像——幽暗的角落，苔先湿，草先冷，贾岛的敏感是无怪其然的；眼看光和热消逝了，竭力想找出另一种东西来照耀漫漫长夜的，是韩愈；沉湎于无限好景，以山头胭脂作脸上胭脂的，是温飞卿、李商隐；而李长吉则守在窗前望着天，头晕了，脸苍白，眼睛里飞舞着各种幻想。

长吉七岁作诗，想属可能，如果他早生几百年，一定不难"一日看尽长安花"。但是在他那个时代，便是有"到处逢人说项斯"，恐怕肯听的人也不多。听也许是听了，听过只发出一两声叹息，还是爱莫能助。所以他一生总不得意。他的《开愁歌》笔下作：

"秋风吹地百草干，华容碧影生晚寒。我当二十不得意，一心愁谢如枯兰。衣如飞鹑马如狗，临岐击剑生铜吼。……"

说的已经够惨了。沈亚之返归吴江，他竟连送行的钱都备不起，只能"歌一解以劳之"，其窘尤可想见。虽然也上长安去"谋生"，因为当时人以犯讳相责，虽有韩愈辩护，仍不获举进士第，大概树高遭嫉，弄的落拓不堪，过"渴饮壶中酒，饥拔陇头粟"的日子。

"长安有男儿，二十心已朽。"

一团愤慨不能自己。所以他的诗里颇有"不怪"的。比如：

"别弟三年后，还家一日余。醶醽今日酒，缃帙去时书。病骨独能在，人间底事无？何须问牛马，抛掷任枭卢。"

不论句法、章法、音节、辞藻，都与标准律诗相去不远，便以与老杜的作品相比，也堪左右。想来他平常也作过这类诗，想规规矩矩地应考作官，与一般读书人同出一路。

"凄凄陈述圣，披褐鉏俎豆。学为尧舜文，时人责衰偶。"

十分可信。可是：

"天眼何时开？"

他看得很清楚：

"只今道已塞，何必须白首。"

只等到，

"三十未有二十余"，

依然，

"白日长饥小甲蔬"，

于是，

"公卿纵不怜，宁能锁吾口。"

他的命运注定了去做一个诗人。

他自小身体又不好，无法"收取关山五十州"，甘心"寻章摘句老雕虫"了。韩愈、皇甫湜都是"先辈"了，李长吉一生不过二十七年，自然看法不能跟他们一样，一方面也是生活所限，所以他愿完全过自己的生活。南园一十三首中有一些颇见闲适之趣。如：

"春水初生乳燕飞，黄蜂小尾扑花归。窗含远色通书幌，鱼拥香钩近石矶。"

"边壤今朝忆蔡邕，无心裁曲卧春风。舍南有竹堪书字，老去溪头作钓翁。"

说是谁的诗都可以，说是李长吉的诗倒反有人不相信，因为李长吉在写这些诗时，也还如普通人差不多。虽然"遥岚破月悬"、"长茸湿夜烟"，已经透露出一点险奇消息。这时他没有有意把自己的诗作来李长吉的样子。

他认定自己只能在诗里活下来，用诗来承载他整个生命了。他自然得作自己的诗。唐诗至于晚唐，什么形式都有一个最合适的作法，什么题目都有最好的作品。想于此才求自立，真是不大容易。他自然得另辟蹊径。

他有意藏过自己，把自己提到现实以外去，凡有哀乐不直接表现，多半借题发挥。这时他还清醒，他与诗之间还有个距离。其后他为诗所蛊惑，自己整个跳到诗里去，跟诗融成一处，诗之外再也找不到他自己了。他焉不得疯？

时代既待他这么不公平，他不免缅想往昔。诗中用古字的地方不一而足。眼前题目不能给他刺激，于是他索性全以古乐府旧调为题，有些诗分明是他自己的体，可是题目亦总喜欢弄得古色古香的，如"平城下"、"溪晚凉"、"官街鼓"，都是以"拗"令人脱离现实的办法。

他自己穷困，因此恨极穷困。他在精神上是一个贵族，他喜欢写宫廷事情，他绝不允许自己有一分寒碜气。其贵族处尤不在其富丽的典实藻绘，在他的境界。我每读到：

"腰围白玉冷"，觉得没有第二句话更可写出《贵公子夜阑》了。

他甚至于想到天上些多玩意儿，《梦天》《天上谣》。都是前此没听见说过的。至于神，那更是他心向往之的了。所以后来有"玉楼赴会"附会故事正不足怪。

凡此都是他的逃避办法，不过他逃不出此一个世界，于另一世界何尝真能满足。在许多空虚东西营养之后，当然不会正常。这正如服寒食散求长生一样，其结果是死得古里古怪。说李长吉呕心，一点不夸张。他真如千年老狐，吐出灵丹便无法再活了。

他精神既不正常，当然诗就极其怪艳了。他的时代是黑的，这正作了他的诗的底色。他在一片黑色上描画他的梦；一片浓绿，一片殷红，一片金色，交错成一幅不可解的图案。而这些图案充满了魔性。这些颜色是他所向往的，是黑色之前都曾存在过的，那是整个唐朝的颜色。

李长吉是一条在幽谷中采食酿成毒，毒死自己的蛇。

一九四四年

短篇小说的本质
——在解鞋带和刷牙的时候之四

　　我们必须暂时稍微与世界隔离，不要老撺不开我们是生活在怎样一个国度里这个意识，这就是说，假定我们有一个地方，有一种空气，容许并有利于我们说这个题目。不必要在一个水滨，一个虚廊，竹韵花影；就像这儿，现在，我们有可坐的桌子凳子，有可以起来走两步的空当，有一点随便，有说或不说的自由；没有个智慧超人，得意无言的家伙，脸上不动，连狡诡的眯眼也不给一个地在哪儿听着；没有个真正的小说家，像托老头子那样的人会声势凌人的闯进来；而且我们不是在"此处不是讲话之地"的大街上高谈阔论；这也就够了。我们的话都是草稿的草稿，只提出，不论断，几乎每一句前面都应加一句：假定我们可以这样说。我们所说的大半是平时思索的结果，也可能是从未想过，临时触起，信口开河。我想这是常有的事，要说的都没有说，尽招架了些不知从哪儿斜刺里杀出来的程咬金。有时又常谈到嘴边，咽了下去；说了一半，或因思绪散断，或者觉得看来很要紧的意见原来毫不相干，全无道理，接不下去了。这都挺自然，不勉强，正要的是如此。我们是一些喜欢读，也多少读过一点，甚至想动笔，或已经试写了一阵子小说的人，可是千万别把我们的谈话弄得很职业气。我们不大中意那种玩儿票的派头，可是业余的身份是我们遭遇困难时的解脱借口。不知为不知，我们没有责任搜索枯肠，找话支吾。我们说了的不是讲义，充其量是一条一条的札记，不必弄得四平八稳，份量平均，首尾相应，具一格局。好了，我们已经不受拘束，放心说话吧。声音大，小，平缓，带舞台动作，发点脾气，骂骂人，一切随心所欲，悉听尊便。

在这许多方便之下，我呈出我的一份。

毋庸讳言，大家心照，所有的话全是为了说的人自己而说的。唱大鼓的走上来，"学徒我今儿个伺候诸位一段大西厢"，唱到得意处，得意的仍是他自己。听唱的李大爹王二爷也听得颇得意，他们得意的也是他们自己。我觉得李大爹王二爷实际也会唱得极好，甚至可能比台上人更唱得好，只是他们没有唱罢了。李大爹王二爷自小学了茶叶店糕饼店生意，他们注定了要搞旗枪明前，上素黑芝麻，他们没有学大鼓。没有学，可是懂。他摸得到顿、拨、沉、落、迴、扭、煞诸种差之毫厘失之千里的那么点个妙处。所以李大爹王二爷是来听他们自己唱，不，简直听他们自己整个儿的人来了。台上那段大西厢不过是他们的替身，或一部分的影子。李大爹看了一眼王二爷，头微微一点，王二爷看了一眼李大爹，头也那么一点。他们的意思是"是了！"在这一点上劳伦斯的"为我自己"，克罗采的传达说，我都觉得有道理。——啊，别瞪我，我只是借此而说明我现在要说的话是一个什么性质。这，也是我对小说作者与读者间的关系的一个看法，这等一下大概还会再提起。真是，所有的要说恐怕都只是可以连在一处的道白而已。

时下的许多小说实在不能令人满意！

教我们写作的一位先生几乎每年给学生出一个题目：一个理想的短篇小说。——我当时写了三千字，不知说了些什么东西；现在想重新交一次卷，虽然还一样不知会说些什么东西。——可见，他大概也颇觉得许多小说不顶合乎理想。所以不顶理想，因为一般小说都好像有那么一个"标准"：

一般小说太像个小说了，因而不十分是一个小说。

悬定一个尺度，很难。小说的种类将不下于人格；而且照理两者的数量（假如可以计算）应当恰恰相等；鉴别小说，也如同品藻人物一样的不可具说。但我们也可以像看人一样的看小说，凭全面的，综合的印象，凭直觉。我们心平气和，体贴入微地看完一篇东西，我们说：这是小说，或者不是小说，有时候我们说的是这够或不够是一个小说。这跟前一句话完全一样，够即是，不够的不是。在这一点上，小说的读者，你不必客气，你自然先假定自己是"够了"。哎，不必客气，这个够了并不是什么了不起的事情。不够，你还看什么小说呢？

那个时候，我因为要交卷，不得不找出一个"理想"的时候，正是卞之琳先生把《亨利第三》《军旗手的爱与死》翻译过来的时候，手边正好有一本，抓着就是，我好像憋了一点气，在课堂上大叫：

"一个理想的短篇小说应当是像《亨利第三》与《军旗手的爱与死》那样的！"

现在我的意思仍然如此，我愿意维持原来的那点感情，不过觉得需要加以补充。

我们看过的若干短篇小说，有些只是一个长篇小说的大纲，一个作者因为时间不够，事情忙，或者懒，有一堆材料，他大概组织分布了一下，有时甚至连组织分布都不干，马马虎虎的即照单抄出来交了货，我们只看到有几个人，在那里，做了什么事，说话了，动作了，来了，去了，死了。有时作者觉得这太不像小说，（就是这个倒霉的觉得害了他！）小说不能单是一串流水账，于是怎么样呢？描写了把那个人从头到脚的像裁缝师傅记出手下摆的那么记一记，清楚是清楚了，可是我们本来心里可能有的浑然印象反教他挤掉了。我们只落得一堆零碎料子，多高的额头，多大的鼻子，长腿或短腿，外八字还是内八字脚，……这些"部分"彼此不粘不靠，不起作用，不相干。还有更不相干的，是那些连篇累牍的环境渲染。有时候我们看那段发生在秋天的黄昏的情景，并不是一定不能发生在春天的早晨。在进行演变上，落叶，溪水，夕阳，歌声，蟋蟀，当然风马牛不相及。这是七巧板那么拼出来的，是人为的，外加的，生造的，不融合的。他没有把这些东西当着是从故事中分泌出来，为故事的一个契机，一分必不可少的成分。他的文字不是他要说的那个东西本身。自然主义用在许多人手里成了一个最不自然的主义。这些人为主义而牺性了。有些，说得周详缜密，结构谨严，力量不懈，交待干净，不浪费笔墨也不偷工减料，文字时间与故事时间合了拍，把读者引上了路，觉得舒服得很；可是也只算长篇小说之一章，很好的一章而已。更多的小说，比较鲜明生动，我们以为把它收入中篇小说，较为合适。再有一种则是"标准的"短篇小说。标准的短篇小说不是理想的短篇小说，也不能令我们满意。

　　我们的谈话行将进入一个比较枯燥困难的阶段，我们怕不能摆脱习惯的演讲方式。我们尽量想避开让我们踏脚，也放我们疲惫的抽象名词，但事实上不易办到，先歇一歇力，在一块不大平滑的石头上坐一坐，给短篇小说来讲一个定义！不用麻烦拣选，反正我们掉一掉身子马上就来。中学教科书上写着，短篇小说是：

用最经济的文学手腕，描写事实中最精彩的一段或一面。

我们且暂时义务的为这两句话做一注释。或者六经注我，靠它的帮忙说话。

我们不得已而用比喻，扣槃扪烛，求其大概。伍尔夫夫人以在火车中与白朗宁太太同了一段路的几位先生的不同感情冲动譬像几种不同的写小说法，我们现在单摘取同车一事来说明小说与其人物的关系。设想一位作者，我们称他为 × 先生，在某处与白朗宁太太一齐上了车，火车是小说，车门一关，汽笛拉动，车开了，小说起了头。× 先生有墨水两瓶，钢笔尖二盒，一箱子纸，四磅烟草，白朗宁太太有的是全部生活。× 先生收心放志，集中精神，松开领子，咬起大烟斗，白朗宁太太开始现身说法，开始表演。我们设想火车轨道经行之地是白朗宁太太的生活，这一列车随处可停，可左可右，可进可退，给 × 先生以诸方便，他可以得到他所需要的白朗宁太太生活中任何场景节目。白朗宁太太生来有个责任，即被写在小说里，她不厌烦，不掩饰省略，妥妥实实回答 × 先生一切问话。好了，除去吃饭睡觉等不可要的动作之外，白朗宁太太一生尽在此中，× 先生也颇累了，他们点点头，下车，分别。小说完成！

这里，你觉得这是可能的么？

有人说历史这个东西就是历史而已，既不是科学，也算不得是艺术。我们埋葬了一部分小说，也很可以在它们的墓碑上刻这样两句话。而且历史究竟还是历史，若干小说常不是科学，不是艺术，也不成其为小说。

长篇小说的本质，也是它的守护神，是因果。但我们很少看到一本长篇小说从千百种可能之中挑选出一个，一个一个连编起来，这其间有什么是必然，有决定性的。人的一生是散漫的，不很连贯，充满偶然，千头万绪，兔起鹘落，从来没有一个人每一秒钟相当于小说的一段，一句，一字，一标点，或一空格，而长篇小说首先得悍然不顾这个情形。结构，这是一个长篇最紧要的部分，而且简直是小说的全部，但那根本是个不合理的东西。我们知道一个小说不是天成的，是编排连缀出来的，我们怀疑的是一个作者的精神是否能够照顾得过来，特别是他的记忆力是不是能够写到第十五章时还清清楚楚对他在第三章中所说的话的分量和速度有个印象？整本小说是否一气呵成，天衣无缝，增一分则太长，减一分则太短，不能倒置，翻覆，简直是那样便是那样，毫无商量余地了？

从来也没有一个音乐家想写一个连续演奏十小时以上的乐章吧，（读《战争与和平》一遍需要多少时候？）而我们的小说家，想做不可能的事。看他们把一厚册一厚册的原稿销毁，一次一次地重写，我们寒心那是多苦的事。有几个人，他们是一种英雄式的人，自人中走出，与大家不同，他们不是为生活而写，简直活着就为的是写他的小说，他全部时间入于海，海是小说，居然做到离理想不远了。第一个忘不了的是狠辣的陀思妥耶夫斯基。他像是一咬牙就没有松开过。可是我们承认他的小说是一种很伟大的东西，却不一定是亲切的东西。什么样的人是陀思妥耶夫斯基的合适读者？

应是科学家。

我宁愿通过工具的艰难，放下又拿起，翻到后面又倒回前头，随便挑一节，抄两句，不求甚解，自以为是，什么时候，悠然见南山，飞鸟相与远，以我之所有向他所描画的对照对照那么读一遍尤利色斯去。

小说与人生之间不能描画一个等号。

于是有中篇小说。

如果读长篇小说的时间是阴冷的冬夜，那么中篇小说是宜于在秋天下午。一本中篇正好陪我们过五六点钟，连阅读带整个人受影响作用，引起潜移默化所需的时间。

一个长篇的作者自己在他的小说中生活过一遭，他命使读者的便是绝对的入乎其内。一个长篇常常长到跟人生一样的长，（这跟我们前面一段有些话并不相冲突，）可以说是另外一个，（不是一段，一面，）我们必须放开我们自己的恩怨憎喜，宗教饮食，被拉了上去，关上门，靠窗坐定，随那节车子带我们到那里去旅行。作者做向导，山山水水他都熟习，而假定我们一无所知。我们只有也必须死心塌地的做个素人。我们应当视而不见，听而不闻，食而不知其味；应当醉于书中的馅，字里的香，我们说：哦，这是玫瑰，多美，这是山，好大呀！好像我们从来没有见过一座山，不知道玫瑰是什么东西。——可是一般人不是那么容易的死于生活，活于书本，不会一直入彀。有比较体贴，近人情，会说话的可爱的人就为了我们而写另外一种性质的书，叫作中篇小说。（Once upon a time）他自自然然的谈起来了。他跟我们抵掌促膝，不高不可攀，耳提指图，他说得流利，委婉，不疾不徐，轻重得当，不口吃，不上气不接下气，他用志不分，胸有成竹。他才说了十多分钟，我们已经觉得：他说得真好。我们入神了，颔首了，暖然似春，凄然似秋了，毫不反抗地给出他向我们要的感动。有话则长，无话则短，他知道他是在说一个故事。花开两朵，各表一枝，分即全，一切一切，他不弄得过分麻烦冗重。有时他插一点闲话，聊点儿别的；他更带着一堆画片，一张一张拍得光线强弱，距离远近都对了的照相，他一边说故事，一边指点我们看。这些纪念品不一定是绘摄的大场面，有时也许一片阳光，一堆倒影，破风上一角残蚀的浮雕，唱歌的树，嘴上生花的人，……我们也明知他提起这话目的何在，但他对于那些小玩意儿确具真情，有眼光，而且趣味与我们相投，但听他说说这些即颇过瘾了。我们最中意的是他要我们跟他合作。他空出许多地方，留出足够的时间，让读者自己说，他不一个劲儿讲演，他也听。来一杯咖啡么，我们的中篇小说家？

如果长篇小说的作者与读者的地位是前后，中篇是对面，则短篇小说的作者是请他的读者并排着起坐行走的。

常听到短篇小说的作者劝他的熟人："你也写么，我相信你可以写得很好。没有什么了不起的，花一点时间，多试验几种方法，不怕费事，找到你觉得那么着写合适的形式，你就写，不会不成功的。凭你那个脑子，那点了解人事的深度，生活的广度，对于文字的精敏感觉，还有那一份真挚深沉的爱，你早就该着笔了。"短篇小说家从来就把我们当着跟他一样的人，跟他生活在同一世界之中，对于他们写的那回事的前前后后也知道得一样仔细真切。我们与他之间只是为不为，没有能不能的差异。短篇小说的作者是假设他的读者都是短篇小说家的。

唯其如此，他方能挑出事实中最精彩的一段或一面来描写。

也许有人天生是个短篇小说家，他只要动笔，得来全不费工夫，他一小从老祖母，从疯瘫的师爷，从鸦片铺上、茶馆里、码头旁边，耳濡目染，不知不觉之中领会了许多方法；他的窗口开得好，一片又一片的材料本身剪裁得好好的在那儿，他略一凝眸，翩翩已得；交出去，印出来，大家传诵了，街谈巷议，

"这才真是我们所需要的，从头到尾，每一个字是短篇小说！"
而我们的作者倚在他的窗口悠然下看：这些人扰攘些什么，什么事大惊小怪的？风吹得他身轻神爽，也许他想到一条河边走走，听听修桥工人唱那种忧郁而雄浑的歌去；而在他转身想带着他的烟盒子时，窗下一个读者议论的小说，激动的高叹声吸引了他，他看了一眼想：什么叫小说么，问我，我可不知道，你那个瘦瓜瓜的后脑，微高的左肩，正是我需要的，我要把你写下来！你就是小说，傻小子，你为什么不问问你自己？他不出去了，坐下，抽上两支烟，到天黑肚饥时一篇小说也已经写了五分之四，好了，晚饭一吃，一天过去，他的新小说也完成了；但大多数的小说作者都得经过一个比较长时期的试验。他明白，他必须"找到自己的方法"，必须用他自己的方法来写，他才站得住，他得在浩如烟海的文学作品，在一样浩如烟海的短篇小说之中，为他自己的篇什觅一个位置。天知道那是多么荒时废日的事情！

　　世上尽有从来不看小说的诗人，但一个写短篇小说的人能全然不管前此与当代的诗歌么？一个小说家即使不是彻头彻尾的诗人，至少也是半仙之分，部分的诗人，也许他有时会懊悔他当初为什么不一直推敲韵脚，布署抑扬，飞上枝头变凤凰，什么一念教他拣定现在卑微的工作的？他羡慕戏剧家的规矩，也向往散文作者的自在，甚至跟他相去不远的长篇中篇小说家他也嫉妒。威严，对于威严的敬重；优美的风度，对于优美风度的友爱，他全不能有，得不着。短篇小说的作者所希望的是给他的劳绩一个说得过去的地位。他希望报纸的排字工人不要把他的东西拆得东一块西一块的，不要随便给它分栏，加什么花边，不要当中挖了一方嵌一个与它毫不相干的太美或稀特的木刻漫画，不要在一行的头上来一个吓人的惊叹号，不要在他的文章下面补两句嘉言语录，名人逸事，还有错字不太多，字体稍为清楚一点；……对于一个杂志的编辑他很想求求他一个稍为公平一点的篇幅，他希望天地头留着大些，前头能空出两页不印最好。……他不是难伺候，闹脾气，他是为了他的文章命运而争。他以为他的小说的形式即是他要表传的那个东西本身，不能随便沾辱它，而且一个短篇没有写出的比写出来的要多得多，需要足够的空间，好让读者自己从从容容来抒写。对于较长篇幅的文章，一般读者有读它的心理准备，他心甘情愿地让出时间，留下闲豫，来接受一些东西。只要披沙拣金，往往见宝，即为足矣。他们深切地感到那份力量，领得那种智巧。而他们读短篇小说则都是誓鬻灭此而后朝食，你不难想象一个读者如何恶狠狠地抓过一篇短篇小说，一边嚼着他的火腿面包，一边狼吞虎咽地看下去，忽然拍案而起，"混蛋，这是什么平淡无奇的东西！"他骂的是他的咖啡，但小说遭了殃，他叱了一下扔了，挤起左眼看了那个可怜的题目，又来了一句，"什么东西！"好了，他要是看进去两句那就怪。一个短篇小说作者简直非把它弄得灿若舒锦，无处不佳不可！小说作者可又还不能像一个高大强壮的猪眼厨师傅两手撑在腰上大吼："就是这样，爱吃不吃！"即是真的从头到尾都是心血，你从哪里得至青眼？

这位残暴的午茶餐客如果也想，他想的是：这是什么玩意儿，谁写不出来，我也……真的，他还不屑于写这种东西！我们原说过，只要他肯，他未始不可以写短篇小说。我们不能怪他，第一，他生活太忙，太乱，而且受到许多像那位猪眼大师傅的气，他想借小说来忘去他的生活，或者真的生活一下，短篇似乎不能满足他；第二，他相当有文学修养，他看过许多诗、戏剧、散文，他还更看过那么多那么多的小说，不再要看这一篇。一个短篇小说作家，你该怎么办？

短篇小说能够一脉相承的存在下来，应当归功于代有所出的人才，不断给它新的素质，不断变易其面目，推广，加深它。日光之下无新事，就看你如何以故为新，如何看，如何捞网捕捉，如何留住过眼烟云，如何有心中的佛，花上的天堂。文学革命初期以"创作"称短篇小说，是的，你要创作。你不应抄袭别人，要叫你有你的，有不同于别人的；且不能抄袭自己，你不能叫这一篇是那一篇的副本，得每一篇是每一篇的样子，每一篇小说有它应当有的形式，风格。简直的，你不能写出任何一个世界上已经有过的句子。你得突破，超出，稍偏颇于那个"标准"。这是老话，但需要我们不断地用各种声音提起。

我们宁可一个短篇小说像诗，像散文，像戏，什么也不像也行，可是不愿意它太像个小说，那只有注定它的死灭。我们那种旧小说，那种标准的短篇小说，必然将是个历史上的东西。许多本来可以写在小说里的东西老早老早就有另外方式代替了去。比如电影，简直老小说中的大部分，而且是最要紧的部分，它全能代劳，而且相较更准确，有声有形，证诸耳目，直接得多。念小说已成了一个过时的娱乐，一种古怪固执的癖好了。此世纪中的诗，戏，甚至散文，都已显然与前一世纪异趣，而我们的小说仍是十八世纪的方法，真不可解。一切全因制度的变而变了，小说动得那么懒，什么道理。

我们耳熟了"现代音乐"，"现代绘画"，"现代塑刻"，"现代建筑"，"现代服装"，"现代烹调术"，可是"现代小说"在我们这儿远是个不太流行的名词。咳！"小说的保守性"，是个值得一做的毕业论文题目；本来小说这东西一向是跟在后面老成持重的走的。但走得如此之慢，特别是在东方一个又很大又很小的国度中简直一步也不动，是颇可诧异的现象。多打开几面窗子吧，这里的空气实在该换一换，闷得受不了了。

多打开几面窗子吧！只要是吹的，不管是什么风。

也好，没有人重视短篇小说，因此它也从来没有一个严格的画界，我们可以从别的部门搬两块石头来垫一垫基脚。要紧的是要它改一改样子再说。从戏剧里，尤其是新一点的戏里我们可以得到一点活泼，尖深，顽皮，作态。（一切在真与纯之上的相反相成的东西。）萧伯纳皮蓝德娄从小说中偷去的，我们得讨一点回来。至于戏的原有长处，节奏清显，擒纵利落，起伏明灭，了然在心，则许多小说中早已暗暗地放进去了。小说之离不开诗，更是昭然若揭的。一个小说家才真是个谪仙人，他一念红尘，堕落人间，他不断体验由泥淖至清云之间的挣扎，深知人在凡庸，卑微，罪恶之中不死去者，端因还承认有个天上，相信有许多更好的东西不是一句谎话，人所要的，是诗。一个真正的小说家的气质也是一个诗人。就这两方面说，《亨利第四》与《军旗手的爱与死》，是一个理想的典范。我不觉得我的话有什么夸张之处。那两篇东西所缺少的，也许是一点散文的美，散文的广度，一点"大块噫气是名为风"的那种遇到什么都抚摸一下，随时会留连片刻，参差荇菜，左右缭之，喜欢到亭边小道上张张望望的，不衫不履，落帽风前，振衣高岗的气派。缺少一点一点开头我要求的一点随意说话的自然。

泰戈尔告诉罗曼·罗兰他要学画了，他觉得有些东西文字表达不出来，只有颜色线条胜任；勃罗斯忒在他的书里忽然来了一段五线谱，任何一个写作的人必都同情，不是同情，是赞同他们。我们设想将来有一种新艺术，能够包融一切，但不复是一切本来形象。又与电影全然不同的，那东西的名字是短篇小说。这不知什么时候才办得到，也许永远办不到。至少我们希望短篇小说能够吸收诗、戏剧、散文一切长处，而仍旧是一个它应当是的东西，一个短篇小说。

我们前面既说过一个短篇小说的作者假定他的读者都是短篇小说家，假定读者对于他们依附而写的那回事情的前前后后清楚得跟他自己一样，假定读者跟他平肩并排，所以"事"的本身在短篇小说中的地位行将越来越不重要。一个画家在一个乡下人面前画一棵树，他告诉他"我画的是那棵树"。乡下人一面奇怪树已经直端端生在那儿了，画它干什么？一面看了又看，觉得这位先生实在不大会画，画得简直不像。一会儿画家来了个朋友，也是一个画家。画家之一画，画家之二看，两人一句话不说。也许有时他们互相看一眼，微微一点头，犹如李大爹王二爷听大鼓，眼睛里一句话："是了！"问画家到底画的什么，他该回答的是："我画那个画。"真正的小说家也是，不是为写那件事，他只是写小说。——我们已经听到好多声音，"不懂，不懂！"其实他懂的，他装着不懂。毕加索给我们举了一个例。他用同一"对象"画了三张画，第一张人像个人，狗像条狗；第二张不顶像了，不过还大体认得出来；第三张，简直不知道是什么东西了。人应当最能从第三张得到"快乐"，不过常识每每把人谋害在第一张之前。小说也许不该像这三张，但至少该往第二张上走一走吧？很久以前，有一人提出"纯诗"的理想，纪德说过他要写"纯小说"；虽未能至，心向往之。我们希望短篇小说能向"纯"的方向作去，虽然这里所说的"纯"与纪德所提出的好像不一样。严格说来，短篇小说者，是在一定时间，一定空间之内，利用一定工具制作出来的一种比较轻巧的艺术；一个短篇小说家是一种语言的艺术家。——

我看出有人脸上颇不耐烦了，他心里泛起了一阵酸，许多过了时的标准口号在他耳根雷鸣，他随便抓得一块砖头，"唯美主义"，要往我脑袋上砸。

听我告诉你一个秘密：我有个朋友，是个航空员，他凭一股热情，放下一切，去学开飞机，百战归来，同班毕业的已经所剩无几了；我问他你在天上是否不断地想起民族的仇恨？他非常严肃地说：

"当你从事于某一工作时，不可想一切无关的事。我的手在驾驶盘上，我只想如何把得它稳当，准确。我只集中精神于转弯，抬起，俯降。我的眼睛看着前头云雾山头。我不能分心于外物，否则一定出毛病。——有一回C的信上说了我几句话，教我放不下来，我一翅飞到芷江上空，差点儿没跟她那几句一齐摔下去！"小说家在安排他的小说时他也不能想得太多，他得沉酣于他的工作。他只知道如何能不颠不簸，不滞不滑，求其所安，不摔下来跌死了。一个小说家有什么样的责任，这是另外一个题目，有机会不妨讨论讨论。今天到此为止，我们再总结一句：一个短篇小说，是一种思索方式，一种情感形态，是人类智慧的一种模样。

或者：一个短篇小说，不多，也不少。

三十六年五月六日晨四时脱稿。自落笔至完工计整约二十一小时，前后五夜。在上海市中心区之听水斋。

载一九四七年五月三十一日
第四十三期天津《益世报》"文学周刊"

诗

1941 — 1942

自画像

——给一切不认识我的和一个认识我的

我一手拿支笔，
一手捏把刀，
把镇定与大胆集成了焦点，
命令万种颜色皈依我的意□，
一口气吹散满室尘土，
教画布为我的眼睛心寒：

用绿色画成头发，再带点鹅儿黄，
好到故乡小溪的雾里摇摇，
听许多欲言又止的梦话，
也许有几丝被季候染白了的，
摇摇欲坠，坠落波心，
更随流水流到天涯
用浅红描两瓣修眉，
待开出恬静的馨香，
谁需要，我送给她，
随她爱簪在鬓边，
爱别在襟头，
到残谢的时候，
随意抛了也好。
还有嘴唇呢，
那当然是淡淡的天青，
（谁知道那有甚么用，）

春日里，风飘着
带着蝶粉的头巾，
如果白云下有寂寞吹拂，
我愿意厮伴着黄昏。
休要让霜雪铺满了空地，
还得涂上点背景，
我抹过所有的颜色，
织成了孩子的窗帘。
然后放下画笔，
抽口烟，看烟圈儿散入带雨的蓝天。

彗星辛辛苦苦地绕过一个大圈子
太阳替自己造成了午夜。
拍地抛去烟蒂头，花，花，花，
刮去了布上那片繁华，
散成碎屑，
飞舞在我的周身。
只留得一双眼睛。
涂过上千种颜色，
又大，又黑，盯着我，教我直寒噤。
也许，也许，
总有一个时候吧，

会凝成星星明天的金光。

悬挂在甚么地方呢?
让风吹上天吧。
附在萍藻的叶背,
在记忆之外闪着幽光?
但是,亲爱的,我担心,
天上也有冰河纪!

为纪念我的生日而作
三十年二月十六日晚草成
载一九四一年九月十七日
第一一八四期《大公报·文艺》

昆明小街景

盲老人的竹杖，
毛驴儿的瘸腿，
量得尽么？
是一段荒唐的历史啊，唉！
这长街闹嚷的多么寂寞：

收旧货的叫唤，
推开太史府深掩的门，
那面椭圆的镜子，
多像老祖母的眼睛。

泡湿了的木柴
嘲笑着老挑夫的肩膀，
吱吱地，吱吱地，

卖出了黄连甘草，
也卖出了一叠叠纸钱，
少掌柜打得一手好算盘。

唢呐儿吹着不同的调子
却一样是呜呜地，
有人走着，拖一大串泥草鞋

也活像牵着条哈巴狗儿，嘻，
你瞧瓦松长得那么肥绿了

才几天？
卖馄饨的敲着白日更，
"吾神驾云去也……"

◆ ◆ ◆ ◆

天门里有金色的花，
那直上云霭的十八盘哩，
喔，谁扔下一只烂橘子，
瘦狗儿夹起尾巴箭一般！

◆ ◆ ◆ ◆

怎么？新松菇？
空车子比千把斤石头还重，
老黄牛依旧得拖着，没辙。
邪门儿，邪门儿，

可不是吗？
　"夕阳无限好
只是近黄昏"
瞧，小三儿的帽顶儿多红！
归去也，凉了，嗳，伙计，开水！

　　　　载一九四一年四月二十一日桂林《大公报》

小茶馆

小茶馆用了新字号，
顾客不说它的招牌，
掌柜的点头的姿势，
是一本厚流水帐簿。

喝茶的凭着自己的腿，
带他们到坐惯的座上；

有人说故事像说着自己，
有人说着自己像说故事。
有人什么也不说，抽抽烟，
看着自己碗里颜色淡了，
又看别人碗里泛起新绿。

有人不是为喝茶来的，
是小茶馆里有熟装饰：

卖唱的嗓子
不估价笑容，
看相的望不见自己
被人看熟了的脸。
采参的眼中颜色
真像是一捻秋山。

石板道记下了一对
驮马的蹄子的滑蹶，
炉中的残炭冷去了
温热，褪下艳紫深红，
掌柜的打扫一地瓜子壳
把泡过的叶子烘干。

对联上的金字，
游离在茶烟里，
小茶馆该已不是
第一回新张了吧。
有人设想掌柜的
每回怎么迟疑着
贴出了停业启事，
怎样扶头提着笔
想向自己说什么。

载一九四一年五月二十六日长沙《大公报》

消　息

亲爱的，你别这样，
别用含泪的眼睛对我，
我不愿意从静水里
看久已沉积的悲哀，
你看我如叙述一篇论文，
删去一般不必要的符号，
告诉你，我老了……
如江南轻轻的有了秋天。

二月天在一朵淡白的杜鹃上谢落了，
又飘向何方。我还未看清自己的颜色。

我能想起第一回
在我的嘴里有衰老的名字，
又什么时候遗忘了诧异。
我也能在青灯前，
为你说每一根白发的故事，
可是，我不能。
因为你有黑而大的眼睛。
当我辞退了形容词，
忙碌于解剖一具历史的标本。

是的，我也年轻过，
那是你记得的，
我浪费了又尊敬了的。
而现在，我遥望它微笑。

玻璃瓦下的砖缝里种一颗燕麦，
不经摇曳便熟了，
一穗萎弱的年华
挂几片濒死的希望，
交付一把不说故事的竹帚，
更向自己学会了原谅。

我年轻过，
那多半是因为你。
但是衰老是无情的，
因为人们以无情对衰老。
我仍将干了的花朵还你，
再为你破例的说我自己。

在那边，在那边，……
哦，你别这样。

慢慢的，慢慢的……
我还能在心里
找出一点风化的温柔，
如破烂的调色板上
有变了色的颜色。
忘了你，也忘了我，
听我说一个笑话：

一个年轻人
依照自己的意思，
（虽然仍得感谢上帝。）
在深黑的纸上画过自己，
一次，又一次，
说着崇高，说着美丽，
为一切好看的声音
校正了定义，
像一只北极的萤虫，
在嘶鸣的水上
记下了素洁。

为怕翻搅的浓腻的彩色，

给灵魂涂一层香油，
（永远柔润的滋液）
透明外有幽幻的虹光了，
可是，"防火水中"——
生于玉泉的香草也烂了根叶，
看严冰也开出了紫焰呢，亲爱的……

你看见过一滴深蓝
在清水里幻想，
大理石的天空，
又怎样淡了记忆，

你看见过那胡桃
怎样结成了硬壳，
为自己摘下之后
在壳与肉之间
有多么奇异的空隙，

你看见过么亲爱的，
一只秋蝇用昏晕的复眼
在黏湿的白炽灯前
画成了迂回的航线，

破落的世第的女墙里
常常排开辉煌的夜宴，
折脚的螃蟹拼命挤出
满口陈年的酒花，
落了香色的树木
绿照了不卷帘的窗子，

我老了，但我为我的疲倦
工作，而我的疲倦为了我的
休息。所有的诳话
说得自己相信了
便成了别人崇服的真理。
我学会宗教家可敬的卑劣。

我老了，你听我的声音，
平静得太可怕么，
你还很年轻，不要
教眼角的神经太酸痛。
走，我们到幽邃的林子里
去散步，虽然你来的时候
已经经过艰苦的跋涉，
你，朝山的行客，亲爱的，

连失望也不要带走。

像从前一样，
我伸给你一只手臂，
这是你的头巾，
这是你的斗篷，
像一个病愈的人
我再递一根手杖。

我也不会对无恒有恒，
你再来看我，当你
失去了所有的镜子的时候，
你来看我心上衰老的须根。

　　这是从日记里，从偶然留下的信札里，
从读书时的眉批里，从一些没有名字的字片
里集起来的破碎的句子，算是一个平凡人的
文献，给一些常常问我为什么不修剪头发的
人，并谢谢他们。

　　　　　　卅年，昆明雨季的开始时候
载一九四一年六月十二日昆明《中央日报》

昆明的春天

不必朗诵的诗，给来自故乡的人们。
打开明瓦窗，
看我的烟在一道阳光里幻想。
（那卖蒸饭的白汽波）
够多美，朋友又说了，
若是在北平啊，
北平的尘土比这儿多，
游鱼梦想着桃花瓣儿呢，
在家里待不住唉，
三毛钱，颐和园去了，
自行车，自行车，自行车，
真个是车如流水马如龙，
马如龙，
有人赤脚穿木屐，过街心，
哪儿没有春光，您哪，
看烤饵块的脱下破皮袄，
（客气点好吧。）
尽翻着，尽翻着，
翻得直教人痒痒，
说真的，我真爱靴刀儿划起来的水花儿，
小粉蝶儿，纱头巾，
飞，飞，

喝，看天染蓝了我的眼睛，
该不会有警报吧，今儿。

载一九四一年六月十八日
第一一一九期桂林《大公报·文艺》

封 泥
——童话的解说之二

姊姊带着钥匙吧，
最长的季节来了，
去看看我们的园子，
虽然我记得
最初一次离开的时候
并未一动虚掩的园门，
可是有风呢，
动的风和静的风。

甚么也别带
连记忆□遗忘，
姊姊，我要那块
石碑上的字也
教目光磨平了，
我们的园子最好
连荒芜也没有。

秋天常是又高又大的，
它将在一切旧址上
平铺了明蓝的荫：

明净净的□空间与时间，

把幻想压成一叠水成岩，
□□□□□□□□□，
□□□□□□美的清□，
□□□飘忽的天涯
寄一个空白□，□开了，
不给影子以重量。

这是最深的一点，
从开端来的，又
引向最后去。

是淡的，还是淡的，
并且也不必计算
那个总和，姊姊，
我们说，即使苦，
即使苦，…………

冷水上流着的
是无主的梦么，
不去理那些铭记的
日月，用最大的
勇气与恒心

去懒吧，姊姊。
更温和一点，
你知道这园子的邻近
有许多用希望栽花的。

不要漏出一点消息，
可是，我怕我是个
多话的孩子，姊姊，
我说着牧羊人的
谎话，好不好，我说：
　　我们园里的树上
　　开满淡白的蝴蝶，
　　（还有红的，还有金的。
　　还有颜色以外的——）
　　青的虔诚的梦
　　有水红色的嫩根，
　　我们的柳丝是，是，
　　流着醉的睇视的
　　柔发，流着许多
　　　　　甜的热度，
我说得不美丽时，
我们的园子会帮助我。

我有更多的祝福，施给
自己过的，该施给别人了，现在。
我们教那些
等待的去追求，
教那些沉默的
去唱歌，教薄待
青春的去学学
秋天以前的风。

我们以别人的欢乐
来娱悦自己吧，姊姊。

怎么，姊姊不说话了，
看露水湿了你的趾尖。
很凉呢，尤其是秋天。
回去了，轻轻的，
让虚掩的门仍旧
虚掩着

孩子们不会来的，
他们从没见过
一座不锁□□□□

轻轻的去

我们没有又来过一次。

六月十日□天□

载一九四一年八月十六日

第七十六期昆明《中央日报》

文明街

先生，你从来没有看见过一条
　　　河吗？莫洛亚
到文明街去吧？
　　　　到文明街去！
流浪汉　单身汉
用业余游历家的眼睛
一颗不设防的心
（撤退了的荒□与被占领了又□）
去看自己的晚晌。

在城市的中心
在乡村的边缘
在许多向心与离心的
圆弧交切的一点上
文明街铺开了，依照着
人的假想，又给假想
以迂回的路线。

这里是一个定期风暴的
根据与发源，像一个
苍白的酒徒又被
春酒灌溉了神经，

稀薄的感情（激起）浪花

过饱和的碳酸翻搅着

四方的空气又向这里流换。

每天晚上，灯光

把黑阴压积在

柜台底下，

桌子底下，

木箱底下，

和残忍的脚步底下。

（老鼠洞里有丰收的季节了。）

文明街在有人看星的地方，

——有水，有树，有蛤蟆叫的地方，

升起了烧炽的，

透明的梦。

一盏灯比一盏灯更亮，

一块招牌比一块招牌更胡闹，

一个窗子比一个窗子更能

汲出眼睛的惊呼，

压倒了别人

又压倒了自己，

通过沮丧的喜悦后面

晃动预言家惨碧的呓语。
而古老的铺子
（满饰着残象的）
古老得更新奇了。
建设着破坏，
荒唐的统计数表
不断的产生
未立名称的职业。

有人笑了，
噙着两眼虹色的泪。
　　紫色的虹
　　酱色的虹
　　苍绿色的虹
　　深灰色的虹
　　闪烁着懔抖着的
　　虹的水灾啊！
过分诚实的脸
（训练了一生的）
太多的苦衷与术语，
每个人装点着自己
与别人的身份。

手握住袋内

轻微的本钱——失望，眼睛盯在

有生殖能力的满足，

  噎下了欢呼

  藏起了狼狈

  （政治家的修养啊）

  狂□□：

（你为甚么不慷慨一点）

顾客与商人

草拟着

新世纪的道德。

火烧着三月

分泌着油脂的松林的

大的声音

寂灭了，

一盏盏光与影子

放弃了自己的封□，暂时

有一个互不侵犯的和平。

  埋在古典时代的废墟的蛇，

  寂寞是主妇在客散的

  筵前咬着手指的时空。

一对毫不动心的狗
并着肩由巡警的
生活的边上踩过了。

浮肿的河，道，贫空的
职业荡妇一样的睡死了，
慈善的清道
红着红的□睛
洗涤她浑身
兽性与无耻的重伤。
而一辆牛车
载满沉重的木石
又吱吱的碾过来了。

好一趟辽远的旅行啊！
喝，这算得了甚么。
归去，窗前有一本
历史地图打开了
随你愿意画几条线。

载一九四一年十一月十六日

第九十五期昆明《中央日报》

二秋缉

私 章

生如一条河，梦是一片水。
俯首于我半身恍惚的倒影。
窗帘上花朵木然萎谢了，
我像一张胶片摄两个风景。

落叶松

虫鸣声如轻雾，斑斓的谎
从容飘落又向浓荫旧处。
活该是豪华的青山作主，
一挥手延纳早秋的晚凉。

尽膜拜自己，庄严的法相，
愿宝殿湮圻于落成之初。
不睁的眼睛，雨夜的珠露，
不变的是你不散的馨香。

离绝绿染的紫琢的红爪，
鳞瓣上辉煌的黑色如火，
管春风又煽动下年的花。

终也落下，没有蜜的蜂巢，
而，积雪已抚育谎的坚果。
山头石烂，涧水流过轻沙。

载一九四二年十一月十三日
第一期昆明《生活导报周刊》第四版

旧　诗

当月光浸透了小草的红根
一只粉蝶飞起自己的影子
夜栖息在我的肩上它已经
冻冷了自己又颤抖着薄翼

两排杨树裁成了道道小河，
蒲公英散开了淡白的织絮
衰老的夜一天劳碌的星辰
昂着头你不怕晒黑了眼睛

　　　　载一九四二年十二月八日桂林《大公报》

图书在版编目（CIP）数据

前十年集 / 汪曾祺著；汪朝编. —上海：上海三联书店，2017.9
ISBN 978-7-5426-6042-8

Ⅰ. ①前… Ⅱ. ①汪… ②汪… Ⅲ. ①中国文学－当代文学－作品综合集
Ⅳ. ①I217.2

中国版本图书馆CIP数据核字（2017）第189920号

前十年集

著　　者 /	汪曾祺
编　　者 /	汪　朝
责任编辑 /	陈启甸　朱静蔚
特约编辑 /	李志卿　丁敏翔　朱　鑫
装帧设计 /	乔　东　阿　龙　苗庆东
监　　制 /	姚　军
责任校对 /	丁敏翔　朱　鑫

出版发行　**上海三联书店**
　　　　　（201199）中国上海市闵行区都市路4855号2座10楼
邮购电话 / 021-22895557
印　　刷 / 山东临沂新华印刷物流集团有限责任公司

版　　次 /	2017年9月第1版
印　　次 /	2017年9月第1次印刷
开　　本 /	889×1194　1/32
字　　数 /	330 千字
印　　张 /	14.75
书　　号 /	ISBN 978-7-5426-6042-8 / I · 1304
定　　价 /	58.00元

敬启读者，如发现本书有印装质量问题，请与印刷厂联系0539-2925680。